Über dieses Buch Seinem damaligen Verleger kündigte Heinrich Mann Dezember 1900 ein neues Werk an und schrieb dazu: »Es sind die Abenteuer einer großen Dame aus Dalmatien. Im ersten Teil glüht sie vor Freiheitssehnen, im zweiten vor Kunstempfinden, im dritten vor Brunst. [...] Wenn alles gelingt, wird der erste Teil exotisch bunt, der zweite kunsttrunken, der dritte obszön und bitter.« Die von Stendhal, Gautier, Nietzsche und nicht zuletzt durch Flauberts *Salammbô* inspirierte Trilogie, konzipiert als artistisches Gegenstück zu Thomas Manns *Buddenbrooks*, begründete Heinrich Manns Ruf als ›Dichter der Moderne‹.

Im ersten der *Drei Romane der Herzogin von Assy* verknüpft Heinrich Mann die Titelheldin Violante metaphorisch mit der antiken Göttin Diana, die in der Mythologie unter anderem dafür steht, daß sie Altes zerstört und Neues erschafft. Der »unerquickliche Anblick« der Armut im Lande Dalmatien, das von einem unfähigen Prinzen samt seinem grotesken Hofstaat aufs lächerlichste regiert wird, treibt die Herzogin dazu, eine Revolution anzuzetteln, die dem Reich schließlich Freiheit, Gerechtigkeit, Aufklärung und Wohlstand bescheren soll. Die politisch unbedarfte Herzogin scheitert und flieht nach Italien, neuen Abenteuern entgegen.

Der Autor   Heinrich Mann, geboren 1871 in Lübeck, begann nach dem Abgang vom Gymnasium eine Buchhandels-
lehre, 1890 bis 1892 volontierte er im S. Fischer Verlag, Berlin, gleichzeitig Gasthörer an der Universität; freier Schriftsteller; 1893 Paris-Aufenthalt, bis 1914 längere Italien-Auf-
enthalte, später München, ab 1928 Berlin; 1931 wurde er zum
Präsidenten der Sektion Dichtkunst der Preußischen Akademie der Künste zu Berlin gewählt. Die Verfilmung seines
Romans *Professor Unrat* (unter dem Titel ›Der blaue Engel‹
mit Marlene Dietrich) machte ihn weltberühmt. Februar 1933
erzwungener Ausschluß aus der Akademie; Emigration nach
Frankreich (Paris, Nizza), dann über Spanien und Portugal
1940 nach Kalifornien. 1949 nahm er die Berufung zum Präsidenten der neu zu gründenden Deutschen Akademie der
Künste zu Berlin/DDR an. Heinrich Mann starb 1950 in
Santa Monica/Kalifornien. Seine Urne ist auf dem Doro-
theenstädtischen Friedhof in Berlin/DDR beigesetzt.

Die wissenschaftlichen Mitarbeiter an diesem Band
André Banuls, Jahrgang 1921, Professor für Germanistik an
der Universität des Saarlandes; Forschungen und zahlreiche
Veröffentlichungen zur Neueren deutschen Literatur; *Hein-
rich Mann. Le poète et la politique* (Paris 1966), *Thomas
Mann und sein Bruder Heinrich* (Stuttgart 1968), *Heinrich
Mann* (Stuttgart 1970), *Goethe an Cornelia. Die dreizehn
Briefe an seine Schwester* (Hrsg., Hamburg 1986), *Phanta-
stisch zwecklos? – Essays über Literatur* (Würzburg 1986).
Peter-Paul Schneider, Jahrgang 1949, Dr. phil., Wiss. Mit-
arbeiter am Deutschen Literaturarchiv/Schiller-National-
museum, Marbach am Neckar; zuvor Wiss. Assistent für
Neuere deutsche Literaturwissenschaft an der Universität
Bamberg (1977–1983). Veröffentlichungen zum 18. Jahr-
hundert (Mitherausgeber der *Friedrich Heinrich Jacobi-
Brief-Gesamtausgabe*) und zu Heinrich Mann (Herausgeber
der ›Mitteilungsblätter des Arbeitskreises Heinrich Mann‹,
jetzt des ›Heinrich Mann-Jahrbuchs‹ (zusammen mit Helmut
Koopmann).

Heinrich Mann
Studienausgabe in Einzelbänden

Herausgegeben von Peter-Paul Schneider

Textgrundlage:
Heinrich Mann: *Die Göttinnen oder*
Die drei Romane der Herzogin von Assy
Berlin und Weimar: Aufbau-Verlag, 3. Auflage 1985
(= Heinrich Mann: Gesammelte Werke
Herausgegeben von der Akademie der Künste der DDR
Redaktion: Sigrid Anger
Band 2. Bearbeiter des Bandes: Manfred Hahn)

II Minerva (Fischer Taschenbuch Bd. 5926)
III Venus (Fischer Taschenbuch Bd. 5927)

Heinrich Mann

Die Göttinnen
oder
Die drei Romane
der Herzogin von Assy

I
Diana

Mit einem Nachwort von
André Banuls
und einem Materialienanhang,
zusammengestellt von
Peter-Paul Schneider

Fischer Taschenbuch Verlag

Ungekürzte Ausgabe
Veröffentlicht im Fischer Taschenbuch Verlag GmbH,
Frankfurt am Main, Oktober 1987

Lizenzausgabe mit freundlicher Genehmigung
der Claassen Verlag GmbH, Düsseldorf
Die Erstausgabe erschien 1903 im Albert Langen Verlag, München
Copyright © Aufbau-Verlag, Berlin und Weimar 1969
Alle Rechte für die Bundesrepublik Deutschland,
West-Berlin, Österreich und die Schweiz
beim Claassen Verlag GmbH, Düsseldorf
Für das Nachwort und den Materialienanhang:
© Fischer Taschenbuch Verlag GmbH, Frankfurt am Main 1987
Umschlaggestaltung: Max Bartholl
unter Verwendung des Gemäldes
›E. L. Kirchner, Dodo mit großem Federhut‹ (1911)
(Milwaukee Art Museum)
© Dr. Wolfgang & Ingeborg Henze, Campione d'Italia
Gesamtherstellung: Clausen & Bosse, Leck
Printed in Germany
1680-ISBN-3-596-25925-8

Inhalt

Diana

Che son fatti dei gorghi d'ogni abisso,
Degli astri d'ogni ciel!…

Ada Negri

Einleitung in das erste Kapitel von *Diana*
(vermutlich gedacht als Vorspruch
für einen Vorabdruck oder eine Lesung)
in der Handschrift Heinrich Manns

I

Im Juli des Jahres 1876 war die europäische Presse voll von den Reizen und den Taten der Herzogin Violante von Assy. Sie hieß »ein hocharistokratisches Rasseweib mit pikanten Launen im schönen Köpfchen, deren politische Abenteuer die Geschichte verzeichne, ohne sie ernst zu nehmen«.

Es wäre unbillig gewesen, sie ernst zu nehmen, da sie erfolglos verlaufen waren. Ehemals als eine der stolzesten Erscheinungen der internationalen hohen Gesellschaft bekannt, war die Herzogin neuerdings auf den Gedanken verfallen, im Königreiche Dalmatien, ihrem Heimatlande, eine Revolution anzuzetteln. Die Schlußszene dieses romantischen Komplotts, die mißlungene Verhaftung der Herzogin und ihre Flucht, ging durch alle Blätter.

Um Mitternacht, die Stunde der Verschwörer, ist im Palais Assy, an der Piazza della Colonna zu Zara, eine glänzende Gesellschaft versammelt. Das Entscheidende soll geschehen; alle der kühnen Frau Ergebenen treten ihr in letzter Stunde unter die Augen; Würdenträger, die Sitz und Stimme im Rat der neuen Königin erhoffen, zwanzigjährige Leutnants, die um einen Blick aus ihren Augen ihre Laufbahn und ihr Leben wagen. Der Marchese di San Bacco ist herbeigeeilt, der alte Garibaldiner, ohne den in keinem der fünf Weltteile konspiriert werden kann. Auch fehlt nicht das Faktotum der Herzogin, der Baron Christian Rustschuk, mehrfach getauft und obendrein mit dem Freiherrntitel geschmückt.

Sie selbst verzieht noch, alle suchen sie mit den Augen.

Man tritt von der Tür in zwei Reihen zurück, die erregten Flüstergespräche schweigen. Da erscheint sie, ein Hochruf will losbrechen. Aber sie steht im – Hemd und lächelt. Man drängt, murmelt, reißt die Augen auf. Die Verwegensten, Unbedingtesten der Getreuen wollen alles übersehen: aber es ist ein Nachthemd, – bis über die Füße wallend und mit Point d'Angleterre reich behangen, aber doch ein Nachthemd.

Plötzlich sinkt es. Ein Herr wehrt erschrocken mit der Hand ab, mehrere Damen kreischen leise. Es gleitet über die Büste zurück: ein Augenblick hoher Spannung, die Herzogin steht in Balltoilette und lächelt. Sie tritt über das Hemd weg, das jemand fortträgt, sie beginnt zu sprechen, es ist nichts geschehen.

Ein Brief wird ihr gebracht. Sie liest ihn und wirft ihn, mit dem Fuß stampfend, den Nächsten zu. Ihr Intimer, der temperamentvolle Volkstribun Pavic oder Pavese schreibt ihr, es sei alles verloren und schleunige Flucht geboten. Er erwarte sie am Hafen.

Sie zieht sich zurück. Ein Offizier, den Helm auf dem Kopf, betritt den Saal: »Im Namen des Königs.« Er sieht sich um, er wird mit Fragen umringt, er weist den Haftbefehl vor. Gegenüber steckt die Herzogin, im Nachthemd, den Kopf zur Tür herein. Der Oberst erschrickt und salutiert. »Ich bin nicht wohl«, sagt sie, »ich habe mich zurückgezogen. Wollen Sie mir erlauben, mich anzukleiden? Eine halbe Stunde?« Gleich darauf drängen aus allen Gemächern die Gäste ins Treppenhaus. Eine Dame in gelber Atlasrobe, den Spitzenschleier übers Gesicht gezogen, bricht draußen in Lachen aus. Ein Haufe von Herren umsteht sie eng bei jedem ihrer Schritte. Sie wird in einen Wagen gehoben. Wie die Pferde schon anziehen, winkt sie aus dem Fenster dem keuchenden Rustschuk zu. »Adieu, Hausjud!« – und fährt im Galopp davon.

Schloß Assy, wo sie groß ward, stand einen Büchsenschuß vor der Küste im Meer, auf zwei durch einen schmalen Kanal getrennten Scoglien. Aus diesen Riffen schien es erwachsen, grau und zackig wie sie. Kein Vorbeifahrender sah, wo Fels und Mauerwerk sich schieden. Aber an den düster gehäuften Steinmassen entlang schwebte etwas Weißes: eine kleine weiße Gestalt schmiegte sich an den vordersten der vier eckigen Türme. Sie bewegte sich über einer Galerie spitzer Klippen, zierlich und sicher auf dem schmalen Steg zwischen der Mauer und dem Abgrund. Die Schiffer kannten sie, und auch das Kind erkannte jeden in der Weite, an seiner Tracht, am Anstrich und Segelwerk seiner Barke. Der Mann im Turban, der über seinen schwarzen Bart strich, während er sich fernher verneigte, sie erwartete ihn seit acht Tagen: er kam jeden dritten Monat daher, sein Boot tanzte, es trug nur Schwämme. Jener mit Faltenhose und roter Zipfelmütze hatte ein gelbes Segel mit drei Flicken. Aber der dort zog, wie er näher trieb, den braunen Mantel bis über den Kopfbund hinaus: er hielt das Weiße da oben für die Morra, die Hexe, die an den Scoglien in Höhlen wohnte und Schuhe aus Menschenadern trug. Der Teufel flog, anzusehen wie ein Schmetterling, aus ihr heraus und fraß Herzen aus Brüsten. Durch die Vertraulichkeit einer Kammerfrau hatte Violante von dieser Sage erfahren; sie lächelte erstaunt, sooft ein unverständliches Wesen ihr begegnete, das daran glaubte. Und indes der Scirocco mit Toben die Wogen bis zu ihrem verwitterten, durchnäßten Bollwerk hinauf und ihr vor die Füße peitschte, träumte das Kind in unsicheren Bildern voller Fragen von den fernen fremden Schicksalen der Schatten, die hinter einem Schleier von Gischt, still und zögernd, an ihr vorüberglitten.

Zuweilen überraschte ihren einsamen Kindersinn eine Herrinnenlaune: sie befahl ihr Gesinde in den Wappensaal. Er ruhte, ungeheuer lang, mit zertretenen Fliesen und brauner Balkendecke, die sich senkte, über der Tiefe zwischen den beiden Felsriffen, die das Schloß trugen. Unter den Füßen fühlte man das Meer sich wälzen; das Meer schien, stahlgrau in schwüler Nebelsonne, an drei Seiten zu neun Fenstern herein. Auf der vierten Seite sanken die gewirkten Stoffe von der Mauer, die Türen knarrten im Zugwind, über ihren Simsen hingen schief und geborsten die Wappenschilde: ein weißer Greif vor einem halboffenen Tor, in schwarz-blauem Felde. Jemand räusperte sich, dann verstummten alle. Vor dem spitz bedachten Kamin stand der Schloßvogt, ein Buckliger, der mit großen Schlüsseln klapperte und den wichtigsten, den Schlüssel zum Brunnen, auch im Schlaf nicht losließ. Drüben ängstigte ein winziger Gänsejunge sich vor dem starren Holzbild des Herrn Guy von Assy, vor dem braunen Rot hoch oben auf seinen entfleischten Wangen und vor dem eisernen Blick unter seinem schwarzen Helm. Wie ein weißer Turm reckte sich in der Mitte der riesige Koch. Die Schaffnerin mit Flügelhaube und Spitzbauch lugte hinter ihm heraus, und links und rechts entwickelte sich die bunt geordnete Reihe der Zofen, Lakaien, Küchenmägde und Viehdirnen, der Knechte, Wäscherinnen und Gondolieri. Violante raffte ihr langes Seidenkleidchen zusammen, die Schnur kleiner Türkise klimperte in der Stille auf ihren schwarzen Locken; und sie ging mit anmutigen festen Schritten über den wankenden Boden, an wackelnden Weiblein und geblähten Tressendienern vorbei, die ehrerbietige und groteske Flucht des Hofstaates entlang, der nur für sie arbeitete und nur vor ihr zitterte. Sie tippte dem Koch mit dem Fächer auf den Wanst und belobte ihn für seine mit Marzipan gefüllten Pfirsiche. Sie fragte einen Lakaien, was er eigentlich tue, sie sehe ihn nie. Zu einem

Mädchen sagte sie gnädig: »Du bist eine gute Dienerin«, –
ohne daß jene wußte warum.

Das Meer ward still; dann ließ sie sich nach dem Festlande
übersetzen. Ein Stück Pinienwald, unter dem Schutze des
Schlosses stehengeblieben, führte zu bebuschten Hügeln;
sie umschlossen einen kleinen See. Platanen und Pappeln
krönten ihn spärlich, seltene Weiden neigten sich hinein,
doch wanderte das Kind wie im dichten Walde unter den
Sträuchern, unter Wacholder mit großen Beeren und Erd-
beerbäumen voll hellroter klebriger Früchte. Von einer
leeren Wiese fielen fette gelbe Widerscheine auf den stillen
Spiegel. In der feuchten Tiefe erstarb das Himmelsblau.
Dicht beim Ufer türmten sich im grünen Wasser große
grüne Steine, und Silberfische schwammen umher in diesen schweigsamen Palästen. Über einen steinernen Brük-
kenbogen ging es zu einer schmalen Insel, darauf erhob
sich das weiße Gartenhaus, im Schmuck seiner Rosetten
und flachen Pilaster von buntem Marmor. Drinnen bar-
sten die schlanken Säulchen, die rosigen Muscheln füllte
Staub, die Trumeaus erblindeten unter ihren Kränzen aus
Porzellan.

Ein lautes Krachen kam aus der Ecke, wo die Bergère
von Rosenholz stand. Das Kind erschrak nicht, es lehnte
an Sommermittagen den Kopf ins Kissen und erwiderte
das Lächeln zweier heiterer Bildnisse. Die Dame hatte
eine milchweiße Haut, verblichen violette Bänder lagen in
der weichen Senkung zwischen Schulter und Brust und im
graublonden Haar, eine schwarze Fliege hatte sich schelmisch in den Winkel ihres blassen Mündchens gesetzt. Ihr
koketter, zärtlicher Hals wendete sich nach dem seidenen
rosigen Kavalier, der jene Dame hier so liebgehabt haben
sollte. Er war gepudert, auf der geschürzten Lippe saß ihm
ein dunkles Bärtchen. Violante wußte viel von ihm: es war
Pierluigi von Assy. In Turin, Warschau, Wien und Neapel

hatte er Allianzen ertändelt und Höfe entzweit. Die Königin von Polen war ihm hold, er brachte ihretwegen fünf Schlachtizen um und ward halbtot gestochen. Wo er vorbeikam, da klingelte Gold in hellen Haufen. War es zu Ende, so verstand er neues zu machen. Sein Leben war voll von Flitter, Intrigen, Duellen und verliebten Frauen. Er diente der Republik Venedig; sie ernannte ihn zu ihrem Proveditor für Dalmatien, und er regierte das Land wie die glückliche Cythere: unter Rosengewinden, mit erhobenem Kelchglas, und den Arm um jene milchweiße Schulter. Er starb unter Scherzen, höflich, nachsichtig mit den Sünden der andern und zur Reue über die eigenen nicht geneigt.

Auch Sonsone von Assy stand in Diensten der Republik, als ihr General. Für eine kunstreich gegossene Kanone mit zwei Löwen darauf verkaufte er die Stadt Bergamo dem König von Frankreich. Dann eroberte er sie zurück, weil er auch den Gießer haben wollte, der drinnen saß. Aber die Erstürmung kostete ihn zu viele von seinen teuer bezahlten, reich und schön gerüsteten Soldaten; im Zorn ließ er die Kanone einschmelzen und den Künstler aufhängen. Eine goldene Pallas Athene stand auf seinem Helm, aus seinem Brustpanzer sprang gräßlich schreiend ein Medusenhaupt. Sein Leben war erfüllt von purpurnen Zelten auf verbrannten Feldern, den Fackelzügen nackter Knaben, und Marmorbildern, besprengt mit Blut. Er starb stehend, eine Kugel in der Seite, und auf den Lippen einen horazischen Vers.

Guy und Gautier von Assy verließen die Normandie, sie zogen aus zur Eroberung des Heiligen Grabes. Durch ihr Leben wälzten sich Massen zerstückelter Leiber, verzerrter Häupter in Turbanen, bleicher Frauen mit flehend emporgehaltenen Säuglingen, in weißen Städten, die schaudernd hinabblickten auf blutgerötete Meere. Ihre Seele atmete in lichten Wolken, ihre eisernen Füße traten

16

auf menschliche Gedärme. Sie sahen brünstige Sultaninnen sich winden und dachten an ein keusches Kind mit fest geschlossenem Munde, das zu Hause wartete. Auf dem Heimwege, prunkend mit den Fürstentiteln von Fabelreichen, und ohne einen Heller, und mit ausgezehrten Gliedern, erfuhren sie, daß es dasselbe Kind war, an das sie beide dachten. Darum erschlug Guy seinen Bruder Gautier. Er baute auf den Riffen im Meer sein Schloß und starb als Pirat, angesichts einer Übermacht krummer Säbel, die ihn nicht erreichten; denn sein Schiff brannte.

Aus dem tiefsten Dunkel der Zeiten schien geisterweiß bis in die Träumerei der kleinen Violante hinein eine Halbgottmaske: das steinerne Antlitz ihres ersten Ahnen, jenes Björn Jernside, der von Norden kam. Kräftige Tränke, die seine Mutter ihm eingab, machten aus ihm einen Bären mit eiserner Seite, der in Frankreich den Seinigen Land nahm und an Spaniens und Italiens Küsten den Christen und den Muselmännern das Andenken einbrannte an heidnische Riesen voll Tücke und mit schicksalsschweren Händen. Er ankerte im Ligurischen Meer vor einer Stadt, die ihm stark schien. Deshalb schickte er Boten hinein an Graf und Bischof: er sei ihr Freund, er wolle sich taufen lassen und im Dom begraben werden, denn er liege todkrank. Die dummen Christen tauften ihn. Der Trauerzug der Seinigen trug den Toten zur Kathedrale. Da sprang er aus dem Sarge, aus den Mänteln flogen Schwerter, es begann ein fröhliches Gemetzel unter den entsetzten Christenlämmern. Aber als Björn der Herr war, sagte man ihm zu seinem Schmerz, daß es nicht Rom sei, das er unterworfen habe. Er hatte Rom erobern und sich krönen lassen wollen zum Herrscher aller Welt. Nun zerstörte seine enttäuschte Sehnsucht die arme Stadt Luna so furchtbar, wie er Rom zerstört haben würde, wenn er es gefunden hätte. Er suchte es lange. Und er starb, niemand wußte wie und wo: unter zufälligen Rächerhieben, während einer Kirchenschändung oder beim Plündern eines Hühnerhofs, vielleicht im Straßengraben, und vielleicht entrückt und unsichtbar emporgehoben zu den Asen, den heiligen Vätern der Assy.

So wie diese fünf waren alle Assy über die Erde geschritten. Sie alle waren Menschen der Entzweiung, der Schwärmerei, des Raubes und der heißen, plötzlichen Liebe. Ihre festen Burgen standen in Frankreich, in Italien, auf Sizilien und in Dalmatien. Überall empfanden die Schwachen, das weiche und feige Volk, ihre lachende Grausamkeit und ihre harte, fremde Verachtung. Unter ihresgleichen bewährten sie sich opfermütig, ehrfürchtig, zartsinnig und dankbar. Sie waren unbedenkliche Abenteurer wie der Libertin Pierluigi, stolz und dürstend nach Größe gleich Simson dem Condottiere, blutbefleckte Halluzinierte wie Guy und Gautier die Kreuzfahrer, und wie der Heide Björn Jernside so frei und unverwundbar.

Dem Heere von Männern und Frauen, die in tausend Jahren den Namen Assy getragen hatten, folgten nur noch drei Nachzügler, der Herzog und sein jüngerer Bruder, der Graf, mit einem Töchterchen, Violante. Das Kind wußte von seinem Vater nichts weiter, als daß er irgendwo in der Welt lebe. Der arme Graf war ein Verschwender, er vergeudete die Reste seines Vermögens ganz ohne Rücksicht auf die Zukunft des jungen Mädchens. Er ließ sie an seiner Verschwendung teilnehmen, er ließ das einsame Kind im schrankenlosen Luxus eines fürstlichen Haushaltes aufwachsen: das beschwichtigte sein Gewissen. Übrigens baute er auf den Familiensinn des unverheirateten Herzogs.

Violante sah den Vater nur einmal im Jahr. Ihre Mutter hatte sie nie gekannt, doch brachte er immer eine Mama mit, jedesmal eine andere. Im Laufe der Zeit zogen blonde und braune Mamas an dem Kinde vorüber, magere und sehr dicke; Mamas, die sie zwei Sekunden lang durch ein Lorgnon betrachteten und weitergingen, und andere Mamas, die anfangs beinahe schüchtern schienen und am Ende ihres Aufenthaltes fast zu Spielgefährtinnen geworden waren.

Das Kind gewöhnte sich, den Mamas mit leisem Spott zu begegnen. Warum führte der Papa sie her? Sie überlegte:

›Zur Schwester möchte ich keine von ihnen.

Aber auch nicht als Kammerfrau‹, setzte sie hinzu.

Mit dreizehn Jahren erkundigte sie sich: »Papa, warum bringst du immer nur *eine* mit?«

Der Graf lachte; er fragte: »Weißt du noch, die bunten Scheiben?«

Die Mama des vorigen Sommers hatte die Sucht gehabt, überall farbige Gläser einsetzen zu lassen. Sie mußte das Meer rosig sehen und den Himmel gelb.

»Es war eine gute Person«, sagte Violante.

Plötzlich reckte sie sich stocksteif, tat ein paar vor Vornehmheit behinderte Schritte und führte mit lächerlich gespreizten Fingern das Spitzentuch an den Mund.

»Das war vor drei Jahren. Die Feine, weißt du.«

Graf Assy krümmte sich. Er machte sich, zusammen mit seinem Kinde, über die Mamas lustig, doch immer nur über die der vergangenen Jahre, niemals über die gegenwärtige. Er versäumte nie, nachzuforschen, ob die Kleine mit ihren Dienern zufrieden sei.

»Das Schlimmste«, so betonte er, »wäre, wenn einer es an Ehrerbietung gegen dich fehlen ließe. Ich würde ihn schwer bestrafen.«

Er zog ernsthaft die Brauen empor.

»Nötigenfalls würde ich ihm den Kopf abschlagen lassen.«

Es war seine Absicht, dem Kinde eine möglichst hohe Achtung vor der eigenen Person beizubringen, und es gelang ihm. Violante verachtete nicht einmal; es kam ihr niemals der Gedanke, daß außer ihr etwas Nennenswertes vorhanden sein könne. Welchem Lande gehörte sie an? Welchem Volke? Welchem Stande? Wo war ihre Familie? Wo ihre Liebe und wo ein mitschlagendes Herz? Auf keine dieser Fragen hätte sie eine Antwort gewußt. Ihre natürliche Überzeugung war, daß sie einzig, dem Rest der Menschheit unzugänglich, und unfähig sich ihm zu nähern sei. Draußen sollten die Türken gehaust haben. Auch gab es keine Assy mehr. Es lohnte sich nicht der Mühe, hinauszulugen zwischen den Gitterstäben des verschlossenen Gartens, worin sie weilte. In ihrem Kinderhirn herrschte eine verständige Resignation. Allem Geheimnisvollen, allem, was sich versteckte, brachte sie eine gleichmütige Ironie entgegen: den Mamas von unbekannter Herkunft und Daseinsberechtigung, und auch demjenigen, den ihre Gouvernante den lieben Gott nannte. Die Gouvernante war eine flüchtige Deutsche, die lieber mit einem schönen Lakaien aus dem Hause lief, als daß sie lässig von biblischen Geschichten erzählte. Violante suchte den alten Franzosen auf, der in einem Turmzimmer unter Büchern saß. Er trug die Haube des Alten von Ferney, einen bunten Schlafrock voll von Schnupftabak, und machte den Essai sur les Mœurs zur Grundlage von Violantes Weltanschauung.

»Die christliche Religion ist zweifellos göttlich, da trotz allen Unsinns, den sie enthält, so viele an sie geglaubt haben«, so lautete die Apologie des Christentums durch Monsieur Henry. Über wichtige Fragen, wie die Auferstehung, äußerte er sich nur indirekt, mit boshafter Hinterhältigkeit.

»Der Heilige Geist«, sagte er, »läßt sich, um überflüssige Worte zu sparen, zuweilen herbei, die Vorurteile des Volkes gutzuheißen. Der Heiland selbst bemerkt, daß das

Korn in der Erde verwesen muß, damit es reif werden kann, und Sankt Paulus schreibt an die Korinther: ›Ihr Unverständigen, wißt ihr nicht, daß das Korn sterben muß, um wieder lebendig zu werden?‹ Heute weiß man wohl, daß das Korn in der Erde weder verwest noch stirbt, um darauf wieder aufzustehen; wenn es verwesen würde, stände es sicher nicht wieder auf...«

Nach diesen Worten machte Monsieur Henry eine Pause, kniff die Lippen zusammen und sah seine Schülerin scharf an.

»Aber damals«, so setzte er mit sachlicher Ruhe hinzu, »befand man sich in diesem Irrtum.«

In solchen Gesprächen bildeten sich Violantes religiöse Meinungen.

»Das Land ist von den Türken verwüstet?« fragte sie.

»Das sagt das Volk. Man findet diese irrige Meinung in sogenannten Volksliedern ausgesprochen, einfältigen Machwerken ganz ohne Kunst... Wollen Sie wissen, wer es verwüstet hat? Dummheit, Aberglaube und Trägheit, die geistigen Türken und unerbittlichen Feinde des menschlichen Fortschritts.«

»Aber als Pierluigi von Assy Proveditor für Dalmatien war, da haben die Dinge sicher anders gestanden. Und die Republik Venedig, die ist nun auch verschwunden? Wer hat sie vernichtet?«

Der alte Franzose wies mit dem Finger auf seine Brust.

»Wir.«

»Ah!«

Sie wandte ihm die Schulter zu.

»Da haben Sie etwas sehr Überflüssiges getan... Waren Sie übrigens selbst dabei, Monsieur Henry?«

»Vor achtundsechzig Jahren. Ich war damals ein fester Kerl.«

»Das glaube ich Ihnen nicht.«

»Sie sollen es auch nicht glauben. Von allem, was man Ihnen sagt, sollen Sie höchstens die Hälfte glauben, und die nur bis auf weiteres.«

Violantes Auffassung des Weltlaufs ergänzte sich mit Hilfe dieser Lehren.

Alle Kenntnisse wurden, kaum daß sie ihr vorgelegt waren, schon wieder in Frage gestellt. Sie fand es ganz natürlich, an keine Tatsachen zu glauben; sie glaubte nur an Träume. Wenn sie an den blauen Tagen nach ihrem Garten übersetzte, so fuhr die Sonne mit ihr, als ein goldener Reiter. Er saß auf einem Delphin, der trug ihn von einer Welle zur andern. Und er landete mit ihr, und sie spielte mit ihrem Freunde. Sie haschten sich. Er erkletterte einen Maulbeerbaum oder eine Fichte; seine Tritte hinterließen lauter gelbe Spuren. Dann ward aus ihm ein Hirte, er hieß Daphnis. Sie selber war Chloe. Sie wand einen Kranz von Veilchen und krönte ihn damit. Er war nackt. Er spielte Flöte um die Wette mit den Pinien, die der Wind erklingen ließ. Sie sang, süßer schallend als die Nachtigall. Sie badeten zusammen in dem Bach, der die Wiese hinabrann, zwischen Säumen von Narzissen und Margeriten. Sie küßten die Blumen, wie die Bienen es taten, die summten im warmen Grase. Sie sahen auf dem Hügel die Lämmer springen, und sprangen ebenso. Beide waren sie berauscht vom Frühling, Violante und ihr heller Gefährte.

Schließlich nahm er Abschied. Seine Fußtapfen lagen nur noch als flüchtiges Gold in den Wegen; gleich zerrann es. Sie rief noch: »Auf Morgen!« Von Pierluigis Pavillon her antwortete es, mit verhallendem Lachen: »Auf Morgen!«...Nun war er fort. Sie streckte sich, müde und stillen Sinnes, unter dem Hange in den Ginster und schaute hinab auf ihren See. Eine Libelle mit breitem behaartem Rücken stand bläulich vor ihr in der Luft. Die gelben Blüten verneigten sich. Sie wandte sich um; auf einem Stein saß eine Eidechse und sah sie mit spitzen Äuglein an. Das Kind legte den Kopf auf die Arme, und lange belauschten sie einander in Freundschaft, die letzte, zerbrechliche Tochter sagenhafter Riesenkönige und der urweltlichen Ungeheuer schwache kleine Verwandte.

II

An einem Sommertage ihres fünfzehnten Jahres sprang sie einmal, noch verschlafen, ans Fenster von Pierluigis Lusthäuschen. Sie hatte im Traum ein scheußliches Kreischen gehört, wie von einem großen, häßlichen Vogel. Der Lärm entsetzte sie noch im Wachen. Da lag im See, in ihrem armen See, ein riesiges Weibsbild. Ihre Brüste schwammen auf dem Wasser als ungeheure Fettberge, sie reckte Beine wie Säulen in die Luft, peitschte Schaum mit wuchtigen Armen und schrie dazu aus weit und schwarz nach oben gerichtetem Munde. Am Ufer trieb geknicktes Schilf, die grünen Paläste, in denen die Fische wohnten, waren zertrümmert; ihre Bewohner huschten angstvoll umher, die Libellen waren entflohen. Das Weib hatte Verwüstung und Schrecken bis in die getrübte Tiefe getragen.

Violante rief mit Tränen in der Stimme:

»Wer hat Ihnen denn erlaubt, meinen See zu beschmutzen! Wie sind Sie widerwärtig!«

Am Ufer lachte jemand, sie bemerkte ihren Vater.

»Fahr nur fort«, sagte er, »sie versteht kein Französisch.«

»Wie sind Sie widerwärtig!«

»Italienisch und Deutsch versteht die Mama auch nicht.«

»Es ist gewiß eine Wilde.«

»Sei artig und begrüße deinen Vater.«

Das junge Mädchen gehorchte.

»Die Mama wünschte zu baden«, erklärte Graf Assy, »sie ist ungemein sauberkeitsliebend, es ist eine Holländerin. Ich komme nämlich aus Holland, meine Liebe, und wenn du deinen Vater gut behandelst, nimmt er dich einmal mit dorthin.«

Sie widersetzte sich entrüstet: »In ein Land, wo es solche... solche... Damen gibt? Niemals!«

»Bestimmt?«

Er nahm freundschaftlich ihren Arm. Die Holländerin war ans Ufer gestiegen, sie hatte sich notdürftig bekleidet und kam herbei, schnaufend, mit wogendem Busen und zärtlicher Miene.

»O das süße Kind!« rief sie. »Darf ich sie küssen?«

Violante ahnte, was jene vorhatte. Ein jäher Ekel beraubte sie des Atems; sie riß sich los, mit wahrer Kinderangst rannte sie und rannte. »Was hat die Kleine?« fragte ganz erschrocken die Fremde. »Schämt sie sich?«

Violante schämte sich nicht. Das Erscheinen eines nackten Frauenzimmers an der Seite ihres Vaters berührte gar nicht ihre Würde. Aber die Plumpheit, die unschöne Masse dieses Weibskörpers empörte ihre Mädchennerven zu einem Stolz, den zu bezwingen ein ganzes Leben sich verschwören mochte: es hätte sich umsonst verschworen.

»Wie darf sie es wagen, sich mir zu zeigen!« stöhnte sie, eingeschlossen in ihrem Zimmer. Sie verließ es erst nach Graf Assys Abreise, und den See mied sie; er war entweiht und für sie verloren. Sie versuchte in Gedanken einem Schmetterlinge zu folgen auf seinem Fluge über die leise Fläche und das Himmelsblau hinabtauchen zu sehen in die gläserne Tiefe –, da plumpste etwas Grobes, Rötlichweißes hinein: zerpeitscht war die gespiegelte Bläue und der Falter entflattert.

Sie grämte sich in tiefer Stille und blieb standhaft, ein halbes Jahr lang. Dann beruhigte sie sich; die lieben Plätze ihres Kinderlebens gingen nur noch durch ihre Träume. Eines Nachts stand Pierluigi von Assy mit seiner Geliebten vor ihrem Bett. Die Dame verzog schelmisch den Mund, die schwarze Fliege hüpfte in eine weiße Grube. Er bat Violante mit zierlicher Verbeugung, mit ihnen zu kommen. Sie erwachte; neben dem weißen Mondlicht lagen blaue Schatten, im Nebenzimmer stand das Bett der Gouvernante leer. Lächelnd schlief sie wieder ein.

Am nächsten Tage trat ein Herr in ihr Zimmer.

»Papa?«

Sie war fast erschrocken, sie hatte ihn erst in Monaten erwartet.

»Es ist nicht Ihr Papa, liebe Violante, es ist Ihr Onkel.«

»Und der Papa?«

»Dem Papa ist leider ein Unglück zugestoßen – oh, ein leichtes.«

Sie sah nur erwartungsvoll aus, nicht ängstlich.

»Er schickt mich zu Ihnen. Er hat mich schon längst gebeten, mich Ihrer anzunehmen, falls er einmal nicht mehr dazu imstande sein sollte.«

»Nicht mehr imstande?« wiederholte sie traurig, ohne Erregung.

»Ist er –«

»Abberufen.«

»Tot.«

Sie senkte den Kopf, sie dachte an das letzte unerfreuliche Zusammentreffen. Sie bekundete keinen Schmerz.

Der Herzog küßte ihr die Hand, er sprach zu ihr und betrachtete sie dabei. Sie war schlank, feingliedrig und voll Spannkraft, mit den schweren, schwarzen Haaren des Südens, in dem ihr Geschlecht gewachsen war, und Augen blaugrau wie das nordische Meer ihres Ahnherrn. Der alte Kenner überlegte: ›Sie ist eine Assy. Sie hat noch etwas von der kalten Kraft, die wir hatten, und Siziliens entnervtes Feuer, das wir auch hatten.‹

Er war trotz seines hohen Alters noch ein sehr achtbarer Reiter, verbarg es aber, sooft er mit dem ungeschulten jungen Mädchen ausritt, nach Kräften. Sie jagten den Strand entlang hintereinander her, auf dem harten Sande und im Wasser. Muscheln und Fetzen von Seesternen spritzten von den Hufen.

»Ich bin ein recht ausgelassener Kamerad«, seufzte der Herzog für sich. »Aber es heißt die Hundekapriolen mitmachen. Stolzer Tritt, Passagieren oder Redopp würde die Kleine nötigen, zu mir und meiner Kunst emporzublicken. Und gegen das Emporblicken hat sie, glaube ich, von Hause aus eine Abneigung.«

Nur als einmal ihr Hut ins Meer wehte, und Violante kommandierte: »Hinein!« – Da widersetzte er sich.

»Ein Schnupfen... in meinen Jahren...«

Sie sprengte hinein, sie saß auf dem Rücken des schwimmenden Pferdes zusammengekrümmt wie ein Äffchen. Bei der Rückkehr zeigte sie ihre nasse Schleppe vor.

»Das ist alles. Warum haben denn Sie das nicht fertiggebracht?«

»Weil ich Ihnen bei weitem nicht gewachsen bin, liebe Kleine.«

Sie lachte glücklich.

Er ließ die Zeit verstreichen, bis es ihm schien, daß das Leben zu zweien ihr zur Gewohnheit geworden sei. Da sagte er: »Wissen Sie, daß ich fünf Wochen hier bin? Ich muß einmal wieder nach meinen Freunden sehen.«

»Wo denn?«

»In Paris, in Wien, überall.«

»Ah!«

»Bedauern Sie 's, Violante?«

»Nun –«

»Sie können ja mitkommen, wenn Sie Lust haben.«

»Habe ich Lust?« fragte sie sich.

»Wenn der See noch wäre wie früher, hätte ich gar keinen Grund, fortzugehen; aber so...«

Sie dachte an Pierluigis nächtlichen Besuch, seine einladende Verbeugung und das liebliche Lächeln der Dame.

»Muß ich euch nun ganz verlassen?« meinte sie im stillen, tiefernst geworden.

»Als meine Frau?« setzte der Herzog ruhig hinzu.

»Als Ihre... Warum denn?«

»Weil es das einfachste ist.«

»Nun, dann...«

Unvermittelt fing sie zu lachen an. Die Werbung war genehmigt.

Den Winter des Trauerjahres verbrachten sie in Cannes, streng zurückgezogen in eine Villa, die, hinter Lorbeermauern und dichten Rosenhecken hervorscheinend, in dem Vorübergehenden Ahnungen erregte von versunkenen Innigkeiten. Die Herzogin langweilte sich und schrieb Briefe an Monsieur Henry.

Sie reisten im Sommer durch Deutschland und trafen Ende September in Biarritz des Herzogs Pariser Freunde. Bei ihrer Ankunft in Paris stand Violante bereits in einem engen Verhältnis zur Fürstin Urussow und zur Gräfin Pourtalès. Pauline Metternich, der sie eine kleine Schwester ward, vermittelte ihre Bekanntschaft mit Wien. Es war das Jahr 1867. Für einige aus dieser Gesellschaft ging eine gerade Lustallee von Paris nach Wien. Was links und rechts dazwischenlag, waren Dörfer, gerade gut genug, um die Pferde zu wechseln. Denn man verschmähte eine volkstümliche Beförderungsart; der Graf d'Osmond und die Herzogin von Assy mit ihrem Gemahl trafen in zwei Viererzügen aus Paris ein und fuhren ins Hotel Erzherzog Karl. Violante folgte einer Einladung der Gräfin Clam-Gallas in ihre Hofburg-Loge; sie bestieg in Paris ihren Wagen, um durch das Wiener Fernrohr der Astronomin Therese Herberstein zu sehen.

Die Leichtigkeit ihres Wesens, die Abwesenheit gemeiner Eitelkeiten in ihrem ungesuchten Hochmut erregten Begeisterung; sie entzückten vor allem den Herzog. Er war sechsundsechzig, und seit sechs Jahren betrachtete er, seiner Gesundheit zuliebe, die Frauen nur noch als glänzende und verwickelte Dekorationsstücke. Nun sah er, näher als andere, dem schönen, freien Geschöpfe zu, dem in einem Dunstkreis von Begierden, dunklen Nachträgereien, ängstlichen Gespinsten und geheimen Lüsten alles klar und lichtvoll blieb, das nirgends Tiefen und Nöte ahnte. Es beglückte ihn eigenartig, wie sie durch das überanstrengte Gewühl der legitimierten Glücksritter und der in schwierigen Genüssen Altgewordenen mit harmlosen, sicheren Kinderschritten dahinging. Sie aufzuwecken erschien der welken Feinheit des Greises wie ein törichtes Verbrechen. Übrigens sagte er sich, daß er ein Narr wäre, sie in Freuden einzuführen, deren Fortsetzung sie notwendig bei andern suchen müßte.

Er führte sie nicht ein. Man erzählte ihr, daß die Marquise de Châtigny von ihrem Mann keine Kinder zu erwarten habe.

»Woher weiß man das?« fragte Violante.

»Von Mademoiselle Zozie.«

»Ah, der von der Oper?«

»Ja.«

Sie wollte weiterfragen, woher denn Mademoiselle Zozie das wissen könne, doch fühlte sie, daß diese Frage nicht zu denen gehöre, die man äußern dürfe.

Die schlanke Gräfin d'Aulnaie erschien eines Abends auf der österreichischen Botschaft mit einem ungeheuren Bauch; es handelte sich um einen vereinzelten Versuch, die Mode der andern Umstände, wie sie in den fünfziger Jahren bestanden hatte, wieder einzuführen. Die Herzogin belustigte sich sehr; dann folgten einige nachdenkliche Tage, nach deren Verlauf sie dem Herzog erklärte, daß sie sich Mutter glaube. Er schien heiter überrascht und ließ den Doktor Barbasson rufen. Der Arzt untersuchte sie mit der zarten Hand, die aus Klientinnen Geliebte machte. Sie blickte gespannt auf: er hatte sein Lächeln rechtzeitig unterdrückt und erklärte, daß hier nichts zu fürchten und nichts zu hoffen sei.

Sie ritt im Prater und im Bois mit immer neuen Anbetern spazieren, und ohne von den Endzwecken der Anbetung etwas zu wissen, erhielt sie, mit der Geschicklichkeit einer Nachwandlerin, alle in Atem. Der Conte Paul Papini bekam ihretwegen eine Kugel vom Baron Leopold Tauna, und er lag noch im Sterben, als Raffael Rigaud sich vor ihrem eben vollendeten Bildnis erschoß. Das waren ihr unverständliche Dummheiten, und sie sprach es aus, mit einer Miene so ruhig und ohne Mitleid, daß abgehärteten Roués ein Schauer über den Rücken lief. Man fing an, sie zu fürchten. Sie aber empfand das lebhafteste Vergnügen über eine noch nicht gekostete Art von Gefrorenem oder über den Schnee, der, dichter als sie ihn je gesehen hatte, auf dem Pelzkragen ihres Kutschers liegenblieb. Und eine größere Teilnahme als allen ihren Liebhabern brachte sie dem Lord Eppom entgegen, jenem alten Herrn, der das ganze Jahr hindurch eine weiße Hose und eine rote Nelke trug. Er fuhr im schäbigsten Einspänner bei ihr vor, und es erheiterte sie bis zu Tränen, wie er den argwöhnischen Widerstand ihrer Dienerschaft zu überwinden hatte, ehe er bis zu ihr vordringen und ihr sein kostbares Cadeau zu Füßen legen konnte. Sie besuchte ihn und betrat sein Schlafzimmer: er schlief in seinem Sarge. Er überreichte ihr galant einen seiner im voraus gedruckten Partezettel und spielte ihr zu Ehren auf einem Leierkasten seinen selbst verfertigten Trauermarsch.

Sie begann Moden zu machen. Ein Bacchantinnenkostüm, im Januar 1870 auf dem Opernball getragen, krönte ihre Berühmtheit. Die fliegenden Tandkrämer verkauften ihre Karikatur, die Boulevards entlang leuchtete in den Schaufenstern auf großen Photographien die Büste der Herzogin von Assy. Bei einem Feste in den Tuilerien ruhte auf ihr mit einer langen, schwer scheidenden Sehnsucht das glanzlose Auge des Kaisers.

Der Krieg mit Deutschland brachte sie zum Stillstehen inmitten eines Tanzes, dessen Musik jäh abbrach. Den von Melodien gewiegten Kopf noch wollüstig im Nacken, fühlten die Tänzerinnen von ihren Lippen das Lächeln gleiten und ein Zittern um sie her von fernem Donner.

Der Herzog brach sofort mit ihr auf. Am Morgen nach ihrer Ankunft in Wien lag er tot im Bett. Sie reiste weiter, von der Leiche begleitet, und sie begrub sie in der Assyschen Gruft zu Zara, auf jenem feierlichen Friedhofe, dem entgegen mit düsterm Pomp der Zug der Zypressen schreitet. Dann verschloß sie sich in ihrem Palais. Die Gesellschaft der dalmatinischen Hauptstadt rückte vor ihrer Tür an, doch beobachtete die Herzogin ein strenges Trauerjahr.

Sie fühlte sich aufgerüttelt, und mehr verwundert als erschreckt durch die Ereignisse. Zum erstenmal hatte sie die beunruhigende Empfindung von etwas Unbekanntem, nicht ganz leicht zu Nehmendem, das irgendwo auf sie wartete. Sie meinte die verflossenen Jahre dort hingebracht zu haben, wo das Leben am stärksten pulste; nun war es ihr, als hätten Ballmusik und leeres Lachen alles übertönt, was des Gehörtwerdens wert war. Und in der plötzlich eingetretenen Stille begann sie zu lauschen.

»Nun bin ich *allein*. Was ist es nun, was gibt es zu verstehen?«

An der Piazza della Colonna in Zara gab es offenbar nichts zu verstehen. Sie begann wieder, sich zu langweilen, woran sie seit Cannes nicht mehr gewöhnt war, und sah gleich andern Frauen hinter den geschlossenen Läden auf das eingeschlafene besonnte Pflaster hinunter. Zuweilen kamen Leute vom Hof vorbei, Gesichter, die sie bei ihrem raschen Besuche mit dem Herzog gesehen zu haben meinte. Der König saß im Wagen mit Beate Schnaken; die Herzogin lachte, ganz allein in ihren leeren Sälen, über die spaßhaften Geschichten, die man in allen Residenzen weitererzählte.

Die Dalmatiner wurden durch die Eifersucht der einheimischen Geschlechter daran gehindert, einen Fürsten in ihrer Mitte zu suchen. Die Mächte, der unter den früheren Verwaltungen nie beendeten Rassen- und Bürgerkriege müde, lenkten die Wahl des dalmatischen Volkes auf Nikolaus, einen noch verfügbaren Koburger. Um ihm die Krone anzutragen, drang man bis in ein verstecktes Jagdhäuschen, wo er mit Treibern und Hunden in einer Küche lebte. Er war ein anspruchsloser Rauschebart, der mit Pelzmantel, Kappe und kurzer Pfeife durch die Wälder ging wie der Weihnachtsmann. Die Übersiedlung als Herrscher in ein fernes Reich, von dessen Lage er keine sichere Kenntnis besaß, ward dem Alten nicht leicht; doch entsann er sich seiner Fürstenpflicht. Der Bundeskanzler sollte ihm beim Abschied gesagt haben: »Reisen Sie mit Gott, und sehen Sie zu, daß wir von Ihrem Lande nichts mehr hören.«

Nikolaus sah zu. Er regierte still und bescheiden. Und wenn sich im Laufe der Jahre niemals herausstellte, ob er klug, gewalttätig, verschlagen oder edelmütig sei, so wurde eines sehr bald klar: er war ehrwürdig. Seine Völker, die sich gegenseitig Verarmung und gänzliche Ausrottung wünschten, waren darin einig, auf ihren greisen König mit gerührter Liebe zu blicken. Nikolaus war ein Muster als Familienvater. Eine tiefe, unzweifelhafte Ehrbarkeit hüllte alle, die ihm nahe standen, wie in einen Mantel ein, unter dessen Falten ihre Gebrechen verschwanden. Niemand entrüstete sich über den Thronfolger, den jungen Philipp, der, seit im Wiener Theresianum seine Erziehung beendigt war, einem hanswurstmäßigen Vergnügungstrieb lebte; und die schöne Freundin des Königs empfing überall wohlwollende Anerkennung.

Beate Schnaken war eine kleine Schauspielerin, die, von Wien nach Zara verschlagen, niemand fand, der gern ihre Schulden bezahlt hätte. In ihrer Not schlich sie früh um fünf aus dem Hause, um in der Jesuitenkirche zu beten. Sobald Nikolaus von Koburg die Führung eines katholischen Volkes übernommen hatte, war er voll Frömmigkeit mit seinem ganzen Hause in die römische Kirche zurückgekehrt. Auch in der Ausübung seiner religiösen Pflichten ging er allen seinen Untertanen voran; in kalter Morgendämmerung verrichtete im Tempel der Jesuitenväter der greise Herr seine Andacht. Beaten war dieser Umstand bekannt. Sie faltete die Hände und verhielt sich ganz ruhig. Der König sah im Winkel etwas Schwarzes und achtete nicht weiter darauf. Am Morgen danach bemerkte er, daß aus dem schwarzen Schleier, der über einem Betstuhl lag, ein bleiches Profil in den Weihrauch hineinstarrte. Als ihm am dritten, vierten und fünften Tage immer dasselbe Bild auffiel, konnte der Alte sich einer herzlichen Rührung nicht enthalten, und Beate Schnakens Glück war gemacht.

Außer ihrer Gage empfing sie eine anständige Apanage. Nikolaus besuchte sie jeden Abend. Geheime Agenten lauschten an den Türen, doch selten fiel ein politisches und niemals ein unpassendes Wort. Im Wagen saß Beate immer an der Seite des königlichen Freundes, weiß und rosig, das sich entwickelnde Doppelkinn in den schwarzen Spitzenkragen gedrückt. Graf Bittermann, Nikolaus' Jugendfreund, hatte sie kniefällig gebeten, sich ihm antrauen zu lassen; mit der Gräfin Bittermann *dürfe* der König verkehren. Beate aber wies den treuen Diener der Dynastie Koburg ab; sie glaubte, der von ihm gewünschten Ehrenrettung gar nicht zu bedürfen. In der Tat verlangte

33

sie niemand von ihr. Die Königin sogar hatte Beate ins Herz geschlossen; man erzählte in dieser Beziehung rührende Züge.

Beate fand sich in ihre zarte Stellung mit der größten Gewandtheit, ohne jeden Rückfall in frühere Lebensphasen. Hier und da nahm sie kurzen Urlaub zu einem Stelldichein in Nizza mit einem Wiener Pferdejuden, oder um jenseits der Schwarzen Berge einen Kollegen von der Hofbühne zu treffen. Dann kam sie zurück, vernünftig, schlicht, mit stiller Würde; innerhalb der Landesgrenzen geschah nie das geringste.

Die Herzogin unterrichtete sich manchmal sogar aus den Zeitungen über die Taten und Gebärden dieser Herrschaften. Wer ihr in Paris, vor fünf Monaten gesagt hätte, daß sie, um ihre Stunden hinzubringen, zu solchen Mitteln greifen werde!

Prinz Phili ritt eines Tages über den Platz. Sie stand leicht und lässig auf dem monumentalen Balkon ihres ersten Stockwerks und sah an den langen Säulen hinab, an deren Fuß zwei Greifen das Portal bewachten. Links saß ein eleganter Kavalier, rechts ein Hüne in Uniform, in der Mitte aber ein Männchen von schlechter Haltung, das fahrige Blicke umherwarf und unablässig mit kleinen bleichen Händen in den dünnen schwarzen Haaren grub, die auf seinen Wangen keimten. Die Herzogin wollte sich zurückziehen; Phili hatte sie schon erblickt. Er schleuderte die Arme in die Luft, in seinem Gesicht leuchtete es rosig auf. Er wollte anhalten. Sein eleganter Begleiter blieb gefällig stehen, doch der riesige Krieger riß rauh am Zügel des Prinzen. Phili zog den Kopf tief zwischen die Schultern zurück und folgte ohne Klage. Seine bemitleidenswerte Rückenlinie verschwand um die Ecke.

Es war im Dezember. Sie setzte einmal über die Hafenbucht. Die helle, feine Stadt, geformt mit der Anmut Italiens, blieb zurück; gegenüber lag unter dem schweren Sturmhimmel nichts als eine graue Steinwüste mit zerbröckelnden Hütten. Der Anblick, der sie kränkte, stachelte etwas in ihr auf, ein Bedürfnis zu wagen, zu handeln und die Kräfte zu messen: sie ließ sich die Ruder reichen, sie tauchte sie tapfer in die lärmenden Wellen, die das Boot herumrissen. Sie sah sich machtlos und kämpfte aus Trotz. Da bemerkte sie am Strande einige Männer mit aufgesperrten Mündern und wild umhergeworfenen Armen. Sie schienen zornig; ein Alter mit gesträubtem weißen Bart drohte ihr mit den Fäusten und sprang dabei von einem Bein auf das andere.

»Was haben die Leute?« fragte sie ihren Gondolier.

Der Mann schwieg. Der Jäger erklärte zögernd: »Es ist ihnen nicht recht, daß die Frau Herzogin rudern will.«

»Ah!«

Was konnte ihnen das machen? Es mußte eine kleine Eigenheit des Volkes sein, diese seltsame Eifersucht. Sie erinnerte sich jener unverständlichen Menschen, von denen sie als Kind für eine Hexe gehalten wurde. Das Volk besaß lauter Marotten. Es sang in sogenannten Volksliedern von Türkenkriegen, die niemals stattgefunden hatten.

Sie hatte die Ruder weggelegt, das Boot war ans Land geschleudert. Sie stieg aus. Der Alte kreischte noch einmal auf und schlich scheu davon. Sie besah sich durchs Lorgnon die jungen Burschen, die ungeschickt stehenblieben.

»Haßt ihr mich denn sehr?« forschte sie wißbegierig.

»Prosper, warum antworten die Leute nicht?«

Der Jäger wiederholte ihnen die Frage in ihrer Sprache. Schließlich sagte eine Stimme, die noch heiser vom Fluchen war: »Wir lieben dich, Mütterchen. Gib uns Geld für Schnaps.«

»Prosper, frage sie, wer der Alte ist.«

»Unser Vater.«

»Trinkt ihr viel Schnaps?«

»Selten. Wenn wir Geld haben.«

»Ich gebe euch welches. Aber die Hälfte gebt ihr eurem Vater.«

»Ja, Mütterchen. Alles, was du befiehlst.«

»Prosper, geben Sie ihnen –«

Sie wollte sagen: zwanzig Franken, überlegte aber, daß das Volk sich tottrinken könnte.

»Fünf Franken.«

»Die Hälfte dem Vater«, wiederholte sie und stieg schnell ins Boot.

›Wenn ich zusehe, werden sie es ihm natürlich geben‹, dachte sie. ›Wie aber, wenn sie unbeobachtet sind?‹

Sie war gespannt, obwohl sie sich sagte, daß es gleichgültig sei, wie eine schmutzige Familie sich um fünf Franken vertrage.

Tags darauf wollte sie den Jäger hinschicken, doch meldete Prosper ihr, der Alte sei gekommen. Sie ließ ihn vor; er küßte ihren Rocksaum.

»Dein Knecht küßt deinen Saum, Mütterchen, du hast ihm einen Franken geschenkt«, sagte er und sah sie lauernd an. Sie lächelte. Ah, er traute den Burschen nicht, und hatte recht. Er hätte ja zwei und einen halben Franken bekommen sollen. Aber daß sie ihm doch *etwas* gegeben hatten!

»Erwartete ich das?«

Sie war belustigt und sagte: »Es ist gut Alter, ich komme morgen wieder an euer Ufer.«

Der folgende Tag war blau. Sie stand zum Ausgehen bereit, als draußen sich Stimmen erhoben. Prinz Phili stolperte an fünf Lakaien vorbei, über die Schwelle.

»Einem Freunde Ihres Gemahls, des seligen Herzogs«,

so rief er aufgeregt, »Frau Herzogin werden doch einem lieben Freund des Herzogs nicht die Tür weisen. Küß die Hand, Frau Herzogin.«

»Königliche Hoheit, ich empfange niemand.«

»Aber einen lieben Freund. Wir hatten uns ja so lieb. Und dann, wie geht es der lieben Fürstin Pauline. Ach ja, Paris. Und die gute Lady Olympia, a so a herzigs Weiberl.«

Die Herzogin lachte. Lady Olympia Ragg war gerade noch einmal so groß und breit wie Prinz Phili.

»Ist sie noch in Paris, die Olympia? Ist gewiß schon wieder in Arabien oder am Nordpol. Eine wirklich liebe, überaus leicht zugängliche Frau. Es hat mich gar keine Mühe gekostet«, sagte er schäkernd. »Aber gar keine. Schauen Sie, jetzt werden Sie schon munterer.«

»Königliche Hoheit, es ist schwer, Ihnen zu widerstehen.«

»Trauern ist schon recht, aber nicht gar so arg. Ich trauere ja auch. Da schaun's.«

Er berührte seinen umflorten Ärmel.

»Der Herzog war doch mein Busenfreund. Das letztemal, als ich ihn sah, wissen Sie, in Paris, ermahnte er mich so rührend zur Vernunft, aber so *rührend*, ich sage Ihnen. ›Phili‹, sagte er, ›Mäßigkeit im Genuß von Wein und Weibern.‹ Er hatte nur zu recht, aber kann ich ihm folgen?«

»Königliche Hoheit können sicher, wenn Sie wollen.«

»Das gehört zu Ihren Vorurteilen. Mit achtzehn Jahren bekam ich von einem Hofmeister Portwein; er stahl ihn mir eigenhändig von der Hoftafel. Heute bin ich zweiundzwanzig und trinke schon nur noch Kognak. Erschrecken bitte nicht, Frau Herzogin, ich verdünne ihn mit Sekt. Ein Wasserglas voll, halb Sekt, halb Kognak. Meinen Sie, daß es schadet?«

»Ich weiß wirklich nicht.«

»Mein Arzt sagt mir, es schadet gar nichts.«

»Dann können Sie's ja tun.«

»Das denken Sie doch auch wirklich?«

»Aber warum trinken Sie? Es gibt für einen Thronfolger doch so viele andere Beschäftigungen.«

»Das gehört zu Ihren Vorurteilen. Ich bin unbefriedigt wie alle Thronfolger. Erinnern Sie sich an Don Carlos. Ich möchte nützlich sein, und man verurteilt mich zur Untätigkeit, ich bin ehrgeizig, und jeder Lorbeer wird mir vor der Nase weggeschnitten.«

Er sprang auf und trollte gebeugt durchs Zimmer. Seine Arme waren immer erhoben wie Flügel, die Hände wippten in der Höhe der Brust, an den Gelenken auf und ab.

»Sie Ärmster«, sagte die Herzogin und blickte auf die Uhr.

»Die Schranzen verdächtigen mich bei dem Könige, meinem Vater, als könne ich die Zeit meiner Thronbesteigung nicht erwarten.«

»Aber Sie können es doch?«

»Mein Gott, ich wünsche dem König langes Leben. Aber ich möchte auch leben, und man will es nicht.«

Er schlich auf den Fußspitzen nahe zu ihr hin und flüsterte mit Anstrengung dicht an ihrem Gesicht: »Wollen Sie wissen, wer es nicht will?«

Sie hustete; ein scharfer Alkoholduft wehte sie an.

»Nun?«

»Die Je-su-iten!«

»Ah!«

»Ich bin ihnen zu aufgeklärt, darum verderben sie mich. Wer ist denn heute fromm? Die Klugen geben vor, es zu sein: ich bin zu stolz dazu. Glauben Sie, Frau Herzogin, etwa an die Auferstehung, oder an die Unbefleckte Empfängnis, oder überhaupt an das ganze Himmelreich? Ich persönlich bin über das alles hinaus.«

»Ich habe mich nie dafür interessiert.«

»Vorurteile habe ich keine mehr, sage ich Ihnen. Die Kirche fürchtet mich, darum verdirbt sie mich.«

»Bitte, wie macht sie das?«

»Sie fördert meine Laster. Sie besticht meine Umgebung, daß man mir zu trinken gibt. Wenn ich irgendwo einem schönen Weibe begegne, so haben die Schwarzen mir's in den Weg gestellt. Ich bin nicht einmal sicher, Frau Herzogin, ob nicht Sie... Sie selbst... Sie sind vielleicht doch fromm?«

Er schielte sie von der Seite an. Sie begriff nicht.

»Warum standen Sie neulich auf dem Balkon, gerade als ich vorbeiritt?«

»Ach, Sie glauben?«

Er zögerte, dann stimmte er in ihr Lachen ein. Er rückte auf seinem Sessel zutraulich näher.

»Ich fürchtete nur, weil Sie gar so schön sind. Phili, hab ich zu mir gesagt, da ist eine Falle. Schau daß du weiterkommst. Aber Sie sehen, ich bin nicht weitergekommen: da sitze ich.«

Er kam noch näher, seine wippenden Händchen streiften schon die Spitzen vor ihrer Brust. Sie erhob sich.

»Gelt, ich darf da sitzen bleiben?« lallte er, erregt und unsicher.

»Aber mir erlauben Königliche Hoheit, daß ich ausgehe?«

»Aber wozu denn! Gehn's, Frau Herzogin, sein's gemütlich.«

Er trollte ihr nach, von einem Stuhl zum andern, demütig und ausdauernd.

»Aber das alte Empire-Gerümpel müssen Sie hinaustun und was Molliges da hereingeben, daß man lieb plauschen kann und sich auswärmen. Dann komm ich alle Tage zu Ihnen. Sie glauben nicht, wie ich zu Hause kalt hab bei meiner Frau. Muß man mir auch eine Frau aus Schweden holen, die zu predigen anfängt, sobald sie meiner gewahr

39

wird. Quelle scie, Madame! Ein Sägefisch aus Schweden: das ist ein selbsterfundenes Wortspiel. Und ein französisches auch noch! Ach Paris!«

Er redete langsamer, ängstlich horchend. Der Vorhang öffnete sich, der elegante Begleiter des Prinzen erschien auf der Schwelle. Er verneigte sich tief vor der Herzogin und vor Phili, und sprach: »Königliche Hoheit erlaube mir zu erinnern, daß Seine Majestät Euere Königliche Hoheit um elf Uhr zum Frühstück erwarten.«

Er verneigte sich abermals. Phili murmelte: »Gleich, mein lieber Percossini.« Die Tür ging zu.

Der Prinz wurde plötzlich beweglich.

»Haben Sie ihn wohl gesehen, den Schuft. Das war der Baron Percossini, so ein Italiener. Der Schuft, er wird ja gezahlt von den Je-su-iten. Er hat gewartet, bis ich hier bei Ihnen recht warm geworden bin. Jetzt holt er mich fort, gerade im schönsten Moment, wo ich anfange zu hoffen. Ich soll närrisch werden, die Jesuiten zahlen's. Sagen Sie, liebste Herzogin, darf ich morgen wiederkommen?«

»Unmöglich, Königliche Hoheit.«

»Bitte, bitte.«

Er flehte, tränenerstickt.

»Sie sind zu schön, ich kann doch nicht anders.«

Dann plauderte er wieder.

»Der Major von Hinnerich, mein Adjutant, ah, das ist ganz was anderes. So ein braver Mann! Ein wirklich braver Mann, er hindert mich an jedem Vergnügen. Aber an *jedem*, sag ich Ihnen. Haben Sie neulich gesehen, wie er an meinem Zügel zog? Ein so treuer Diener meines Hauses. Seien Sie lieb, Frau Herzogin, besuchen Sie meine Frau, kommen Sie zu unserm cercle intime. Ich muß Sie doch wiedersehen, ich kann doch nicht anders. Gelt, Sie kommen? Der Prinzessin machen Sie *solche* Freude, sie spricht immerfort von Ihnen. Gelt, Sie kommen?«

Sie machte ungeduldig ein paar Schritte auf die Tür zu.

»Ich komme.«

Der Vorhang rauschte von neuem. Phili legte unvermutet eine gnädige Anmut an den Tag.

»Mein lieber Percossini, ich gehöre Ihnen. Küß die Hand, Frau Herzogin, und auf Wiedersehen beim cercle intime.«

Die Herzogin begab sich zu Fuß nach dem Hafen. Ein reiner Nordwind strich über das violette Meer. Beim Landen fand sie drüben am Strande einen bunten Volkshaufen, der auf sie zu warten schien. Allen voran leuchtete unter dem kraßblauen Himmel der kupferrote, schöne Bart eines feingekleideten, stattlichen Herrn. Der graue Schlapphut war von seinem Anzuge das einzige nicht der Mode entnommene Stück. Er verneigte sich: im selben Augenblick schrien und plärrten Männer, Frauen und Kinder im Chor, wie etwas Eingelerntes: »Das ist Pavic, unser Retter, unser Väterchen, unser Brot und unsere Hoffnung!«

Die Herzogin ließ sich sagen, was es bedeute. Dann betrachtete sie den Herrn; sie hatte von ihm gehört. Er stellte sich vor: »Doktor Pavic.«

»Ich bin gekommen, Hoheit, um Ihnen zu danken. Ihnen *ist* gedankt, denn Sie wissen: ›Was ihr den ärmsten meiner Brüder tut, das tut ihr mir.‹«

Sie verstand ihn nicht, sie dachte: ›Mir? Wem denn? Ich habe ja überhaupt niemandem etwas tun wollen.‹ Da sie nichts erwiderte, setzte er hinzu: »Ich spreche, Hoheit, zu Ihnen im Namen dieses unmündigen Volkes, dessen Menschwerdung ich mein ganzes Leben geweiht habe. Mein ganzes Leben«, wiederholte er mit Hingebung.

Sie erkundigte sich: »Was ist es mit diesen Leuten? Ich möchte etwas über sie wissen.«

»Dies arme Volk, es liebt mich sehr. Sie bemerken, Hoheit, wie dicht es mich umdrängt.«

Sie hatte es bemerkt: das Volk roch übel.

»Ah! Um mich spinnt sich ein gutes Stück Romantik!«

Er breitete die Arme aus, den Kopf im Nacken, daß der schöne, breite Bart keilförmig in die Luft stand. Sie erklärte sich seine Gebärde nicht ganz.

»Wenn Sie wüßten, Hoheit, wie das süß ist: vom Hasse einer Welt umtobt, sich auf einen Wall von Liebe zu stützen.«

Sie erinnerte ihn: »Und das Volk, das Volk?«

»Es ist arm und unmündig, darum liebe ich es, darum schenke ich ihm meine Tage und meine Nächte. Die Umarmungen eines Volkes, Sie mögen mir glauben, Hoheit, sind heißer, sind weicher und beglückender als die einer Geliebten. Ich entreiße mich ihnen manchmal, zu langen, einsamen Fußwanderungen durch mein trauriges Land.«

So schloß er, stiller und getragener.

Er war entschieden von der Darlegung der eigenen Persönlichkeit nicht abzulenken. Sie hatte die Lippen zu einem spöttischen Wort geöffnet, aber sein Organ, dies erstaunliche Organ, das dem Könige und seiner Regierung Furcht einflößte, bezwang ihren Widerspruch. In seiner Stimme schmolz Liebe, die Liebe zu seinem Volk, wie eine köstliche Dragée. Ein Duft, fade und berauschend, entströmte seinen leersten Worten, ein ihr peinlicher Duft; aber er wirkte auf sie.

Einige Schritte landeinwärts äußerte sie: »Sie sind ein Tribun? Man fürchtet Sie sogar?«

»Man fürchtet mich. O ja, ich glaube wohl, daß jene vornehmen Herren mich fürchten, die damals, als ich die schamlosen, verworfenen Sitten des Thronfolgers nach Verdienst öffentlich gebrandmarkt hatte, in mein Haus gedrungen sind.«

»Ach, wie ist das abgelaufen?« fragte sie, begierig auf Geschichten.

Er blieb stehen.

»Sie mußten sich in der nächsten Apotheke die Köpfe verbinden lassen. Die Polizei vermied es ängstlich, sich einzumischen«, sagte er kalt und ging weiter.

Er gab ihr zehn Sekunden zum Nachdenken; dann hielt er wieder an.

»Aber niemand, der ein gutes Gewissen besitzt, braucht mich zu fürchten. Man weiß ja gar nicht, wie weich ich bin, wieviel von meinem Zorn aus einer zu zärtlichen Seele kommt, und wie dankbar und treu ich dem Mächtigen, Frau Herzogin, wäre, der für meine Sache seine Hand erhöbe.«

»Und Ihre Sache?«

»Ist mein Volk«, sagte Pavic und setzte seinen Weg fort.

Sie wanderten über spitze Kiesel. In einem armseligen Acker standen gebückte Gestalten, sie warfen unablässig, mit immer gleichen Bewegungen, Steine auf die Straße hinaus. Der Weg lag voll, und das Feld ward nicht leer. Ein Bauer sagte: »So werfen wir das ganze Jahr. Gott weiß, wo der Teufel all die Steine hernimmt.«

»Das ist auch *mein* Los«, versetzte Pavic sofort. »Jahrein jahraus schleudere ich Ungerechtigkeit und Frevel an meinem Volk aus dem Acker meines Vaterlandes – aber Gott weiß, woher der Teufel immer neue Steine nimmt.«

Die Öffnung einer Lehmhöhle klaffte. Die Herzogin trat, um dem immer nachdrängenden Volke auszuweichen, auf die Schwelle. Ungeheure irdene Krüge ragten in den Ecken, auf dem Boden von hartgestampfter gelber Erde. Durch den schwarzen Raum zog der Geruch von gebratenem Öl. Vor dem schwelenden Feuer eines feuchten Reisigbündels froren drei Männer in braunen Mänteln. Einer sprang auf und kam mit einem tönernen Gefäß auf die Gäste zu. Die Herzogin wich hastig zurück, aber der Tribun ergriff den Weinkelch.

»Das ist der Saft meines Mutterbodens«, sagte er zärtlich, und trank. »Das ist Blut von meinem Blut.«

Er verlangte ein Stück Maisbrot, zerbrach es und teilte mit den Umstehenden. Die Herzogin sah einem großen Seevogel zu, der kreischend durch die Nacht der Höhle flatterte. Eine kleine Natter ringelte sich auf dem Tisch.

»Wahrscheinlich ist mir jetzt alles vorgeführt«, sagte die Herzogin. Sie wandte sich wieder dem Ufer zu.

»Sie wollen zur Stadt, Herr Doktor, und haben kein eigenes Boot? Steigen Sie bitte in meines.«

Er nahm einen Knaben mit hinein, ein kränkliches Wesen mit schwachen Augen, weißen Ringellöckchen und von käsiger Farbe.

»Sie haben einen Knaben bei sich?«

»Es ist mein Kind. Ich habe es sehr lieb.«

Sie dachte: ›Das brauchte nicht gesagt zu werden. Und mitzunehmen brauchte er es auch nicht.‹

Nach einer Pause fragte sie: »Sie werden doch Pavese genannt?«

»Ich habe mich so nennen müssen. Ohne die Sitten und sogar die Namen unserer Feinde anzunehmen, können wir in unserem eigenen Lande nicht gedeihen.«

»Wer, wir?«

»Wir . . .«

Er errötete. Sie bemerkte, daß er eine eigentümlich zarte Haut und rosige Nüstern hatte.

»Wir Morlaken«, ergänzte er rasch.

›Morlaken?‹ dachte sie. So nannte man also jene Bunten, Schmutzigen dort drüben. Das war also ein Volk. Sie hatte es für eine namenlose Herde gehalten. Sie vergewisserte sich: »Und die Leute am Strande, das waren wohl auch —«

»Morlaken, Hoheit.«

»Warum verstehen sie nicht Italienisch?«

»Weil es nicht ihre Sprache ist.«

»Ihre Sprache?«

»Das Morlakische, Hoheit.«

44

Also besaßen sie auch eine Sprache. Sie hatte, sooft jene die Münder öffneten, ein ungeregeltes Grunzen zu hören gemeint, aus dem Eingeweihte möglichenfalls allerlei traumdunkle Absichten herausahnten, wie aus den Lebensäußerungen der Tiere. Pavic versetzte: »Wie ich sehe, ist Ihnen, Frau Herzogin, dieses Volk noch unbekannt.«

»Ich habe unter meiner Dienerschaft nie welche gehabt. Ich erinnere mich, mein Vater nannte sie –«

Sie besann sich und schwieg. Er schluckte hinunter. Plötzlich gerade aufgerichtet und eine Hand in der Nähe des Herzens, mit der ganzen Spannung eines vielleicht einzigen Augenblickes begann er zu reden.

»Wir Morlaken sehen zu, wie zwei fremde Räuber sich um unser Land vertragen. Wir sind der Kettenhund, den zwei Wölfe anfallen; und der Bauer schläft.«

»Die beiden Wölfe?«

»Sind die Italiener, unsere alten Bedrücker, und der König Nikolaus mit seinen fremden Schergen. Oh, Hoheit, mißverstehen Sie mich nicht. Es hat der Dynastie Koburg niemals ein treueres Herz geschlagen als hier in dieser slawischen Brust. Als die Mächte den Prinzen Nikolaus von Koburg auf Dalmatiens Thron setzten, da ging ein Aufatmen durch die slawische Welt. Die vielhundertjährige Schmach wird nun doch gesühnt werden, so hieß es von Archangel bis Cattaro: denn von Cattaro bis Archangel und vom Eismeer bis zu der öligen Flut des Südens schlagen die slawischen Herzen im gleichen Takt. Die lateinischen Räuber, die ein heiliges Slawenvolk schänden, man wird ihnen endlich den Stein um den Hals binden und sie im Meer versenken. So jauchzten wir! So jauchzten wir *voreilig*. Denn, Frau Herzogin, wie es war, so ist es geblieben: die Fremden herrschen.«

»Welche Fremden?«

»Die Italiener.«

»Die nennen Sie fremd? Hier ist doch alles italienisch.

In eine Wildnis, an ein ödes Meer haben die Italiener schöne Städte gebaut...«

»Und nun sitzen – Sie sehen, Hoheit, wie wund Ihre Worte mein Herz trafen, daß ich Sie, Frau Herzogin, zu unterbrechen wage – und nun sitzen sie in diesen schönen Städten als Spinnen und trinken das arme Blut des slawischen Landes. In den Städten am Meer wird auf italienisch geschrien, genossen und Theater gespielt. Man führt den Neugierigen, die vorbeifahren, die Komödie einer Wohlhabenheit, einer Gesittung und Zufriedenheit vor, die dieses Land nicht kennt. Dahinter aber, in den langgestreckten, traurigen Gefilden, geht es ernst und stille zu. Dort wird auf slawisch geschwiegen, gehungert und gelitten. Das Reich, Frau Herzogin, ist nicht derer, die genießen, es ist der Leidenden.«

Sie fragte sich: ›Hält er leiden für ein Verdienst?‹

Der Tribun fuhr fort: »Die Barbarei und das Elend in ein Land tragen, wo nur Genügsamkeit und Unschuld waren; in den Leibern der Armen nach Gold graben und um Gold ihre unsterblichen Seelen verkaufen – das nannten unsere einstigen Herren, die Venetianer: kolonisieren. Zum Ersatz für alles, was sie uns nahmen, sandten sie uns ihre Künstler, die bauten uns einige nichtsnutzige Monumente; daran durften die Hungernden sich satt sehen.«

Er sprang auf. Die gespreizte Rechte ausgestreckt nach der weißen Stadt, die vor ihnen sich aus dem Wasser erhob, rief er in den Wind hinein: »Wie ich sie verabscheue, diese ruchlose Schönheit!«

Die Herzogin wendete, leicht angewidert, den Kopf weg. Pavic vermochte sich in dem heftig schwanken Boot nicht lange auf den Beinen zu halten; er taumelte und saß hart nieder. Dann legten sie an. Pavic seufzte tief: »Der König Nikolaus weiß von alledem nichts. Ich achte ihn, er ist fromm, und auch ich war als einfaches Slawenherz immer ein gläubiger Sohn der Kirche. Aber er steckt im

Lügengarn der Italiener. Hätte er sonst einen treuen Untertanen wie mich verfolgt und eingekerkert?«

Ihr Wagen war vorgefahren, sie stand schon am geöffneten Schlage; plötzlich sah sie sich nochmals nach ihm um.

»Sie haben im Kerker gesessen?«

»Hoheit, zwei Jahre lang.«

Die Herzogin erhob das Lorgnon: sie hatte noch niemals einen Staatsverbrecher gesehen. Pavic stand barhäuptig im Schmuck seiner kurzen, braunroten Locken,
das Licht flimmerte in seinem rotblonden Bart, er blickte
ihr freimütig in die Augen.

»Sie müssen unversöhnlich sein«, versetzte sie endlich.
»Ich wäre es.«

»Gott verhüte es. Aber immer fromm und immer loyal
gewesen, und bloß weil ich mein Volk liebe, verfolgt und
eingekerkert – Hoheit, das schmerzt«, sagte er innig.

»Schmerzt? Sie müssen doch *wütend* sein!«

»Hoheit, ich vergebe ihnen –«

Er hielt die Rechte mit nach außen gekehrter Hand-
fläche ein Stück seitwärts von der Hüfte weg. Er blickte
gen Himmel.

»Denn sie wissen nicht, was sie tun.«

»Erzählen Sie mir gelegentlich mehr, Herr Doktor.«

Sie grüßte ihn aus dem Wagen.

Es war Mittag, in den windgeschützten Straßen brannte
die Sonne. Die Herzogin fühlte sich aufgeweicht und
eingeschläfert vor lauter auf sie herniedergegangenen
Worten, einfangenden, umstrickenden, entkräftenden
Worten. Noch in ihren kühlen Sälen umspann sie ein
ungesunder Zauber. Alle Gegenstände, die sie anfaßte,
waren zu weich, das Schweigen im Hause zu schmei-
chelnd und zu träumerisch. Ein kleiner Vogel, der sich an
ihrem Fenster den Kopf einstieß, hätte ihr fast leid getan,
als er schon tot war. Sie brauchte eine Nacht, um wieder
gelassen und vernünftig zu werden.

Acht Tage später kam ein verzweifelter Brief vom Prinzen Phili. Von Hinnerich sei zu treu, er lasse ihn keinen Schritt mehr allein gehen. Wenn sie ihm ein Wiedersehen beim cercle intime versage, so verliere er den letzten moralischen Halt. Das werde sie nicht wollen, nur die Jesuiten könnten das wünschen.

Sie gab bei der Prinzessin ihre Karte ab. Darauf erschien bei ihr ein Hofjäger mit der schriftlichen Einladung zu Ihrer Königlichen Hoheit.

Als der Lakai vor ihr die Flügeltür aufriß, warf Phili einen Handarbeitstisch um. Zwei Teetassen gingen in Scherben. Die in dem weiten, kalten Gemach einsam frierenden Personen erhoben sich eifrig, erlöst aus trüber Langeweile. Die Prinzessin zog liebenswürdig einen zweiten Sessel neben den ihrigen, in dessen warmen Tiefen sie mit frostigem Beben ganz verschwand. Sie war lang, beängstigend schmal und mager, und weißlich von Haaren, Haut, Augen und Wesen. Ellenbogen und Knie stachen wie Lanzen durch den Stoff des schlichten, geschlossenen Kleides, die Handgelenke wollten abbrechen in den Spitzenmanschetten.

»Sie haben uns aber lange warten lassen«, äußerte sie.

Sie sprach langsam, leise klagend. Man wußte beim ersten Wort, ihr sei auf keine Weise beizukommen.

»Mit Bedauern, Königliche Hoheit«, entgegnete die Herzogin.

»Dennoch hätte ich meine Zurückgezogenheit noch lange nicht aufgegeben, nur der Wunsch Euerer Königlichen Hoheit konnte mich dazu bewegen.«

»Sie tun es mir zuliebe, Hoheit? Gott lohne es Ihnen. Wie habe ich mich danach gesehnt, mit einem Menschen der großen Welt, mit Ihnen, liebe Herzogin, von da draußen reden zu dürfen – von Paris...«

Dies Wort erregte ein Stöhnen, es pflanzte sich fort durch den Raum. Phili wiederholte dumpf: »Paris.« –

»Paris«, lispelten zwei reichgeputzte Damen, deren kunstvolle Locken, von großen Rosen gekrönt, über porzellanweiße Nacken fielen. Hinter ihnen warfen ihre Männer die blaßbraunen Köpfe zurück, daß die gewichsten Stacheln ihrer dicken schwarzen Schnurrbärte zur Decke starrten. »Paris.« – »Paris«, murmelte Percossini mit angenehmem sehnsuchtstiefen Bariton. Aus einem wenig erhellten Winkel, von Seidenkissen erstickt, drang der matte Seufzer einer dicken, schönen Frau: »Paris.« Und nur von Hinnerich blieb, ohne eine Miene zu verziehen, aufmerksam und pflichtgetreu, neben dem Stuhl stehen, auf dem des Thronfolgers kümmerliche Glieder zappelten.

Die Prinzessin sagte: »Hoheit erlauben, daß ich Sie mit unsern Freunden bekannt mache.«

»Mes dames Paliojoulai und Tintinovitsch.«

Die beiden Damen beschrieben in ihren hinten centaurenmäßig entwickelten Roben weite Komplimente. Ein anmutiges Lächeln wollte die milchige Fettschicht auf ihren Gesichtern in Fluß bringen. Die Herzogin bemerkte, daß Madame Tintinovitsch schön sei mit ihrer feinen Adlernase und den schwarzen Brauen unter den blondgefärbten Locken.

»Prinzessin Fatme«, sagte Friederike von Schweden, »meine liebe Fatme, die Gemahlin Ismael Iben Paschas, des Gesandten Seiner Majestät des Sultans bei unserem Könige.«

»*Eine* Gemahlin«, so verbesserte Phili. »Drücke dich stets genau aus, meine Liebe: *eine* von seinen vier Gemahlinnen.«

Die Herzogin ging freundlich der schönen, dicken Frau entgegen; sie wickelte sich aus ihren Kissen heraus. Ihre knappe, blaue Atlastunika über gelben Spitzen war nicht weit vom Boulevard entstanden; aber das mondvolle, schimmernde Antlitz mit den gemalten Bogen hoch über den kohleumränderten, schmalen Augen und das köstlich gesalbte Haar im bleichen Tau der Perlengehänge entschlüpfte sichtlich einer aus Versehen offengebliebenen Tür des Harems. Starker Patchouligeruch entströmte ihren Gliedern; im Hauch ihres Mundes indessen vermischte sich eine Erinnerung an süßen Tabak mit ganz, ganz leisem Knoblauchduft.

»Herr Tintinovitsch, Herr Paliojoulai«, sagte Philis Gemahlin.

Der eine war vom andern nicht zu unterscheiden. Die Schnurrbärte, die kalten, müden Augen, die blendende Wäsche und die Brillanten, überall angebracht, wo es irgend ging, gehörten ihnen gemeinsam. Sie verneigten sich gleichzeitig. Sie schienen einer Art von Männern anzugehören, die durch vornehme Gewandtheit jeden Salon zieren, und denen man zutraut, daß sie in kritischer Stunde, nach einem Spielverlust, den Frauen die Ohrläppchen abreißen, an denen Juwelen hängen. Die Diamanten, die auf ihren geschmeidigen Körpern blitzten, vielleicht hatten sie sie eigenhändig aus den Schächten Indiens geholt. Ein Blick in ihre harten, eleganten, mit haarscharfen Fältchen übersäten Gesichter ließ eine Menge fremdartiger Geschichten ahnen. Wenn es mit der Dynastie Koburg je bergab ging, so vertauschten die Herren Paliojoulai und Tintinovitsch das dalmatinische Königsschloß möglichenfalls mit den Spielsälen Monacos, immer gleich sicher, als Höflinge und als Croupiers.

Die künftige Königin sagte: »Baron Percossini, Major von Hinnerich.«

Die schlanke, elegante Gestalt des Kammerherrn klappte zusammen. Sein verehrendes Lächeln war weich wie sein gekräuseltes Bärtchen; aber sein Blick schätzte und stahl. Er bot sich mit weißen Zähnen und sanften Händen als stiller Freund an, als belangloser Verehrer und feiner Vermittler in allen Heimlichkeiten. Er hielt alles für möglich und zweifelte an allem, außer am Wert des Geldes.

Von Hinnerich zweifelte an gar nichts, und möglich war für ihn nur das Bestehende. Er war baumgroß und hatte ein rotblondes, ungelenkes Gesicht, nicht ganz frisch rasiert. Er verbeugte sich rasselnd.

»Ja, Frau Herzogin, das ist der Hinnerich, so ein treuer Mensch!« schrie unvermittelt Prinz Phili und sprang von seinem Sitze. Er schlang einen Arm um die Hüfte seines Adjutanten und grinste gebückt und ganz verklärt zu ihm hinauf, wie ein Äffchen am Fuß der deutschen Eiche. Plötzlich besann er sich auf etwas anderes.

»Sie sind ja gesehen worden, Frau Herzogin. Wissen's, das ist aber gar nicht schön von Ihnen, daß Sie mit andern Leuten spazierengehen und nicht mit uns.«

»Königliche Hoheit meinen?« fragte die Herzogin. Friederike erläuterte: »Sogar mit jemand, der solche Ehre vielleicht nicht ganz verdient.«

»Mit einem Staatsverbrecher, Hoheit«, fügte Percossini liebenswürdig hinzu. Prinzessin Fatme meinte mit sehr hoher Flötenstimme: »Einem gefährlichen Kerl, Frau Herzogin.«

Die Damen Paliojoulai und Tintinovitsch kreischten leise. Ihre Gatten bestätigten mit Überzeugung: »Einem höchst gefährlichen Kerl, Hoheit.«

Sie war aufrichtig erstaunt.

»Doktor Pavic? Es war eine zufällige Begegnung. Er scheint ein gutmütiger, ziemlich eitler Mensch zu sein.«

»Ach nein!«

»Riesig naiv für sein Alter«, so ergänzte sie. »Was man eine gläubige Natur nennt, meine ich.«

»Das ist ja –«

Phili lachte kindisch. Der Rest der Gesellschaft sah sich ernst an.

»Frau Herzogin verzeihen, das ist ja gottvoll.«

»Mein Lieber, das ist *nicht* gottvoll«, berichtigte seine Gemahlin. Sie saß lang und weißlich da.

»Dieser Pavic, Hoheit, ist unser gefährlichster Revolutionär. Er verhetzt unser gutes Volk, er will uns vertreiben. Wir sollen im Exil enden oder auf der – der Guillotine.«

Sie sprach säuerlich und jeden Widerspruch ausschließend.

»Wenn Euere Königliche Hoheit davon überzeugt ist…«, sagte die Herzogin.

»Das *ist* so.«

»Dann müßte man einmal mit ihm reden. Übrigens hat er schon im Kerker gesessen, das fand ich famos. Sie könnten ihn ja wieder hineinsetzen.«

»Wenn das heute noch ginge.«

»Auch ist es sicher nicht nötig. Er begeht keine Gewalttaten, er ist fromm.«

»Weil er die Geistlichkeit braucht.«

»So ein Heuchler!« rief Phili. »Er hält's mit die Jesuiten.«

»Königliche Hoheit erlauben«, äußerte Percossini mit zärtlicher Stimme. »Es fragt sich, für wie wichtig man den Herrn hält. Mit etwas Geld wäre er natürlich leicht zu beschwichtigen.«

»Ich bezweifle es«, sagte die Herzogin.

»Geld!« schrie entrüstet Tintinovitsch. »Prügel!«

»Prügel, wollen Sie sagen, Baron«, schrie Paliojoulai.

Ihre Gattinnen fragten in süßen Tönen: »Ihr habt ihn doch schon einmal durchgehauen. Wenn Königliche Hoheit der Meinung ist, so tut ihr's eben nochmals. Nicht wahr, Eugène? Nicht wahr, Maxime?«

»Ah! Sie haben damals die Exekution übernommen«, versetzte die Herzogin. »Sagen Sie bitte, meine Herren, befindet sich bei Doktor Pavic' Wohnung nicht eine Apo-

theke, wo man Verbandzeug bekommt? Ich frage nur beiläufig.«

Die beiden bewegten fassungslos ihre weißen Augäpfel,
sie rissen die Münder auf und zeigten ihre vollständigen
Gebisse wie zwei große, braune Nußknacker. Die Herzogin überlegte ungeduldig: ›Wie komme ich dazu, mich
wegen des Pavic aufzuregen? Aber die Dummheit all dieser Leute zwingt mich ja, Partei zu ergreifen.‹ Nach einer
verlegenen Pause begann die Prinzessin schleppend zu
sprechen.

»Nein, ich halte es nicht für möglich, alle Klagen ver-
mittelst Prügel zu beseitigen. Aber beseitigt müssen sie
werden. Ich werde sogar schon in allernächster Zeit eine
Suppenküche eröffnen lassen. Baron Percossini hat von
meinen diesbezüglichen Weisungen Notiz genommen.«

Der Kammerherr verneigte sich.

»Am nächsten Mittwoch beginnen wieder unsere
Strickabende bei den Dames du Sacré Cœur. Samstag ist
dann an den jungen Mädchen die Reihe. Bitte, sich daran
zu erinnern, meine Damen. Das Volk soll Suppen und
wollene Westen erhalten, das ist mein fester Wille. Ferner
das Geistige. Wir sind jetzt ja allerdings katholisch…«

»Allerdings«, bestätigte schnarrend von Hinnerich.

»Trotzdem, meine ich, könnten wir einen Bibelverein
gründen. Sie gehen doch fleißig mit den Sammellisten für
die Friederiken-Versöhnungskirche umher, meine Herren
Paliojoulai und Tintinovitsch? Vergessen Sie nicht den
Baron Rustschuk; diese Juden können geben.«

Die künftigen Croupiers rollten weiße Blicke gen Himmel.

»Und die Feste?« äußerte Prinzessin Fatme, die unvermutet im Lichtkreis der Kerzen erschien.

»Wo bleiben die Wohltätigkeitsfeste, liebste Friederike?
Ein Bazar, eine Weihnachtskrippe, nicht wahr, so nennt
ihr das? Beate Schnaken verkauft Puppen; die Schnaken

kleidet reizend Puppen an. Ich habe eine türkische Konfiserie. Mesdames Paliojoulei und Tintinovitsch...«

»Und ein Ball!« bat Frau Tintinovitsch.

Fatme war schmerzlich berührt.

»O nein, kein Ball!«

Sie watschelte mit kurzen Beinen unbehilflich auf Friederike von Schweden los und fiel ihr plump um den Hals.

»Bitte, du Süße, kein Ball!«

Die Prinzessin tröstete sie.

»Liebste, auch ich halte nichts vom Tanzen. Dagegen werde ich den Polizeidirektor veranlassen, daß er die Wirtshäuser um neun Uhr schließt. Ferner denke ich auf die Frauen einzuwirken, daß sie nicht mehr aufs Rad steigen, sondern Kompott einmachen, was ich für sittlicher halte. Überhaupt muß die Unsittlichkeit aufhören. Das wäre, denke ich, alles. Oder sollte ich noch etwas vergessen haben?«

Niemand hatte Ergänzungen zu machen.

»Es ist ganz gut, liebe Herzogin, daß Sie mich heute abend auf die Sache gebracht haben. Einmal muß die soziale Frage doch aus der Welt kommen.«

So schloß die Prinzessin, merklich gereizt.

Die Gattin des türkischen Gesandten schlug sich klatschend vor die üppige Brust, sie machte ein unsäglich verwundertes Gesicht.

»Ich begreife gar nicht, was ihr euch für unnütze Mühe gebt, ihr seid doch zu unerfahren. Hört einmal, wie mein Mann es gemacht hat, als er in Kleinasien Pascha war. Die Christen kamen von den Feldern, es waren auch Gläubige dabei, und alle hatten nichts zu essen und waren schrecklich aufgebracht. Mein Mann ließ ihnen sagen, er habe Mehl die Menge, sie sollten nur in den Hof des Kastells kommen. Sie kamen; und kaum waren alle zwischen den hohen Mauern eingepfercht, da ließ mein Mann die Tore schließen, und von oben herab –«

Fatme lachte zwischen den Worten. Ihre Erzählung war ein kindliches Gezwitscher.

»– von den Mauern herab wurden sie alle massakriert. Haha! Massakriert.«

»Oh! Oh!« machten die Damen Paliojoulai und Tintinovitsch, und in ihren Seufzern mischten sich Grauen und Verlangen.

»Sie drängten sich und schrien wie Schweine auf einem zu engen Fleischerwagen, wenn eines nach dem andern vom Fleischer herabgeholt wird.«

Die Prinzessin lächelte nachsichtig.

»Nein, du Gute, das würde bei uns doch zu viel Anstoß erregen.«

Von Hinnerich trat geräuschvoll von einem Fuß auf den andern.

»Leider!« schrie er plötzlich, dunkelrot im Gesicht. Der preußische Major war begeistert von der Anekdote der Haremsdame.

»Es bleibt bei den Suppen und den wollenen Westen«, so entschied Friederike von Schweden.

»Nicht wahr, meine liebe Herzogin von Assy, Sie übernehmen bei einem meiner guten Werke den Ehrenvorsitz. Sie interessieren sich doch auch für die Lösung der sozialen Frage.«

»Königliche Hoheit, ich habe noch nicht daran gedacht. Möglichenfalls fällt es mir einmal ein ...«

Man erstaunte auf allen Seiten.

»Aber warum geben Hoheit sich alsdann mit dem Pavic ab?«

»Warum waren Sie drüben bei den Morlaken?«

»Zweimal schon?«

»Weil ich mich langweilte«, erklärte die Herzogin. »Da dachte ich an das Volk. Denn das Sonderbarste, was ich im Leben kennengelernt habe, ist das Volk. Sooft ich ihm begegnet bin, ist es mir ein Rätsel gewesen. Es gerät nämlich in Wut über Dinge, die ihm vollständig gleichgültig sein könnten, und glaubt an Dinge, die eigentlich nur ein Verrückter für wahr halten kann. Wenn man ihm einen Knochen hinwirft, wie einem Hunde – und wo ist denn der Unterschied? –, so frißt es ihn zwar, wedelt aber nicht mit dem Schweife. Ah! Das hat mich immer am meisten neugierig gemacht. So glaube ich auch nicht, daß mit Suppen und wollenen Westen alles erledigt wäre…«

»Da irren Hoheit«, sagte überlegen die Prinzessin. »Da irren Sie ganz entschieden.«

Die Herzogin sprach weiter: »Der Kaiser Napoleon war um sein Volk sehr besorgt. Paris blühte und ward immer fetter. Ich glaube kaum, daß es dort viele Leute ohne Suppe und wollene Weste gab.«

Jemand stöhnte: »Ah! Paris!«

»Dennoch tobte das Volk unter Krämpfen in diesen überflüssigen und unvernünftigen Krieg hinein. Auf unsern Reisen ist mir manches aufgefallen, doch nichts so sehr wie jener schwarze Tumult, und daraus hervorschreiend im gelben Licht der Gasflammen die bleichen, schwitzenden Gesichter: ›Nach Berlin!‹«

»Ah! Paris!«

»Und Hoheit, Sie, die alles bis zuletzt miterlebt haben, können uns aufklären: wo ist Adelaïde Troubetzkoi geblieben?«

»Und d'Osmond?«

»Und die Komtesse d'Aulnaie?«

»Und die Zozie?«

Die Herzogin zuckte die Achseln.

»Die kleine Zozie soll einen Kommunard lieben. Sie steht in den Straßen auf umgeworfenen Schränken und Omnibussen und lädt Flinten.«

»Quelle horreur! Auf den Marquis de Châtigny folgt ein Kommunard!«

Madame Paliojoulai sagte bitter: »Die Vorfälle in Paris

sind einfach eine Niedertracht. Sehen Sie doch, mit was für Handschuhen ich gehen muß. Aus Paris bekomme ich schlechterdings keine Handschuhe mehr. Ist es zu glauben?«

»Aber die Friederike hat noch gerade einen Hut erwischt. Sie, Frau Herzogin, den müssen's sehen!« rief erregt Prinz Phili.

Plötzlich schrien alle durcheinander. Die Damen wiesen mit hastigen Griffen ihre Fächer, ihre Spitzen, ihre Armbänder vor. Percossini versuchte, eifrig plaudernd, gemeinsame Erinnerungen an festliche Tage in der Herzogin wachzurufen. Der Prinzessin farbloser Kopf bekam einen rosa Hauch. Paliojoulai und Tintinovitsch mahnten einander mit männlich zurückgedrängter Wehmut an gewisse Spiellokale, die sie beide kannten, und an die ihnen beiden vertrauten Alkoven gewisser Damen. Der Name Paris elektrisierte ihre in der schweren Luft einer weit entlegenen Provinz ermatteten Herzen. Die Lichtstadt ließ hierher an ein fernes Meer ihren Nimbus leuchten als ein Märchen, als eine Fabelsehnsucht. Sie ward unter diesen östlichen Menschen genannt, und es war, als wenn die Kinder des Westens Geschichten lauschten von Tausendundeiner Nacht. Und kaum von einer Pariser Reise heimgekehrt, dachten zur Bezahlung der nächsten diese Damen an ersparte Mittagessen und nicht erneuerte Unterkleidung, diese Kavaliere an Totalisator und Baccarattische, diese Fürsten an das Volk.

Prinzessin Fatme hob mit der Anstrengung eines Athleten ihr schweres Bein auf einen Stuhl und lud jedermann ein, sich zu überzeugen, daß ihr weicher Lederschuh sich bis dicht unters Knie um die Wade schmiege. »Das ist Paris«, sagte sie andächtig. Um wieder den Boden zu erreichen, hing sie sich voll und lastend um die Schulter des Thronfolgers, der neugierig über sie gebeugt stand. Er entwand sich, halb erstickt, der schönen Frau. Er führte das Taschentuch an die Stirn und murmelte unsicher, mit einem schiefen Blick auf von Hinnerich: »I mag ka Weib.«

Noch stark angegriffen, schrie er mit gewaltsamer Munterkeit: »Frau Herzogin, was sagen Sie denn zu unserer Fatme? Ist sie nicht ein lieber Schneck?«

Sie reichte der Türkin die Hand.

»Gnädige Frau, von allen Meinungen, die vorhin geäußert sind, hat mir Ihre am besten gefallen. Sie war echt.«

»Hoheit ist zu freundlich«, erwiderte Fatme mit süßem Kinderlächeln. Phili flüsterte: »Na, die andern haben schon strohdumm dahergeredet. Hoheit wissen ja: wenn ich könnte... Man erlaubt mir leider nichts, aber mit den andern bin ich nicht zu verwechseln, da muß ich schon bitten. Die Friederike schwätzt, was Platz hat...«

Fatme fiel ein.

»Nichts gegen Ihre Gemahlin, Königliche Hoheit. Sie ist meine liebe Freundin.«

»Weil ihr beide so liebe Männer habt. Drum hockt ihr immer beisammen und erzählt euch, wie's euch so wohl ist.«

»Ich möchte den Pascha kennenlernen«, sagte die Herzogin.

»Ich bring ihn zu Ihnen, Hoheit. Oh, er ist stark und energisch«, erklärte Fatme mit Ehrfurcht.

»Ganz den Eindruck hat er mir auch in Ihrer Erzählung gemacht.«

Fatme seufzte.

»Leider ist er mir untreu – gerade wie der da meiner armen Friederike.«

»Da schaut's die an!« rief Phili. »Habt's denn ihr euch gegen die bestehende Ordnung der Dinge zu empören? Der Pascha hat seinen Harem, das ist ja recht, und ich hab auch meinen Harem.«

»Sie auch, Königliche Hoheit?«

»Kann ich denn nicht alle miteinander haben? Die Paliojoulai, die Tintinovitsch, was meinen's denn? Die Schnaken will mi a! 's scheniert mich ordentlich, wenn sie's vor der ganzen Gesellschaft durchblicken lassen. Der Percossini ist auch ein Lump. Immer hat er Mädeln, die er mir anbietet. Ah was –«

Er wandte sich halb ab und sah, das blasse Händchen im dünnen Backenbart, schmollend zu Boden.

»I mag ka Weib.«

Fatme seufzte wieder, in Gedanken verloren.

»Wenn ich ihm nur auch einmal untreu sein könnte.«

»Dem Pascha?« fragte die Herzogin. »Sie lieben doch Ihren Gemahl, gnädige Frau?«

»Eben darum. Er soll's einmal merken, wie das tut. Aber das ist ja das Unglück, es geht nicht. Was ich *hier* anstelle, unter den Christen, in Pariser Toiletten, das ist dem Manne ganz gleich.«

»Wirklich?«

»Nur im Harem, da leidet er's nicht, da darf nichts vorkommen.«

»Ach nein«, meinte Phili, aufs neue angeregt.

»Drum möcht ich so gern einen Mann in den Harem bringen.«

»So gern«, wiederholte sie mit gefalteten Händen.

»Ach gehn's, nehmen's *mi* mit«, bat der Prinz.

»Der Pascha hat wohl einen krummen Säbel?« fragte lächelnd die Herzogin.

»Das ist es ja«, bestätigt Fatme, mit weit geöffneten Augen.

Der Thronfolger wollte etwas sagen, schloß aber eilig den Mund. Seine Gemahlin war aus den Tiefen ihres Sessels aufgetaucht, sie glitt lang und lautlos auf die Plaudernden zu. Fatme zog sich mit Phili zurück. Die Prinzessin legte ihre kalte, magere Hand auf den Arm des Gastes, sie begann merklich verlegen.

»Wie befinden Sie sich, meine liebe Herzogin? Ist es

hier nicht kalt? Wie mich im Süden friert! Die Zugluft aus den Kaminen! Und dieser steinerne Prunk!«

Sie warf trostlose Blicke über die vergoldete Dutzendeinrichtung für Königsschlösser, die den Raum halbleer ließ.

»Und dann die geistige Öde! Wenn wir über die höchsten Probleme debattieren – Sie dürfen nicht meinen, liebe Herzogin, daß ich mich mit den hohlen Phrasen begnüge, die hier in der Luft schwirren. Verwechseln Sie mich nicht mit meiner Umgebung...«

»Wie könnte ich! Euere Königliche Hoheit haben soviel nachgedacht...«

Aber die Prinzessin schien noch nicht erleichtert.

»Wenn das Volk wüßte – wir Großen sind auch nicht immer glücklich«, versetzte sie schleppend, und dann leise, hastig, mit überstürztem Entschluß: »Sehen Sie meinen armen Mann... Wir beide sind recht sehr zu bedauern. Jeder nutzt seine Schwäche aus, ich glaube, Percossini verkauft ihm Kognak. Der Baron ist gar zu industriös veranlagt... Und die Frauen! Alle werfen sich dem Thronfolger an den Hals. In Stockholm ahnte mir nicht, daß es solche Sitten gebe... Er weint manchmal in meinem Schoß und klagt mir – aber was wollen Sie, er ist schwach. Sehr schwach...«

Sie grub ihren starren, blassen Blick in das Gesicht der anderen. Flehentlich, mit versagender Stimme wisperte sie: »Ich weiß, er stellt Ihnen nach. Bleiben wenigstens Sie kalt und standhaft! *Eine* anständige Frau... Wie wollte ich Sie achten!«

Der Herzogin blieb keine Zeit zu antworten. Sie spürte noch einmal den Druck von kalten Fingern auf ihrem warmen Arm, dann hatte Friederike sich ihren horchenden Höflingen zugewendet. Phili war sogleich bei der Herzogin.

»Hat sie Ihnen über mich vorgejammert?« flüsterte er. »Natürlich! So ein Kreuz mit der Frau. Kann sie denn gar nicht gemütlich sein? Soll sich doch ein Beispiel an meiner Mama nehmen! Die hat erst neulich dem Papa das lebensgroße Porträt von der Beate geschenkt. Aber meine Mama ist auch nobel, wirklich äußerst nobel, finden Frau Herzogin nicht?«

»Ah! Die Königin hat Seiner Majestät das Porträt seiner Freundin geschenkt!«

Sie sag weg; unvermutet empfand sie es, wie weit sie getrennt war von diesen Menschen und ihrem Seelenleben.

»Sie waren heute abend still, Königliche Hoheit?« fragte sie. »Hoffentlich nicht in trüber Stimmung?«

»Was denn sonst! Hier bei meiner Frau bekomme ich ja nur Tee, das ist doch zum Weinen. Wenn ich keinen Kognak habe, Frau Herzogin, dann denk ich gleich an meinen unbefriedigten Ehrgeiz, und was für ein verfahrener Karren ich bin. Dann möchte ich meinen weißen Kragen umlegen.«

»Ihren weißen Kragen?«

»Frau Herzogin wissen noch nicht? Meinen Infantenkragen, weiß mit Goldstickerei und Hermelinfutter. Ja, Frau Herzogin, ganz wie der Don Carlos. Ah! Den Don Carlos lieb ich wie meinen leiblichen Bruder. Sind wir nicht Brüder? Sein Schicksal ist doch meines. Der unbefriedigte Ehrgeiz, die Pfaffen, alles geradeso. Ich hab meinen Hinnerich, er seinen Roderich. Nur mit der Stiefmama hapert's. Ich will die Beate ja gar nicht; sie will bloß mich... Aber das Infantenkostüm ist wirklich chic, finden nicht, Frau Herzogin? Wenn ich mich Ihnen mal darin zeigen könnte. Da hätt ich eine Bitte...«

Er hob sich auf die Fußspitzen und hauchte ihr seine zitternde Sehnsucht ins Gesicht.

»Frau Herzogin, gewähren's dem Don Carlos den Schlüssel zu Ihrem Kabinett!«

Sie zog den Kopf aus dem Bereiche seines Atems. Sie

hatte seine Werbung nicht verstanden und redete gleichgültig den Baron Percossini an, der herzutrat. Der Thronfolger versank in Sinnen.

Der Kammerherr sagte: »Bei unserm ernsten Mei-
nungsaustausch über die Behandlung des Volkes werden
Hoheit sich allerlei gedacht haben. Nicht wahr, jedes Wort
schmeckte nach seiner Provinz. Alles so wichtig und so
zweifellos. Nun, man tut eben mit… aber heimlich
lächelt man, wie in Paris gelächelt wird.«

Er lächelte fein.

»Hoheit werden mich mit meinen hiesigen Freunden
nicht verwechseln.«

Sie erwiderte: »Natürlich nicht. Und sagen Sie bitte
auch den Herren Paliojoulai und Tintinovitsch, sowie den
Damen dieser Herren, daß ich sie mit niemand ver-
wechsle.«

Darauf verabschiedete sie sich von der Prinzessin. Phili
wollte hinter ihr aus der Tür schlüpfen, doch ein schwerer
Blick seines Adjutanten lähmte ihm den Fuß.

Die Herzogin war kaum draußen, als die eben verlassenen Gesichter ihr entfielen, wie zurückgetaucht in einen
dicken Nebel von Langerweile und Beschränktheit. Sie
erinnerte sich, müde und verstimmt, einiger unbestimmt
lungernder Gestalten, zwischen denen Lakaien umher-
schlichen mit Teetassen und Bonbons. Während der folgenden Tage dacht sie mit Vergnügen an Pavic; seine
Worte kehrten ihr ins Ohr zurück, sie klangen fast bedeutend. Sie schrieb ihm.

Er stellte sich sogleich ein, im strenggeschnittenen Salonrock. Sein Schlapphut war draußen geblieben. Sie meinte:
›Er könnte ein Staatsmann sein.‹

»Sie haben schon einmal im Kerker gesessen«, sagte sie.
»Das können Sie leicht wieder erleben. Man will Ihnen gar
nicht wohl.«

Er beschrieb, während er sich setzte, eine wuchtige Gebärde, alles zermalmend unter einer Last von Verachtung.

›Nein, kein Staatsmann‹, überlegte die Herzogin. ›Aber beinahe ein Künstler.‹

Pavic versetzte: »Hoheit, in der Gefahr bin ich am stärksten. Bevor damals die Schergen Hand an mich legten, lebte ich in einem Rausch von Kraftgefühl. Ich redete täglich mindestens zweimal zum Volke, ich wies keinen der Mühseligen und Beladenen von meiner Schwelle – und dennoch hatte ich gerade damals meine todkranke Frau zu pflegen. Ich kann sagen, Hoheit, von Dolchen umzückt, habe ich mein Weib beweint.«

Er machte einige feste Schritte; es ward ihm schwer, stille zu sitzen. Sein Organ mäßigte sich in der intimen Umgebung. Draußen tönte es weit ins Land hinein, hier schmiegte es sich behutsam in Stofftapeten und verlor sich in schattigen Winkeln. Nur seine Bewegungen blieben groß, als würden sie am Meeresstrande, in weiten Ebenen vollführt und sollten von den hintersten der zehntausend Zuschauer erkannt werden.

»Ihre Frau ist gestorben?«

»Von ihrer Leiche rissen sie mich fort. Ich las in der Bibel. Denn –«

Er nahm Platz.

»Denn ich pflege in der Bibel zu lesen.«

»Warum eigentlich?«

Er sah sie an, tief erstaunt; er stotterte: »Warum... Warum... Nun... es beglückt mich... und es hilft, Hoheit, es hilft! Wie oft habe ich in Gefahren gebetet, bei Wanderungen durch die Felsschlünde des Velebit und über seine steilen Mauern. Noch ganz kürzlich, während einer Überfahrt mit dem Baron Rustschuk. Wir fuhren in Geschäften, es war der wütende Nordwind: Hoheit erinnern sich. Unser Boot wollte umschlagen, eine übermächtige Welle rollte auf uns zu. Ich sah sie nicht an, ich sah zum Himmel auf. Die Welle überschlug sich, dicht bevor sie uns erreicht hatte. Ich wandte mich nach dem Juden um, er war fahl. Ich sagte nur: ›Ich habe gebetet.‹«

Sie betrachtete ihn.

»Von Ihnen, Herr Doktor, erfahre ich lauter neue Dinge. – Und lauter Dinge, die ich Ihnen nicht zugetraut hätte.«

Er lächelte schmerzlich: »Nicht wahr? Der Revolutionär darf kein Herz, der Tribun kaum ein Privatleben haben? Ich aber bin der fromme Sohn armer Leute, ich liebe mein Kind und spreche mit ihm das Nachtgebet. Das Gemütsleben meines Volkes, Hoheit, das ist's, was sie niemals verstehen werden, die Fremden, die unter uns wohnen.«

»Schon wieder die Fremden. Sagen Sie, war Pierluigi von Assy, der Proveditor der Republik Venedig, in diesem Lande ein Fremder?«

Er stutzte, er erkannte seinen Fehler.

»Ich bin weder Italienerin noch Morlakin. Ihr Volk interessiert mich nicht, lieber Doktor.«

»Aber... Die Liebe eines ganzen Volkes! Hoheit, Sie wissen nicht, was das bedeutet. Sehen Sie *mich* an, um mich spinnt sich ein gutes Stück Romantik.«

»Das sagten Sie schon einmal... Wofür ich mich erwärmen könnte, das wäre der Gedanke, in diesem Lande die Freiheit, die Gerechtigkeit, die Aufklärung, den Wohlstand einzuführen.«

Sie machte lange Pausen zwischen diesen vier Worten. Diese vier Begriffe schienen, während sie redete, in ihr zu entstehen, zum erstenmal in ihrem Leben. Sie setzte hinzu: »Das ist meine Idee. Ihr Volk ist mir, wie gesagt, gleichgültig.«

Pavic war wortlos.

»Hier herrscht eine Clique von kleinen Leuten«, sagte die Herzogin, »Provinzadeligen, die in Paris lächerlich

wären. Bei Hofe begegnen sich Halbwilde mit bürger-
lichen Pendanten und überbieten sich an Roheit. Es ist ein
unerquicklicher Anblick, darum möchte ich's abschaffen.«

Sie sprach immer entschiedener. Plötzlich ordneten sich
in ihrem Geiste eine Menge Einfälle, und einer zog den
anderen nach sich.

»Was tut der König? Man sagt mir, er gibt Almosen. Im
Kreise der Prinzessin ist viel die Rede von Suppen und
wollenen Westen, was ich zu billig finde. Übrigens ist ein
König fast überflüssig – oder wird überflüssig werden. Ein
freies Volk (sehen Sie nach Frankreich!) gehorcht sich
selbst. Selbst Gesetze –, ich weiß nicht, ob sie notwendig
sind, aber sie sind verächtlich.«

Pavic sagte ganz erstarrt: »Hoheit sind Anarchistin.«

»Ungefähr. Meinetwegen soll jemand da sein, der über
der *Freiheit* wacht. Nur deswegen also ein König.«

Er atmete tief auf vor Genugtuung, denn er meinte, er
habe ihre Menschlichkeit entdeckt.

»Oder eine Königin«, versetzte er bedeutsam.

Sie wiederholte, die Schultern hebend: »Oder eine Königin.«

Dann stand sie auf.

»Kommen Sie wieder, Herr Doktor. Wir haben uns
noch mehr zu sagen.«

»Hoheit, ein Befehl von Ihnen genügt zu jeder Stunde,
mich herzuführen.«

»Durchaus nicht. Sie haben zu arbeiten, ich sitze untä-
tig. Kommen Sie, sobald Sie Zeit haben.«

Er ward von einer freudigen Regung erfaßt. Das Gefühl, gewürdigt zu werden, machte ihm Mut zu einem langen, dankbaren Handkuß. Und er entfernte sich, wie auf
Wolken getragen von dem Bewußtsein, er habe mit den
Lippen das Fleisch der Herzogin von Assy berührt.

Sie erfuhr von Pavic, daß ihre Pläne viel Geld kosten
würden, und erstaunte darüber.

»Es wird eine unerhörte Agitation nötig sein und klingende Ermunterungen nach allen Seiten.«

»Das muß eine neue Eigentümlichkeit des Volkes sein. Dafür, daß man ihm Freiheit, Gerechtigkeit, Aufklärung, Wohlstand gibt, verlangt es auch noch Trinkgeld.«

Der Tribun senkte den Kopf.

»Aber ich habe nichts dagegen«, erklärte die Herzogin.

Darauf schlug er ihr für alle finanziellen Operationen den Baron Rustschuk vor.

»Dieser Rustschuk ist bereits in sämtlichen Donaustaaten verkracht und in Wien, wo es ihm ebenso erging, auf geradezu glänzende Weise freigesprochen. Jetzt schätzt man ihn auf zehn Millionen.«

Die Herzogin machte eine Bewegung. Pavic besann sich; die Bewunderung des Advokaten für den erfolgreichen Finanzier wurde rasch unterdrückt durch die sittliche Mißbilligung, die er bei dem Volksmanne erregte.

»Ich lasse Sie, Hoheit, über die Moralität des Rustschuk nicht im Zweifel. Nur ungern bringe ich unsere Sache, die heilige Sache meines Volkes in Berührung mit dieser anrüchigen Persönlichkeit. Ich mache mir schwere Gewissensbisse... indessen...«

»Warum denn. Er scheint fähig zu sein.«

»Fähig und gefährlich. Zur Zeit hält er sich ruhig, aber ich, der geschäftlich mit ihm zu tun habe, weiß, welcher Ehrgeiz an ihm zehrt. Er will Minister werden, Minister in einem der Länder des europäischen Asiens, wo er in contumaciam verurteilt wurde: sie sollen sich vor seinem Glanze beugen. Wenn Hoheit mich ermächtigen wollen, ihm inzwischen einen Ministerposten hier in diesem Lande anzubieten... Er ist ja allerdings ein höchst verwerflicher Charakter...«

»Was macht das?« so entschied sie. »Wenn er uns nur nützen kann. Die ihn verurteilt haben, sind natürlich nicht besser als er. Wen sollte man schließlich verwenden?«

Sie ließ ihn sich vorstellen. Rustschuk war ein unendlich eleganter Herr mit stark gerötetem, aufgeblättertem Gesicht, dick bedeckt von wolligem schwarzen Haar. In seiner schön gemusterten Hose schüttelte ein weicher Bauch hin und her, und seine dünnen Arme zerteilten behende und eckig die Luft. Er begann, sobald er der Herzogin gegenübersaß, vom Jammer des armen Volkes zu reden, und von glücklichen Ländern unter weisen und schönen Königinnen, und er duftete dabei nach Moschus. Als sie nichts erwiderte, rieb er sich die Hände und ließ merken, daß sie mit Kölnischem Wasser gewaschen waren. Sodann öffnete er sein Schnupftuch; es war, als habe er einen Veilchenstrauß aus der Tasche gezogen. Er klopfte sich auf die Weste und schwenkte den Bauch wie ein Räucherfaß: es entstieg ihm eine Patchouliwolke.

›Gefährlich?‹ dachte sie. ›Er ist ja grotesk.‹

Um durch eine schnelle Laune ihr Glück zu erproben, betraute sie ihn auf der Stelle mit der obersten Aufsicht über die Verwaltung aller ihrer Besitzungen, der weiten, über ganz Dalmatien sich erstreckenden Domänen des verstorbenen Herzogs, der Inseln Busi, Lissa, Curzola mit ihren wertvollen Fischereirechten. Und an die Spitze dieses ungeheuern Vermögens getreten, gewann Rustschuk sofort an Sicherheit. Beim Fortgehen sagte er, freundlich belehrend: »Das Geld muß also immer mehr werden und uns immer mehr Freunde machen.«

Bevor das Jahr zu Ende ging, hörte man von einer bedeutenden Zunahme des Räuberwesens. Die Malviventi waren in größerer Anzahl als sonst von den Bergen gestiegen. Den Italienern wurden die Ernten angezündet und die Ölbäume gefällt. Wenn ihre Weinbeeren noch klein und hart waren, fanden sie eines Tages alle Reben zerschnitten. Im Winter 72 brachen zwei Regimenter Landesschützen von Zara nach Süden auf: in den Bocche, zwischen den Klippen und auf den Felseninseln kämpften die aufständischen Slawen für die Freiheit, die eine unbekannte Frau ihnen versprach, eine ferne, nie erblickte Königin, von der sie träumten, über die sie betrunken in den Wirtshäusern einander vorlogen, und an die sie ihre klagenden Gebete richteten. Auf der Straße fühlte die Herzogin, wie gespannte, ernst gewordene Blicke zu ihr in den Wagen drangen. Unter ihren Fenstern vernahm sie häufig schlurfende Tritte. Es waren die Bundschuhe von acht oder zehn mageren, braunen Kerlen, die, die Hände in den Ziegenfellhosen, scheu und gebannt an ihren Säulen hinaufstarrten.

Eines Tages verkündete Pavic mit feierlicher Miene die Ankunft des Marchese di San Bacco. Einen Augenblick klopfte ihr Herz stärker; denn wo immer in der Welt der alte Sturmvogel erschien, da drohte ein Aufstand, eine Umwälzung, ein politisches Abenteuer. Er hatte seine Begeisterung und seine Faust den Griechen geliehen, den Polen und den Unabhängigkeitskämpfern Südamerikas, der französischen Kommune, Jungrußland und der italienischen Einheit. »Freiheit« war das Stichwort, auf das er losbrach, sooft es erscholl. Er hatte es als Knabe vernommen und war der Familie entlaufen, für das junge Italien eingekerkert und über Gefängnismauern nach Amerika entkommen, zu Garibaldi, seinem Helden. Er hatte als Korsar die kaiserlich brasilianischen Schiffe geplündert und als Diktator über exotische Republiken geherrscht, er hatte von raffinierten Barbaren lächerliche Torturen erduldet, in den Lagunen von Riesenflüssen ein vogelfreies Brigantenleben geführt, Kühe geraubt und Reiche herausgefordert: alles im Namen der Freiheit. In Italien, wohin er seinem Meister folgte, bewahrte noch jeder Fußbreit Landes die Spuren des Ringenden. Um sie für den Samen der Freiheit zu pflügen, hatte er jede Scholle seiner Heimaterde mit seinem Schwerte umgewendet.

Jetzt, mit fünfzig Jahren, focht er in der Kammer zu Rom, hitzig und gebieterisch, für den Willen des roten Generals. Er war schlank und spannkräftig, mit großen türkisblauen Augen. Das rote Kinnbärtchen tanzte bei allen Grimassen der ungeduldigen Lippen. Das Haar wirbelte schlohweiß über der schmalen Stirn in die Höhe.

Er lud sich bei der Herzogin zu Gaste; die Hotels paßten ihm nicht, sagte er. Er war sehr arm, denn er hatte die Freiheit des Menschengeschlechtes ebensogut mit seinem Vermögen bezahlt wie mit seiner Jugend.

Sofort begann er, Pavic auf seinen Agitationsfahrten über Land zu begleiten. Er gebrauchte größere Worte als der Tribun, schrie noch lauter, schäumte, warf die Glieder, reizte zum Aufruhr, veranlaßte Prügeleien und wanderte, nach einem Widerstande auf Tod und Leben, zwischen zwei Dorfpolizisten auf irgendeinen Gendarmerieposten, wo er mit verächtlich gekrümmten Lippen seinen Namen hinwarf: Marquis von San Bacco, Oberst der italienischen Armee, Commendatore des Ordens der Krone von Italien, Abgeordneter zum Parlament in Rom. Ein Telegramm aus Zara befreite ihn. Er kehrte heim und stieß, vor der Herzogin rastlos hin und her schreitend, mit hoher gequetschter Kommandostimme zerhackte Reden aus: »Es lebe das freie Wort!... Worte sollen locker sitzen wie Schwerter!... Feige sind stumm!... Tyrannen und verbundene Mäuler!«

Allmählich beruhigte er sich, und immer auf den Beinen, mit dem Rücken am Kamin, erzählte er friedlich und mit maßvollen Gesten die Eroberung einer großen brasilianischen Sumaca. Es verstand sich, daß er gegen die Passagiere und besonders gegen die Frauen die ritterlichste Haltung beobachtet hatte. Unglücklicherweise hatte man ihn festgehalten, als er in der Stadt den erbeuteten Kaffee verkaufen wollte. Er wurde halbnackt vor den Gouverneur geführt. »Ich spie dem Elenden ins Gesicht, und er ließ mich mit den Händen an ein schwebendes Seil binden, woran ich zwei Stunden lang hängenblieb.«

Nach drei Wochen reiste er ab, und die Herzogin verlor ihn ungern.

Pavic unterrichtete sie im Morlakischen, er las ihr Lieder von bunten Hirschkälbern und von der goldhaarigen Sosa, von Heiducken, von Berggeistern auf umbrandeten Klippen und von Müttern, weinend unter Orangenbäumen. Diese unklare, weich schwärmende Poesie, die sie halb verstand, und in die er sie einwickelte Tag für Tag, betäubte ihre ruhige Vernunft; die slawischen Wörter, von seinem Organ zärtlich gewiegt und verführerisch dargeboten, erregten und ermatteten sie. Sie fühlte sich wie im warmen Bade, wo eine Frau unter erhitzten Locken aus müden Augen den Perlen zublinzelt, die im Wasser aufsteigen. Pavic ward immer feuriger, je stiller er sie sah. Er pries stürmisch sein Volk und starrte entzückten Blicks in das schöne Gesicht der Dame auf den Kissen neben ihm. Er küßte ihre Hand, er berührte ihr Kleid, ihr Haar sogar, und es war immer noch, als liebkoste er sein Volk.

Sie sah ihn in der Ehrlichkeit seines Herzens erröten, zittern, verstummen. Dabei gedachte sie der Geständnisse, die sie in Wien und Paris empfangen hatte, all des Flehens und Drohens, das in ihrem Schoß erstickt und von ihrem Panzer abgeprallt war – und sie fand Pavic weniger lächerlich als die andern. »Was konnte ich jenen geben? Sie wußten es selbst nicht, die Narren. Dieser hier verlangt etwas von mir: ich soll ihm helfen, seine Feinde zu besiegen.«

Anfangs brachte er seinen Knaben mit. Das kränkliche, unschöne Wesen saß, von der Herzogin niemals beachtet, in einem Winkel. Eines Tages kam Pavic ohne das Kind.

Im Vorfrühling, an einem Kirchenfeste, fuhr sie mit ihm nach Benkovac. Vom Meere her brauste die bittere, aufstachelnde Luft über baumlose Steinfelder. Goldene Lichter warfen sich aus jagenden Wolken in das erwartungsvolle Land, jäh entzündet und gleich wieder erloschen. Im Dorfe bewegte sich ihr Gefährt mühsam über vorspringende Felskanten. Die kotigen Höfe lagen verödet zwischen ihren mit Dornen bepflanzten Mauern.

Die Bauern warteten beim Wirtshause. Pavic sprang sofort auf einen Tisch, sie drängten sich um ihn, bunt und faul glotzend.

Pavic redete. Nach der Stille seiner ersten Sätze schlug ganz vorn sich einer klatschend aufs Knie. Hinten brach ein erfreutes Feixen los. Einige Morlaken ließen den frostig zusammengerafften Mantel im Winde flattern und griffen mit den Händen durch die Luft. Kroaten mit Gemüsekarren blieben neugierig stehen. Es traten mit feindlichen Mienen zwei Sicherheitswachen herzu, rot angezogene Kerle, ganz mit Silbertalern behangen, und stellten die Gewehre hart auf den Boden. Die Herzogin blickte hinter der Gardine hervor aus dem geöffneten Wagenfenster.

Pavic redete. Ein Esel riß sich los, stieß einige Leute um und rannte gegen den Tisch des Tribunen. Pavic verglich ihn, ohne sich zu besinnen, mit allen seinen Widersachern. »Steht fest wie ich!« Er drohte und fluchte mit gesträubtem Bart und gerungenen Fingern, er segnete und verhieß mit einem Angesicht, von dem beseligendes Licht troff. Ein unsicheres Gemurmel ging durch die Hörer, die starren Augen fingen zu glänzen an. Zerlumpte Schafhirten gaben ungeformte Laute von sich. Drei Viehhändler in geblümten Turbanen rasselten mit Pistolen und Dolchen. Pavic senkte sich, mit wild ausgreifenden Armen, so tief nach vorn ins Leere, als wolle er über die Versammlung hinwegfliegen. Gleich darauf schwebte er, leicht und federnd, am jenseitigen Rande des Tisches. Sein lechzender Blick und alle seine Glieder schmiegten sich um das bezwungene Volk: jeder einzelne fühlte mit angehaltenem

Atem seine Umschlingung. Wohin er sich wendete, dahin taumelten die weich gewordenen, willenlosen Leiber all dieser Geschöpfe. Sie lächelten weinerlich.

Pavic redete. Er stand in einem Qualm von Seelen. Die Sicherheitswachen hielten die Gewehre nur noch in lässigen Händen, sie hingen mit entwaffneten, dummlichen Mienen an des Tribunen Atemzügen. Die Dynastie Koburg hatte zwei Stützen weniger. Plötzlich breitete er die Arme aus, den Kopf im Nacken. Sein breiter Bart stand rotbesonnt, keilförmig in die Luft. Die Augen sanken ein unter den gequälten Lidern und erloschen, in einem letzten Krampf zuckten die grauen Lippen. Er war Christus. Weiber schlugen das Kreuz, packten sich bei der Brust und heulten lange Klagetöne. Verwünschungen und Beschwörungen grollten tief. Die Herzogin sah ihm zu wie einem Spiel, einem Aufwallen und einem Sturz von Elementen, ohne Urteil und ohne einen Vorbehalt ihres Geistes dem Schauspiel des Mannes hingegeben. Mit ihm atmete, stöhnte, sehnte sich, röchelte, schrie und verschied die ganze Natur.

Unversehens war er am Wagenschlag. Er sprang hinein, sie fuhren im Galopp davon. Der wütende Aufschrei der Menge vergellte hinter ihnen. Sie ließen die Wagendecke herab und hielten die Gesichter dem Wind und der Sonne hin. Die Herzogin schwieg mit ernsten Augen, Pavic schnaufte. Vor und hinter ihnen rollte durch das Steinland der blendende Fluß der Landstraße. Von einer ihrer Erhöhungen sahen sie fern einen blinkenden Streifen: das Meer.

Da sprang aus einem Schutthaufen etwas heraus, etwas Zerlumptes, Tolles, wovor die Pferde scheuten. Es war ein Weib in grauen Zottellocken, sie schwenkte mit der Hand einen langen Haarschopf, daran flog im Kreise ein Totenkopf. Sie kreischte etwas Unverständliches, immer dasselbe, und klammerte sich an die Wagenräder. Pavic rief hinaus.

»Bist du schon wieder da! Ich kann dir nicht helfen, so geh doch und werde vernünftig!«

Die Herzogin ließ halten.

»Was schreit sie? Heißt es nicht ›Gerechtigkeit‹?«

Die Alte war mit einem Satze bei ihr, sie hob ihr den Schädel dicht vors Gesicht.

»Hoheit, es ist eine Närrin!« murmelte Pavic. Das Weib zeterte: »Gerechtigkeit! Sieh, das ist er, das ist Lazika, mein Söhnchen. Sie haben ihn ermordet und leben noch! Mütterchen, ich liebe dich, hilf mir doch zu meiner Rache!«

»Schweige endlich!« befahl Pavic. »Es ist dreißig Jahre her, und sie haben Zwangsarbeit getan.«

»Aber sie leben!« heulte die Mutter. »Dürfen sie leben, und er ist gemordet! Gerechtigkeit!«

Die Herzogin starrte den gebleichten Kopf an. Pavic bat: »Hoheit, gestatten Sie mir, den Auftritt zu beenden.«

Er winkte, die Pferde zogen an. Das Kleid der Alten verfing sich in den Speichen, sie fiel um. Ein scheußliches Knirschen entstand; das Rad war über den Schädel gegangen. Sie waren schon weit; dahinten wälzte sich mit Wimmern im weißen Staube ein Haufen Lumpen über den Splittern vom Haupte des Sohnes. Die Herzogin lenkte erblaßt den Blick weg.

»Dreißig Jahre«, sagte Pavic, »und noch immer rachedürstend! Wir sind Christen, wir verlangen nach Gnade.«

Die Herzogin erwiderte: »Nicht Gnade. Ich bin für Gerechtigkeit!«

Sie sprach nichts weiter. Sie versuchte darüber zu lächeln, wie heute alles so tragisch erscheinen wollte, doch beängstigte sie diese Stunde, die schwanger aussah von Fremdartigem. Sie mochte sich nicht umsehen nach dem Manne neben ihr.

Pavic dachte zurück an den armen Studenten, der zu Padua scheu und gedrückt, als Angehöriger der unterworfenen Rasse umhergegangen war. »Jetzt halte ich euch!« so frohlockte er. »Denn für mich habe ich die Herzogin von Assy.« Er dachte an den wunden Ehrgeiz des kleinen Advokaten, dem man zuweilen einige kühne Worte erlaubte. Dann zogen die Gewalten das Seil an; er hungerte, er saß im Kerker, er hörte seine Drohungen verlachen. Heute lag das Atlasfutter seines schwarzen Havelocks über einem in Wien gefertigten Salonrock. Wo er vorbeikam, ward man tiefernst, denn er lehnte im Wagen der Herzogin von Assy. Was war in diesem Augenblick noch unmöglich? Ah! schon manche Frauen, auch schöne, auch reiche, waren, von seiner Rede im Blute aufgepeitscht, zu ihm geschlichen, bettelnd um das Almosen einer Umarmung. Es ward ihm plötzlich sehr heiß in den Augen, er meinte die Besinnung zu verlieren und sprach es sich zum ersten Male aus, er begehre die Herzogin von Assy.

Den ganzen Weg entlang ruhte Pavic im Gefühl seiner seltenen, romantischen Persönlichkeit. Er bebte und schmolz darin.

Bei ihrer Ankunft gingen sie sogleich zu Tische. Nach der geleisteten schweren Lungen- und Muskelarbeit aß und trank der Volkstribun stark. Die Herzogin sah in die Kerzen. Später, in ihrem Zimmer, kam er, satt und sanguinisch, auf den Triumph des Tages zurück. Er wiederholte ihr einzelne Glanzstellen, und die Huldigungen, die ihnen gefolgt waren, rauschten ihr wieder im Ohr. Sie sah ihn aufs neue, ragend groß in furchtbarer Stellung von jagenden Wolken abgehoben, ein Held, gegen den sie keinen Einwand wußte, ein Held, staunenswert und übermächtig. Nun jubelte und befahl er zu ihren Füßen; seine stolzen Freiheitsrufe stiegen zu ihr herauf aus seinen feuchten, roten, verlangenden Lippen.

Und endlich, zwischen zwei Liebeserklärungen an sein Volk, bemächtigte er sich ihrer. Das Sofa, auf dem es geschah, trug mitten über seiner Lehne eine große, goldene

Herzogskrone. In den Sekunden seiner Seligkeit hafteten Pavic' Gedanken unverwandt an dieser Herzogskrone.

Gleich darauf packte ihn namenloses Staunen über das, was er gewagt hatte. Er stammelte: »Dank, Hoheit, Dank, Violante!«

Und sich selbst rührend, immer inniger: »Dank, Dank, Violante, daß du das für mich tatest! Herrliche, gütige Violante!«

Aber ihr Blick floh, von blauen Schatten umzogen, teilnahmslos an ihm vorbei. Ihr Haar war in Unordnung geraten; es hing in starren, dunklen Wellen um das erschreckend bleiche Gesicht. Sie stützte sich mit hart gestreckten Armen auf den Polsterrand. Ihre spitzen Finger zerrissen den gewirkten Stoff. Pavic wand sich in Angst und Reue: ›Was habe ich getan!‹ schrie er sich selbst zu. ›Ich bin nur ein Vieh! Jetzt ist alles verloren!‹ Er verdoppelte seine Anstrengungen: »Verzeih mir, Violante, verzeih! Ich bin ja nicht schuldig, es ist das Schicksal... Jawohl, das Schicksal, das mich dir zu Füßen warf. Ich soll dir dienen... Wie will ich dir dienen! Violante! Ich will den Staub von deinem Saume küssen und sterbend den Kopf unter deine Absätze legen, Violante!«

Er rang, berauscht von den eigenen Worten, um einen ihrer Blicke. Sie strich sich, nach langen Minuten, mit zwei Fingern über die Stirn und sagte: »Lassen Sie mich, ich möchte allein sein.«

»Du verzeihst mir nicht? O Violante, sei gnädig!«

Sie zuckte die Achseln. Er flehte mit Tränen in der Stimme: »Nur ein Wort, daß du mich nicht verdammst! Violante! Du verdammst mich nicht?«

»Nein, nein.«

Sie wendete, unfähig, den Auftritt länger auszuhalten, den Hals hin und her.

»Gehen Sie jetzt.«

Er ging endlich, mit schwerem Tritt, weichen Gliedern,

aufgelöst in Gefühl und immerfort murmelnd: »Dank...
Verzeih... Verzeih... Dank.«

Sie begab sich sogleich in ihr Schlafzimmer. Sie schickte
die Kammerfrau hinaus und begann selbst, sich zu entkleiden. Nach dem Erlebten war jede Berührung mit einer
menschlichen Haut ihr widerlich. Aber ihre Hände waren
schlaff; sie verlor sich immer wieder in Gedanken. Ihre
Verwunderung war so mächtig wie seine, doch ganz un-
vermischt mit Genugtuung.

Also das war alles? Das war alles, was sie hatte erfahren
sollen? »Ich wollte lieber, ich hätte es *nicht* erfahren...
Übrigens ist es zum Lachen.« Sie wollte den Mund verziehen, aber in die Kehle stieg ihr eine Übelkeit. Dann fiel ihr
ein, daß Pavic sie immerfort Violante genannt hatte. Wie
kam er dazu? Bildete er sich auf das Geschehene etwas ein?
Solch ein untergeordneter Vorgang, gab er denn ein Recht
zu Zärtlichkeiten der Rede und zu seelischem Nahekom-
men?

Sie zerrte an ihren widerspenstigen Hüllen, sie warf,
was ihr in den Händen blieb, auf einen Haufen von Mus-
selin und Seidenstoffen, am Fußende ihres Bettes von
flüchtigen Dienerinnen zurückgelassen. Plötzlich entstand darunter eine Bewegung. Die Herzogin ging rasch
darauf zu. Es raffte sich etwas daraus hervor, eine kleine
abenteuerliche Gestalt, die mit ihrem Degen in den Tü-
chern hängenblieb. Schließlich stand vor ihr Prinz Phili, in
Trikots, Barett und blauem Atlaswams, mit dicken, goldenen Blumen auf dem weißen, hermelingefütterten Kragen. Er hatte große Furcht.

»Da bin i schon«, flüsterte er.

Ihre nervöse Überreiztheit entlud sich: »Wie kommen
Sie hierher? Trachten Sie doch gleich wieder zu verschwinden!«

»Sie nehmen es also doch übel?« fragte er. »Der Percossini hat mir ja auch gesagt, Sie würden's übelnehmen, aber konnte ich denn anders? Warum haben's mich nie vorgelassen, Frau Herzogin, und meine Frau haben's auch nicht mehr besucht, Sie Schlimme.«

»Entfernen Sie sich! Ich lasse die Prinzessin benachrichtigen.«

Phili war bestürzt.

»Verzeihung, o bitte! Der Percossini hat gemeint, Sie würden nichts sagen... Das wenn ich gewußt hätt!«

»Hinaus!«

»Erst verzeihen's mir, Frau Herzogin. Verzeihung, o bitte!«

Sie warf den Kopf in den Nacken. Sollte dasselbe Spiel von vorne anfangen? Sie trat auf den Thronfolger zu und faßte ihn hart um beide Handgelenke.

»Ich werde Sie in meinem Wagen nach Hause fahren lassen, mit einem Billet an Ihre Frau. Hören Sie?«

Der warme Duft ihres geöffneten Corsage machte Phili schwach. Er knickte, fahl, ins Knie und hing nur noch an ihren Händen. Er bettelte: »Sein's doch nit so bös, liebste Herzogin, Sie wußten doch, ich wollt Sie schon längst besuchen als Don Carlos. Aber die Weiber haben mi nimmer ausgelassen. I war schon ganz hin und hab mir gedacht: Jetzt wenn du zu ihr gehst, fallst am End ab, und aus is. Neuerdings bin i wieder stramm, und da werd i außig'-lahnt...«

Sie drängte ihn zur Tür. Kaum losgelassen, fiel er weich hin, wie eine Gliederpuppe. Er erhob die Händchen, laut weinend: »Sehen's denn nicht, daß ich ein armer Teufel bin! Auf den Thronen, Frau Herzogin kennen doch das, da geht's auch nicht heiter zu. Mich haben's die letzte Zeit so arg hergenommen – und immer hab ich an Sie gedacht wie an Unsere Liebe Frau. Wenn Sie mich nicht wollen, dann stirb ich, ich hab schon so trübe Ahnungen. Gewähren's mir... das...«

Sie setzte sich auf den Bettrand. Ihre Kraft war erschöpft; sie empfand in dem, was sie erlebte, nichts Widerwärtiges mehr und kaum noch etwas Lächerliches. Aus Gier nach der tierischen Berührung mit ihrem Fleische hatten in Paris die kalten, feinen Kavaliere sich selbst und einander umgebracht. Es war natürlich, daß das dürftige Geschöpf dort am Boden daran starb. Aber lohnte es sich der Mühe, sein Gejammer länger anzuhören? Um was er bat, das war so nichtig… Vor Müdigkeit, vor Überdruß und vor unsäglicher Verachtung dachte sie beinahe daran, es ihm zu gewähren. Da erschien ihr das weißliche Antlitz Friederikens von Schweden, flehend mit versagender Stimme.

Der Prinz hatte seine Tränen abgewischt und sich erhoben. Sie fragte jetzt ganz gleichmütig: »Werden Sie gehen, Königliche Hoheit?«

»Ich geh schon.«

Er nickte traurig.

»Frau Herzogin wollen also wirklich nicht?«

Sie nahm die Klingelschnur in die Hand.

»Geh ja schon«, murmelte Phili. »Daß nur am End zwischen uns kein fâché draus wird.«

Und er verschwand.

In den Morgenstunden schlummerte sie. Des Thronfolgers erinnerte sie sich darauf kaum noch. Tagelang beschäftigte sie sich nicht mit Pavic. Dagegen machte sie eine Menge alter Erlebnisse noch einmal durch. Gespräche, einst in Paris oder Wien geführt, vernahm sie wieder vom ersten bis zum letzten Wort: nun hatten alle eine unerwartete Bedeutung bekommen. Die Personen standen aufs neue vor ihr. Das waren ja Liebhaber… und das auch. Und jener dort ein betrogener Gatte. Damals hatte sie lächelnd wie im Traume dies alles mit angesehen. Der Schlüssel zu jenen wertvollen Träumen war ihr erst jetzt zufällig in die Hände gefallen. Nun öffnete sie einen jeden.

Sie ging höchst belustigt umher und ließ aus den Winkeln ihres Gedächtnisses einen vergessenen Scherz nach dem andern hervorsteigen und verstand sie plötzlich alle. Wie ein um Jahre verspätetes Echo hallte ihr einsames Lachen durch die Säle.

III

Die Prinzessin Friederike bat die Herzogin von Assy mehrmals zu ihrem cercle intime. Da dies nichts half, schickte sie den Kammerherrn Baron Percossini, um ihr freundschaftliche Vorstellungen zu machen. Percossini deutete an, Ihre Königliche Hoheit sei der Meinung, daß die Herzogin sich vom Hofe fernhalte, um dem Thronfolger Versuchungen zu ersparen. Sie wisse ihr für soviel Delikatesse des Herzens unendlichen Dank; doch sei zur Zeit nichts zu fürchten. »Man entzieht Seiner Königlichen Hoheit zeitweilig die geistigen Getränke«, erklärte vertraulich der Kammerherr, »und Seine Königliche Hoheit sind sofort vollkommen inoffensiv.«

Ein anderes Mal erkundigte er sich im Namen der Prinzessin, warum die Herzogin noch niemals zu den Strickabenden bei den Dames du Sacré Cœur erschienen sei. Es würde so wertvoll sein für sie beide, wenn sie Fühlung miteinander gewinnen würden bei der gemeinsamen Arbeit für das Volk. Percossini setzte skeptisch lächelnd hinzu: »Hiermit meinten Ihre Königliche Hoheit die Suppen und die wollenen Westen.«

Prinz Phili sandte ihr mehrere kläglich lautende Briefe. Er wisse wohl, sie arbeite am Untergang seines Hauses, doch verlange er es gar nicht besser. Wenn sie ihm nur verzeihen wolle!

Der König Nikolaus knüpfte mit der schönen Frondeuse Verhandlungen an, die erfolglos blieben. Er verlieh Pavic und Rustschuk seinen Hausorden. Der Tribun nahm ihn gar nicht an, der Finanzmann schickte ihn nach dreitägigem Seelenkampfe zurück. Sooft ihr Wagen den des Königs kreuzte, begrüßte der alte Herr sie mit nachsichtigem Schmunzeln. Beate Schnaken drückte das Doppelkinn sehr tief in den Spitzenkragen. Ihre Gebärde besagte die herzliche Achtung einer anmutig sich Unterordnenden. Bei einem Konzert des Pablo de Sarasate verließ sie, allen sichtbar, ihren Vorzugsplatz, um ihn der eben eintretenden Herzogin von Assy anzubieten.

Die Gutmütigkeit all dieser Leute erbitterte die Herzogin. Sie wollte Kampf, und fühlte sich gelähmt durch das höfliche Wesen von Gegnern, die sich gar nicht wehrten. »Wie lange muß ich euch kitzeln?« fragte sie. »Schließlich will ich euch doch noch *wütend* sehen! Eure Behaglichkeit widert mich an. So weiche Herren wie ihr dürfen nicht länger ungestört herrschen; es wäre ungerecht. Und sei es nur meine Laune! Ehemals, in Paris, reizte ich den Leopold Tauna so, daß er mich töten wollte. Und ich wußte nicht einmal, wodurch mir das gelang: ich spielte nur. Jetzt will ich auch euch dahin bringen, das ist mein Spiel.« Ihr »Hausjude« hörte manchmal auf, sie zu belustigen, ohne Genugtuung empfing sie die Meldungen von wiederholten Scharmützeln zwischen Bauern und Truppen und von meuternden Regimentern; Pavic' Tiraden machten sie gähnen. Aber dann tauchten aus dem Nebel von Langerweile und Beschränktheit, hinter dem sie versunken waren, die Freunde des Thronfolgerpaares hervor. Sie sah wieder die schwerfälligen Geister sich spreizen und vorsichtig schwanken zwischen Massacres und weiblichen Handarbeiten, und sogleich fühlte sie mit frisch erregtem Blut einen neuen verlockenden Sinn in den Worten Freiheit, Gerechtigkeit, Aufklärung, Wohlstand.

Es fanden sich in ihrem Lager die ersten Begeisterten ein, junge Leute aus guten Häusern, die für den Fortschritt schwärmten und für das bleiche, kühne Haupt der Herzogin von Assy. Die ersten Leutnants verrieten ihren Fahneneid und schritten, blaß und entschlossen, zu den kleinen, hochverräterischen Zusammenkünften an der Piazza della Colonna. Allmählich kamen die Klugen, hohe Beamte und Hofleute, denen es nicht länger rätlich schien, ihre Zukunft bedingungslos dem Glücke der Dynastie Koburg anzuvertrauen. War irgendwo im Lande das Militär erfolgreich, so verschwanden mehrere von ihnen.

Früher noch als die Enthusiasten versicherte der Baron Percossini die Herzogin seiner vollständigen Ergebenheit. Jeder Besuch, den er ihr im Auftrage der Prinzessin machte, fügte seinem glatten Treubruche etwas hinzu. Unmerklich, unter lauter obenhin gelispelten Fadheiten, langte er bei Kundschafterdiensten an. Übrigens war die Herzogin sich bewußt, er spioniere ebensogut sie selbst aus wie seine Herrschaft. Er plauderte ihr von den Versuchen vor, die die von ihr Bedrohten endlich zu ihrer Vernichtung unternahmen. Sie erfuhr ohnehin von Freunden an allen Höfen, die Vertreter des Königs Nikolaus führten Klage über sie. Sie erreichten nichts; denn durch ihre eigenen Verbindungen im internationalen Hochadel war die Herzogin besser geschützt als die regierende Familie durch den Willen einiger europäischer Staatsmänner. Die Partei Koburg hatte für sich überall nur die Kabinette, die Partei Assy die Camarilla. Das Geld Rustschuks wirkte in den fremden Hauptstädten rascher als die aus Zara eintreffenden Depeschen. Auch war der Weltfriede wichtiger als das Schicksal der Nikolaus, Friederike, Philipp, Beate. Von diesen vier erwies Beate sich am stärksten. Sie brach ohne weiteres auf, behufs Gewinnung des Ministers einer Großmacht, der eben in Italien reiste. Es war ein weicher, frommer Herr; fast hätte sie ihn auf die gleiche Weise gerührt wie ehemals den König Nikolaus. Im Augenblick vor seinem Falle besann er sich auf die Pflicht und floh in großen Tagesmärschen vor der Verführerin.

Die Herzogin nahm diese Geschichte heiter auf. »Wenn der Mann weniger stark gewesen wäre«, so meinte sie, »was dann? Ich hätte mit dem Fräulein Schnaken in Wettbewerb treten müssen, und alles wäre auf die Frage hinausgekommen: bevorzugt Seine Exzellenz die blonden Haare oder die braunen? Meine Herren, die weibliche Politik ist wenig verwickelt.«

Aber die Partei Assy ward stärker und fing an, Fehler zu machen. Der erste war eine jähe Verbesserung der herzoglichen Güterverwaltung. Sie war sinnreich geordnet. Unter einem Generalpächter stand eine Anzahl Pächter, diese verfügten über eine größere Menge Unterpächter, und die einzelnen Unterpächter befehligten ihre Aufseher, die unmittelbar die Bauern beherrschten. Die Aufseher nahmen den Bauern fast den ganzen Ernteprei ab und gaben ihn größtenteils weiter an die Unterpächter, die ihn nach Abzug des ihrigen den Pächtern aushändigten; das meiste davon verabfolgten diesem dem Generalpächter. Jeder ernährte also seinen Vorgesetzten, und alle zusammen lebten vom Bauern. Niemand hätte daran Anstoß genommen, nur Rustschuk fand den Generalpächter zu wohlhabend und zu einflußreich: sie hatten sich an der Börse hassen gelernt. Er stachelte mehrere Anhänger der Herzogin gegen das Latifundien-System auf. Pavic lieh ihnen seine Beredsamkeit. Die Herzogin war freudig überrascht. Eine kraftvolle Handlung machte es ihr möglich, im eigenen Hause die Gerechtigkeit einzuführen. Ein sanguinischer Federstrich beseitigte das ganze Heer der Pächter. Acht Tage darauf brannten überall in Dalmatien die Rebstöcke, die Ölbäume fielen über Nacht in Splitter. Die kleinen Entlassenen stifteten Unruhen auf dem Lande, in den Städten lärmten die größeren. Was ihnen von der Ernte blieb, mußten die Bauern an den Ring der Pächter verschleudern; diese bedrohten die Käufer. Die Einnehmer, die den Gewinnanteil der herzoglichen Kasse eintreiben wollten, wurden mit Steinwürfen und Flintenschüssen empfangen.

Der Herzogin konnte sich nicht genug wundern.

»Das Volk bleibt ein Rätsel. Offenbar ist es gewohnt, ausgebeutet zu werden, und will keine Gerechtigkeit. Wieviel durfte es früher vom Ertrage seiner Arbeit behalten?«

»Kaum ein Zwanzigstel.«

»Ich überlasse ihm die Hälfte, und es wirft mit Steinen. Was würde es tun, wenn ich ihm das Ganze schenkte?«

Rustschuk lächelte geistvoll: »Hoheit, das wäre unser aller Tod.«

Bei dem von den weggeschickten Beamten in der Presse erregten Sturm spritzte manches schmutzige Wasser auf. Neugierige Zeitungsmenschen, die, von ihren Rädern mit Kot besprengt, in die Tiefe ihres Wagens danach lugten, welche Boutons sie heute trage, nannten die Herzogin von Assy eine Deklassierte. Ihr Umgang mit Pavic und Rustschuk deklassiere sie. Pavic beging die Ungeschicklichkeit, sie deswegen um Entschuldigung zu bitten. Sie hob die Schultern.

»Welches ist denn meine Klasse?«

Sein eigener Verkehr konnte ihr unmöglich Schande bringen, davon war Pavic überzeugt. Bezüglich ihres Verhältnisses zu Rustschuk stand seine Meinung nicht ganz so fest. Er stellte ihr anheim, einen andern Finanzier zu berufen, zum Beispiel den entlassenen Generalpächter; damit wäre manches wiedergutzumachen. Sie zeigte sich nicht geneigt.

»Ich will alles tun, was ich zum Wohl des Volkes gut finde. Aber was kümmert es das Volk, mit was für Leuten ich mich umgebe?«

Sie wies auf den hohen, schlanken Hund, der sie gelassen ansah.

»Soll ich mir den Charmant wegnehmen lassen? Ebensowenig darf das Volk verlangen, daß ich meinen Hausjuden abschaffe.«

Er sollte sie noch manches kosten. Rustschuk hatte eine Mätresse vom Theater, und diese hegte den Wunsch, ihren rechtmäßigen Gatten, einen beliebten Schauspieler, im Irrenhaus zu sehen. Der Finanzmann wußte dies den Ärzten einleuchtend zu machen. Unglücklicherweise sickerte es einige Zeit später ans Licht, daß der internierte Mime vollständig gesund war. Beate Schnaken, vom Schicksal des Kollegen gerührt, enthüllte ihrem königlichen Freunde alle dunklen Machenschaften. Die Befreiung des Opfers und sein erstes Auftreten auf der Hofbühne ward ein Triumph für sie und für das regierende Haus, eine Niederlage für die Herzogin. Ein antisemitisches Stück wurde aufgeführt, in dem der Zurückgekehrte die Rolle des zwangsweisen Geisteskranken spielte. Der Intrigant trug die Maske des Rustschuk, und es fielen böse Andeutungen über eine hohe Dame, die hinter dem allen stecke. Das Volk jubelte fünfzig Abende hintereinander auf vollen Bänken; es war ein umfangreicher Skandal. Beate, die edle Retterin, wurde stürmisch begrüßt bei jeder Ausfahrt. Die Herzogin begegnete überall kalten Blicken, und Rustschuk, der sich nirgends sehen lassen durfte, stellte betrübte Berechnungen darüber an, welche Unsummen nötig sein würden, um diese Kälte zu besiegen.

Pavic arbeitete wie ein Besessener; doch die Polizei hatte Mut gefaßt, sie schloß ihm den Mund. Er hörte wieder wie ehemals in der Ferne ein Kerkertor knarren. Auch die Soldateska zeigte gewalttätigere Neigungen. Im Winter kam es in der Nähe von Spalato zu einer förmlichen Schlacht. Die Rache der Pächter hatte dort Hungersnot bewirkt. Das wütende Volk ging mit Sensen und Bratspießen dem Militär zu Leibe. Dieses verlor einige fünfzig Mann, aber es tötete oder verwundete die doppelte Anzahl Bauern.

An einem Sonntag kam die Kunde nach Zara. Der Himmel hing düster herunter. Es fuhren fast keine Wagen in den Straßen. Eine schwarz gekleidete Menge schob sich zwischen den Häusern fort und flüsterte nur; man vernahm das Rauschen der Brunnen. Der Scirocco schlich faul, schwül, mutlähmend über den Köpfen hin.

Unversehens, wie nach schweigender Übereinkunft, gelangten alle auf die Piazza della Colonna und blieben dort versammelt, still, traurig und widerspenstig. Plötzlich stand Pavic auf einem umgestürzten Handwagen, mit dem Rücken an der zweitausendjährigen Säule, und begann zu sprechen. Zum ersten Male seit vielen Wochen begleitete wieder das Murmeln erregbarer Gemüter seine Worte. Er fühlte wieder die Herzen der Seinigen ihn warm umzittern und war glücklich. Da kam im Laufschritt durch die engen Gassen eine Infanteriekolonne daher. Am Eingang des Platzes machte sie halt, pflanzte die Bajonette auf und rückte langsam vor. Das Volk wich zurück, quoll zur Seite auseinander und zerstreute sich in die Straßen. Nur um die Säule herum staute sich ein Haufe, vom Militär eingeschlossen, durch die Rednertribüne behindert. Die hereindringenden Stoßeisen warfen alles um. Eines richtete sich drohend gegen die Brust eines ratlosen Alten. Es war der Vater eines dort unten erschlagenen Kriegers, er sah noch nichts vor den Tränen, die Pavic' Rede ihm in die Augen getrieben hatte. Er schien verloren. Pavic beschwor, die Hände ringend, laut seine Angreifer. Aber er verstand, was die blaß zu ihm erhobenen Gesichter von ihm verlangten. »Rette den Alten!« stand auf allen. Er fuhr zurück: sein Blick hatte den der Herzogin getroffen. Sie lehnte in ihrem Fensterrahmen und sah ihn starr an. Sie öffnete den Mund und schrie Worte, die in einem Angstruf des Volkes untergingen. Pavic kannte dennoch jedes von ihnen: »Spring hinab! Decke den Alten!« so befahl sie. Der Alte lag schon am Boden, mit etwas Blut auf dem zerrissenen Hemd. Pavic, leichenfahl, griff sich ans Herz. Dann drang eine jähe Purpurröte durch seine zarte Hand. Hastig kletterte er von seinem Piedestal, erfaßte den Knaben, der hinter ihm an der Säule kauerte, und verschwand im Portal des Palais Assy.

Rustschuk ward, inmitten einer Rotte Zuschauer, von zwei grinsenden Unteroffizieren festgehalten. Sein Bauch schlotterte; er wies mit peinvoll zappelnden Gliedern, den hohen Hut im Nacken, auf den vorübereilenden Tribunen, plappernd in übermäßiger Angst: »Der dort hat alles allein getan, glauben Sie mir doch, meine Herren! Ich bin ein schlichter Kaufmann… Überhaupt habe ich mit der Dame gar nichts zu tun!«

Pavic stieg langsam, gesenkten Hauptes die Treppe hinauf. Ihm war es zumute, als stellte er sich, nach einer Schandtat, dem Gericht. Der Alte hatte geblutet! Pavic erschauerte tief, sobald er es sich vorstellte. Er gedachte der Herren Paliojoulai und Tintinovitsch, jener durchgeprügelten Eindringlinge. Oh, er hatte es nicht, wie die Herzogin meinte, eigenhändig getan. Er hatte es niemals übers Herz gebracht, ihr zu gestehen, daß sein Diener es gewesen war, ein riesiger Morlak, der die feinen Hofleute windelweich schlug. ›Ja, als sie gingen‹, so dachte Pavic, verloren in einem Bilde des Entsetzens, ›da troff es rot von ihren Stirnen!‹

»Und ich bin doch ein starker Mann!« murmelte er vor der Tür des Boudoirs. Sie kam ihm rasch entgegen. Er sagte unsicher: »Hoheit, es ist nur ein Opfer zu beklagen.«

»Nein zwei: der Bauer und Sie!«

Er zuckte zusammen und schlug die Augen nieder. Sie

stand so bleich, in so schwarzen Haaren und so starr wie an dem Tage, da er sie vergewaltigt hatte als ein empörter Sklave. Heute war sein Gewissen noch schlechter.

»Daß ein Bauer gespießt wird«, versetzte sie, »ist ein belangloser Zufall. Aber meine Sache verlangte, daß Sie ihn retteten.«

»Hoheit, ich bin auch Vater.«

»Oder, wenn Ihnen das näherliegt: Sie lassen sich von der Liebe des Volkes mit Romantik umgeben, aber für einen Bauern, der gespießt wird, rühren Sie keine Hand.«

Er faßte den Knaben, der an seinen Rockschößen hing, und schob ihn ihr unter die Augen.

»Hoheit, ich bin auch Vater.«

»Ach ja, immer das Kind! Sie langweilen mich unsäglich mit dem Kind. Können Sie ihm keine Bonne halten?«

»Ich liebe es sehr...«

Er fügte nachdenklich, fast verwundert, wie eine Erkenntnis, die ihm im selben Augenblick aufging, die Worte hinzu: »Gerade das gefällt dem Volk...«

»Dann wählen Sie zwischen mir und dem Volk!«

»Hoheit! Ich sollte also mein Kind zur Waise machen und... und... mich opfern?«

»Ist das nicht selbstverständlich?«

Sie wandte ihm den Rücken. Er rang nach Luft. Kannte sie denn gar kein Erbarmen? Er begann Beteuerungen zu stammeln.

»Mich opfern... Ja, gewiß, ich opfere mich. Aber muß ich mich von betrunkenen Soldaten zerfleischen lassen? Gibt es kein würdigeres Opfer? Hoheit, ich bringe täglich Opfer des Geistes und des Herzens. Mich und mein Wort hetzen die Gewalten wund. Ich werde noch mit blutenden Augen der Qual meines Volkes zusehen müssen – durch die Gitterfenster des Kerkers. Hoheit, ich saß schon einmal im Kerker...«

Er wartete vergeblich auf Antwort.

»Wer opfert sich denn gleich mir? Ah! Rustschuk! Frau Herzogin, hören Sie, Rustschuk – wissen Sie, wie ich ihn eben noch getroffen habe? Drunten, zwischen zwei Unteroffizieren – und er verleugnete Sie! Er schob, toll vor Feigheit, alles auf mich, und Sie, Frau Herzogin, verleugnete er laut!«

Sie zuckte die Achseln.

»Rustschuk! Er versteht etwas von Geldsachen. Weiter verlange ich nichts von ihm.«

»Keine Ehre? Man möchte die Leute, mit denen man umgeht, achten können.«

»Ich habe das nicht nötig… Rustschuk ist wegen des Geldes da. Sie, Herr Doktor, sprechen von Freiheit. Er darf als Wucherer leben, Sie mußten als Freier –«

›Sterben‹, so sprach er in Gedanken zu Ende. Er wagte ihr nicht nachzusehen, wie sie hinausging. Er hatte sich dem Gericht gestellt und war verurteilt.

Draußen fing eine ohnmächtige Sucht nach Wiedervergeltung in ihm zu brüten an. ›Schließlich habe ich sie doch besessen!‹ sagte er sich und ballte die Faust in der Paletottasche. ›Es war falsch, daß ich damals Reue zeigte! Ich hätte sie demütigen sollen, ihr klarmachen, daß das Geschehene besteht und niemals verlorengehen kann! Tut sie nicht, als sei gar nichts vorgefallen?‹

Er machte sich vergeblich Mut: ihm selbst war es, als sei gar nichts vorgefallen. Es war ihm unmöglich, sich die Herzogin von Assy noch einmal in seinen Armen zu denken. Und jetzt erst quälte ihn die Lust. Damals war es ein unvorhergesehenes Wagestück gewesen, ein berauschter Tribunenerfolg.

Pavic genoß nur halb all das Große, das jetzt eintrat.

Am fünfzehnten Januar ward die Schutzheilige der Diözese Zara durch eine Prozession geehrt. Der Zug bewegte sich vom Dom der heiligen Anastasia durch die lange, gerade Straßenlinie bis zum Sankt-Simons-Platz. Eingebogen auf die Piazza Colonna machte der Klerus halt, um die Zurückgebliebenen nachrücken zu lassen. Den Mönchen und den geschmückten Schulkindern folgte eine Abteilung Militär. Dahinter gingen städtische Korporationen und auf ihren Absätzen marschierten wieder Soldaten. In feierlichem Abstande schwankte der Baldachin des Erzbischofs daher; er schritt zwischen zwei Vikaren. Nach ihm kam als Vertreter des Königs Nikolaus Prinz Phili, barhäuptig inmitten seines Hofstaates. Abermals stampften Infanteriereihen das Pflaster. Und eine ungeordnete Menge verstopfte, unablässig nachdrängend, die Zugänge des weiten Platzes.

Man wartete; die Geistlichen hörten auf zu singen. An ihrer geöffneten Terrassentür, abseits von ihren Gästen, stand die Herzogin von Assy. Kaum drei Minuten vergingen, bis alle, so viele ihrer den Raum füllten, den Blick zu ihr erhoben hatten. Zuletzt merkte der Erzbischof, wie es ringsumher still ward, und sah lächelnd hinauf.

Da liefen von dahinten, wo ein letztes Gebetemurmeln versiegte, andere Laute durch die langen Menschensäulen. Es war ein Ruf, der die Bürger und die Krieger ergriff. Sie einigten sich in ihm, ihre Reihen vermischten sich und sie versprachen sich mit Händen und Augen, keiner wolle ferner seine Söhne hinausschicken, um auf die Väter der andern zu schießen; keiner wolle die Faust gegen den uniformierten Sohn eines Freundes erheben. Die Trauer der jüngsten Ereignisse hatte plötzlich alle der Sache jener Frau zurückgewonnen; sie riefen: »Es lebe die Herzogin von Assy!« Sie riefen es mit Feuer, manche unter Schluchzen.

Die Rechte auf der Brüstung des Balkons, sah die Herzogin auf die tausend zurückgebogenen Gesichter hinab, die die Sonne verklärte. Die Banner der Kirchen und Klöster erfüllten die blendende Luft mit dem Prunk ihrer

Goldstickereien. Das rotgoldene Zeltdach des Kirchenfürsten stieg wie die Wiege eines Gottes vom blauen Himmel herab. Die Helme blitzten. Zarte Engelsflügel schimmerten an den Schultern kleiner Mädchen, die der Herzogin mit den Fingern Küsse zuwarfen. Das Volk schnellte Arme, Mützen und Liebesschwüre zu ihr in die Höhe; es jauchzte und wogte bunt. Plötzlich flammte ein Degenstahl auf: in der Umgebung des Prinzen hatte ihn jemand gezogen. Gleich darauf grüßten alle Schwerter; es war wie der Flug eines Silbervogels durch das Mittagslicht. Phili selbst sandte Kußhändchen hinauf, gleich den Schulkindern.

Die Herzogin verneigte sich; die Sonnenstrahlen glitten über ihre schmalen Schultern. Die Prozession zog weiter, sie sah ihr zu, in einem gelassenen Machtgefühl.

Sie war damals einundzwanzig. Von der Wölbung des schwarzen Haars, das in schwerer Welle zurückgeschlagen war, fiel auf ihre Stirn ein bläulicher Schatten. Im Nacken bogen sich die vollen Flechten. Die Brauen zogen schwache Linien, der Mund lag unbestimmt da, mit leise aufeinandergeschmiegten, blaß gefärbten Lippen. Aber das Kinn und die Biegung der feinen, großen Nase sagten entschiedene Dinge. Der Kopf war farbenarm, doch reich vom Silberzauber des Lichts. Sie hob die breiten Lider: ein fester, stahlblauer Glanz fand den Weg fernher, von großen Meeren.

Pavic zeigte sich hinter ihr, in Frack und weißer Halsbinde, unbeweglich und ein wenig unaufmerksam, als ein Schöpfer, der nicht geruht, merken zu lassen, das alles sei sein Werk. Er zerbiß sich die Lippen und legte zwei Finger an die Nasenwurzel, gegen die Blendung oder gegen den Druck eines trüben Gedankens. Alle Fenster der zwei herrschaftlichen Stockwerke waren von den Freunden der Herzogin besetzt. Rustschuk, von schönen Frauen umringt, verbeugte sich unermüdlich. Er tupfte sich mit dem gelbseidenen Schnupftuch elegant auf den Mund; er zog die Camelia aus seinem Knopfloch und warf sie unter das Volk.

Den ganzen Tag wurden die Salons des Palais Assy nicht leer. Hunderte trieb es heute an, sich der mächtigen Dame ins Gedächtnis zu rufen. Andere hundert waren erst heute von der Notwendigkeit durchdrungen, zu wählen zwischen den Koburg und ihr. Sie bestellte alle auf denselben Abend; sie wollte noch am gleichen Tage bei einem umfassenden Rout die Parade der Ihrigen abnehmen. Es gab eine Überfülle zu tun, sie griff nach dem ersten besten, um ihn auf Botengänge zu schicken. Einmal, als sie das Vorzimmer öffnete, fiel ihr ein riesiger Offizier entgegen. Er verbeugte sich rasselnd.

»Major von Hinnerich!«

Dieser treue, strenge Mensch, der gute Engel des armen Phili! Sie war doch überrascht, ihn hier zu finden. Kam er ehrlichen Herzens? Einen Augenblick zögerte sie. Aber von Hinnerich sah sie mit rotem Gesicht, bärbeißig und zutunlich an. Er strömte Mannentreue aus. Er hatte lange mit sich gekämpft; jetzt war er ihr gewonnen, unverbrüchlich. Sein Glück hatte gewollt, daß seine Begeisterung für die Herzogin von Assy gerade an dem Zeitpunkt durchgebrochen war, wo ihre Sache am günstigsten stand.

Empfangsabende wechselten jetzt mit Bällen ab, unablässig. Das Palais Assy lieh allabendlich seinen roten Festglanz der ganzen Stadt. Rustschuk, der früher Revolten bezahlt hatte, kaufte nun dem Volke einen beständigen Freudenrausch. Musik zog durch die bunt beleuchteten Straßen, der Wein floß kostenlos in den Schenken, im Hafen glitten bekränzte, bewimpelte Kähne durch die glückliche Nacht. Niemand konnte sich erinnern, daß die Welt je so schön gewesen wäre; nur ein paar sehr Alte meinten, es sehe aus, als sei die Republik Venedig wiedergekehrt.

Auf der Piazza Colonna lagerte beim Schmause eine dankbare Menge und schaute zu, wie die Wagen der Gäste heranrollten. Über die Stufen des Portals ging immerfort Seidenrauschen und Degenklirren. Prinz Phili trieb sich ohne Begleiter in der Umgegend herum und hielt die Leute an, um tränenden Auges nach den Vergnügungen im Hause seiner Feindin zu fragen. Warum er nicht dabeisein dürfe! Er könne sich ja gar nichts Lieberes denken, als von solch einer Frau depossediert und in den Kerker geworfen zu werden!

Die Freunde der Herzogin trafen, um sich die dalmatinische Revolution anzusehen, aus Paris und Wien ein, als führen sie zu einem Derby oder zu einer Premiere. Sie gerieten in einen Tanzsaal, wo niemand an die nahen Ereignisse zu denken schien. Die Herzogin selbst besann sich zuweilen darauf. Sie spürte dabei denselben leichtfertig prickelnden Vorgeschmack des Triumphs wie sonst, wenn sie eine alte Marquise im Whist besiegte. Sie hatte dann die entscheidende Karte noch einen Augenblick in der Hand behalten und der ratlosen Greisin zugeblinzelt. So blinzelte sie jetzt, des Ausganges der Dinge gewiß, nach dem Königsschlosse hinüber, wo Nikolaus und Beate, gänzlich vereinsamt, durch die schlecht beleuchteten Säle irrten. In einem Winkel fror Friederike.

Bei einem Frühstück in engem Kreise hörte die Herzogin ganz entzückt dem türkischen Gesandten Ismael Iben Pascha zu; der beleibte, lebenslustige Mann plauderte von der Rechtspflege in seinem Lande.

»In Smyrna wird mir ein Schwarzer vorgeführt; er ist wie ein Narr aus einer Moschee herausgesprungen und hat einem zufällig vorübergehenden Europäer ein langes Messer in den Bauch gerannt. Er rollt weiße Augen und schwört, der Prophet habe ihm im Gebete befohlen, den ersten Ungläubigen, der ihm begegne, zu töten. Ich erwidere: ›Und mir befiehlt der Prophet, dich aufhängen zu lassen!‹«

Der Gesandte leerte ein Glas Sekt.

»Was wollen Sie, Hoheit, gegen den Propheten hilft nur der Prophet. Und ein rasches Urteil ist besser als ein weises. Eine arme Frau soll Milch getrunken haben, die ihr nicht gehörte. Ich sage nur: ›Aufschneiden!‹«

Pavic, der an der andern Seite der Tafel saß, ward auf einen kleinen, jungen Lakaien aufmerksam. Die andern schlichen mit Platten und Flaschen geschäftig um den Tisch, jener aber stand ungeschickt da, horchte auf die Gespräche und ließ den Blick nicht vom Gesicht der Herzogin. Aus einer Schüssel, die er schief hielt, tropfte Soße auf den Teppich. »Sie!« raunte der Hausfreund verweisend. Der Diener sah ihn an, und Pavic zuckte heftig zusammen. War das ... das war Prinz Phili! Er wandte sich nach seinen Nachbarn um, keiner hatte etwas bemerkt. Da faßte er den kleinen Lakaien recht fest ins Auge. Gewiß, das waren die hilflosen Bewegungen des Thronfolgers, das waren auch seine Züge, nur die Haare fehlten auf den blassen Wangen. Pavic warf sich plötzlich in die Brust, sein gestärktes Hemd krachte; er hielt sein Glas hin. »Sie!« Und er ließ es von dem jungen Menschen füllen.

Kurz darauf war der Lakai verschwunden. Pavic ward nachträglich von Zweifeln befallen, die ihm keine Ruhe ließen. Er mußte mit irgend jemand über die Sache reden. Man lachte ihn aus: Prinz Phili als Bedienter! Ob er denn an Gesichtstäuschung leide. Aber Pavic wollte vom Thronfolger bei Tische bedient worden sein; er war nicht geneigt, sich dies nehmen zu lassen. Am nächsten Tage glaubte es die halbe Stadt. Man erfuhr auch, daß der König Nikolaus die Geduld verloren und seinen Erben geohrfeigt habe. Phili blieb geraume Zeit unsichtbar. Als er wieder zum Vorschein kam, war sein Bart noch sehr kurz.

Die Geschichte ward viel zu stark gefunden, sie brachte

manchen zur jähen Erkenntnis der Lage. Das Spiel, das die Herzogin und ihre Leute mit der bewährten Dynastie Koburg, mit dem ehrwürdigen König Nikolaus trieben, galt nun als unwürdig. Viele verließen die Partei Assy.

Sodann folgte der Zwischenfall mit dem jungen Brabanzine. Dieser achtzehnjährige Edelmann hatte gerade die klösterliche Erziehungsanstalt verlassen und saß in einer Vorstellung von Frou-Frou. Beate Schnaken betrat ihre Loge: das Geschick des Jünglings war entschieden. Er suchte sie auf und stammelte zu ihren Füßen seine erste, ungeschickte Begierde. Beates reifes Herz trank dankbar dieses seltene Elixier; doch konnte sie unmöglich einem jugendlichen Stürmer zuliebe von ihren langjährigen Grundsätzen abweichen. Innerhalb der Landesgrenzen durfte nichts vorkommen. Sie verständigte hiervon ihren Verehrer, mit dem Hinzufügen, zu einer Reise ins Ausland lasse ihr die Politik keine Zeit.

Zwei Tage später ertrank der arme Brabanzine bei einer Bootfahrt. Gleichzeitig erhielt Beate Schnaken von ihm einen Brief, den sie im ersten Schmerz ihrer Umgebung zu lesen gab. Dieses beklagenswerte Ereignis brachte es erst wieder allen zum Bewußtsein, wie sympathisch Beate sei. Am Grabe ihres unglücklichen Liebhabers wurde sie von seiner Mutter in die Arme geschlossen. Sie trug dabei einen großen, schwarzen Crêpeschleier, und die Musik spielte etwas aus einer Oper. Die gemeinsamen Tränen der beiden Frauen, der Mutter des jungen Mannes und der Geliebten, um deretwillen er gestorben war, kamen jedermann unsäglich rührend vor. Sie gewannen der Dynastie Koburg unzählige Neigungen zurück.

Die Herzogin begriff Beate vollkommen; nur die Mutter war ihr unverständlich. Sie zog sich innerlich fremd und feindlich zurück von solcher melodramatischen Seelengüte, bei der mit dem Zorn auch der Stolz abdankte, und bei der den Toten ein Unrecht geschah. Sie sprach es aus und wurde für neidisch gehalten.

Indessen war sie der Meinung, ihr Glück sei über solche Wechselfälle längst hinausgewachsen. Es beunruhigte sie gar nicht, wenn sie unzufriedene Gesichter im Volke sah. Sie nahm sich vor, ihm gelegentlich in aller Freundlichkeit die Wahrheit zu sagen.

Ende Mai verbrachte sie einige Morgenstunden im Harem des Paschas, bei Madame Fatme, seiner Gemahlin, an der sie ein oft befremdetes und oft verwandtes Wohlgefallen fand. Fatme war ein Kind, das in Pariser Toiletten mit sich selbst wie mit einer Puppe spielte: in ihrem innersten Bewußtsein behielt sie immer weite, seidene Beinkleider an. Sie träumte scheu und lüstern von allen Männern, denen sie in der Gesellschaft begegnete, und hielt alle frei einhergehenden Frauen für Hetären. Sie war überaus volkstümlich gesinnt und kannte unter Menschen keine Abstände. Ein türkischer Bettler hockte am Weg, wo die Herzogin von Assy und Prinzessin Fatme vorüberkamen. Er aß eine Schüssel Bohnen und sagte grüßend sein gewohntes heimisches »Sei mein Gast!«. Die Prinzessin hatte Hunger, das Gericht duftete nach gutem Öl. Sie ließ es sich reichen und führte den Löffel des Bettlers an den Mund. Sie legte keinen großen Wert auf Menschenleben und hielt es für wichtiger, daß ein jeder zu seiner Unterhaltung alles tue, was er könne. Sie erzählte ihrer Freundin: »In Smyrna hatte mein Mann eine Menge kleiner Mamelucken, die im Palast aufwuchsen. Und auf der Balustrade unseres Balkons standen große Marmorkugeln. Manchmal ließ der Pascha die Mamelucken auf den Balkon kommen und maß sie. Wer niedriger war als die Marmorkugeln, bekam ein Goldstück. War aber einer höher, dann: – Kopf ab.«

Sie zwitscherte hell.

»Das Spiel hatte mein Mann selbst erfunden.«

Die Herzogin blieb ernst. Sie sann, und sie fand nicht, ob solch gleichgültiges Hantieren mit dem Tode scheußlich sei oder groß.

Es war warm. Die beiden Damen saßen in Wolken von süßem Rauch auf niedrigen Diwans, drei alabasterne Stufen über dem Parkett. Das Zimmer hatte kein Fenster, die Tür stand offen, auf den grell besonnten Hof hinaus; es hingen Rosenranken davor, die der Eintretende zurückschlagen mußte. Draußen schlichen fettig schwarze Mohren, rote Binden um die Lenden, über die Marmorplatten. Sklavinnen, weißer als die Säulen, hinter denen sie vorbeiwandelten, und in mattfarbenen Seiden sich wiegend, trugen auf den Köpfen bronzene Schalen, an deren Rand sie eine Hand legten. Der gestreckte Arm schimmerte mit gewölbten Muskeln. In den Achselhöhlen glitzerte es goldig. Eine von ihnen brachte auf Schalen aus Lapislazuli Seker Lokoum und Rachat Lokoum, köstliche »Bissen der Ruhe«, die auf die Zunge, wo sie schmolzen, einen milden Vorgeschmack des Paradieses legten. Eine andere hinterließ, auf rosigen Zehen rasch durch das Zimmer gleitend, wundersame Wohlgerüche; sie schienen aus ihren Fingerspitzen zu sprühen.

Die Herzogin befand sich wohl in diesem vergessenen Winkel, wo Farben, die wie in künstlicher Sonne standen, und tanzmäßig abgemessene Bewegungen sich traumselig vermischten. ›Wenn draußen nicht so vieles zu tun wäre!‹ dachte sie plötzlich. Ihre Freundin seufzte.

»Fatme ist recht unglücklich. Ihre Sehnsucht wird nie gestillt.«

»Was für eine Sehnsucht, kleine Fatme?«

Die Türkin raunte ihr ins Ohr: »Neulich habe ich einen Mann hier gehabt!«

»Nicht möglich. Wen denn?«

»Zwar nur Prinz Phili. Weil er gerade keinen Bart hatte,

weißt du. Ich hatte ihn angezogen wie ein schönes Mädchen. Ich dachte an den Pascha und erstickte fast vor Vergnügen. Aber, nun natürlich – er hat versagt. Endlich ein
Mann im Harem, und da versagt er!«

»Phili hat... versagt?«

»Ganz und gar.«

»Wie schade. Also ein anderes Mal. Hast du es denn
durchaus nötig, deinen Mann zu betrügen?«

»Er hat ja behauptet, im Harem würde es mir nie gelin-
gen. Muß mich das nicht kränken? Und er selbst gibt das,
was mir gehört, allen Sklavinnen. Ah! Ich gewöhne es ihm
noch ab. Sieh dir einmal die große Blonde an, dort drüben
bei der Palme. Sie ist neu, sie gefällt dem Pascha. Vorge-
stern nachts will er zu ihr, er schämt sich und schleicht im
Dunkeln. An der Ecke des langen Ganges, wo sie alle
schlafen, passe ich ihm auf und setze ihn, mit einem Stoß,
gerade in den Brunnen hinein. Er prustet und schreit. Als
die Eunuchen mit Lichtern kommen, bin ich längst in meinem Bett. Und ihm, du begreifst wohl, war alle Lust ver-
gangen.«

Die Herzogin stellte sich den hilflosen Mann vor, auf
dessen liebeglühenden Wanst der Springquell niederplät-
scherte. Sie lachte schallend, unerschöpflich.

»Früher waren wir nicht so harmlos«, erklärte Fatme.
»Wir duschten nicht, sondern gaben Gift. Kennst du die
Alte, die im Hofe sitzt?«

Eine flitterbunt behangene Alte kauerte gekrümmt in
der Sonne, die gelben Füße über einem silbernen Kohlen-
becken. Sie wackelte beängstigend mit einem entfleischten, enthaarten Schädel, von dem der Unterkiefer herun-
terklappte.

»Das war die große Suleika, des Paschas Mutter. Wie
viele Nebenbuhlerinnen hat sie wohl vergiftet, damit sie
ein Kind bekommen und ihr Kind Pascha werden konnte!
Und ob sie Männer im Harem gehabt hat! Keiner hat

etwas verraten, denn am Morgen schlug sie ihm den Kopf ab.«

»Immer den Kopf ab«, sagte achselzuckend die Herzogin, und verabschiedete sich.

Wie sie am Gemüsemarkt vorbeifuhr, war eben ein Mörder abgeführt worden. Das Volk stand in dichten Gruppen umher und erzählte sich, was geschehen war. »Der Bäcker zahlt ihm seinen Lohn aus. ›Zwei Francs zehn‹, sagt er. ›Ich soll doch zwei Francs fünfzehn haben?‹ – ›Nein, zwei Francs zehn‹, sagt der Bäcker. Da zieht er seinen Revolver und schießt den Meister mausetot.«

Die Pferde der Herzogin mußten im Schritt gehen. Man reckte die Hälse nach ihr. Einige zogen die Mützen, aber andere machten augenfällig kehrt. »Schreit doch Hoch!« rief ein biederer Arbeiter. Ein paar Leute schrien, aber die meisten schwiegen mürrisch. Ein breiter Morlak, dem möglichenfalls die geschenkten Mittagsessen nicht gut bekommen waren, sagte langsam und laut: »Der Teufel hole dich, Mütterchen!«

›Ich will doch einmal sehen‹, dachte sie, und ließ den Wagen halten. Einen Augenblick mußte sie sich besinnen. Sie kam aus einem farbenreichen Stilleben, wo unter Wollustseufzern und Dolchklirren Befehle ergingen an schöngewandete Sklaven. Unmittelbar darauf wollte sie einem Gewühle abgerissenen Packs die Freiheit lehren und es mitreißen zu einer Staatsumwälzung. In Haar und Kleidern noch die Düfte des Harems und seine Träume noch in den Augen, begann sie ihre Volksrede.

»Ich habe gehört«, sagte sie über die Köpfe der Hörer weg und mit leichtem Widerstreben, »daß ihr jetzt manchmal unzufrieden mit mir seid. Ihr habt aber nicht das geringste Recht dazu...«

»Nein gewiß nicht«, lallte ein Betrunkener, und schwenkte eine Flasche. Seine Nachbarn feixten. Die Herzogin sprach weiter.

»Man meint es gut mit euch. Ich werde euch immer nur geben, was für euch paßt. Ob sonst etwas vorgeht, ob junge Herren ertrinken oder andere sich die Bärte abschneiden, darum solltet ihr euch nicht kümmern, dieweil euch das gar nichts angeht. Laßt euch doch ruhig führen, nachzudenken braucht ihr überhaupt nicht.«

Aus den angrenzenden Gassen liefen Neugierige herbei, der Platz füllte sich. Die städtisch angezogenen jungen Leute grinsten. Die Begeisterten klatschten in die Hände und verstärkten dadurch das Murren der Übelwollenden. Zum Glück waren in der Menge viele von Pavic' Getreuen und manche, die im Solde Rustschuks standen. Auf allen Punkten des Marktes erhob sich, pflichtgetreu und aus voller Kehle, ihr Geschrei: »Wir lieben dich! Lebe lange!«

Die Herzogin begann nochmals, ungeduldig, doch nicht unfreundlich.

»Übrigens verzeihe ich dem Volke, wenn es sich unsinnig benimmt. Ich weiß ja, Dummheit, Aberglaube und Trägheit sind an allem schuld. Was kann zum Beispiel jener, der den Bäcker umbrachte, für seine Tat? Man muß euch erziehen...«

Sie kam nicht weiter. Die Entrüstung des moralisch empfindenden Volkes brach los.

»Ein Mörder! Was ein Mörder dafür kann?! Du weißt gewiß nicht, was du redest!«

Die vom Lande brüllten fassungslos durcheinander. Die Schlingel aus der Stadt stießen schrille Pfiffe aus. Die bezahlten Beifallspender waren verstummt, überall herrschte Ehrlichkeit. Vor beiden Türen des Wagens stauten sich Haufen drohender Gestalten, die die Finger ausstreckten: »Da seht die an, was ihr nur einfällt, der Vornehmen!«

Von ihren Kissen herab blickte die Herzogin umher, sehr erstaunt. Vorne fuchtelten zwei Erbitterte mit blanken Äxten, gerade über den Köpfen der Pferde. Die Tiere scheuten; der Kutscher hieb auf sie ein. Er meinte es gut mit seiner Herrin und entführte sie im Galopp.

Am Nachmittage zogen johlende Scharen auf die Piazza Colonna. Vor dem Palais Assy vollführte die gebildete Jugend, unterstützt von den unteren Ständen, eine Katzenmusik. Die Herzogin erfuhr, daß im Schlosse und bei der Partei Koburg eitel Freude wohne. Sie machte eine zornige Regung durch und beschloß, der ganzen Sache ein eiliges Ende zu bereiten. Das Glück sollte sich nicht nochmals wenden, wie zur Zeit der Pächterunruhen und des Lärms um den internierten Schauspieler. Sie berief die Ihrigen auf denselben Abend und empfing, wieder vollkommen wohlgelaunt, die Erschreckten im langen Spitzenhemd. Vor Vergnügen über die gelungene Maskerade vergaß sie ganz, daß ihr Mißerfolg sie ohne weiteres mit Verrätern umgab, und daß er den Machthabern Mut machen mußte zu einem Schlage gegen sie. Noch in der Nacht sollte der Staatsstreich geschehen; statt dessen fand die Nacht sie, mit Mühe der Verhaftung entgangen, weit draußen im Meer.

Ihr Tag hatte im Harem begonnen und in einer Volksrede gegipfelt; sie beschloß ihn auf dem Hinterdeck einer schwerfälligen Segelbarke, allein und flüchtig. Zu ihren Füßen öffnete sich eine Luke über der Küche und dem Schlafraum des Schiffers; ein übler Geruch stieg heraus. Vorne auf einer Taurolle saß Pavic und hielt seinen Knaben umschlungen. Beim Einsteigen hatte sie zu ihm gesagt, lachend und mit leiser Geringschätzung: »Sie wissen, Herr Doktor, Opfer verlange ich von Ihnen nicht mehr. Sie dürfen dableiben.«

Er hatte sie groß und innig angeschaut: »Wohin Sie gehen, Hoheit, dahin gehe ich.«

Er liebte sie, er litt unter ihrem Schicksal, und er war in

großer Angst für die eigene Person. Nach dem Verschwinden seiner Beschützerin würde ihm selbst der Garaus gemacht werden, das wußte er. Nun gab er sich, hinter der aufgespannten Leinwand, die ihm ihre Gestalt verbarg, peinlichen Gedanken darüber hin, was für ein Gesicht sie wohl mache? Was sollte jetzt aus ihnen beiden werden? Wenn sie am Morgen einsam und verloren in der Weite einander wiedersahen, als was für Menschen würden sie sich begrüßen? ›Ich bin doch ihr Geliebter‹, sagte Pavic sich, ohne daran zu glauben.

Aber es konnte sein, daß die Verbannung ihren Hochmut brach! ›O gewiß, sie wird noch demütig werden gleich uns Armen! Was ihr und mir zustößt, ist heilsam‹, so überlegte er, ergeben in die Fügung. ›Und dann… und dann…‹ Aus der Verstörtheit des plötzlich ganz Entgleisten richtete sich eine neue stürmische Hoffnung auf. ›Dann bin ich ihr wieder, was ich ihr früher war! Alle haben mich angestaunt als Helden, nur sie tat es niemals mehr, seit ich damals… nicht starb. Ah! Jetzt bin ich gerächt! Zu mir wird sie sich flüchten in der Fremde, unter den Verächtern. Denn sie werden sie, die Gestürzte, verachten… Wer weiß, vielleicht lernt sie die Armut kennen…‹

Pavic begann, damit sie ihm gehören könne, für seine Herrin das äußerste Elend herbeizusehnen.

Plötzlich meinte er sie rufen zu hören. Er sprang, mit der Eile seines schlechten Gewissens, von seinem Sitze auf, stolperte über eine Kette und schlug hin, die Beine in der Luft. Sein rechter Fuß stieß heftig gegen den am Bootsrand schlummernden Knaben. Pavic raffte sich entsetzt vom Boden auf: das Kind war verschwunden. Der Vater wollte es nicht glauben, er tastete, auf den Knien rutschend, in der Dunkelheit umher. Dann richtete er sich steif empor und stieß einen rauhen Schrei aus. Der Schiffer lief herbei, er reffte die Segel. Sie ruderten gemeinsam zurück und suchten. Sie ließen Laternen über Bord; die blutigen Lichter glitten die Wand hinab und herauf, wie rotgeweinte Augen, die nichts fanden.

Die Herzogin sagte ihm kein Wort. Er schlich zurück hinter das wieder aufgespannte Segel. Die Luft der Mainacht trug ihr seine zerrissenen Klagelaute zu, und sie wußte nicht, wovon es sie jetzt fröstelte, vom Winde oder von seinem Schluchzen. Sie hatte nur einen leichten Ballumhang über den nackten Schultern. Der Morlak, der die Barke lenkte, legte ihr seinen weiten Mantel um. Die Nacht verging ihr in peinvoller Schläfrigkeit; jedesmal im Augenblick des Einschlummerns schrak sie empor.

Einmal, als sie die Augen öffnete, hatte das Meer die Finsternis durchbrochen, von der es gebannt gehalten war. Eine graue Schlange, krümmte es sich um sie her und wollte sie ersticken. Sie stieß, mit einem leisen Wehruf, den Alp von sich. Aber ein neuer Schauder ergriff sie; das Kind fiel ihr ein, sie fühlte, wie es hinter ihr im Wasser trieb und den Kopf mit toten Augen nach ihr ausreckte. ›Was will es von mir?‹ dachte sie. Da hörte sie sich selbst sagen: »Sie wissen, Herr Doktor, Opfer verlange ich von Ihnen nicht mehr.«

»Was für ein Unsinn!« flüsterte sie sich zu. »Habe ich ihm denn zugemutet, sein Kind ins Wasser zu stoßen?«

Sie wandte sich hastig um; es schwamm wirklich, in der beginnenden Helligkeit, ein Wesen ihrem Fahrzeuge nach, ein Delphin, der heiter grunzte, wie ein Schwein. Unversehens schoß er, schnell und kraftvoll, dem Boote voraus, in den Kreis der Genossen, die umherspielten in den Morgenwellen. Vom Horizont, wo noch die Angstblässe der Nacht hing, sickerten rosige Tropfen, als eine Erlösung in das Meer. Es glättete sich und ward durchsichtig. Der Blick tauchte in geahnte Gärten hinab, wo an Pfaden von bunten Muscheln Korallenbäume die bleichroten Äste ausbreiteten und farbenreiche Fungusarten aufblühten inmitten von Tang und Algen.

Nun war der halbe Himmel vom roten Licht überspült. Die Herzogin dachte: ›Wo die Sonne aufgeht, liegt das Land, das ich verlassen habe. Dieser Frühwind kommt dorther, er riecht nach Salz, nach Fischen, nach Ufer-schlamm, mir scheint, er riecht auch nach dem Moos der Klippen und nach ihrer Einsamkeit. Ich spüre dies Wehen und muß an unabsehbare Steinfelder denken, mit weißen Straßen ohne Ende, an denen nur bestaubte Kakteen wachsen.‹

»Diese Luft sollte der Atem eines freien Landes sein«, sagte sie, tiefernst, vor sich hin.

Das Meer gewann eine azurne Färbung, dann eine ultra-marine, und aus dem abgründigen Blau quirlte weißer Schaum herauf, wie ein Zeichen geheimer Erregungen.

›Gestern abend, beim Einsteigen, habe ich noch ge-lacht. Warum jetzt nicht mehr? Was ist geschehen? Das Kind... Oh, das Kind ist nur ein Zeichen für... etwas, was vorgeht. Bin ich es noch selbst, die erst vor wenigen Stunden in galanter Kostümierung den Staatsstreich ein-leiten wollte? Wo sind nun die Gesichter, deren Verblüf-fung mich belustigte! Ich reizte die Armseligen und freute mich, wenn sie boshaft wurden. Ich weiß nicht einmal, ob ich Feste gab, um eine Revolution anzuzetteln, oder ob ich durch Verschwörung und Umsturz meine Geselligkeit beleben wollte. Das prickelnde Hin und Her glücklicher und unglücklicher Zufälle erhielt mich munter. In das grämliche Stilleben der alten grotesken Leute im Königs-schloß warf ich mit Faschingslaune die Wörter Freiheit, Gerechtigkeit, Aufklärung, Wohlstand. Es war, als tanzte ich noch in Paris und habe mir eine neue Mode ausge-dacht. Soll jetzt etwas Dauerhaftes daraus werden, oder gar etwas Tragisches?‹

Sie wehrte ihren Gedanken und sann doch unablässig

über zurückgelassenen Bildern. Ein junger Hirt, mit stumm leuchtenden Augen unter der niedrigen blassen Stirn, stand, die Arme über seinem Stabe gekreuzt, unter dem epischen Himmel, unbeweglich inmitten eines sich drehenden Kreises von Ziegen und Schafen. Ihre Köpfe beunruhigten seltsam, sie erinnerten an heidnische Mythen. Ein junges Weib, bedeckt mit verhärtetem Schmutz, der die Lüste der fremden Beherrscher abwehren sollte von ihrem Leibe, gab ihrem Kinde ein Messer in die Hand. Sie lehrte es den Angriff auf einen magern Hund, der die Zähne fletschte.

Die Herzogin murmelte in brennendem Gedenken:

»Das war stolz und voll tiefen Sinnes! Wie lange ist es schon her, daß ich es sah! Ich habe doch in derselben Liebe gebebt wie jene in Benkovac unter dem lodernden Wort des Tribunen, und in demselben Haß wie die Alte mit dem Schädel ihres Sohnes. Konnte ich es vergessen? Dies Volk ist stark und schön!«

In ihren Ziegenfellen standen sie, übriggebliebene Bildsäulen aus heroischen Zeiten, neben Haufen von Knoblauch und Oliven, bei riesigen gebauchten Krügen aus Ton, unter großen friedlichen Tieren. Sie waren selbst fast Tier – und fast Halbgott! Vergessene Profile tauchten vor ihr auf, gerade scharfe Nasen, Münder mit Leidenszügen, lange schwarze Locken. Sie sah ihnen zu wie einst, da sie als weißes Kind von den Klippen vor Schloß Assy hinabschaute zu den Barken, auf denen unbekannte Wesen grüßend an ihr vorüberzogen.

»Ah! Es sind mir keine Schatten mehr wie damals! Ich kenne jetzt ihre Stimmen, ihren Geruch, ihre Sehnen, ihr Blut! Die hageren, feierlichen Gestalten, die zu meinen Fenstern heraufstarrten, ihre Gebärden, von Pavic' Rede entfesselt, ihr tierischer Jubel bei den geschenkten Gelagen, die drohende Wut ihrer beschränkten Geister, erst gestern um meinen Wagen her! Ihre Anbetung und ihre

Mordlust, beides gilt mir gleichviel, beides ist stark und schön!«

»Über Schönheit und Stärke ein Reich der Freiheit aufzurichten: welch ein Traum!«

Fernher, von dem Lande, das ihm gehörte, flog dieser Traum ihr nach, auf dem Rücken des Windes, der nach seiner Küste roch. Er holte sie ein und faßte sie mit Gewalt. Sie glühte unter seinen stürmischen Werbungen, ganz allein mit ihm am Rande ihrer einsamen Barke, auf einem verlassen leuchtenden Meere. Der braune Faltenmantel des Armen fiel von ihren zuckenden Schultern. An die schimmernde Rundung ihrer Perlmuschel geschmiegt, ein kostbares Geschöpf der Tiefe, nackt, feucht und duftend lag sie in den Armen eines Gottes.

Pavic kam zum Vorschein, mit geschwollenen Augen. Er trug Brot und Speck herbei; der Schiffer teilte mit ihnen. Der Sturm begann die Wellen mit Schaum zu krönen; sie sahen sie grün und klar heranrollen gleich Blöcken von Smaragd. Gegen Abend trat Ruhe ein. Die Sonne ging als Riesenscheibe, mit grellem Glanze unter; die Welt verschwand unter einer Purpurdecke. Allmählich streiften Schatten darüber hin, graue Nebelfiguren, Rauchsäulen auf der Trümmerstätte eines verbrannten Tages. In der Dunkelheit begegneten sie heimkehrenden Fischerbooten. Und endlich landeten sie.

»Wo sind wir?« fragte die Herzogin.

Pavic verlangte Auskunft von dem Morlaken.

»Ein Stückchen unterhalb Ancona«, erklärte er mit mutloser Handbewegung.

»Wir brauchen ein Fuhrwerk«, sagte er sodann. »Jetzt um zehn Uhr abends, und in die Stadt dürfen wir uns nicht getrauen.«

»Warum nicht?« meinte sie.

»Hoheit, wir sind politische Flüchtlinge.«

Sie standen ratlos am Strande. Schließlich geleitete der Schiffer sie eine Stunde ins Land hinein. Die Herzogin verlor im Sande ihre Tanzschuhe; Pavic zog sie ihr schweigend wieder an. Sie wanderten an einer Dorfmauer hin; es war ein Passionsweg darauf gemalt. Wo sie aufhörte, stand eine kleine achteckige Kirche, ein Stück abseits von ihrem hohen Glockenturm. Dahinter erschloß sich eine lange, blühende Laube von Linden und Kastanien. Pavic und der Führer durchmaßen sie langsam. Zwischen den Blättern hindurch spielten Lichter des aufgehenden Mondes über den Weg und zeigten ihnen an seinem Ende ein weißes Haus.

Die Herzogin sah ihnen nach, aus dem Schatten der Kirche. In dem ragenden Marmorportal lehnte eine niedrige hölzerne Pforte, mit hochgeschnitzten Engelsköpfen darauf, leise geöffnet. Die Herzogin trat ein. Sie erblickte auf den acht inneren Wandflächen, deren vier sich zu Kapellen vertieften, lauter kleine Genien. Sie streckten die Köpfe aus den schweren Falten steinerner Vorhänge, sie schlugen Akanthusblätter zurück und entstiegen Blütenkelchen. Sie hielten einander umschlungen, sie klatschten in die Grübchenhände, lachten mit vollen Gesichtern und sperrten herzhafte Münder auf: der enge Raum war erfüllt von ihren Geisterstimmchen. Die Liebkosung des Mondscheins lockte ein Lächeln auf die kalkgepuderte Miene des einen, es löste einem andern die kurzen üppigen Glieder, daß er sie heimlich und zaghaft aus der Mauer hob, hinaus in das Leben der Nacht.

Von oben, aus einer Öffnung in der Kuppel fielen scharfe weiße Strahlen auf das Bild eines Knaben in goldenen Locken und langem pfirsichroten Gewande. Er hielt die linke Hand hinter sich, zwei Frauen in Lichtgelb und Blaßgrün hin. Mit silberner Ampel leuchtete seine Rechte ihnen voran, durch den in Finsternis versteckten Garten. Der Herzogin war es, als sei sie es selbst, der dieser schlanke, ernste und noch ganz freie Knabe ihr ungestüm erträumtes Reich erhellen wolle. Ihr Traum, zufrieden damit, sie im Sturm bezwungen zu haben, durchsonnte sie nun mit stiller Kraft; sein geglättetes Gesicht aber trug dieser Knabe.

»Aber wir sind zwei, vor denen er einhergeht«, so fragte sie sich. »Wer ist der andere?«

Die Züge der beiden Frauen lagen tief im Dunkel.

Sie ging hinaus, bedächtigen Schrittes, und folgte nun auch dem stummen, vom Monde gebannten Baumgang, bis vor das weiße Haus. Der Hauptbau, breit und einstökkig, streckte sich im grauen Hintergrunde; eine blendende Rampe führte flach und langsam auf ihn zu. An einem der rechteckig vorragenden Flügel standen Pavic und sein Begleiter, sie verhandelten fruchtlos. Ein wütender Mensch fluchte über die Ruhestörung und drohte mit den Hunden: ihr Gebell übertönte sein Schreien.

Als die Herzogin auf die Bildfläche trat, brach aller Lärm ab. In dem dreieckigen Schlagschatten zwischen Mittelfront und linkem Pavillon flammte rot ein Fenster auf. Es ward geöffnet, eine Frau sagte verschleiert und so gütig, daß man gern ihre Hand berührt hätte: »Sie sind nicht umsonst gekommen, das Fuhrwerk steht gleich bereit.«

Die Herzogin rief selbst ihren Dank hinauf zu der Unbekannten. Sie warteten; der Wagen rollte um das Haus. Die Herzogin und Pavic stiegen ein. Die Stimme der Frau wünschte ihnen eine glückliche Fahrt. Sie kamen an der kleinen Kirche vorbei; die Herzogin fühlte sich voll Zuversicht, fast glücklich. Sie meinte, von diesem zufälligen Orte, dessen Tagesbild sie nicht kannte, an den eine Stunde der Nacht, der Flucht, des gehobenen Empfindens sie getragen hatte, nehme sie Freunde mit. Sie gedachte des Knaben mit silberner Ampel: ›Du gehst vor uns her. Aber wer ist die andere?‹

IV

Die Einwohner von Palestrina liefen hinunter auf die alte
Straße, die ihre Bergstadt mit Rom verbindet. Es trieb sie
an, von weitem auszuschauen nach dem Kardinal. Endlich
sollte er Besitz ergreifen von dieser suburbanen Diözese,
die der neue Papst ihm verliehen hatte. Er trug einen deutschen Namen, den keiner behalten konnte.

Der schwarze Wagen rollte schwerfällig herbei; aus den
Gärten, den Abhang hinauf, winkten ihm Tücher und
grüßten ihn Kränze. Er schlich, vom Volke umringt, das
Hoch schrie, mühsam den steilen Platanengang hinan,
und er rasselte auf den geschmückten Platz. Böllerschüsse
krachten; da sah man einen noch jungen Mann aussteigen.
Wo war sein rotes Käppchen und wo die Scharlachstreifen
an seinem Kleide? Die Gemeinde schwieg enttäuscht.
Aber sie wartete auf Feuerwerk, Konzert und Lotto.
Darum fand sie sich darein, daß statt des Kardinals nur
sein Vikar erschienen war, der Monsignore Tamburini.

Sie geleiteten ihn durch die engen Treppengassen hinauf
zu den Kapuzinern, bei denen er übernachtete. Am nächsten Morgen besuchte er, auf Schritt und Tritt von schmet-
ternder Musik begleitet, das Nonnenkloster. Die Oberin
empfing ihn in dem kühlen Hofe, wo von den arabischen
Säulchen junge Rosen hingen. Nach der Begrüßung schob
sie die Gartenpforte zurück und lud den Vikar in die
Vigne. Unter dem schweren Blau des Augusthimmels wo-
ben die Weinblätter ihren schwanken Schatten über einen
schmalen Felsgrat hin. Am Ende des Weges, wo jäh die
Wand abfiel, stand ein Marmortisch, und es saß eine Dame

davor, das Gesicht auf die Landschaft gerichtet. Sie sah rechts aus einem Gewoge blauer Kuppen den Soracte emporsteigen. Geradeaus dämmerte ein Wall von grauem Duft, näher und entfernter, den Horizont entlang: Albaner- und Volskergebirg. In der Lücke zwischen ihnen glitzerte weiß eine Ahnung des Meeres. Die braune Campagna dehnte sich in sommerlicher Verlassenheit, fieberglühend bis in jene Ferne.

Der Vikar flüsterte neugierig: »Wen habt Ihr dort, eine Dame?«

»Sie ist es eben«, erwiderte die Oberin, »wegen derer ich Monsignore hierherführe. Sie ist uns eines Abends ins Haus geschneit, und geht nicht mehr fort. Was sollen wir tun?«

»Zahlt sie?«

»Sehr gut.«

»Wie heißt sie?«

»Sie hat einen Namen genannt, den sie später selbst wieder vergessen hatte. Ich möchte schwören, daß es nicht der ihrige war.«

Monsignore Tamburini lächelte.

»Ein Roman? Was Ihr für ein Glück habt, hochwürdige Mutter! Bekommt sie Briefe?«

»Einmal war am Tore ein Mann aus Rom und brachte ein Paket Wäsche. Ich habe es untersucht, es war Geld darin, aber nichts Schriftliches. Es ist alles sehr geheimnisvoll und fast ängstlich.«

»Wir werden sehen«, sagte selbstbewußt der Vikar. Er raffte seine Soutane über die Füße hinauf, daß die violetten Strümpfe zum Vorschein kamen, und durchmaß mit großen Schritten, sich kräftig räuspernd, die Vigne. Die Fremde wandte sich nach ihm um und dankte ihm für seinen Gruß. Ihre Züge dünkten ihm eigentlich bekannt. Er stellte sich vor und fragte: »Nicht wahr, gnädige Frau, der Anblick dieses Landes fesselt uns wochenlang.«

Die Dame versetzte: »Es ist schön, aber ich bin nicht deswegen hier. Ich bin die Herzogin von Assy.«

Er fuhr zusammen.

»Ich hätte es fast erraten!« stotterte er. »Man kennt ja Euere Hoheit aus den illustrierten Blättern!«

Indessen er sie anstarrte, dachte er: ›Die Oberin, das furchtbare Gänschen, hat also recht, wir erleben Abenteuer.‹ Er sammelte sich.

»Welch seltsames Zusammentreffen! Hier im weltfernen Klostergarten finde ich die hohe Frau, die Heldin und die Märtyrerin, deren großartigem Kampf für eine heilige Sache wir alle voll atemloser Angst gefolgt sind...!«

Er redete mit eherner Stimme, seine mächtigen Hände griffen aus. Er hatte die niedrige, durch eine Haarsträhne geteilte Stirn, die kurze, gerade Nase und das starke Untergesicht des Römers, und stand bieder und massig vor sie hingepflanzt; doch unter ihren schweren Lidern prüften seine kleinen Augen sie, beweglich und tiefschwarz. Die Herzogin lächelte.

»Heldin – kaum. Märtyrerin – ich weiß nicht. Jedenfalls keine besonders tapfere, da ich mich hier verkrochen habe. Aber, glauben Sie mir, Monsignore, die Langeweile verleiht Mut. Bevor Sie kamen, hatte ich gerade fünfmal gegähnt, und kaum erblickte ich Sie, war ich entschlossen, mich Ihnen zu erkennen zu geben.«

»Sie haben Furcht gehabt... vor...?«

»Ganz recht. Vor der Auslieferung.«

Er hatte sich nicht denken können, was sie fürchtete. Sie hielt sich also für verfolgt? Wie unnötig! Die Machthaber in ihrem Lande waren gewiß sehr froh, sie los zu sein. Seither war es dort beinahe still geworden, wußte sie das nicht? Er öffnete den Mund, um es ihr zu sagen, schwieg aber und wiegte den Kopf. Wenn sie Furcht hatte, warum sollte er sie ihr nehmen? Aus der Furcht eines andern ließ sich immer irgendein Vorteil ziehen. Er sagte fett und überzeugt: »Hoheit, ich verstehe das.«

Er hatte nachgedacht und belebte sich.

»Die jetzige räuberische Regierung Italiens ist stets zu jeder Schandtat bereit. Die Tyrannen Ihres Heimatlandes brauchen bloß in Rom den Wunsch zu äußern, und Sie, Frau Herzogin, werden schonungslos ausgeliefert.«

»Sie glauben?«

»Da gibt's keinen Zweifel. Solange Sie allein und schutzlos sind, heißt das.«

»Wer sollte mich schützen?«

»Das kann nur...«

»Wer?«

»Die Kirche!«

»Die Kirche?«

Er ließ sie nachdenken.

»Warum nicht«, äußerte sie schließlich.

»Vertrauen Sie sich der Kirche an, Frau Herzogin! Die Kirche vermag mehr, als Sie ahnen. Was ohne sie fehlgeschlagen ist, vielleicht – vielleicht gelänge es mit ihrem Beistande!«

Sie überhörte seine gedämpfte Andeutung.

»Ich könnte dann in Rom frei umhergehen?« fragte sie.

»Frei und sicher, ich bürge dafür.«

»Nun dann – meinetwegen. Und rasch. Monsignore, rasch! Sie sehen, ich langweile mich.«

»Sofort, Frau Herzogin. Heute abend, nach Beendigung des hiesigen Festes. Ich hole Euere Hoheit in meinem Wagen ab.«

Er verabschiedete sich mit geistlichem Anstande. Draußen erwartete ihn das Orchester. Unter Marschgebläse gelangte er zum Dom und zelebrierte das Hochamt. Am Abend, als vom Stadtplatz zum stahlblauen Sternenhimmel Raketen schossen, hielt sein Wagen an der Klosterpforte. Sie öffnete sich halb, die Herzogin bestieg das Gefährt. Sie reichte der knicksenden Oberin die Hand, das Gesicht der Alten ruhte elfenbeinfarben im Frieden ihrer weißleinenen Flügelhaube. Hinter den kleinen Öffnungen in der kahlen gotischen Fassade spähten die müden Augen junger Nonnen.

Der Vikar erreichte mit seiner unverhofften Begleiterin auf einem Seitenwege die Campagna. Die Pferde mußten laufen; um elf Uhr waren sie beim Tor, kurz darauf auf dem Monte Celio. Dort stand das kleine Haus eines Prälaten, der plötzlich nach dem Orient entsandt war. Es war vollständig möbliert zu vermieten. Die Herzogin übernachtete darin. Am Morgen war sie entschlossen, dazubleiben.

Das Häuschen lag auf dem Rücken des verlassensten der römischen Hügel, in der Tiefe eines verwilderten Gartens. Davor, auf dem von zerbröckelnden Mauern eingehegten, ungepflasterten Platze sonnte sich die Navicella, das bemooste, geborstene Brunnenbecken in Schiffsgestalt. Es träumte von Tagen, als drüben Trinitarierritter klirrend auf die Schwelle ihres Hauses traten. Noch erhob sich über der verschlossenen Tür das Sinnbild des Ordens, ein weißer und ein Mohrensklave, die zur Rechten und zur Linken des segnenden Christus von ihrer Befreiung zeugten. Aber die Front ragte vor zusammengesunkenen Wänden ins Leere. Das Geräusch weniger Schritte verirrte sich an den Ort. Vom Kloster der heiligen Johannes und Paulus her schlürften manchmal durch den Bogen des Kaisers Dolabella die Sandalen eines Mönches.

Seitwärts unter ihrem überspringenden Dache hatte die weiße Villetta der Herzogin einen Pfeilergang. Von dort erblickte sie, eingerahmt von den beiden Zypressen, die an ihrem Gartengitter sich zueinander neigten, das Kolosseum und das Trümmerfeld des Forums.

Im Innern klapperten die Absätze auf roten Fliesen. Die Zimmer waren dunkel tapeziert oder geweißt. Die Möbel luden durch Formen und Stellungen zum Meditieren ein oder zum Beten. Etwas Sachtes und leicht Dumpfiges hing wie unsichtbare Spinnengewebe in allen Räumen; es glich einer Erinnerung an alte Bücher, schwarze, behutsam gleitende Gewänder und längst abgestandenen Weihrauch. Die Herzogin dachte an Monsieur Henry, ihren spottsüchtigen Lehrer. ›Ich will ihm doch schreiben, wohin ich nun geraten bin.‹

Sie benachrichtigte Pavic. Er stellte sich alsbald ein und brachte San Bacco mit. Der Freiheitskämpfer ging feierlich auf sie zu; sein Gehrock war über den Hüften zusammengeschnürt und stand oben offen. Blitzenden Auges sagte er: »Willkommen, Herzogin, im Exil!«

»Marquis, ich danke Ihnen!« erwiderte sie, mit leiser Parodie seines tragischen Tonfalls.

Pavic trat vor.

»Euere Hoheit taten einen folgenschweren Schritt, als Sie, ohne den Rat Ihrer Freunde einzuholen, Ihr sicheres Asyl verließen.«

Sie hob die Schultern.

»Lieber Doktor, haben Sie sich denn eingebildet, ich würde mein Leben im Kloster beschließen?«

»Wir hofften, Sie würden Geduld haben, nur noch eine Weile. Man arbeitete für Sie.«

»Wir arbeiteten für Sie«, wiederholte San Bacco. Die Herzogin meinte: »Gut. Arbeiten wir also gemeinsam! Und unterhalten wir uns nebenbei. Rom macht mir einen fast närrisch lustigen Eindruck.«

Sie wies durch das Fenster auf den schwermütigen Platz. Pavic rang die Hände.

»Ich beschwöre Sie, Frau Herzogin, setzen Sie keinen Fuß hinaus! Bei Ihrem ersten Erscheinen verhaftet man Sie!«

»Verhaften? Ah! Meine Herren, es ist Ihnen noch unbekannt, welchen mächtigen Schutz ich genieße.«

»Einen… Schutz…?« fragte Pavic mit hörbarer Enttäuschung.

»Den Schutz unserer heiligsten Mutter, der Kirche.«

Sie lächelte und bekreuzigte sich. Pavic ahmte hastig ihre Gebärde nach, er bat die Sünde ihres Hohns in Gedanken ab.

»Nun schweigen Sie?«

San Bacco schritt aufgeregt durch das Zimmer. Er rief in der Fistel: »Ich ehre die Kirche als Christ, als Demokrat und als Edelmann. Aber wo ihre Tätigkeit beginnt, da endet die des Soldaten. In meiner Vorstellung, Herzogin, erscheint der Priester erst am Sterbebett des Helden!«

»Marquis, Sie haben vollkommen recht, bis auf eine Kleinigkeit: ich bin kein Held.«

Sie stellte sich vor ihn hin und sah ihm in die Augen.

»Sie überschätzen mich, mein Lieber, ich bin schwach. Die Langeweile hat mich schwach gemacht. Ein starker, gewandter Priester lief mir in den Weg, ein Vikar des Kardinals Grafen Burnsheimb, und ich bin ihm hierhergefolgt. Was wollen Sie, Marquis, ich bin erst fünfundzwanzig! Man muß nicht zuviel von mir verlangen. Ich habe Freunde in Rom, die mich über mein Unglück trösten werden. Monsignore Tamburini erzählt mir, daß die Prinzessin Laetitia hier ist. Ich kenne sie seit Paris und will sie aufsuchen. Meinen Sie, daß die Fuchsjagden im Oktober ohne mich stattfinden sollen?«

San Bacco schüttelte den Kopf.

»Sie stellen sich frivol, Herzogin! Inmitten der leichtfertigen Festlichkeiten in Zara waren Sie von historischer Größe… jawohl, von historischer Größe! Und jetzt, unter der Last eines pathetischen Verhängnisses, kokettieren Sie mit Oberflächlichkeit. Sie lieben das Bizarre, Herzogin – und es steht Ihnen.«

»Aber Ihnen steht das Geistreiche gar nicht. Seien Sie gut!«

Sie bot ihm die Hand.

»Ich muß eine Menge Einkäufe machen. Sie sehen, wie es hier kahl ist. Kommen Sie, begleiten Sie mich. Nicht wahr, Sie schenken mir ein paar Stunden?«

Er murmelte: »Ein paar Stunden? Ich gehöre Ihnen ja ganz.«

Er beugte sich über ihre Finger. Sein rotes Kinnbärtchen zitterte.

Hinter ihnen stand Pavic, betreten und mit einem bitteren Geschmack auf der Zunge. Die Herzogin wandte sich um.

»Und Sie, Herr Doktor, sind Sie versöhnt?«

Pavic stammelte: »Bin ich nicht Ihr Diener? Frau Herzogin, Ihr Diener, wie es auch kommen mag. Ich hatte mir's anders gedacht. Sie sind in Gefahr, Sie fürchteten sich, ich wollte Sie decken mit meiner Brust...«

Da sie den Mund verzog, verwirrte er sich vollständig.

»Auch ich selbst fürchtete mich, es ist ja wahr... Genug, jetzt schützen Sie stärkere Hände. Ich als einfaches Slawenherz war stets ein gläubiger Sohn der Kirche...«

»Dann ist also alles in Ordnung. Ich höre den Wagen des Kardinals. Gehen wir.«

Sie setzte sich den Hut auf.

»Das Kammermädchen, das man mir geschickt hat, versteht nicht viel. Es ist ein Verbannungs-Kammermädchen.«

San Bacco suchte in allen Zimmern nach ihrem Sonnenschirm. Dann stiegen sie ein. Vor einer der Ladentüren, wo sie auf ihre Dame warteten, sagte der Garibaldianer zu dem Tribunen: »Ich bewundere diese Frau, denn sie hat mich enttäuscht. Ich kam und meinte Vernunft predigen zu müssen. Sie konnte verbittert sein, nicht wahr, oder kindisch ratlos, oder empört. Nein, durchaus nicht; sie scherzt. Sie hat die kraftvolle Leichtigkeit dessen, der seiner Sache gewiß ist. Diese Frau ist groß!«

Pavic murrte.

»Groß, hm, groß – ich sage nicht nein. Es gibt eine passive Größe. Manche sterben lustig. So ein Aristokrat, der sich guillotinieren ließ, weil irgendeine Liebesgeschichte ihn vom rechtzeitigen Überschreiten der Grenze abhielt, ich halte ihn für eine lächerliche Figur, schon darum, weil er zwecklos ist.«

»Mein Herr! Sie vergessen, zu wem Sie das sagen!«

San Bacco richtete sich stolz auf. Aber Pavic versetzte ruhig: »Sie, Herr Marquis, den ich so hoch verehre, sind ein Mann der Freiheit.«

Und der Mann der zwei Seelen, der San Bacco hieß, wußte nichts zu entgegnen. Der andere sprach weiter.

»Der aber, an dessen Leben eine große Sache hängt, ist zu kostbar; er darf nicht sterben irgendeiner Chimäre zu Gefallen, und trüge sie den klingendsten Namen. Sollte ich, der ich meinem Volke viel bin, zusehen müssen, wie auf Barrikaden Blut fließt? Muß ich mich statt eines Bauern spießen lassen?«

San Bacco verstand nicht, er schwieg, und Pavic verbiß sich stumm in seine Idee. Sie hielt ihn besessen bei Tage und bei Nacht. Kaum vom Schlummer erwacht, begann er der Herzogin, als ob sie vor ihm stünde, die Gründe vorzuhalten, weshalb das Opfer seines Lebens, das sie verlangt hatte, töricht und verderblich gewesen wäre. Er saß dann im Bett und redete mit dem Mute, den er vor ihrem Angesicht nicht fand, auf sie ein, schallend laut, mit starken Gesten und schließlich ganz erbittert. Er warf ihr seine Nachtwachen vor, seine Heimatlosigkeit und sein gebrochenes Dasein, ja, auch den Tod seines Kindes. In seiner Überreiztheit glaubte er oft, sie habe den Knaben gefordert statt seiner selbst.

»Und nach so vielen Opfern…!«

Er vollendete sich den Gedanken niemals, aber sein Gefühl überzeugte ihn, daß sie für so viele Opfer sich ihm hätte geben müssen. Und nie mehr würde sie es tun, er wußte es! Er hatte sie, in einer Stunde, da er über die Ratlose verfügen durfte, nach der grauen Bergstadt und ins Kloster gebracht. Die Gefahr hatte er übertrieben, ihr und sich selbst. Einsamkeit, Ernüchterung und Furcht sollten an ihrer Seele arbeiten, sie demütig, zahm und mitleidig machen. Nun war sie ihm aus der Hand entschlüpft, ein bunter Vogel, der hoch über ihm auf einem schmalen Zweige saß und zwitscherte, unüberwindlich frei und hochmütig. Pavic verzweifelte. Was konnte er noch tun, um in ihrem Gedächtnisse jene Stunde auszulöschen, da er nicht gestorben war. Er irrte umher und suchte.

Nach Beendigung ihrer Einkäufe sagte die Herzogin: »Morgen abend sehen wir uns beim Kardinal. Sie sind eingeladen, meine Herren.«

Zur bestimmten Zeit trafen sich die beiden in der Lungara, der zwischen Palästen still dahinziehenden Straße jenseits des Tiber. Sie erstiegen gemeinsam die breite flache Treppe im Hause des Kirchenfürsten. Hinter einem schwarzgekleideten Diener, der fromm geneigten Hauptes einen Armleuchter vor ihnen hertrug, durchmaßen sie eine Reihe von Sälen mit verschlossenen Fensterläden. Das Kerzenlicht riß Lücken in das Dunkel, es enthüllte ein Stück Deckengemälde: große kalte Leiber, berechnete Haltungen und wohlgeordnete Faltenwürfe erstarrten in einem öden Pomp; es streifte verblaßtes Gold an weit voneinander getrennten Stühlen, von denen brokatene Fetzen fielen. Dann öffneten sich den Besuchern einige kleinere Gemächer, von Schaukästen eingenommen, auf denen ausgestopfte Vögel mit gewundenen Hälsen, gespreiztem Gefieder, aufgesperrten Schnäbeln sich in der Dämmerung bauchten zu seltsamen Gestalten. Im Bibliothekszimmer stand ein junger Abbate vom Studium auf, verbeugte sich und kehrte zu seinem Schreibzeuge zurück.

Endlich gelangten sie in das Kabinett des Hausherrn. San Bacco, der ihm bekannt war, nannte ihm Pavics Namen; darauf stellte er sie beide den vier Damen vor, die um die Herzogin von Assy herumsaßen, einer sehr fetten und überaus lebhaften Greisin, der Fürstin Cucuru, sowie ihren zwei schönen blonden Töchtern und der Contessa Blà, einer noch jungen Frau. Monsignore Tamburini hielt sich, ein pflichtstrenger Adjutant, im Rücken des Kardinals. Graf Burnsheimb lehnte klein, schmächtig und leicht gebeugt, im schwarzen, rot umsäumten Gewande und das rote Käppchen auf dem dünnen weißen Haar, an einem hohen roten Ledersessel. Seine weiße magere Hand ruhte ungekrümmt und lebensvoll auf der gelben Marmorplatte seines Arbeitstisches. Es erhob sich darauf zwischen gehäuften Büchern eine römische Ampel, drei bronzene Schnabelbecken an einem langen Stiel. Sie erhellte von unten das versteckte, feine Lächeln des Kardinals. Er wandte das schmale blasse Gesicht den Damen zu, einer nach der andern, und lud mit kühler langsamer Stimme seine Gäste ein, ihm in die Galerie zu folgen.

Tamburini schob in der Wand eine Kulisse zurück, sie betraten die lange, ansehnlich breite Wandelhalle, die durch drei Glastüren auf den Garten hinaussah. Er drängte sich hier in der Höhe des ersten Stockwerks, eng und abgezirkelt, an den Abhang des Janiculushügels. Noch hing etwas rosiger Staub, von der Sonne zurückgelassen, in den Taxusmauern. Sie umgaben quadratisch zwei dreieckige Wasserbecken, auf deren niedrigen Einfassungen zwei Tritonen sich rekelten und zwei Faune.

An beiden Enden der Galerie befand sich eine verschlossene Pforte, überdacht und umflutet von Vorhängen aus grünem Marmor. Aus den mächtig geschwungenen Steinwellen traten zwei weiße, nackte Figuren, ein Knabe hüben, und drüben ein Mädchen. Sie lächelten und legten einen Finger auf den Mund. Die ganze Länge des Raumes trennte sie; zaghaft setzten sie den Fuß an, als wollten sie einander entgegengehen über den spiegelnden Mosaikboden, worauf blaue Pfaue, umkränzt von Rosen, die goldigen Schweife aufrollten. Statt ihrer humpelte die Fürstin Cucuru darüber hin. Sie bot, sobald sie auf den Füßen war, einen überraschenden Anblick. Ihre lahmen Knie machten sie ungeduldig, sie bestrebte sich, ihnen vorauszueilen, mit angelnden Armen und leidenschaftlich stampfendem Krückstock. Sie beugte sich, fast zusammenbrechend unter der Last ihres Fettes, so weit nach vorn, daß der untere Teil ihres Rückens die Schultern überragte. Dadurch ward hinten das Kleid aufgerafft und enthüllte die geschwollenen Beine der Greisin. Ihr ägyptisches Profil, mit platter, auf der Oberlippe fest anliegender Nase, schoß vor sich her den bekümmerten Blick eines die Beute versäumenden Raubvogels. Sie blieb hinter der Gesellschaft zurück und schrie mit gieriger Lockstimme abwechselnd »Lilian!« und »Vinon!«; aber die Hilfe ihrer Töchter verbat sie sich wütend.

Atemlos und hochrot fiel sie schließlich in einen Fauteuil bei der geöffneten Gartentür. Daneben schob der Kardinal eigenhändig einen zweiten Sitz für die Herzogin. Die Cucuru rief: »Nehmen Sie dreist allen Platz, Herzogin! Sie brauchen Kühlung, Sie sind zart. Ich, ich habe überhaupt keine Luft nötig, ich habe eine Gesundheit und eine Kraft! Vierundsechzig bin ich, hören Sie, vierundsechzig, und werde noch hundert werden! Mit Seiner Hilfe!«

Sie schielte nach oben und murmelte, sich bekreuzigend, etwas Unverständliches.

»Ja, ja, Anton«, so wandte sie sich, noch lauter, an den Kardinal, »Ihr seid natürlich recht froh, daß Ihr die da im Hause habt!«

Und sie klopfte mit dem Horngriff ihres Stockes die Herzogin kräftig auf den Arm. Der Kardinal sagte: »Genießen Sie unsere Abendkühle, liebe Tochter, hier am Janiculus ist sie zuträglich, und trösten Sie sich, wenn es möglich ist, über die Bitternisse des Exils!«

»Papperlapapp!« machte die Cucuru, »Freund, was redet Ihr vom Exil! Die Frau ist jung, sie kann tätig sein und leben, leben, leben! Geld hat sie, sie weiß kaum wieviel, und Geld, Freund Anton, ist die Hauptsache!«

Monsignore Tamburini bestätigte dies mit einem fetten »So ist es!«. Die Contessa Blà erkundigte sich: »Hoheit, nehmen Sie Ihr Mißgeschick schwer?«

»Ich weiß nicht«, erklärte lächelnd die Herzogin, »ich habe mich bisher nicht genau untersucht. Augenblicklich ist es mir gleich, der Garten duftet so frisch.«

Die Blà nickte und schwieg. Aber Pavic, der noch nichts gesagt hatte, ließ sich vernehmen. Die schleichende Rachsucht, die seine Begierde, der Herzogin von Assy zu Füßen zu liegen, jetzt manchmal verdrängte, stieg ihm plötzlich zu Kopf. Seine Stirn war gerötet, er sagte leidselig und dem Auge der Herzogin ausweichend: »Eine Unheilsbotschaft; ich weiß nicht, wie ich sie länger zurückhalten soll. Den Assyschen Besitzungen in Dalmatien droht die Konfiskation. Der Staat steht im Begriffe, sie einzuziehen. Zu dieser Stunde ist es vielleicht schon geschehen.«

Der Kardinal fragte ruhig: »Sie wissen es im voraus?«

»Hier ist der Brief meines Vertrauensmannes.«

Pavic trat zurück, befriedigt und dennoch von Schmerz zerrissen.

Der Kardinal las und reichte das Papier der Herzogin. Dann griff die Cucuru danach. Sie prüfte es und brach, sobald sie es für echt befunden hatte, in Gelächter aus. Vermittels ihres Stockes, den sie unablässig auf den Boden stieß, verstärkte sie ihren Lärm. Dann wurden die Augen der alten Dame wässerig, und ein Stickhusten gestattete ihr nur noch leise Kreischlaute. Monsignore Tamburini maß die Herzogin von der Seite, mißtrauisch und entrüstet, wie einen zahlungsunfähig gewordenen Kunden. Sie selbst fragte plötzlich: »Der Staat konfisziert meine Domänen? Das soll heißen, Nikolaus nimmt sie mir weg?«

Pavic antwortete düster: »Ja.«

»Ah, Nikolaus... und Friederike und... Phili«, sagte sie vor sich hin. Das Vernommene erregte ihr tiefstes Staunen. Es kam ihr keineswegs wie ein Unheil zum Bewußtsein, das sie betroffen hätte; ohne an seine Folgen zu denken, sah sie nur den Akt vor Augen. Der König Nikolaus vollzog in einer Regung väterlicher Unzufriedenheit die gewichtige Urkunde. Friederike stand spitz und entschieden daneben, Phili ganz begossen. Die armen Leute, um ihrem Gegner nahezukommen, erfanden sie nichts weiter, als ihm sein Geld zu stehlen. Auch Rustschuk wäre darauf verfallen! Plötzlich hörte sie dicht an ihrem Ohr die Contessa Blà: »Nicht wahr, Hoheit, die Sache hat etwas Groteskes?«

»Etwas... Woher wissen Sie?«

Sie sah überrascht auf.

»Ganz recht, ich finde dasselbe. Aber sagen Sie, woher wissen Sie?«

»Aus den Bildnissen der dalmatinischen Herrschaften. Sie haben etwas so streng – wie soll ich sagen, so streng Bürgerliches. Sie müssen überaus sittenrein sein und werden, was sie Ihnen, Hoheit, nun zufügen, sicherlich nicht gern tun. Der König Nikolaus, wie konnten Sie ihn erzürnen, er ist so ehrwürdig.«

»Ehrwürdig, das ist für ihn das Wort!« rief die Herzogin, mit zuckendem Gesicht. Die beiden jungen Frauen begannen gleichzeitig zu lachen. Unwillkürlich reichten sie einander die Hand. Die Blà murmelte: »Natürlich, es sind Bürger...«, und zog ihr niedriges Taburett näher heran. Sie setzte sich vor die Herzogin hin, fast zu ihren Füßen.

San Bacco lief, durch die Neuigkeit mächtig aufgerüttelt, in der Galerie hin und her. Er schleuderte, mit den

Armen fuchtelnd, aus seinem gärenden Selbstgespräch zuweilen ein lautes Wort ins Freie. Endlich brach er los. Die Verruchtheit dieser elenden Tyrannen hatte also an der Knechtung des Volkes nicht mehr genug, sie erfrechten sich zu Übergriffen gegen alte, erbeingesessene Geschlechter!

»Ein tausendjähriger Familienbesitz, wer hat denn ein Recht, ihn mir abzusprechen? Kein Staat und kein König – nur Gott!«

Nach diesem Ausspruche ließ der Revolutionär, der diesseits und jenseits des Meeres alle angestammten Rechte gestürmt hatte, drohende Blicke unter seinen Zuhörern kreisen.

»Ein hergelaufener Monarch, mit dem Reisesack in der Hand ins Land gekommen! Nicht einmal ein Eroberer! Aber ich werde ihn vernichten! Ich werde zu ermitteln wissen, wieviel jünger die Koburg sind als die Assy! Und das werde ich den Blättern mitteilen!«

Pavic ward durch die Heftigkeit des andern an glückliche Tage erinnert. Es war ihm zumute, als liefe wieder das Volk von allen Seiten zusammen; es umwogte ihn keuchend, und er fühlte schon die Bretter irgendeines Weinfasses unter den Füßen. Seine Augen begannen zu glänzen, die Hände bebten, und dann redete er. Er hielt eine seiner großen Reden: niemand war darauf gefaßt gewesen. Die Damen erschraken, der Kardinal betrachtete gelassen diesen neuen Menschentypus. Monsignore Tamburini verlor vorübergehend sein überlegenes Urteil unter dem Anprall dieser Beredsamkeit und versuchte sich klarzumachen, wieviel sie unter Umständen wert sei.

Die Herzogin sah unaufmerksam weg; sie war zu oft bei den Proben auf der Bühne gewesen. Allmählich blieb sie an den Gesichtern ihrer neuen Bekannten haften. Die Blà, die das Mienenspiel des Tribunen skeptisch studierte, machte den Eindruck einer eleganten Frau ohne Schicksale, fein und gütig. Und obendrein spielte Geist auf der schönen Weiblichkeit ihrer Züge. Vinon Cucuru, die Dunkelblonde, kicherte in ihr Schnupftuch. Sie war mit Stumpfnase und Grübchen ein selbstbewußtes Kind, dem es gar nicht fehlen konnte. Aber ihre Schwester schien alles hinter sich zu haben und gebrochen von allem zurückgekommen zu sein. Lilians Haar war tiefrot, mit violetten Lichtern. Sie hielt den blassen Blick gesenkt, ihre Nase begann vorn sich zu röten, die Hände lagen, wie kranke Mollusken, trostlos im Schoße. Das Mädchen kam dem Fremden ganz weiß und kalt vor von abgestorbenen Schmerzen, die als Leichen in ihrer Brust vergessen waren. Sie ließ davon jeden sehen, was er mochte. Keine Gesellschaft war wichtig genug, um ihr etwas zu verbergen.

Im Rücken der Damen und hinter Tamburini und San Bacco, an der langen Wand der Galerie gesellten sich wie auf Balkonplätzen die alten Bilder zu Pavic' undankbaren Hörern. Das Haar in Schläfen und Stirn gestrichen, sann ein junger Mann mit ungleichen Augen zärtlich über den hohen steifen Fältelkragen hinweg. Ein liebliches, reiches Kind hatte über dem Tisch, worauf seine Taschenuhr lag, eine Seifenblase geformt. Sein Papagei floh kreischend, sein Hündchen sprang herzu. Man sah es, der Spitz würde noch Kapriolen machen und der Vogel noch schreien, wenn der Stundenzeiger der Kleinen schon stillgestanden und der bunte Schaum ihrer zehn Jahre geplatzt sein würde. Die todesdüstere Schönheit daneben, in gewellten Haaren, Agraffen und wehenden Schleiern, hielt in Händen ein Sieb. Ihr zugespitzter, üppiger Finger deutete auf den durchlöcherten Behälter wie auf ein Leben, in dem alles vergeblich gewesen wäre und alles bodenlos. Doch Judith, die schmale Jungfrau, trug unter gemmengekrönten Locken das bleiche Antlitz sehr hoch, ohne es je auf ihre starken Hände zu neigen, in denen das Schwert blitzte und der Kopf blutete.

Pavic machte krampfhafte Anstrengungen, um sich in der Täuschung zu erhalten, als umringten ihn Bewunderer. Allmählich versiegte seine Rede in der allgemeinen Gleichgültigkeit. Er stotterte, faßte an die feuchte Stirn und verstummte, beschämt und unglücklich. Die alte Fürstin hatte ihn die ganze Zeit mit offenem Munde angestarrt. Kaum war es still, so klappte sie das Gebiß zusammen und sprach von etwas anderem.

Zwei leise Diener mit rasierten, friedevollen Lippen reichten Erfrischungen umher. Die Herzogin und die Blà nahmen Zedernschnee. Der Kardinal tat in sein geeistes Wasser ein Stückchen Zucker, San Bacco und Pavic gossen Rum hinein; die Cucuru trank ihn unverdünnt. Ihre Tochter Vinon schleckte Vanillegefrorenes. Monsignore Tamburini bereitete eine Orangeade, wobei ihm der Fruchtsaft über die Finger tropfte, und bot sie der trübseligen Lilian. Sie streckte achtlos die Hand aus; er zog das Glas zurück und bat verzerrten Mundes und mit der Anmut eines schlecht Gebändigten: »Aber erst ein freundliches Gesicht machen!«

Sie drehte ihm den Rücken zu, doch traf sie den Blick ihrer Mutter und schrak zusammen. Darauf kehrte sie zu Tamburini zurück, lächelte ihm zu wie eine, die auch das noch tun kann, und goß, als habe sie sich zum Giftbecher entschlossen, das Getränk auf einmal hinab.

Die Cucuru hatte sich einen Teller mit Marmelade belegt. Sie schrie den Aufwärter an: »La bouche!« Mit unerwartetem Ruck senkte sie sich so tief seitwärts, als wollte sie den Kopf unter den Stuhl stecken, sie brach sich mit einem Knacken die Kiefer aus und legte sie in die bereitgehaltene Schale.

»Ihr braucht eure Zähne zum Essen, ich meine nur zum Sprechen. Kauen tue ich mit dem Gaumen!«

So heulte sie, mit plötzlich dumpf und uralt gewordener Stimme, angestrengt hinaus in die Galerie, deren edle

Maße den feinen Reden bedächtig wandelnder Geistmenschen erbaut waren.

Der Kardinal unterhielt die Herzogin von Münzen und Kameen. Er zeigte ihr in Kästen, die er herbeitragen ließ, eine Abteilung der seinigen.

»Ich habe niemals erfahren, woher diese da stammt. Man erkennt auf einer Seite eine Weintraube und auf der andern unter den Buchstaben Jota und Sigma eine Amphora.«

Sie rief überrascht: »Die kenne ich ja! Sie ist von Lissa, meiner schönen Insel. Ich schreibe dem Bischof; Sie werden mir erlauben, Eminenz, Ihnen mehr von diesen Dingen anzubieten.«

»Können Sie das denn noch?« fragte die Cucuru. »Ihre Länder sind Ihnen ja weggenommen.«

»Sie haben recht, ich dachte nicht mehr daran.«

Sie mußte sich besinnen.

»Nun, der Bischof wird mir die Münze aus Gefälligkeit schicken«, meinte sie lächelnd.

»Nein, nein, lassen Sie das lieber!«

Die Greisin war unzufrieden. Sie nahm ihr Gebiß wieder an sich und sprach ohne Mummeln.

»Freund Anton gibt sich viel zuviel mit solchen Dummheiten ab, bestärken Sie ihn nicht darin! Er sinnt nur darauf, sein Geld wegzuwerfen, und nichts hat er übrig für tatkräftige Unternehmungen, wobei Familien reich werden. Haben wir Geld, so haben wir Verpflichtungen!«

Der Kardinal wandte leise ein: »Alles zu seiner Zeit, liebe Freundin.«

Er achtete nicht weiter auf die alte Dame, die sich bei Monsignore Tamburini eine Bestätigung ihrer Ansicht holte. Er hauchte auf einen geschnittenen Stein und glitt mit zärtlichem Finger darüber hin. Sie schrie höhnisch: »Wie er putzt! Wie er verliebt ist in den Firlefanz! Freund Anton, Ihr wart immer nur ein Frauchen!«

Tamburini machte sich von neuem an Lilian Cucuru heran.

»Singen Sie doch etwas«, sagte er, und unter dem süßen Schleim, worin er seine Aufforderung einwickelte, grollte etwas Plumpes, wie die Drohung eines Herrn und Besitzers. Sie wand sich, ohne ihn anzusehen. Ihre Mutter rief scharf: »Du hörst doch, Lilian, man bittet dich zu singen. Wozu bekommst du die teuren Stunden?«

Das Mädchen blickte hilflos auf die Herzogin. Diese fragte: »Wollen Sie mir eine Freude machen, Prinzessin Lilian?«

Sie erhob sich sofort und ging langsam die Galerie zu Ende. Dort blieb sie stehen und sang irgend etwas. Man sah sie undeutlich. Ihre Stimme huschte ängstlich und wie vom Schatten erstickt durch den Raum. Die schimmernde Figur des Marmorknaben hinter ihr legte einen Finger auf den Mund. Man klatschte; darauf kam sie zurück, müde und ohne eine Spur von Erwärmung in Wangen und Augen.

Es ging auf Mitternacht, die Herzogin brach auf. Sie sollte den Wagen des Kardinals benutzen, und als sie die Länge der Fahrt beklagte, bot sich ihr die Contessa Blà zur Begleitung an.

Die beiden Frauen fuhren die Lungara zu Ende. An der Ecke des Borgo entstiegen dem Hintergrunde flüchtig ein paar Säulen von den Kolonnaden Sankt Peters. Vor den Osterien saß das Volk bei Windlichtern und trank Wein. Einige spielten schreiend Morra.

»Die arme Lilian sieht aus wie ein Opfer ohne Rettung«, bemerkte die Herzogin. Die Blà erklärte: »Ein Opfer der mütterlichen Politik. Die Cucuru hat ihr Vermögen verloren. Sie ist überaus geschäftskundig und zieht Wechsel auf die Zukunft ihrer Töchter; aber doch wohl zu hohe Wechsel, es wird nichts übrigbleiben. Haben Sie nie etwas von dem verstorbenen Fürsten gehört?«

»Doch. Er soll das Seinige an Schauspielerinnen verschenkt haben.«

»Man tut ihm unrecht, er gab es ebensogern den Schauspielern. Er war ein heftiger Verehrer des Brettl, und wo immer in Neapel oder im ganzen Königreich ein solches Institut mit Schwierigkeiten kämpfte, da half er aus. In späteren Jahren reiste er selbst mit einer Truppe. Er saß allabendlich im Frack und mit schwarzer Perücke, steif und tiefernst, unter einem schofeln, lärmenden Publikum. Am Schluß stieg er auf die Bühne und verbeugte sich. Die Mimen waren seine Kinder, er verheiratete sie und stattete sie aus, schlichtete ihre Eifersüchteleien und nahm ihnen ihre Liebesbeichten ab. Seine Familie hatte schon bei seinen Lebzeiten nichts. Die Fürstin ist seit vierzig Jahren die Mätresse des Kardinals Burnsheimb.«

»Noch immer?« rief die Herzogin, ganz erschrocken.

»Beruhigen Sie sich, Hoheit. Sie haben gehört, was der Kardinal sagte: Alles zu seiner Zeit. Jetzt ist es nicht mehr an der Mutter, für den Unterhalt der Ihrigen zu sorgen: Lilian muß dies tun.«

»Auf dieselbe Art?«

»Schlimmer, finde ich. Denn eine feingeborene Frau sträubt sich auch noch in der letzten Not gegen einen Tamburini.«

Sie ließen das Kastell und die Engelsbrücke hinter sich und rollten durch den Korso Vittorio. Zwischen dem trotzigen Cäsarengrab und den kläglichen Ruinen der unfertigen Straße tanzten in Flatterröcken über den blinkenden Fluß die späten, fleischesfrohen Genien. Aus den scharfen Schatten der Neubauten schlichen unbestimmte Gestalten, mager und faul, hinaus ins Mondlicht. Sie reichten den Dirnen, die ihnen ohne Hut, mit geöffnetem Brusttuch, schlenkernd und wiegend entgegenkamen, die weichen Verbrecherhände und gähnten.

»Wirklich... Tamburini?« wiederholte die Herzogin.

»Er hat den Anstand, den sie in den Sakristeien lernen. Zu Hause muß er gemein sein.«

»Er ist Sohn eines Bauern und ein Bauer mit allen bäuerlichen Eigenschaften. Die stärkste ist der Geiz. Die arme Lilian wird von ihren Sünden nicht satt.«

»Und wozu diese Barbarei, wozu?«

»Vor drei Jahren liebte Lilian den Prinzen Maffa. Ich sage nicht, daß sie nicht auch jetzt liebt. Er brauchte Geld. Nach einer Weile hochmütiger Koketterie hat sie, bei der Nachricht von seiner Verlobung, den Kopf verloren und sich ihm schriftlich angeboten. Der Brief ist im Klub des Prinzen herumgereicht worden, und die alte Cucuru hat ihre Tochter, um von der armen Jugend zu retten, was zu retten war, dem Tamburini zugeführt.«

»Einem kleinen Priester! Wie genügsam.«

»Auch Monsignore Burnsheimb war ein kleiner Priester, als die Fürstin ihn erhörte. Seitdem ward aus ihm ein Kardinal. Die Mutter hofft, der Purpur werde der Tochter nachfolgen in das Bett ihres Monsignore. Was wollen Sie, an so etwas glaubt man eben. Überdies ist für ein verunglücktes Mädchen das Bett eines Monsignore ein wahres Reinigungsbad. Ich weiß nicht, Frau Herzogin, ob Ihnen diese Anschauung frommer Leute bekannt ist?«

»Ich bin glücklich über diese Anschauung, falls sie der armen kleinen Lilian zugute kommt.«

»Oh, manche sehen ihren Fehltritt schon jetzt als gesühnt an, und in einiger Zeit könnte sie sich standesgemäß verheiraten, wenn…«

»Wenn sie nicht so traurig wäre, die traurige Prinzessin.«

»Nicht bloß traurig. Zu ihrem Unglück scheint sie Wert zu legen auf Menschenwürde. Ich fürchte fast, sie lebt innerlich in Empörung!«

»Sie weiß wenigstens warum. Und der Kardinal? Er hat das alles geschehen lassen?«

Ihr Wagen lenkte ein, sie befanden sich bei der Kirche Gesù. Vom Korso her bewegten sich Gruppen heimkehrender Theaterbesucher. Rauschende Frauen näherten ihre geschminkten Gesichter den Schnurrbärten von Stutzern, an den Tischen vor den strahlenden Kaffeehäusern. Dem Lachen und Summen die Trottiors entlang, dem Klappern von Geld und Kristallen, den mutlosen Rufen der Alten und der Kleinen mit Zeitungen und wächsernen Zündstäben gesellten sich ferne Orchesterklänge, als käme ein Nachtvogel herbeigeflattert zu andern.

»Der Kardinal«, sagte die Blà, »er war immer nur ein Frauchen, wie seine Freundin sich ausdrückt. In den Duetten der beiden hat die Cucuru die Männerstimme gehabt. Jetzt ist ausgesungen, er hat sich den Vergewaltigungen durch ihr hartes Organ entzogen. Einzig seine Leidenschaft für teures altes Gerümpel war imstande, ihm dazu Kraft zu verleihen. Nun genießt er seine Selbständigkeit und gibt, mit dem Eigensinn der Schwachen, der alten Freundin nicht einmal das, was er ihr anständigerweise geben müßte.«

»Also ein einfacher Egoist?«

»Kein einfacher: ein feiner, der unter Umständen auch fähig wäre, Gutes zu tun, bloß aus Neugier, und ohne an das Gute zu glauben. Wenn man seine weibliche Neugier kitzelte, so könnte er vielleicht sogar Teilnahme fassen für den Freiheitskampf der Völker!«

»Aber die Freiheit lieben...?«

»Niemals. Sie wird ihm so gleichgültig bleiben wie die Frage, ob es in zwanzig Jahren noch Kirchenfürsten geben wird. Es genügt ihm, daß er selbst einer ist.«

»Dieser alte Mann ist unheimlich eisig. Gehört er nicht zu den böhmischen Burnsheimb?«

»Er stammt von säbelrasselnden Draufgängern mit Stallduft, vor denen er sich verstecken mußte in seiner Zartheit und Geistigkeit. Ich kann mir es denken, als

Jüngling hat er viel geheuchelt, ist scheu geworden und krankhaft eigensüchtig. Das geistliche Gewand nahm er bloß, weil das in jener Umgebung für ein Wesen wie das seinige die einzige Art war, um anerkannt zu werden. Der neue Papst hat ihn recht gern, sie helfen einander beim Dichten von lateinischen Oden auf den Segen der Taubheit oder Episteln über die Bereitung von Radichiosalat. Haben Sie bemerkt, Frau Herzogin, wie er seine Medaillen und Gemmen anschaut? Mit tief beunruhigter Liebe, nicht wahr, und fast mit Neid.«

»Mit Neid?«

»Weil sie ihn überleben werden.«

Nach einer Pause setzte die Blà, etwas leiser, hinzu: »Schließlich ist er von uns allen, die heute abend beisammen waren, doch vielleicht der einzige, den man glücklich nennen kann.«

»Sie vergessen Vinon Cucuru?« meinte die Herzogin.

»Oh, Vinon: ein Mädel, ahnungslos und hochgemut. Bei Tische, in der Pension zu sechs Lire, wo die fürstliche Familie Cucuru der Reklame wegen für fünf Lire wohnen darf, macht sie sich lustig über die Deutschen.«

»Aber San Bacco?«

»Ganz glücklich ist er wahrscheinlich nur bei den parlamentarischen Duellen, von denen er allerdings jährlich zwei oder drei hat. Seine geredete Begeisterung, die Sie kennen, dient ihm nur als Ersatz für die gehauene und gestochene. Zwar liebt er die hohen Ideen und glaubt an sie, denn er ist ja Christ und Ritter. Aber sie müssen ihm auch die Berechtigung geben zu Handlungen, denen es einigermaßen an... wie soll ich sagen, an bürgerlicher Solidität gebricht.«

»Er ist arm. Wie lebt er eigentlich?«

»Er lebt von Freiheit und Patriotismus. Da er sein Vermögen dem Lande geschenkt hat, so hält er jeden Landsmann für seinen Schuldner. Seit Jahren wohnt er im Hotel

Roma, beim Essen umringt ihn immer ein Schwarm von Deputierten, Journalisten, Neugierigen und Leuten, die es nötig haben, sich von dem alten Kämpen ihre Vaterlandsliebe oder ihren Radikalismus bescheinigen zu lassen. Ein einziges Mal hat der Wirt es gewagt, ihm eine Rechnung zu schicken. San Bacco hat ihn rufen lassen. ›Ist das für mich?‹ hat er stirnrunzelnd gefragt. ›Wie, Sie wollen Geld haben von mir… von mir? Verlange ich denn Geld von Ihnen dafür, daß täglich eine Menge Leute Ihr schlechtes Diner hinunterschlucken, die es nur mir zuliebe tun?‹ Und zorngerötet ist er hinausgegangen, mit Hinterlassung von fünf Lire für den Kellner.«

Die Herzogin sagte, ohne zu lachen: »Seine Ehre hängt ihm von Gesinnungen ab, nicht von Handlungen. Das ist das Vorrecht einiger.«

»Einiger… die keine Bürger sind«, sagte die Blà.

Die Umgebung des Forums schlief lichtlos und ohne Geräusche. Die langen Zeiten entrückten diese Steine um Welten aus dem Dasein des ehrsamen Volkes bei Wein und Morraspiel, der schleichenden Geächteten in den Neubauten, der blassen Genießer vor den Kaffeehäusern. Zuweilen wandelte über schattenhafte Tempelstufen eine hagere Säule, in Mondstrahlen gekleidet, dicht vorüber an den Wagenfenstern der Frauen. Am dunkel starrenden Mauerwall des Kolosseums, unter dem Konstantinbogen weckten die Hufe und die Räder einen Widerhall, so mühsam, als sei er von einem längst verschollenen Echo der verspätete Rest. Dann erstieg der Weg, weiß zwischen den schwarzen Wänden von Klöstern und Zypressen, den Caelius. Die Herzogin lehnte sich tiefer zurück.

»Und Sie selbst? Alles, was ich von Ihnen erfahre, klingt mir offen und vertraulich wie ein Selbstgespräch. Aber wie wollen Sie, daß ich über Sie selbst denke? Was sind Sie, Contessa?«

»Keine Contessa. Mein Vater war ein Franzose und Kapitän bei den päpstlichen Zuaven. Noch nach seinem Tode litt meine Mutter unter seiner verjährten Untreue. Sie war schwach und launisch, und ich ertrug ihre Launen mit einer krankhaften Bereitwilligkeit. Kaum war sie gestorben, so heiratete ich einen schwindsüchtigen Engländer, ich hätte sonst das Leiden in meiner Nähe entbehrt.«

»So gerne leiden Sie?«

»Für jemand zu sorgen und zu dulden, ist mir unglücklicherweise ein Bedürfnis, dessen ich mich schäme.«

»Und Sie selbst, Contessa, Sie möchten nicht in die Arme genommen und getröstet werden?«

»Wenn ich mich nach einer Vergeltung meines Mitleids sehnte, wäre es dann noch etwas wert?«

»Sie haben recht. Und so haben Sie also gelebt?«

»Mein Mann, der Schriftsteller war, konnte wenig mehr arbeiten. Er lehrte mich diesen Erwerb, und ich schrieb als Contessa Blà anfangs Modebriefe, dann Plaudereien, schließlich sogar Politik, ich weiß nicht, warum mit katholischem Anstrich. Man sucht sich seinen Geist nicht immer selbst aus. Der Kardinal fördert gern Talente, er gibt mir jeden Mittwoch eine Portion Gefrorenes oder eine Tasse Tee, und wenn ich darum bäte, würde er mir anstandslos beides gleichzeitig verabfolgen.«

Wie sie ankamen, äußerte die Herzogin lächelnd: »Wir sprechen miteinander, als ob wir uns liebhätten.«

»Gleich in den ersten Minuten unseres heutigen Abends sind Sie mir liebgeworden«, erwiderte die Blà.

»Wie ist es gekommen?«

»Weil Sie lachten, Herzogin, weil Sie nach allem, was Ihnen begegnet ist, noch lachen konnten über die heuchlerischen, wichtigen Gebärden und Mienen der Bürger.«

»Jetzt verraten Sie mir noch, was Sie mit ›Bürgern‹ meinen.«

»So nenne ich alle, die häßlich empfinden und ihre häßlichen Empfindungen obendrein lügenhaft ausdrücken.«

»Sie wollen mich liebhaben, das macht mir wahre Freude.«

»Hoffentlich wird es Ihnen niemals Kummer machen. Von mir geliebt zu werden, ist ein fragwürdiger Vorzug. Bis jetzt haben eine leidende Grillenfängerin ihn genossen und ein englischer Phthisiker.«

Noch in ihrer Gartenpforte, zwischen den beiden zueinander geneigten Zypressen wiederholte die Herzogin: »Wir wollen recht oft einander sehen.«

Sie empfing den Besuch des Monsignore Tamburini, der ihr sagte: »Der Kardinal ist von der Ankunft Eurer Hoheit ganz entzückt.«

»Ich danke Seiner Eminenz aufrichtig.«

»Er unterhält jeden, der zu ihm kommt, von der berückenden Persönlichkeit der Herzogin von Assy. Ja, Herzogin, er ist begeistert von Ihnen und Ihrer Sache.«

»Begeistert?«

»Und wie sollte er es nicht sein? Eine so edle Frau, und eine so große Angelegenheit! Die Freiheit eines Volkes! Dafür hegt der Kardinal das wärmste Mitgefühl. Er betet für Sie.«

»Betet?«

»Und auch ich bete«, fügte er hinzu und gab sich Mühe, sein Organ des weltlichen Fettes zu entkleiden.

Sie verstummte. ›Er sagt stärkere Unwahrheiten‹, dachte sie, ›als die Höflichkeit ihm vorschreibt. Warum?‹ Er rechtfertigte sich.

»Die Kirche begünstigt bekanntlich jede Art werktätiger Liebe, und wie viele schöne Gesinnungen treten hier in den Dienst eines unglücklichen, von Tyrannei und Armut darniedergedrückten Volkes. Sie, Frau Herzogin, sind die hehre Liebe selbst. Uneigennützige Gotteskämpfer wie der Marquis von San Bacco tragen das Feuer ihres Mutes herzu. Und darf der christliche Priester fehlen, wo Staatsmänner wie Pavic und Finanzleute wie Rustschuk eine wahrhaft biblische Gesinnung hegen? Sind sie doch klug wie die Schlangen und unschuldig wie die Tauben.«

»Besonders Rustschuk«, meinte sie, ohne das Gesicht zu verziehen.

»Rustschuk ist ein hochbedeutender Mann! Wir verfolgen seine Tätigkeit seit langem. Das Übergewicht, das ihm seine Geschicklichkeit unter den Kapitalisten des südöstlichen Europa verschafft hat, beschäftigt uns.«

»Also so wichtig ist mein Hausjud?«

»Hoheit! Ohne ihn oder gar gegen ihn ist in Dalmatien nichts auszurichten. Bedenken Sie, all das Geld!«

Er wiederholte aus vollen Backen: »All das Geld!... Wer wirken und herrschen will unter den Menschen, braucht Mut, Klugheit und Geld: diese drei. Das Geld aber ist das höchste unter ihnen.«

»Monsignore, jetzt vergessen Sie die Liebe!«

›Eben war er ehrlich‹, sagte sie sich und hörte ihn wieder süß werden. Er schwelgte in den seelischen Reizen einer großen Dame, die, noch im jugendlichen Alter, den Eitelkeiten der Welt den Rücken wendet.

»Standen Sie nicht in der Fülle alles Glanzes, den eine vornehme Geburt, Reichtum, Schönheit und Anmut verleihen? Sie aber, Frau Herzogin, erachteten das alles für nichts. Noch in sehr jugendlichem Alter entsagten Sie und wurden Mutter, Trösterin und Fürsprecherin der Witwen, Verlassenen, Waisen und Bedrückten, der Darbenden und Hilflosen... Speiserin und Stillerin der Hungernden und Dürstenden, Schwester der Siechen...«

Er nannte alle Zustände des menschlichen Elends, die ihm einfielen, und alle evangelischen Tugenden, zu denen sie Gelegenheit gaben. Seine Finger mit quadratischen Nägeln hoben und senkten sich nachzählend auf seinem schwarzen Gewande. Endlich hatte er seine Gefühle genügend aufgemuntert, um auszurufen: »Am Krankenbett der Menschheit stehen Sie, Frau Herzogin, als dienende Magd, in der Glorie christlicher Demut!«

Sie fand sich angewidert: »Ich bin weniger demütig, als Sie glauben. Auch handle ich ohne Vorschrift, also unfromm.«

Er sah sie an, mit offenem Munde und stockendem Verständnis. Doch faßte er sich gleich.

»Daher Ihre Prüfungen!« erklärte er triumphierend.

»Sie tun viel Lobenswertes, ich leugne es nicht. Aber Sie tun es ohne den rechten Glauben. Und Gott sieht auf das Herz allein. Erkennen Sie dies, solange es noch Zeit ist!«

Staunend hörte sie ihn in einen barschen, landläufigen Predigerton verfallen.

›Er ist ein Bauer‹, bemerkte sie im stillen. ›Man kratze den Prälaten, und zum Vorschein kommt ein Landpfarrer.‹

»Noch hat er Sie nicht verworfen, denn er ist überaus langmütig. Verbannung, Armut, Verlassenheit sind seine sanften Lockungen, daß Sie ihm folgen sollen. Folgen Sie ihm! Unterwerfen Sie sich der Gnade! Tun Sie es schon aus Klugheit! Sie sollen sehen, wie Ihnen dann alles gelingt! Ein wie reicher Lohn winkt Ihnen alsdann!«

Sie warf dazwischen: »Wer hat ein Recht, mich zu belohnen?«

Doch überhörte er es. Er sang jetzt und wimmerte und warb, in der schulmäßigen Abstufung und unter der mimischen Begleitung, die ihn für seinen Beruf gelehrt war. Sie kannte Tamburini kaum noch. Seine Augen rollten, aus schiefem Kopf, verdreht und weiß zur Decke. Seinem sehr irdischen, noch kürzlich mit guten, gehaltvollen Speisen angefüllten Leibe entstieg eine völlig unvorhergesehene Verzückung. Auf die Dauer erfaßte sie bei seinem Anblick eine Art Scham und etwas wie Verschüchterung. Sie folgte seinen Blicken: dort oben hing eine Muttergottes, ältlich, mit grellblauem, weit ausgebreitetem Mantel.

Fromme Frauen und Heilige knieten verkleinert darunter, gleich untergekrochenen Küchlein.

»Sub tuum praesidium refugimus!« rief Tamburini aus, und die Herzogin mußte zugeben, er habe die begleitenden Umstände für sich. Die häßliche, dunkelgrüne Tapete mit ihrem leisen Weihrauchduft, die schwarzen, vom Gebrauch geglätteten Möbel, die zusammengestoßen nur noch gedämpft rumpelten – alle die dumpfen Erinnerungen in den geschlossenen Zimmerchen dieser Priesterwohnung berechtigten seine Aufführung. ›Er ist an seinem Platze‹, sagte sie sich. ›Ich weniger.‹

Er fühlte dasselbe. Seine Hände trafen ganz von selbst die Gegenstände, über die sie bei Andachtsübungen hinzugleiten pflegten. Über einem Betschemel hing ein Rosenkranz. Tamburini ließ sich nieder, beinahe unbewußt. Seine Finger legten sich ineinander, das lange Kleid schleppte hinter ihm. Ohne seiner Rede weiter zu folgen, betrachtete die Herzogin ihn, mit neu angeregter Teilnahme. Er erinnerte sie an das Bild manches jesuitischen Heiligen, der, steif aufgepufft und starkknochig, himmlischen Gesichten unterlag. Das gallige, muskulöse Antlitz des Glückseligen deutete auf einen tüchtigen Verwalter und Geschäftsmann, einen hohen Ordensbeamten, der Übung besaß im harten Umspringen mit Menschen und im Handhaben großer Gelder. In freien Stunden unterhielt er sich manchmal, so wie man ihn gemalt hatte, mit schönen, reichentwickelten Engeln. Sie schwebten über dem Erdboden, doch mit Mühe, denn ihre Reize waren derb und sinnlich. Der Heilige erfreute sich dieser Sendlinge seines Paradieses mit Ernst und Zurückhaltung. Seine frommen Hände tasteten nicht einmal nach dem Untersten, Beleibtesten. Nur feuchteten sich die gen Himmel flehenden Blicke, und die Lippe fiel wulstig aufs Kinn.

Die Herzogin gab, in der Lebhaftigkeit ihrer Einbildung, einer seltsamen Versuchung nach. Plötzlich trat sie vor den Knienden hin; sie erhob einen gerundeten Arm, sie streckte einen Fuß nach hinten, gleich dem größten der Engel auf jenen Altartafeln, und sie lächelte. Sogleich verzerrte Tamburini den Mund, ganz so wie am Abend, als er Lilian Cucuru den Orangensaft anbot, der über seine Finger geronnen war. Diese Wirkung genügte ihr. Sie ließ ihn, laut auflachend, allein.

Nach Verlauf von drei Minuten kehrte sie ins Zimmer zurück und sagte: »Wenn es Ihnen recht ist, Monsignore, so teilen wir uns jetzt als vernünftige Menschen mit, was wir voneinander wollen.«

Er stand ein wenig betreten da, doch im Grunde nicht unzufrieden mit dem Ausgang der Sache. Der Versuch, die Herzogin von Assy für den Glauben zu gewinnen, mußte gemacht werden. Daß er aussichtslos sei, daran hatte der kluge Priester kaum gezweifelt. Er hatte einfach einer Gewissenspflicht genügt. Nun durfte er, endgültig beruhigt, zu sachlichen Verhandlungen schreiten, die seinem Geschmack und Wesen besser entsprachen als ekstatische Bekehrungsversuche. Er bot ihr in schlichten Worten für die dalmatinische Staatsumwälzung die Bundesgenossenschaft der Kirche an.

»Endlich erkenne ich Sie wieder, Monsignore«, entgegnete sie. »Sie sind ja ein viel zu starker Mensch, als daß Sie ein überzeugender Bußprediger sein könnten. Ich bitte Sie, mit einem römischen Profil spricht man nicht von Gnade und Jenseits.«

Er verbeugte sich, merklich geschmeichelt. Sie saßen sich höflich gegenüber, und Tamburini erklärte ihr, sie habe ihre Unternehmungen romantisch, also falsch begonnen. Es gelte nun, sie nüchternen Sinnes fortzuführen. Die Kirche sei wesentlich praktisch, überstürzte Wagnisse lehne sie ab. Der Tropfen Öl, der jeden Sonntag von der Kanzel fließe, der bereite ein fernes, doch sicheres Feuerbad vor.

»Noch besser, es wird alles milde und unvermerkt verlaufen. Ich wundere mich, daß es Euerer Hoheit bisher entgehen konnte, wie unwiderstehlich die Teilnahme der niederen Geistlichkeit Ihre Sache machen muß. Das Volk ist mit kleinen Abbaten durchsetzt, es sind seine Söhne, Brüder, Vettern und Schwäger. Jede größere Familie hat einen, und ordnet sich ihm unter bei allem, was nicht Ernte oder Vieh ist. Überlassen Sie uns die Propaganda, Frau Herzogin, und nach einigen Jahren wird der Wille Ihres Volkes so klar sein und so zwingend, daß der jetzige Monarch den vom Marquis San Bacco erwähnten Reisesack ungebeten wieder zur Hand nimmt.«

Schließlich erklärte sie sich mit allem einverstanden.

»Es erübrigt nur, uns über unsere Forderungen zu einigen. Ich brauche gegen meine Feinde die Hilfe der Kirche. Und Sie, was brauchen Sie?«

Er sah aus, als wüßte er nichts.

»Ihre Bekehrung, Hoheit... wäre zu schön gewesen«, fügte er rasch hinzu, angesichts ihres spöttischen Blickes.

»Wir würden uns begnügen mit der des Baron Rustschuk.«

»Rustschuks Bekehrung! Ist er Ihnen unbekehrt noch nicht grotesk genug?«

»Unterschätzen Sie ihn nicht. Wir halten ihn für den Berufenen, um im Osten das katholische Kapital zu organisieren gegen...«

»Gegen?«

»Gegen die Juden... Das wäre eine seiner würdige Aufgabe.«

»Allerdings«, meinte sie. »Und das ist alles, was Sie verlangen?«

Er redete lange, um sie zu überzeugen, daß das alles sei, und sie glaubte ihm nicht ungern. Es belustigte sie beträchtlich, am Horizont ihrer Zukunftspläne als den begehrtesten, ansehnlichsten Gegenstand ihren alten, treuen

Hausjuden heraufsteigen zu sehen, mit weich schüttelndem Bauch und aufgeblättertem roten Gesicht. Noch als Tamburini sich verabschiedete, wiederholte sie: »Jawohl, er muß bekehrt werden. Sooft er auch schon getauft ist – bekehrt ist er nicht. Und er *muß* bekehrt werden.«

»Es wäre ein großes Glück – für ihn und uns. Ich verehre den Herrn von Rustschuk hoch, sehr hoch. All das Geld... All das Geld!«

Und Tamburini entfernte sich mit vollen Backen.

Die Herzogin schuldete der Fürstin Cucuru einen Besuch. Die Blà ging mit. Als sie in der Pension Dominici, Via Quattro Fontane, erschienen, schrie die Cucuru über die Köpfe der achtungsvoll verstummenden Gäste hinweg: »Sagen Sie der Herzogin von Assy, daß ich bei Tisch sitze und sie zu warten bitte.«

Die beiden Damen betraten den vom Speisezimmer durch einen schmutzig braunen Vorhang getrennten Salon. Er war voll von Plüschmöbeln, deren Lehnen durch die Arme und die Rücken ungezählter Fremdlinge hart und fuchsig gescheuert waren, und von Teppichen mit widerspenstig nach oben gerollten Ecken. Von der Decke hingen Festons, an den Wänden die Bildnisse des Wirtes und seiner Gattin. Vor Spiegeln in den Winkeln standen auf Konsolen aus grünem Blech gedrungene, neckische Biskuitfiguren, inmitten von Papierblumen, und trugen in vergoldeten Körbchen Rosen aus Seife. Alle diese Gegenstände schützte dicker Staub.

Aus dem Nebenzimmer drang der Duft billiger Fette. Man hörte Bestecke klappern und das Kichern von Vinon Cucuru. Die Mutter heulte der angewidert von ihrem Teller wegsehenden Lilian zu, sie solle sich pflegen. Tüchtig essen und täglich auf geordnete Verdauung halten, das sei die ganze Lebensweisheit.

»Ich habe die kranken Knie und kann mir keine Bewegung machen. Aber ich trinke mein Vichywasser und verdaue ganz prächtig!«

Sie versenkte sich in die liebevolle Beschreibung ihrer körperlichen Verrichtungen und kaute dabei unablässig, keuchend und nach Luft schnappend. Sie goß glucksend ein Glas Wein hinab, die Wangen der Greisin erblühten rosig unter ihrem weißen Scheitel. Sie faltete die Hände in gestrickten Halbhandschuhen über dem unförmlich vorgestreckten Bauche und genoß einen Augenblick der Abspannung und des Friedens. Dann nahte der fettige Kellner mit einem frischen Gericht, und die Begierde nach möglichst langer Erhaltung zwang die Lebenslustige zu neuer angestrengter Arbeit. Jeder Zugwind, der den braunen Vorhang aufflattern ließ, enthüllte den Besuchern nebenan das scheußliche Bild der sich nährenden Alten.

Eine Magd zeigte sich in der Tür.

»Carlotta!« schrie die Fürstin, »hast du den Rosenkranz gebetet? Gleich tust du es, sonst sage ich deinem Beichtvater, daß du heute nacht wieder den Joseph in deinem Zimmer gehabt hast!«

Die Magd verschwand.

Endlich befahl sie: »La bouche!« Das Gebiß knackte, der Kautschukkolben ihres Stockes stieß auf den Boden.

»Meine Leute!« rief sie den Bediensteten der Pension zu, »ihr kocht recht ordentlich, ich habe gut gegessen!«

Sie ging auf die Herzogin los und wiederholte: »Man wird hier satt. Gesteh es, Lilian, man wird satt.«

»Schon vom Ansehen!« erklärte Lilian.

Stöhnend fiel die Greisin in einen Sessel.

»Machen Sie sich nichts aus dem Trödel hier in dem Lokal. Ich mache mir auch nichts daraus. Da, schaut die Reiterfigur auf dem Tischchen nicht aus wie schwere Bronze? Und nun stoß ich sie um, paßt auf, mit einem einzigen Finger stoß ich sie um. Das ist kein Kunststück, es ist ja hohle Pappe! Ich pfeife drauf! Unsereiner, nicht wahr,

Herzogin, nimmt in die elendste Bude doch immer die große Welt mit.«

›Auch ins Bett des Tamburini?‹ dachten die Blà und die Herzogin gleichzeitig. Sie sahen sich an und errieten einander. Vinon lachte, und Lilian blickte, voll leidenden Hochmutes, über das ganze Zimmer hinweg, worin sie nur dem winzigen Stück eines Stuhlrandes und dem schmalen Raum unter ihren Füßen die Berührung mit ihrer Person gestattete. Die Greisin stampfte mit dem Krückstock.

»Aber ich gedenke hier durchaus nicht mein Leben zu beschließen. Einen Palast will ich mir noch erobern durch meine Tätigkeit, und reich und groß soll meine Familie wieder werden. Ich arbeite, und meine Kinder lohnen es mir mit Undank. Mein Sohn, der in Neapel ich weiß nicht wie lebt, kommt und macht mir Szenen und wirft mir meine Geschäfte vor. Kümmere ich mich etwa um die seinigen? Ich glaube fast, er läßt die Frauen zahlen!«

Sie greinte halberstickt.

»Und niemals unterstützt er davon die Seinigen!«

»Und Ihre Geschäfte?« fragte die Herzogin.

»Ah! Geschäfte! Unternehmungen! Bewegung! Ich will hundert Jahre alt werden! Ich werde eine Pension gründen, oh, ein bißchen feiner als diese hier. Fünfhundert Zimmer, Preis mit Verpflegung nur vier Lire, und dabei hochfein. So mache ich alle andern tot! Glauben Sie's mir?«

»Es scheint...«

»Haha! Alle andern mache ich tot! Und werde hundert Jahre alt! Nur fehlt mir das Geld, um etwas anzufangen, und mit wieviel Niedertracht muß ich kämpfen, bis ich welches bekomme! Ich will Ihnen mein Geschäft mit der Versicherung erzählen. So eine Versicherung, hab ich gedacht, ist eine wunderschöne Sache. Man versichert sich recht hoch, dann veräußert man die Police und hat Geld, um eine Pension zu gründen. Ich bin schon vierundsechzig, aber man nennt mir eine Gesellschaft, die statutengemäß bis zu fünfundsechzig aufnimmt. Der Arzt dieser Gesellschaft untersucht mich, ich sage ihm noch, er soll in seinen Bericht schreiben: ›Diese Dame wird hundert Jahre alt werden‹, und er tut es auch.«

»Herzlichen Glückwunsch.«

»Danke. Aber jetzt kommt die Niedertracht. Sie sollen selber sehen. Vinon, geh und hole meine Geschäftsmappe!«

Das junge Mädchen brachte ein hoch angeschwollenes schwarzes Portefeuille.

»Das sind die Briefe des Agenten und die Abschrift des ärztlichen Berichtes, und alles übrige. Nun lassen die Leute mich sechs Wochen warten und dann, würden Sie's für möglich halten, schreibt man mir, ich sei zu alt!«

»Das ist beleidigend«, bemerkte die Blà. »Sie können die Gesellschaft verklagen, Fürstin.«

»Wenn ihnen vierundsechzig zuviel ist, warum sagen sie erst, daß sie Personen bis zu fünfundsechzig aufnehmen? Oder ob...«

Die Stimme der Greisin zitterte plötzlich.

»Oder ob sie doch eine Krankheit in mir entdeckt haben? Was meinen Sie dazu, Herzogin?«

»Das ist unwahrscheinlich, bei Ihrer Lebenskraft.«

»Nicht wahr? Ach was, ich bin ja gesünder als Sie! Mit Seiner Hilfe!«

Sie schielte nach oben und murmelte, sich bekreuzigend, etwas Unverständliches.

Die Pensionäre, die den Salon betreten wollten, wichen beim Anblick der fürstlichen Gesellschaft scheu von der Schwelle zurück. Nur ein junger Mann drang, zwischen den Zähnen pfeifend, ein und verbeugte sich leicht. Vinon hob unverschämt ihr Lorgnon vor die Augen, Lilian übersah ihn, und die Cucuru rief schallend: »Guten Tag, mein

143

Sohn!« Darauf nahm er drüben Platz und langte nach einer Zeitung. Zwei Finger am Bärtchen, sah er mit einem zerstreuten Senkblick seiner weichen, schwarzen Augen nach der Herzogin aus; dann nach der Blà, und dann unentschieden hin und her zwischen beiden Damen. Schließlich überzeugte er sich, prüfend geneigten Hauptes, von der Lage seiner übergeschlagenen Beine und dem Sitz seiner zur Hälfte mattgelben, zur andern Hälfte schwarz lackierten Schuhe. Er war der elegante Herr der Pension, der im Klub speiste und mit dem wohlfeilen Frühstück des Hauses Dominici nur nach Nächten vorliebnahm, in denen er schlechte Karten gehabt hatte. Er ward von den Gästen bewundert, die allein reisenden Engländerinnen schwärmten für ihn. Vinon Cucuru behandelte ihn mit gewollter Verachtung, doch gelang es ihr nicht, über ihn zu lachen.

Ihre Mutter schlug die Herzogin auf die Knie.

»Übrigens, Herzogin, haben wir zwei sehr viel Ähnlichkeit miteinander! Beide kein Geld, und beide aus den höchsten Kreisen. Mein Vermögen hat der Fürst, mein armer Mann, an die Komödianten verschenkt, na und auch mit Ihnen ist Komödie gespielt. Eine Revolution, ist das keine Komödie? Haha! Wie sind Sie nur darauf verfallen? Wozu dient so etwas?«

»Zur geselligen Unterhaltung, Fürstin«, sagte die Herzogin und lächelte der Blà zu, die es nicht bemerkte. Ihre Lippen waren leise geöffnet, sie hing mit fieberndem Ausdruck an der Gestalt des Fremden. Er wandte ihr zu bequemer Betrachtung sein Profil zu. Es war ein griechisches Profil, mit bläulich schwarzen, seidenen Haaren auf Wangen und Kinn. Auch die Herzogin hielt ihn für einen schönen Mann, einen von den sehr südlichen, auf deren Händen und Gesicht trotz aller Beräucherung durch Zigarettendampf, Absinthdünste und heiße menschliche Ausströmungen in Spiel- und Weiberhäusern, doch unverwüstlich ein Rest liegenbleibt von dem durchsichtigen Marmorglanz der auf ihrer Heimaterde erwachsenen Götter. Aber konnte solche bezaubernde und leere Maske, dargeboten in selbstgefälligen Allerweltsposen, eine Frau, klug, fein und spöttisch wie die Blà, in krampfhaftes Schweigen versenken?

»Eine teure Unterhaltung!« schrie die Cucuru. »Endet damit, daß Ihre Partner Ihnen alle Taschen ausleeren und Ihnen die Tür vor der Nase zumachen. Plötzlich sehen Sie sich im Freien – und lachen noch?«

Die alte Dame ward von Wut bemeistert.

»Wie können Sie noch lachen bei solchen Schurkenstreichen. Ah! Die Schurken! Mit mir sollten sie's zu tun haben, anstatt mit einem Dämchen! Was ich für einen Lärm machen wollte und was für ein Leben! Leben! Bewegung! Hetzen wollte ich sie, die Diebe meines Geldes! Der Himmel sollte sie verschütten und die Erde sie verschlingen! Ich werde es nicht dulden, Herzogin, daß Sie sich beruhigen! Statt Ihrer werde ich selbst den Räubern auf den Buckel springen, sie kratzen und ihren Klauen entreißen, was ich bekommen kann. Haha, verlassen Sie sich darauf, ich werde etwas bekommen! Ich werde...«

Plötzlich stürzte Pavic ins Zimmer, rosig gefärbt und fast verjüngt. Er rief aufgeregt: »Etwas Wichtiges, Hoheit. Endlich finde ich Sie. Ein großes Glück für uns, eine sichere Aussicht... Ja so, Piselli, woher kommen denn Sie?« Der elegante, junge Mann trat mit ausgestreckter Hand auf ihn zu. Pavic hatte ihn auf dem Korso kennengelernt, in irgendeinem Kaffeehause, unter den Genossen des müßigen Lebens, zu dem er jetzt selber verurteilt war. Er stellte ihn der Herzogin vor: »Herr Orfeo Piselli, ein Kollege, ein ausgezeichneter Advokat... und auch ein Patriot.«

Während Piselli seine geschmeidigen Verbeugungen machte, überstürzte Pavic seine Worte.

»Ich komme nämlich von San Bacco, ich habe mit ihm eine Konferenz gehabt, er läßt Ihnen offiziell sagen, Frau Herzogin, daß er bereit ist, mit tausend Garibaldianern in Dalmatien einzufallen. Der Erfolg ist gar nicht zweifelhaft. Alles ist gerüstet, die Tausend warten bloß auf das Zeichen. Wir müssen noch Schiffe mieten, dann kann es losgehen. Nehmen Sie an, Hoheit, nehmen Sie an! Diesmal ist der Sieg unser… Lauter erprobte Helden…«

Er redete um so nachdrücklicher, je ungläubiger die Mienen seiner Hörerinnen wurden. Noch stand er unter dem Sturzbad von Begeisterung, das erst eben, ganz frisch, von einem ritterlichen Schwärmer über ihn ausgeschüttet war. Er fühlte es noch sprudeln, er *wollte* begeistert sein – und insgeheim bangte ihm dennoch schon vor der Ernüchterung. Piselli fiel ihm ins Wort, säuselnd, mit einschmeichelndem Bariton.

»Diesmal, Herzogin, gehört der Sieg Ihnen! Nehmen Sie an, ich kann es kaum erwarten, – ah, was spreche ich von mir; die ganze idealistische Jugend kann es kaum erwarten. Wir alle wollen den großen Kampf mitkämpfen, Herzogin, für ein Lächeln von Ihnen. Wenn Sie wüßten, wie unser aller Herzen für Sie schlagen, und wie sie geblutet haben bei Ihrem Unglück! Jetzt endlich naht die große Stunde, jetzt endlich verbündet sich Ihre Hoheit und Anmut mit unserer Begeisterung und unserer Kraft. Der unwiderstehliche Zauber des Namens der Tausend von Marsala wird vor Ihren Fahnen hergehen, als ein Schicksal, dem alle sich beugen. Sie siegen… und wir… wir…«

Er ließ seinen glücklichen Blick unter den Damen kreisen. Es lag ihm fern, sein Organ anzustrengen. Nur ganz oberflächlich spielte er mit dem ausschweifenden Gefühl, das in des Tribunen Stimme sich überschlagen hatte, und ließ ruhigen Mutes merken, es sei ein Spiel. ›Ich führe mich Ihnen vor‹, schien er zu sagen. ›Meine Damen, ist das nicht genug?‹

Die Herzogin erlaubte ihm, mit seinen Wohlklängen fertig zu werden; sie fand ihn angenehm vor Augen zu haben. ›Er ist ein wohlgeratener Mensch‹, dachte sie, ›und hat recht, wenn er mit sich zufrieden ist.‹ Wegen des Planes, den man ihr vortrug, hatte sie keine Bedenken. Sie fragte achselzuckend die Blà um Rat. Doch ihre Freundin kam nicht los von Piselli. Sie sah aus, als verursache sein Anblick ihr einen körperlichen Schmerz, der sie beselige.

Aber die Cucuru brach los; ihre Stirn war schon lange gerötet.

»Hört ihr endlich auf mit eurem Unsinn? Mit euren tausend lächerlichen roten Hemden wollt ihr ein Königreich erobern, das Soldaten hat? Ihr meint wohl, es gehe überall wie in Neapel: alle Welt bestochen und alles im voraus abgemacht, Kanonen mit Blumen gefüllt und mit Knallbonbons, und von den Mauern reichen schöne Mädchen den Stürmenden die Hände. Nicht wahr, so denkt ihr's euch? So denkt ein Narr wie San Bacco sich das Leben. Auch einer, den die Komödie all sein Geld gekostet hat. Patriotismus und Freiheit, welch alberne Komödientitel!«

Sie stieß, außer sich bei dem Gedanken an all das für Ideale verschwendete Geld, mit der Krücke nach der Herzogin, die zusammenschrak.

»Geht ihr nur mit euren tausend Hampelmännern nach Dalmatien! Nichts wird dabei herauskommen, nichts, als daß man euch auch nur noch euer letztes Geld wegnimmt, falls ihr noch ein letztes habt! Und nichts werdet ihr wiederbekommen, gar nichts, gar nichts, gar nichts!«

Plötzlich saß sie da wie gelähmt. Der Mund blieb offenstehen, die Zunge lag dick aufgerollt zwischen den Zähnen. Sie hatte mitten im Sprechen eine Eingebung gehabt, die sie überwältigte. Nach einer Weile ängstlichen Wartens sah man die alte Dame das Gebiß schließen und sinnend vor sich hin murmeln.

Die Herzogin und die Blà verabschiedeten sich. Piselli hatte wieder zu sprechen begonnen. Er rühmte seine Beziehungen zu der vornehmen Jugend und nannte die stolzesten Namen.

»Alle diese Herren sehe ich täglich im Klub. Mit vielen habe ich schon von Ihrer Sache gesprochen, Herzogin. Ich kann unendlich viel für Sie tun. Die Damen kennen sicher den Prinzen Maffa. Das ist mein Freund...«

Bei der Erwähnung dieses Namens hörte man ein dumpfes Aufstöhnen. Lilian Cucuru entfernte sich ohne ein Wort. Piselli ließ sich dadurch nicht stören. Jede Wirkung seiner Persönlichkeit war ihm recht; nur wirken mußte sie. Er ging mit Pavic hinter den beiden Frauen her. Draußen atmete er im Nacken der Blà und redete nur für sie. Der Instinkt des berufsmäßigen schönen Mannes hatte ihm längst gesagt, wo das Weib sei.

Sie faßte sich. Sie lächelte ihm über die Schulter zu, ihre Augen bekamen einen künstlichen Glanz, wie von Atropintropfen. Sie gab ihren Geist zum besten, und Piselli wand sich vor Bewunderung.

»Contessa, ich habe Ihre Gedichte gelesen. Welch Schmelz, welch Blütenstaub! Ach, die Gefühle! Wer kennt nicht Ihre ›Schwarzen Rosen‹? Sie sind eine Berühmtheit, Contessa. Ein Verehrer mehr oder weniger, der Ihnen einige Minuten raubt, was macht Ihnen das! Ich darf Sie besuchen, Contessa? Sie gestatten es?«

Die Herzogin sagte: »Ich weiß nicht, die Cucuru hat etwas Pittoreskes, von gemeiner Ängstlichkeit ist sie weit entfernt. Möglichenfalls wäre sie zu manchen ungewöhnlichen Handlungen fähig. Sie sagt mir beinahe zu.«

Kaum war die Haustür hinter den Besuchern geschlossen, so wurden Lilian und Vinon von der Mutter in das Wohnzimmer der Familie geschoben. Sie riegelte ab und humpelte in die Mitte des Gemachs. Ihre Gestalt verbreiterte sich seltsam nach unten; ihr Fett hatte die Neigung, in gewellten Klumpen herabzurutschen, von den Wangen auf den Hals, vom Hals auf den Busen, vom Busen auf den Bauch und vom Bauch auf die Beine. Den Stock entlang, an dem die Alte sich aufrecht erhielt, wollte es scheinbar hinabfließen, um auf dem Boden einen Brei zu bilden. So stand die Fürstin, schnaufend und heiter äugelnd, vor ihren hohen blonden Töchtern.

»Was ist denn?« fragte Lilian kurz.

»Kinder, ich habe ein neues Geschäft!«

Vinon jubelte hell auf: »Maman hat ein Geschäft!«

Lilian erklärte verächtlich: »Maman, du machst dich lächerlich. Eben erst hat dich eine Versicherungsgesellschaft zum besten gehalten, und du bist noch nicht zufrieden?«

»Die Schurken von der Versicherung, mit denen bin ich fertig. Sie werden es übrigens bereuen. Jetzt bin ich in der Lage, wichtige politische Dienste zu leisten, die man mir hoch bezahlen wird. Davon errichte ich dann eine Pension.«

»Und wirst hundert Jahre alt. Kennen wir.«

»Hört doch nur zu, Kinderchen, ich bitte euch. Vorhin meinte ich, daß bei dem unsinnigen Geschwätz von ihrem Einfall in Dalmatien gar nichts herauskäme. Aber es kommt doch etwas heraus, das habe ich gleich darauf gemerkt. Ich werde nämlich von dem Plane des Narren San Bacco Seine Exzellenz den dalmatinischen Gesandten in Kenntnis setzen. Was meint ihr, daß das Geschäft einbringen kann?«

»Ein nettes Geschäft«, meinte Lilian. »Maman, deine Industrien werden immer ordinärer.«

»Das habe ich davon«, so greinte die Cucuru. »Ich opfere mich für sie, und so danken sie's mir. Euch muß man zu eurem Glücke zwingen, ihr Kindchen... Und ich zwing euch!« schrie sie, aufstampfend, hochrot, wild und boshaft. »Ich leg euch noch in die Betten von steinreichen Männern, und erobere mir all das Geld, das die Gauner mir nicht geben wollen, und mache unser Haus groß und lebe... lebe.«

»Maman, deine Lebenslust ist nachgerade widerlich«, sagte Lilian, weiß und kalt. Sie entschädigte sich in der Vertraulichkeit solcher Unterredungen für alle Vergewaltigungen, die sie draußen erfuhr.

»Deine Geschäfte werden dich vor Gericht führen, so endest du.«

Die Alte keifte dagegen.

»Und wo wirst denn du enden, du schlechte Tochter? In einem Hause, das ich gar nicht nennen will!«

Lilian ging ins Schlafzimmer und schlug die Tür zu.

»Du bist besser als deine Schwester«, sagte die Cucuru zu Vinon. »Geh, Töchterchen, zur Wirtin und bitte sie um einen großen Bogen weißen Papiers und um Tinte; die unsrige ist eingetrocknet. So ist es recht, setze dich an den Tisch, wir schreiben dem Gesandten. Als ob das nicht ein ausgezeichnetes Geschäft wäre; was will denn jene? Was gehört alles dazu, damit einem so etwas einfällt, und wieviel Arbeit habe ich nun davon! Ah, Unternehmungen! Bewegung! Leben! Sie werden mir Geld geben müssen, die Schurken, für meine Nachrichten, und ich werde etwas zurückgeholt haben von dem, was sie der armen Herzogin gestohlen haben... der armen, törichten Herzogin«, wiederholte sie, schadenfroh und weinerlich.

Vinon ordnete ihr Schreibgerät vor sich auf dem Tische, sie zog Linien, sauber und genau, und begann dem Diktat der Mutter zu folgen.

»Wir schreiben Französisch, meine Vinon, das ist die Diplomatensprache. Nimm dein Wörterbuch zur Hand.«

Die junge Prinzessin schlug Vokabeln nach, die Ellenbogen auf dem Tische, ernst und vertieft wie ein Schulmädchen.

»Das ist einmal eine Arbeit«, stöhnte die Fürstin, »mir brummt schon der Kopf. Ich brauche eine Anregung. Lilian, mein Kind, reiche mir die Schachtel mit den Zigaretten.«

Das Schlafzimmer war, da die Damen es spät verlassen hatten, noch nicht aufgeräumt. Lilian kehrte in den Salon zurück; es gehörte ihr kein dritter Raum. Sie hob einen alten Morgenrock auf, dessen Saum herabhing und durchkostete eine lange Weile, mit untätigen Händen, die Erniedrigung, diesen Fetzen ausbessern zu müssen. Dann machte sie sich daran.

Die Alte stieß zwischen den Sätzen, die sie Vinon vorsagte, Rauchwolken aus und trällerte dabei im scharfen Diskant, kurzluftig und heiter, Bruchstücke einer Arie. Endlich war sie fertig, sie faltete die Hände und warf den Kopf in den Nacken.

»Wenn du mein neues Geschäft nur segnen wolltest! Ohne deinen Segen schlägt es natürlich wieder fehl. Ach was, du wirst es segnen.«

»Kinderchen!« rief sie und sprang auf. »Wir wollen meine Madonna bitten, meine schöne Madonna!«

Sie wälzte sich zur Tür, die sie aufstieß.

»Meine Leute! Kommt alle herein, ihr müßt mit mir beten, damit meine Madonna mein neues Geschäft in ihren Schutz nimmt.«

Der fettige Kellner, Carlotta und Joseph der Arbeitsmann, die Köchin und die Scheuerfrau drängten hinter der Fürstin her, in das Schlafgemach. Lilian wandte sich ab, händeringend. Vinon lachte. Die Cucuru ließ sich auf die Knie nieder vor einer großen, glatt und süß gemalten Madonna, ihrer Hausgöttin, die ihr durch alle Schiffbrüche ihres Lebens und bis in das Haus Dominici treu geblieben war. Inmitten von abgelegten Strümpfen, von Puderbüchsen, Waschschüsseln mit ausgekämmten Haaren und von nicht mehr frischen Peignoirs knieten die Bediensteten der

Pension. Sie ließen Rosenkränze durch schwarze Finger gleiten und plärrten mit zuversichtlichen Stimmen nach, was die Fürstin, im Litaneienton, ihnen vorbetete.

Am nächsten Mittwoch des Kardinals kam der garibaldinische Eroberungsplan zur Sprache. San Bacco selbst vertrat ihn mit Feuer. Die Cucuru lachte schallend und fuhr wieder die mit Blumen und Knallbonbons gefüllten Kanonen auf. Monsignore Tamburini sagte mit der fetten Stimme der Wirklichkeit, man müsse sich für eines entscheiden: mit Hilfe der Kirche langsam Boden zu erkämpfen, oder aber mit einem Schlage alles gewinnen zu wollen und wahrscheinlich alles zu verlieren – nach Art grauer Jünglinge. Darauf schnaubte San Bacco dem Priester zu, nur das Kleid, das er anhabe, schütze ihn vor einer Züchtigung. Tamburini sah sich, leicht beunruhigt, nach zustimmenden Gesichtern um. Schließlich gab die Blà ihm recht. Sie widerriet ihrer Freundin ein übereiltes Abenteuer. Die Herzogin fragte enttäuscht: »Warum haben Sie neulich geschwiegen?« Die Blà dachte an Piselli, sie errötete schwach. Die Herzogin erinnerte sich: Sie hatte ja Besseres zu tun…

Der Abend verlief flau. Die Cucuru erzählte, albern wiehernd, der Herzogin, sie habe jetzt ein neues, sicheres Geschäft, es werde ihr viel Geld einbringen.

»Nächstens eröffne ich meine Pension. Kommen Sie zu mir, Herzogin, es kostet nur vier Lire, das werden Sie doch bezahlen können. Und dafür will ich Sie nähren! So fett sollen Sie werden wie ich selber.«

Die folgende Versammlung fiel aus. Ereignislos gingen die Wochen hin. Die Herzogin fuhr Korso mit der Blà. Wenn sie beim Konzert auf dem Monte Pincio in einer Reihe glänzender Gefährte hielten, besuchten Pavic und Piselli, in schönem Anzuge wetteifernd, sie am Wagenschlage. Prinz Maffa und seine aristokratischen Klubfreunde ließen sich vorstellen. San Bacco grüßte aus einem Kreise offizieller Persönlichkeiten heraus die verbannte Herzogin von Assy.

Nach einem sanften Musikstück schlenderte in der stillen, warmen Septemberdämmerung die ganze Gesellschaft zu Fuße die Ripetta entlang. Monsignore Tamburini stieß zu ihr.

»Ein Gelato zu einer Kantilene von Rossini, was wollen wir denn mehr?« fragte die Blà, süß erschauernd. Piselli ging neben ihr. Sie fügte träumerisch hinzu: »Zum Konspirieren braucht man soviel Geld.«

Pavic wiederholte trübe: »Soviel Geld.«

Tamburini bestätigte hart und habsüchtig: »Geld.«

Lüstern und weich sprach Piselli es nach: »Geld.«

San Bacco, der erhabene Bettler, der im Namen des Ideals alles umsonst hatte, ließ das Wort verächtlich fallen: »Geld.«

Befremdet, als hörte sie zum ersten Male davon reden, sagte die Herzogin: »Geld.«

V

Zur rechten Zeit erinnerte die Herzogin sich einer Summe
von dreihunderttausend Franken, die ihr verstorbener
Gemahl, der Herzog, als Reisepfennig für alle Fälle bei der
Bank von England liegenzulassen pflegte. Sie erhob das
Geld und verteilte es unter Tamburini und Pavic. Dem
Tribunen diente es zur Ermunterung seiner Söldner in
Dalmatiens Presse, Beamtenschaft und Volk, dem Priester
als Vergütung für die ersten schüchternen Hilfeleistungen
der Geistlichkeit. Es reichte nicht weit; darauf verblieben
ihr die Einkünfte aus ihren sizilianischen Besitzungen, um
Caltanissetta und bei Trapari.

Pavic hatte die Rechnungen zu führen, aber das Exil
machte ihn faul und genußsüchtig. Er fühlte sich als Erster
Minister einer entthronten Königin, – und war er nicht
von Rechts wegen sogar ihr Geliebter? Mißhandelt als
Liebhaber und als Staatsmann, aus Reich und Schlafzimmer verbannt, konnte er seine schmerzliche Größe unmöglich schlecht nähren und billig kleiden. Aus Achtung
vor seinem Seelenleiden schonte er seinen Körper und
schaffte ihm ein wattiertes Dasein. Sein tragisches Geschick war etwas ausgesucht Vornehmes, er hüllte sich
weich darin ein, wie in die teuren englischen Stoffe, deren
Gebrauch er von Piselli erlernte. Seufzend setzte er sich
auf die Sammetpolster der feinsten Speisehäuser und ver-
zehrte, trübe und geringschätzig, die köstlichsten Diners.
Er ließ sich in den Cercle des Prinzen Maffa einführen und
verlor beim Baccara ansehnliche Summen, nicht so sehr
aus Prahlerei wie aus Nichtachtung für alles, was nicht in

seiner Psyche vor sich ging. Seines Kindes beraubt, büßte er viel von der sittlichen Festigkeit des Familienvaters ein; bald kannte man ihn allgemein unter Damen mit heiteren Sitten. Sein Gemüt befriedigten sie nicht, es sehnte sich oft nach edlerem Austausch. Dann lud er die Fürstin Cucuru und ihre Töchter an den mit Damast gedeckten Tisch irgendeines roten Hotelsalons. Beim Dessert hatte Vinon zuviel Champagner im Kopf. Pavic fing das junge Mädchen gerührt in seinen Armen auf. Bei diesem Anblick berechnete die Cucuru, ein wie segensreicher Gebrauch unter Umständen von der herzoglichen Kasse gemacht werden könne. Doch empört mischte Lilian sich ein. Sie nahm alles von oben herab, die Gerichte, die Weine und den Gastgeber. Die Mutter bemühte sich ganz vergeblich, sie zu entfernen. Schließlich erheuchelte sie einen Erstickungsanfall und fiel vom Stuhl. Lilian ließ sie einfach liegen; sie behauptete, nüchtern und weiß, ihren Posten zwischen ihrem erhitzten Schwesterchen und dem reichen Herrn.

Es kamen Pavic manchmal unklare Bedenken, als ob seine neue Lebensführung in keinem richtigen Verhältnis stehe zu der Höhe des Gehaltes, das seine Herrin ihm aussetzte. Doch wich er peinlichen Entdeckungen aus, und es ward ihm leicht, denn seine persönlichen Ausgaben waren seit langem mit seinen amtlichen hoffnungslos verwirrt. Sogar die Herzogin wunderte sich einmal über den Betrag seiner Forderungen.

»Sie streuen unsere Saat noch dorthin aus, wohin keine Sonne und kein Regen fällt. Wozu?«

»Ich bin ein slawisches Gemüt«, erklärte er. »Ich weiß wohl, ich kann nicht rechnen. Bin viel zu träumerisch und zu nachgiebig.«

»Ach ja, Sie sind ein Romantiker.«

»Die Kasse muß in festeren Händen sein«, sagte er, und überzeugte dadurch sich selbst von seiner Uneigennützigkeit. Gleich darauf gab er dem undeutlich gefühlten Wunsch nach, sie in Freundeshänden zu wissen.

»Wenn Hoheit sie einer praktischen Persönlichkeit übergäben... zum Beispiel der Fürstin Cucuru...«

»Praktisch ist sie... Ich will sie lieber der Contessa Blà geben.«

Piselli stand dabei, als die Blà die Verwaltung des Geldes übernahm. Er zählte die Banknoten, mit geübten Fingern. Es war nicht mehr viel. Die Briefe und Belegstücke stimmten nicht zusammen. Piselli erklärte kurzerhand alles für ordnungsgemäß, ohne Pavic anzublicken, der errötend wegsah. Zum Schluß trat er, noch in Anwesenheit der Herzogin, frei und ritterlich auf den gewesenen Geschäftsführer zu.

»Lieber Freund, wenn Sie etwa noch Forderungen an die Kasse haben... Sie wissen, wir erledigen das freundschaftlich.« Das unbekümmerte Gebaren eines bedeutenden Finanzmannes stand Piselli zum Entzücken. Die Herzogin verzieh seiner Anmut die Leerheit der Kasse. Die Blà hatte nichts zu verzeihen; sie fühlte sich in seiner Schuld, weil er da war.

Kurz darauf erschien Pavic mit einer rettenden Nachricht. Ein dalmatinischer Flüchtling in Rom, ein Schuster, hatte einen Brief erhalten von seinem Vetter, einem Viehhändler, dem ein jüdischer Wucherer in Ragusa gesagt hatte, er wolle der Herzogin soviel leihen, als sie gebrauche. Der Zinsfuß war nicht einmal hoch. Niemand nahm den Zwischenfall ernst; da kam ein Scheck auf die römische Bank und ward ausbezahlt. Monsignore Tamburini, äußerst wißbegierig in Geldsachen, zog Erkundigungen ein. Eines Tages, im Zimmer der Herzogin, sagte er: »Nur Baron Rustschuk kann der Geber sein. Was für ein bedeutender Mann!«

Pavic wußte es längst und verschwieg es aus Eifersucht auf den Finanzmann.

»Dieser Verräter!« rief er sofort. »Dieser doppelte Verräter! Er hat uns verleugnet, sooft unser Glück ins Schwanken kam. Hoheit erinnern sich, wie er Sie laut verleugnete, damals als...«

»Als der Bauer gespießt wurde«, so ergänzte die Herzogin.

Er schnappte nach Luft.

»Wer war der erste, der uns nach unserer Niederlage verließ? Rustschuk! Sofort hat er sich den Koburg angeboten, vollständig ohne Gewissen. Ich begreife es nicht, wie man ohne Gewissen leben kann: ich bin ein Christ...«

Piselli bezeugte es ihm.

»Gewiß, das sind Sie.«

»Nun nennt man ihn den kommenden Mann, den Retter der schiffbrüchigen Dynastie. Er ist auf dem Wege zum Finanzminister!«

Aller wunde Ehrgeiz des Tribunen kreischte auf in diesem Wort.

»Und in eben diesem Augenblick erfrecht er sich zu einem zweiten Verrat! Er bietet uns Geld an! Er verkauft uns diejenigen, an die er uns eben noch verraten hat!«

»Wir zahlen ihm Zinsen«, meinte begütigend die Blà. »Das entschuldigt ihn.«

»Ein hochbedeutender Mann!« wiederholte Tamburini. Pavic geriet vollends außer sich.

»Sie finden ihn bedeutend, einen Abtrünnigen und einen Käuflichen – Sie, Monsignore, der Priester der Wahrheit?«

Tamburini hob die Schultern, gemächlich und stark.

»In der Politik gibt es keine Wahrheit, es gibt nur Erfolge.«

Pavic, der Erfolglose, senkte den Kopf. Er sehnte sich nach Freunden, in denen das gleiche halberstickte Rachegefühl gegen die Glücklichen schwelte, wie in ihm selbst. Nun trafen ihn lauter fremde Blicke. Die Herzogin erklärte ihm: »Sie müssen doch zugeben, Herr Doktor, daß mein Hausjud gescheit ist. Er richtet sich so ein, daß er auf alle Fälle Finanzminister werden kann. Sollte es wider Erwarten mit den Koburg schiefgehen, dann wird er meiner. Ja, ich glaube fast, ich mache ihm die Freude.«

»Hoheit könnten es tun?«

»Er beweist mir ja täglich seine Talente... Ganz abgesehen davon, daß ich ihn ungewöhnlich grotesk finde.«

»Grotesk! Ja, ja, grotesk!«

Pavic lachte laut auf. Er vollführte eine jähe Willensanstrengung und setzte sich, mit einer Gelassenheit, die noch fieberte.

»Sie nehmen ihn als lustige Person. Wenn Sie erst wüßten, wie weit er's darin gebracht hat. Kürzlich hat er den königlichen Hausorden bekommen.«

»Worin liegt die Komik?« fragte Tamburini befremdet.

»Warten Sie nur.«

Pavic kicherte erregt.

»In den Verdiensten, die die Auszeichnung begründen. Er verdankt sie seinen Dummheiten, die ja am Scheitern unserer Revolution schuld sind. Die Herrschaften erinnern sich der Pächterunruhen. Rustschuk war albern genug, unser bewährtes Pachtsystem abschaffen zu wollen. Sie kennen auch die Geschichte mit dem Schauspieler, den er als geisteskrank einsperren ließ. Seit alle diese Dummheiten ihm einen Orden eingetragen haben, spricht er davon wie von Intrigen. Er hält sich allen Ernstes für einen verräterischen Ränkeschmied und ist seitdem in seinen Augen unermeßlich gewachsen.«

»Auch in meinen«, sagte lächelnd die Herzogin. Alle lächelten mit. Aber Pavic preßte sich die Seiten, unsäglich erleichtert. Rustschuk war glücklich, daran war nichts zu ändern. Aber er war auch lächerlich, und das machte vieles gut. Die Blà versetzte: »Und er baut vor sich her einen Wall von Viehhändlern, Wucherern und

Schustern. Durch ein Labyrinth geheimnisvoller, nicht sehr sauberer Hände sickert sein Geld, unsichtbar und geräuschlos, bis...«

»Bis es endlich zu uns gelangt«, so vollendete Piselli, sichtlich befriedigt.

»Eine offizielle Persönlichkeit! Spielt doppeltes Spiel und fürchtet, sich zu kompromittieren«, flüsterte die Herzogin vor sich hin, und durchkostete den Sinn der Tatsache.

»Was aus einem Hausjuden alles werden kann!«

›Mehr als aus dir, du Arme‹, dachte Monsignore Tamburini, auf sie herabblickend.

Öfter als die andern zeigte sich die Blà in dem weißen Häuschen auf dem Caelius. Sie trat unangemeldet zu der Herzogin in die hängende Vigne, wo das Weinlaub sich färbte. Die jungen Frauen waren beide weiß gekleidet, die schwarzen Flechten der Herzogin von Assy hoben und senkten sich im Nacken auf einer Veilchenstickerei, die aschblonden ihrer Freundin über einem Kragen von Rosen, und ohne einander zu berühren, gingen sie hin und her im Schatten ihres biegsamen Daches; kleine blattförmige Himmelsausschnitte durchleuchteten ihn blau. Am Ende des Ganges, bei den Pfeilern, blieben sie manchmal stehen und lehnten die leichten Schultern zusammen, um gemeinsam hindurchzuspähen durch die Spalten des verführerisch roten Vorhanges, den die Reben herabließen. Die Blà sah drunten im Garten einen Strauch, oder vielleicht nur eine seiner Blüten, die eben einen Falter trug. Der Blick der Herzogin fand alsbald in der Ferne das Forum, er tauchte dort in Gewölbe und erstieg Säulen, ohne daß es ihm schauerte oder schwindelte. Es war ihr Traum, den sie entsandte, ihr Traum von Freiheit und irdischem Glück. In eine Toga geworfen, feierlich und stumm, bewegte er sich zwischen jenen leeren Sockeln, über jene vom Moose gesprengten Fliesen, auf denen er – so fühlte sie – zu Hause gewesen war, ehe sie versanken und zerbrachen.

Nach mehreren solchen Stunden, als einige Male der weinrote Vorhang der Träumerei sich vor ihren beiden Seelen geöffnet hatte, waren sie Schwestern und nannten sich du. Die Herzogin meinte jetzt mit ihrer Beatrice schon lange Hand in Hand gegangen zu sein, nämlich nahe dem Meeresstrande, in jener kleinen Kirche voller Engel, wo zwei Frauen in Lichtgelb und Blaßgrün einem Knaben nachfolgten mit goldenen Locken und langem, pfirsichrotem Gewande. Die Stunde, die sie damals an das Ende des Laubganges führte, vor ein weißes Haus, unter ein sich öffnendes Fenster und zu einer befreundeten Stimme, die Stunde jener flüchtigen und seltsam bewegten Mondnacht war prophetisch gewesen. ›Gewiß‹, dachte die Herzogin, ›Beatrice ist jene andere im Schein der silbernen Ampel.‹ Doch sprach sie der Blà niemals davon, aus einer lächelnden Scham, aus Selbstverspottung und beinahe auch aus Aberglauben.

Die Freundschaft der Blà war sanft und duftig; ein feiner, flinker Geist trat oft unerwartet aus ihrem Herzen hervor. So stand in ihrem Arbeitszimmer unter Garben von Orchideen und Rosen, in reinem Marmor der schmallendige, beschwingte Hermes aus dem Sockel von Cellinis Perseus, einen magern Fuß erhoben zum Aufflattern. Schon auf der Treppe wehten Blumengerüche der Herzogin entgegen. Sie erstieg bald täglich die fünf Stockwerke in dem Eckhause der Via Sistina. Es saß sich gut auf den schlanken Möbeln, vor den hell lackierten Tischchen, wo von geraden Vasen herunter Blüten rot und weiß auf zerblätterte Bücher tropften. Zu dem weiten Atelierfenster strömte ein Meer von Blau herein. Drunten blitzte das Leben auf der Spanischen Treppe.

Piselli war immer zugegen. Er rückte Stühle, beschaffte

Tee und Gebäck und betätigte sich dazwischen im schmeichlerischen Wiegen hoher Worte.

»Wollen Sie sich nicht an den Kamin stellen, Herr Piselli?« bat die Herzogin, als er einmal lange von Freiheit geredet hatte.

»Lehnen Sie sich ganz bequem dagegen und verhalten Sie sich ruhig. Sie sind schön.«

»Danke sehr«, sagte er aufrichtig.

Seine Hüften waren gerade soviel enger als die Brust wie bei dem Hermes hinter ihm. Piselli stand da, durchtrieben spannkräftig, gleich dem Gotte. Jeder Muskel an ihm wußte, daß Frauenaugen ihm zusahen. Die Blà hatte rosige Wangen und feuchte Augen; sie versetzte: »So, er hat aufgehört. Nun darfst du mir sagen, Violante, was du meinst, wenn du die Freiheit nennst. Denn jeder denkt sich bei solchem Wort, das alle lieben, sein Liebstes.«

Die Herzogin antwortete: »Ich, Bice, ich denke an einige Dutzend Hirten, Bauern, Banditen, Schiffer, und an hagere, feine Leiber, die zwischen den Steinen meiner Heimaterde vor meinen Blicken aufwuchsen. Sie waren dunkel, starr, ihr Schweigen war wild, Fell und Glieder bildeten eine einzige Linie aus Bronze. Ich will, daß Luft und Land so stark werden wie sie: das nenne ich Freiheit.«

»Und ich«, erklärte die Blà, »ich bin frei, wenn ich leiden darf. Das Volk, für das ich mich in Gefahren stürzte, sollte es mir so übel lohnen wie dir, Violante – denn es läßt deine Verbannung geschehen –, und ich wäre schon beseligt.«

»Du bist bescheiden, Bice.«

»Bescheiden?«

Sie lächelte.

»Ich verlange *sehr viel* Leiden, weißt du... und wenn zufällig ein Martyrium daraus würde, vielleicht...«

»Das darf niemand hören«, sagte die Herzogin.

Doch Piselli verstand, seinem teilnahmsvollen Mienenspiel zum Trotz, von ihrer Unterhaltung kein Wort; denn sie sprachen französisch.

Die Blà begann wieder: »Ganz im Ernst, ich bin nicht uneigennützig. Das bist nur du, Violante, nur du willst von der Freiheit nichts für dich. Pavic will von ihr Beifall, Ruhm und das Hochgefühl, das klatschende, stöhnende Volksmassen ihm verschaffen. San Bacco will um sich hauen, und das Wort Freiheit hat ihm dazu gedient, sein Leben lang in Bewegung zu bleiben. Alles Selbstsüchtige!«

»Und dein Orfeo?«

»Ach, Orfeo! Er spricht von der Freiheit so verhalten wohllautend und so feurig stolz. Aber ich habe ihn im Verdacht, *seine* Freiheit ist die Möglichkeit, jede Nacht mit vollen Taschen lumpen zu gehen.«

Piselli rollte große, süße Augen. Er hörte seinen Namen fallen und horchte argwöhnisch und vergeblich auf den Zusammenhang, in dem es geschah. Allmählich fühlte er sich gereizt durch die leichten, raschelnden Geschöpfe, die dort vor seinen Augen plapperten, lauter nicht zu überwachende Dinge und vielleicht sogar anzügliche. Er war ein Mann und hätte es in der Ordnung gefunden, sie zur Ruhe und Unterwürfigkeit zurückzutreiben, mit einigen kräftigen Griffen seiner mattweißen Hand, die Übung besaß im Anfassen von Weibern, oder auch durch eine Zote. Und je böser sein Sinn ward, desto glücklicher und anmutiger seine Haltung. Bloß seine Miene wurde ratlos hin und her gezerrt von Gefallsucht und von Wut. Sein Körper allein hatte Manieren gelernt. In sein Gesicht aber traten, naiv und tierisch ungezügelt, alle seine Gefühle. Die Herzogin bemerkte es gar nicht; Piselli war für sie eine bewundernswerte Form ohne Inhalt. Nur die Blà lächelte ängstlich. Die Herzogin sah, beim Sprechen und beim Träumen, an seinen Gliedern entlang, wie an denen des Hermes hinter ihm. Er hätte nackt dort stehen dürfen,

162

so gut wie der andere, und hätte sie nicht verwundert, sondern nur erfreut.

Die Herzogin fragte langsam: »Und dabei liebst du ihn?«

»Ja doch, mein Mitleid liebt den Armen.«

»Mitleid mit... dem da! Wenn er das Wort verstände, er würde dich auslachen. Er ist ja gesund, begehrt und selbstgewiß über die Maßen. Vielleicht würde er auch sehr böse werden.«

»Niemals. Es wäre ihm ganz gleich. Erbittert durch Mitleid werden nur Kranke; glaube einer barmherzigen Schwester... Er fühlt sich stark und überlegen – und ich bemitleide gerade seine Schönheit und seine Ungebrochenheit und seine Erfolge und die Ruhe und die Wucht, mit der er sie genießt. Wir andern, wir Schwachen, nicht wahr, wir bändigen unser Geschick durch ein wenig Geist. Für ihn aber gibt es nur Zufall, Spielerglück und -unglück. Er wappnet sich gegen das Leben mit Fetischgläubigkeit und Vertrauen auf gute Karten. Er ist von Geblüt ein Campagnole, der nicht ahnt, woher er kommt, und von Natur ein Spieler und weiß von keiner Zukunft. Er ist nur das Abenteuer eines Augenblicks, der Arme. Wenn ich hinabsehe in den wunderbaren, dunkeln Brunnen seiner Augen – was schläft alles da drunten, ihm selber unbekannt und bestimmt, eines Tages emporgewühlt zu werden. Instinkte! Dunkel und trüb wie die namenlosen Reihen der Bauern, die hinter seiner Geburt entschwinden. Schicksale! Vielleicht Prunk und Triumph, vielleicht Elend... vielleicht... Blut.«

»Du bist eine Dichterin, Bice! Und in den Stunden der Nüchternheit? Denn natürlich liebst du ihn nur auf Augenblicke.«

»Nein... immer!«

»Immer? Was für ein Wort! Immer, Bice, werden doch nur wir Frauen geliebt. Wenn wir nämlich in uns selbst ruhen, recht hübsch stillsitzen, die Hände zusammenlegen, ins Kerzenlicht blicken und lächeln. So ersehnen uns die Männer: Einer in Paris, der sich beobachtet hatte, hat es mir gesagt; übrigens wußte ich es... Aber der Mann! Der gilt nicht seine Taille und sein Grübchen, sondern seine Taten und seinen Geist. Mit ihnen steigt und fällt er. Er kann es nur in sehr glücklichen Augenblicken bis zum Geliebtwerden bringen.«

Sie zögerte, und Pavic' Name blieb ungenannt, aus jener zärtlichen Scham, die der Herzogin erst bekannt war, seit sie eine Freundin hatte.

»Der Mann, den ich einmal liebte, war zuweilen groß und Held. Die übrige Zeit kannte ich ihn gar nicht.«

Die Blà versetzte: »Arme Violante. Ich halte Orfeo immer für groß – in der Liebe. Braucht ein Mann, den ich liebe, sonst in etwas groß zu sein? Er besorgt alle Gänge für mich, er holt meine Gelder von den Redaktionen. Vielleicht will er wissen, wieviel ich verdiene. Ich aber glaube, er erspart mir jeden Schritt in die Prosa, er breitet Blumen unter meine Füße und füllt damit mein Zimmer.«

Beim Weggehen drückte die Herzogin Pisellis Hand, zur Belohnung, weil er so schön gestanden und ihr Gesichtsfeld geschmückt hatte. Sie verspürte Lust, ihm etwas Süßes in den Mund zu stecken.

Piselli reckte sich und rief aus: »Welch Glück! Wir sind allein!«

Er umschlang die Blà und trat mit ihr, in der Versunkenheit eines Bühnenglücks, vor das weit und blau klaffende Fenster.

Sie sah bittend nach seinen gefalteten Brauen.

»Du biegst deinen Kopf so liebevoll, und er sieht doch wild aus.«

Zum Erschrecken plötzlich brach seine üble Laune los.

»Diese Frau mag der Teufel holen!«

»Aber Orfeo!«

»Welch ein Hochmut!« so knirschte er und warf die Arme in die Luft.

»Welch ein Hochmut! Aber er wird gestraft! Sie soll nur warten, solch ein Hochmut wird gestraft!«

»Mein Gott! Was hat sie dir getan?«

»Mir? Gar nichts. Und was sollte sie mir tun? Will ich denn etwas von ihr? Für soviel Hochmut ist sie überhaupt nicht schön genug!«

»Aber... Sie ist ja so schön! So wunderschön!«

»Ach was, ich kenne hundert Schönere... dich zum Beispiel«, setzte er herablassend hinzu.

»Und erstens ist sie kalt, abscheulich kalt. Das schließt schon jede Schönheit aus. Ich verlange ganz etwas anderes. Aber *ganz* etwas anderes. Die rechte Frau... Da haben wir's!«

Er beruhigte sich.

»Sie ist keine rechte Frau!«

»Orfeo, sie ist meine Freundin.«

»Das ist gleich. Ich verkehre nicht gern mit ihr. Solch eine Frau... überhaupt, wer anders ist als die andern, bringt Unglück, das weiß man. Ich will dir etwas sagen, du solltest dich vor ihr hüten, denn sie ist keine gute Christin!«

»Wie kommst du darauf?«

»Ich merke das schon. Seit ich sie kenne, bin ich im Verlieren.«

Er murmelte noch: »Dabei muß etwas geschehen.«

»Was denn, ich bitte dich«, fragte sie ängstlich.

»Du wirst sehen.«

Er aß einige Kuchen, nahm einen Schluck Likör und zündete eine Zigarette an. Darauf fühlte er sich wiederhergestellt, und sie gingen aus. Im ersten Laden, an dem sie vorbeikamen, kaufte Piselli ein dickes Bündel hörnerner Breloques und hängte sie sich vor den Magen.

»So, jetzt mag sie mir wieder begegnen.«

Die Blà lächelte gerührt. Sie ermunterte ihn.

»Recht so. Vergiß nur niemals deinen Talisman. Wer sollte dir jetzt noch Unglück bringen.«

In eine Kirche am Korso drängte Volk. Piselli zog seine Freundin hinterher. Die Priester des Tempels beendeten eben die Zurüstungen für das Fest ihres Heiligen; in einer Kapelle im Hintergrunde befestigten sie die letzten Kränze. Der Boden des schmalen Gelasses stand voll von Körben mit Papierblumen, daraus erhoben sich brennende Kerzen. Sie erklommen, in gedrängtem Zuge, und fortwährend anschwellend an Höhe und Umfang, den Altar. Zu seiten des Kreuzes flammten zwei wächserne Türme. Und über dem von roten Lichtern durchirrten Gewoge falscher Blüten schaukelte sich an Ketten der Silberschatz: Ampeln, Kessel und Krüge, matt und alt schimmernd oder mit aufdringlichem Geglitzer, köstlich gebogenes Prunkgerät, belebt von schwellenden Bildern, neben Tand aus dem nächsten Bazar. Die Pupillen, die in all diesen Zauber hineinstarrten, erweiterten sich und wurden fromm.

Piselli breitete sein Schnupftuch über die staubigen Fliesen und kniete darauf hin. Er zog aus der Tasche seinen um ein Spiel Karten gewickelten Rosenkranz. Die Blà neigte sich neben ihm über einen Betstuhl. Sie atmete leise den süßen Rauch ein, der ihr aus lautlos geschwungenem Bekken zuwehte, und durchkostete den reizvollen Schmerz des Kreuzes, nach dem sie sich sehnte, ohne daran zu glauben. Piselli bekreuzigte sich ein über das andere Mal; er roch nach Chypre, aber seine Furcht und seine Brunst erhöhten sich vor seinem Gotte zu ebenso dumpfer Ehrfurcht und Inbrunst wie bei den Gläubigen vor und hinter ihm, die nach Knoblauch stanken. Den Geist der Blà durchkreisten feine und schwache Erinnerungen eines Mystizismus, der eine Gemeinde geschmackvoller und müder Lateiner verlockte, und fielen endlich, wehmütige

Blätter im Treiben des Herbstwindes, zu einem Kranze zusammen, der ein welk und süßlich duftendes Gedicht war. Piselli verschlang mit Augen, die vor Gier verblödeten, den buntstrotzenden Heiligen aus Wachs hinter dem Gitter seiner Krypta. Seine Finger und Lippen überhasteten die Gebete; er fühlte sie erhört und sah bereits die Karten vor sich, mit denen er gewinnen sollte. Darauf standen die Liebenden auf und gingen weiter, Seite an Seite, wie in ganz derselben Welt.

Der Heilige täuschte Pisellis Vertrauen. Am folgenden Tage sah die Blà es ihrem Orfeo an, er hatte verloren. Es war eine ungewöhnliche Summe, und er schuldete sie dem Prinzen Maffa auf Ehrenwort. Sie raffte ihm Ersparnisse und allen ihren Kredit bei ihren Verlegern zusammen, um ihn zu retten. Er nahm das Geld ohne Ziererei. Es war für die Blà ein freudiger Augenblick. Schon nach achtundvierzig Stunden hatte er alles zurückgewonnen und übergab es ihr in einer Börse aus Atlas, bestickt mit echten Perlen. Aber bald durfte sie ihm wieder, und im Laufe der Zeit immer häufiger, mit kleinen und großen Beträgen aushelfen. Sie lernte jetzt kühle Gesichter bei sonst ritterlichen männlichen Kollegen kennen, wenn sie Artikel bezahlt haben wollte, die noch nicht geschrieben waren. Die kleinen Blätter gaben ihr Manuskripte zurück, um keine Vorschüsse erlegen zu müssen. Sie aber trottete, elegant und rosig, mit ihrem besonnenen, frauenhaften Schritt unermüdlich über den Asphalt, hin und her zwischen den Zeitungen, den Literaturmaklern, kleinen Wucherern und wohlhabenden Freunden. Und Piselli trat unter seine Klubgenossen nie anders als mit ebenbürtig gefüllten Taschen. Sie begann ihre Entbehrungen zu spüren, ihr Leiden hub an, und wo sie erschien, ging es hold von ihr aus wie das Glück eines geliebten Schicksals. Im Frühling veröffentlichte man die Verse, die sie ihrer Bekanntschaft mit Orfeo verdankte. Sie hatten einen lauten, schwärmerischen Erfolg bei Frauen und jungen Leuten. Die Blà rechnete aus, daß das kleine Buch ihr einige tausend Franken eingebracht haben würde. Sie hatte es, als Piselli sich einmal in einer angstvollen Verlustkrise befand, für zweihundert Lire verschleudert.

Freitags versammelte man sich noch immer beim Kardinal. Monsignore Tamburini fühlte die Verpflichtung, der Herzogin für die starken Summen, die sie den revolutionären Umtrieben der dalmatinischen Geistlichkeit widmete, hie und da eine Genugtuung zu gönnen. In langen Zwischenräumen zeigte sich im Palast an der Lungara irgendein hagerer Bettelmönch, der mit großen Gebärden, phantastisch in flatternden Ärmeln, beim spärlichen Lampenlicht in der Mitte eines übermäßig hohen, an allen Wänden von Dunkel umlagerten Saales, eine seiner Predigten wiederholte. Sie war unglaublich fanatisch, mystisch und mordgierig. Er wollte sie auf offener Kanzel, in einer gefüllten Dorfkirche gehalten haben, und der Kardinal, der mit Wohlwollen zuhörte, sagte sich, daß die Machthaber, die einen so unverblümten Redner noch heute frei umherlaufen ließen, verrückt sein müßten. Die Cucuru stemmte, weit vorgebeugt, die Arme auf die Knie und klappte schallend das Gebiß zu. Die Blà träumte vor sich hin, und Monsignore Tamburini beaufsichtigte die Vorstellung als ein strenger Regisseur, reglos und ohne Anerkennung. Tags darauf gedachten nur noch er und die Herzogin der schnell verflüchtigten Erscheinung. Wenn weiter nichts vorgefallen war, ließ man Pavic sprechen; er erzählte von seinem politischen Klub.

Seit ihm mit der Verwaltung der Kasse auch die Möglichkeit eines vornehm genährten Seelenleidens fortgenommen war, wurde er immer fetter und trübsinniger. Sein Fett stammte aus schlechten Garküchen, ranzig wie sein Trübsinn, und sein erstickter Haß auf seine Herrin vermehrte sich um den vollen Betrag der Schulden, die ihn jetzt drückten. Der Tribun schlich umher auf Promenaden und in Kaffeehäusern wie ein frühzeitig abgedankter Opernsänger, mit verbundenem Hals, planlos, nörgelnd und nicht mehr ganz sauber. An Tagen, wo er keine Aussicht hatte, sich irgendeinem Zuhörer vorführen zu können, ging er an allem vorüber, auch an seinem Waschtisch; denn es ekelte ihn vor den Verrichtungen des täglichen Lebens, das auf keine Tribüne mehr mündete. »Was wollen Sie, ich brauche den Erfolg«, so seufzte Pavic, sooft er im Blicke eines Bekannten die Verwunderung über seinen Verfall las.

Und den Erfolg, der ihm in heller Öffentlichkeit versagt blieb, er ergatterte ihn nun in Hinterstuben. Es war in dem Keller eines Neubaues, weit draußen vor Porta Sant' Agnese, wo ein paar geflüchtete Landsleute zusammenkamen, Handwerker, Lastträger und Straßenverkäufer. Sie trockneten sich zweimal die Woche den Schweiß der schweren Arbeit, zu der die Fremde sie verdammte, von den Händen und reckten sie zu ihrem Apostel empor, – und mit den Händen die Seelen, die so übervoll waren von Selbstmitleiden, Beklemmung und der Sucht nach Wiedervergeltung, Befreiung, Herrschaft, Rachegelagen. In diesem Keller, der an Katakomben grenzte und fast schon dazugehörte, unter den gequälten Schatten der Armen, von qualmenden Tonlampen auf triefende Mauern geworfen – hier in der Konventikelluft erster Christen war Pavic nochmals Held. So gut versteckt, frönte er den Ausschweifungen des Gefühls und starb zum hundertsten Male, mit ausgebreiteten Armen, röchelnd an einem nicht vorhandenen Kreuz, das alle sahen. Darauf stieg er wieder ans Licht, rotfleckig im Gesicht, unheimlich ermuntert und zu täppischen Scherzen aufgelegt: ein heimlicher Trinker, der sich kaum noch darauf besann, daß er einst bei Bacchanalen unter blauem Himmel ein großartiger Genießer gewesen war.

Am Freitag berichtete er dann: »Wie diese Menschen mich lieben! Ah! Nichts erwärmt ein Leben so, wie die Liebe eines Volkes. Ich darf sagen, für sie bin ich ein Halbgott!«

›Ein Halbgott zum Weinen‹, dachte die Blà. Die Cucuru platzte einfach aus.

»Und ich kenne einen jeden nach Namen, Herkunft und Geschichte! Alle werden wegen lauterer Gesinnung verfolgt, wie ich, und wie Sie selber, Herzogin. Einer hat gestohlen.«

»Mir zu Gefallen?« fragte sie.

»Seinem Ideale folgend. Denn der Eigentumsbegriff ist dem einfachen Gemüte nicht natürlich. Und als die Revolution losbrechen sollte, da hielt er die Stunde für gekommen und... stahl. Ein anderer bringt eine Puppe in Generalsuniform mit, die auf einem Pfahl steckt. Er dreht sie sehr rasch um den Pfahl, und ehe man sich dessen versieht, sitzt sein Messer ihr im Herzen. Er gibt mit rührender Andacht alle seine freie Zeit her, um sich diese Sicherheit des Stoßes einzuüben. Er wird eines Tages den König Nikolaus richten...«

Vinon Cucuru kreischte auf.

»Dreht Nikolaus sich immerfort um einen Pfahl?«

Pavic sagte unbeirrt: »Dieser Jüngling ist reinen Herzens, mit seelenvollen, blauen Augen, und hat noch nie ein Weib berührt.«

Die Damen betrachteten ihn, erheitert und leicht angewidert, sie wußten nicht, ob durch ihn oder durch seinen Jüngling. Hinter seinem Rücken krümmte sich lautlos der Kardinal. »Welch redlicher, empörter Patriotismus in allen ihren Handlungen und in jeder Herzensregung! Das unglückliche Dalmatien ist, wie Sie wissen, von seinen Tyrannen so herabgewirtschaftet, daß es nur noch Papiergeld besitzt. Im gerechten Zorn darüber hat einer meiner Verehrer sein neugeborenes Töchterchen Papiria genannt.«

»Allerdings habe ich ihn darauf gebracht«, setzte er hinzu, da er die Wirkung auf den Gesichtern sah. Er trank mit krankhafter Begierde die Teilnahme von den Mienen, ohne es zu beachten, wenn sie höhnisch war. Und er jagte eine Anekdote der andern nach, aus Furcht, man möge ihn unterbrechen.

»Alle beten Euere Hoheit an!« rief er, da die Herzogin ihm unaufmerksam schien; und mit verzweifelter Selbstüberwindung: »Beinahe noch mehr als mich! Die Gestalt der Herzogin von Assy ragt diesen Armen, die für sie leiden, bereits in eine Sagenwelt hinein. Sie meinen, sie sitze irgendwo in Rom in einem Turm gefangen. Ihr schwarzes Haar hänge aus dem Gitterfenster bis auf die Straße. Wenn der Papst vorbeigehe, so speie er darauf.«

»Oh!« machte die Blà, ängstlich fast vor Entzücken. Lilian richtete ihr blasses Antlitz schnell auf die Herzogin, in das frische ihrer kleinen Schwester trat zum erstenmal etwas wie Nachdenklichkeit, und ihre Mutter glotzte gänzlich verdummt darein. San Bacco ging, geärgert durch all das nutzlose Gerede, im Hintergrunde auf und ab; er blieb plötzlich stehen und bemerkte: »Das, was Sie da sagen, ist einmal schön.«

»Man könnte das Bild in einen Stein schneiden«, meinte der Kardinal. »Es ist recht kurios; ich will Seiner Heiligkeit davon erzählen.«

»Ich möchte die Leute sehen«, sagte unerwartet die Herzogin.

»Pavic, von wem haben Sie diese… Sage? Hoffentlich nicht von Ihrem reinen Jüngling?«

»Dem mit dem Pfahl und… ohne Weiber?« fragte die Blà.

»Nein, von zwei Bauern«, berichtete Pavic. »Sie haben daheim einen Gendarmen blutig geschlagen. Sie sind über das Meer geflohen – gleich uns, und sie verlangen sehr danach, Euerer Hoheit zu Füßen zu fallen.«

Tamburini hegte Bedenken gegen eine zu nahe Berührung der Herzogin mit den Ihrigen.

»Was wird denn aber aus dem Märchen vom Turm, wenn Sie sich den beiden am hellen Tage, in einem behaglichen Zimmer zeigen.«

»Es könnte draußen geschehen, und bei Nacht«, meinte die Blà, verliebt in eine romantische Vorstellung. Die Cucuru kicherte, kurzluftig vor Bosheit.

»Jawohl, in finsterer Nacht! Huhu! Und an einem Orte, wo es keine Polizei gibt. Da schleicht eine vornehme Dame zu zwei verdächtigen Individuen. Alle drei sind vermummt und erzählen sich gräßliche Geschichten. Man hört in der Ferne jemand umbringen, und es blitzt. So ist es doch auf dem Theater, nicht?«

»Herzogin, ich begleite Sie!« rief San Bacco.

›Zögere ich?‹ dachte sie. ›Habe ich denn Furcht?‹ Sie sagte laut: »Ganz so, Fürstin. Aus Ihrer Vision wird Wirklichkeit, und es gehört nicht viel dazu. Ich gehe allein zu der Zusammenkunft, ich danke Ihnen, Marquis. Ein abgelegener, möglichst dunkler Ort, wo finden wir ihn? In der Tibergegend, denke ich; vielleicht beim Wechslerbogen. Herr Doktor, bestellen Sie mir die Männer.«

»Frau Herzogin...«, stotterte Pavic. Die Cucuru verlor zum zweiten Male das Verständnis.

»Tu es nicht!« bat leise die Blà. Eindringlich wiederholte San Bacco: »Herzogin, ich begleite Sie.«

»Gehen Sie hin, Herzogin!« so verlangte Lilian Cucuru, »und gehen Sie allein! Auch ich würde ganz allein hingehen!«

Sie sprang auf, sie dachte mit Leidenschaft an Nacht, Gefahr und Ende. Jener Mensch zu sein, der in der Ferne umgebracht ward, während es blitzte – sie hätte das für ein Glück gehalten. Tamburini belästigte sie empfindlicher als sonst. Es wurde Frühling, und seine Säfte machten ihm zu schaffen. Tragisch gestimmt in gewitterschwerer Sciroccoluft, empfand Lilian vorübergehend als tötende Lasten die Gemeinheit, auf Kosten der Herzogin von ihrer Mutter ausgeübt, und die Unkeuschheit des eigenen Lebens. Sie wurde von Neid zerrissen beim Anblick der Blà, die mit gutem Gewissen dieser Frau die Hand hinstrecken konnte. Die ihrige zuckte, und wenn die Herzogin sie ergriffen hätte, vielleicht hätte Lilian, von einem Krampf erlöst, schluchzend vor Dankbarkeit und besinnungslos eine Menge störender Geständnisse gemacht.

Doch nahm die Herzogin raschen Abschied.

Eine halbe Woche später fuhr sie zu ihrem ungewöhnlichen Stelldichein. Es schlug ein Uhr, die Stunde war schwarz und regnerisch. Sie verließ ihren Wagen bei Piazza Bocca della Verità, am Flußufer. Der Tiber spülte trübe, langsame Fluten unter der einzigen Wölbung der zerbrochenen Brücke hinweg, wie durch einen versunkenen Triumphbogen. Die Herzogin stieg drei Stufen hinab, der Platz war weit und leer, verwahrlost und schlecht beleuchtet. Sie überschritt ihn mit einem Entschluß; im wankenden Geplätscher seines Brunnens lag er seltsam dumpf, wie verbannt aus dem Leben, in eigener Luft, die ihre Schritte erstickte. Die Gebäude umstanden ihn als Märchen einer Nacht, und höchst geheimnisvoll. Warum schimmerte der Vestatempel so schlank und still? Niedrig wie für den Besuch alter Zwerge hockte die Kirche neben ihrem langen, greisenhaften Glockenturm. Das Haus des Rienzi spreizte sich, abenteuerlich geziert. Um seine Schwelle huschte es! Pavic, der noch lärmte, begab sich zu einem Bruder mit längst verhalltem Geschrei. Vor dem Kirchenportal, und höher als sein Dach, reckte sich Tamburini; er lugte nach dem heidnischen Tempel aus, wo die Cucuru mit Lilian, der Blà und Vinon sich zwischen den zersprungenen Säulen erging.

›Meine Vestalinnen! Vestalinnen, Priester und Tribunen, ich kann hier alles auferstehen machen und alles bevölkern. Nur den Triumphbogen, den muß ich noch ein wenig unter dem Wasser lassen.‹

Sie war drüben und sah sich nicht um. Sie betrat rasch die verlassene Via de' Cerchi. Es führten wieder drei Stufen hinab; dann hielt sie unter dem Wechslerbogen und erschrak. Im Nu, und ohne Ankündigung ihres Erscheinens, erhoben sich vor ihr zwei Gestalten.

›Der erste Theatereffekt‹, dachte sie. ›Er ist gelungen. Übrigens sind diese beiden schwarz und verstecken die Köpfe unter ihren Fellen. Ich selbst trage einen sehr weiten Mantel, die Maske habe ich vergessen.‹

Die beiden Geschöpfe starrten ohne einen Laut, unter gierigem Rücken ihrer Köpfe, in die tiefen Schatten, der ihnen die Frau verbarg. Die Laterne an der Mauer warf vier Lichtstrahlen in ihre vier Augen; sie suchten, scheu zuckend und leuchtend gleich Tierblicken. Plötzlich fanden sie; und die zwei Fremdartigen lagen am Boden, die Lippen im Staub.

»Steht auf«, sagte sie, und ungeduldig, da keiner sich rührte: »Richtet euch auf und antwortet! Ihr habt den Gendarmen blutig geschlagen?«

»Mütterchen, wir lieben dich«, erklärte der eine.

»Und du?« fragte sie den andern. Er stotterte: »Mütterchen, wir lieben dich.«

Der erste stampfte wild und schlug sich mit den Fäusten vor die Brust; unter dem Fell klirrte etwas.

»Hätten wir nur alle deine Feinde unter unsern Flintenkolben!«

»Und du?«

Der zweite sagte nichts mehr. Er war eine jener strengen Bildsäulen in den epischen Feldern ihres Traumes, ein junger Hirt, schwarze Locken in der niedrigen, blassen Stirn, die Arme über dem Stabe gekreuzt, unbeweglich inmitten eines sich drehenden Kreises von Ziegen und Schafen. Sie dachte: ›Ein sehr wohlgebildetes Tier, ich halte es gern für einen Halbgott. Der andere gebärdet sich menschlicher, aber ich habe nie von ihm geträumt.‹ Er war erdfarben und starkknochig, mit dünnem Bart und äffischen Gebärden. Er fuchtelte mit langen, knotigen Armen.

»Ihr sollt das nicht wieder tun«, befahl sie. »Hört ihr? Ihr sollt den Tag abwarten, an dem ich euch das Zeichen gebe. Was nützt es, daß ihr einen armen Kerl prügelt, der geradesoviel wert ist wie ihr selbst!«

»Du irrst, Mütterchen. Thimko war ein Hund und dein Feind.«

»So? Du hast recht.«

Sie bedachte: ›Ich darf nicht in den alten Fehler verfallen, der mich das erstemal soviel gekostet hat, und wieder fragen, was ein Mörder für seine Tat könne. Das Exil hätte mich geschickter machen sollen. Der königliche Gendarm im Heimatsdorf meiner beiden Freunde ist ein Hund und mein persönlicher Feind. Ich hasse ihn.‹

»Erzählt nun«, äußerte sie, »was ihr für mich tatet.«

»Mütterchen, deinetwegen sind wir Räuber geworden und von den Bergen herabgestiegen.«

»Waret ihr sehr unglücklich?«

»Es war ein freies Leben, an unserm roten Sonntagsrock saßen als Knöpfe lauter Taler, die haben wir auf der Reise nach dem Auslande alle hergeben müssen.«

»Es ist schön, daß es euch gut ging.«

»Herrlich war es! Wie vielen habe ich den Bauch aufgeschlitzt, wenn wir herabstiegen! Die Höfe, die wir verbrannten, rauchen gewiß noch jetzt! Die Kühe, die wir hinaufholten in die Berge, werden sich nun wohl verlaufen haben. Wir konnten nicht alle essen.«

Der Wohlgebildete machte eine Bemerkung: »Das schmerzt uns sehr.«

»Ihr mußtet also fliehen?« fragte sie. Der Erdfarbene antwortete: »Der Hund Thimko, den wir prügelten, hat die andern Hunde auf uns gehetzt. Sie trennten uns von unsern Genossen, und diese kamen um, die Armen. Da gingen wir in ein Boot. Der Sturm warf uns weit fort von der Heimat, und fast wären auch wir umgekommen, wir Armen. Wir sind elend, Mütterchen, sei so gut und reiche uns eine Unterstützung!«

Sie warf ihnen Goldstücke zu. Sie schossen, eines nach dem andern, blitzend aus dem Schatten des Torbogens, Flammen, die an den Gliedern der Fremden hinauf und bis in ihre Augen züngelten. Sie wälzten sich übereinander, unheimlich zusammen scherzend, unter Messergeklirr und rauhen Kehllauten. Der Häßliche schien stärker, aber der Schöne kämpfte unbedenklicher und erraffte das meiste.

›Ein Halbgott‹, meinte die Herzogin, ›solange er Statue bleibt. Er zeigt nur selten, daß er lebt, und zwar als Tier.‹

Dann zählte jeder seinen Raub, geduckt und schweigend. Der Tiber gurgelte. Aus der Ferne kam ein Pfiff, drei kurze Noten, die sich wiederholten. Plötzlich jagten ein paar unkenntliche Gestalten droben in der Zirkusstraße hintereinander her. Die Herzogin versuchte zu lachen, sie zitterte ein wenig.

›Es stimmt alles. Jetzt wird jemand umgebracht. In den Fluß mit ihm! Wie ist es schwül, ich atme kaum noch!‹

Drüben in der schwarzen Höhe zuckte es wild und rot, mehrmals rasch nacheinander.

›Auch das war vorhergesehen! Übrigens, diese Räuber, die vom Bauchaufschlitzen reden wie vom Wassertrinken, sie verhalten sich gegen mich recht achtungsvoll. Vielleicht noch mehr als das? Werden sie bald fertig gezählt haben? Ich habe hoffentlich Mut.‹ Sie fragte schroff: »Ihr wollt also für mich in den Krieg ziehen?«

»Wir lieben dich, Mütterchen, wir sterben für dich. Gib mehr Gold! Ein Trinkgeld, Mütterchen!«

Sie gab, ungeduldig und enttäuscht.

›Kein Grund zur Furcht; es handelt sich immer nur um Geld.‹

Die beiden standen schließlich, von verwirrendem Glück beregnet, fast davon erweicht, mit gehobenen, entzückten Sinnen.

»Wie bist du schön, Mütterchen!«

»Wie bist du groß, dein Haupt entschwindet weiß und hoch unter dem Turm, worin du gefangensitzest. Wir wußten ja, es sei ein Turm. Anfangs sah es aus wie ein Bogen, doch nun sehen wir wohl, daß es ein Turm ist. Merke dir das, Lazise, wir sagen es daheim.«

Der Wohlgebildete grunzte. Er stieß gewaltsam aus: »Mütterchen, wo ist dein Haar?«

Der andere fuhr auf: »Dein Haar! Gib es, wo ist es?«

Sie fühlte, sie werde ihre Haltung verlieren, und dachte an die Bestien, die ihren Bändiger erblassen sehen.

»Nun geht heim!« befahl sie, und setzte gleich hinzu, unsicherer und schwächer: »Geht ihr heim?«

Die beiden Wilden rutschten auf den Knien, tastend und schnaubend.

»Jaja. Alle sollen kommen und dich befreien. Aber gib dein Haar!«

Sie streckten die Hände aus und wagten doch nicht, unter den Bogen zu greifen. Ohne Mauer und Gitter war er ihnen verschlossen durch einen magischen Strich.

Die Herzogin nahm sich zusammen. Sie rief zornig und mit Gewalt: »Ihr geht auf der Stelle!«

Sie richteten sich auf, sahen einander an, bezwungen und traurig, und schlichen zur Seite. Einer wandte sich.

»Es ist gut, Mütterchen, wir gehorchen.«

Und sie tauchten langsam in das Dunkel.

Sie sah ihnen nach. Plötzlich, ohne Nachdenken, sagte sie: »Kommt zurück!«

Sie löste ihr Haar, mit zwei tapferen Griffen. Sie hielt es in den Händen, es entfloß ihr, lang und schwer. Da fiel ihr die Cucuru ein. ›Das ist der Schlußeffekt‹, dachte sie. ›Was für ein Theater!‹

Im nächsten Augenblick sagte sie: »Trotzdem«, und sie warf den beiden Seltsamen ihre schwarzen Flechten zu, wie vorher ihr Gold. Sie stürzten sich darauf, mit Lippen und Zähnen. Die Herzogin sah auf sie herab, erbleicht, den Kopf zurückgelehnt, wie aus der starren Höhe des Turmes, von dem nach dem Glauben dieser Geschöpfe ihr Haar herunterhing.

»Geht nun!«

Ihre Stimme drang matt in die mit Dämpfen von Sinnlichkeit erfüllten Köpfe. Sie fand sich überwältigt von einem Auftritt, den sie nicht überlegt hatte. Sie durchsuchte das Dunkel, ratlos und fast blind vor jäher Angst. Sie war nahe daran, um Hilfe zu rufen. ›Warum?‹ fragte sie, und gestand sich: ›Weil ich mich schäme.‹ Und dabei fühlte sie, daß sie diese sonderbare Feierlichkeit nicht hätte missen wollen. Sie stampfte auf. »Geht!«

Die beiden taumelten, erschraken und verschwanden. Sie wartete, abgewendet, bis sie allein war. Endlich erreichte sie, fast flüchtend und unterwegs ihr Haar zusammenraffend, ihren Wagen. Sie warf sich in eine Ecke und schloß die Augen, voll wilder Bilder, die sie schwindeln machten. Nach einer Weile fand ihr Finger im Winkel des Lides eine Träne.

Beim Kardinal erzählte sie alles, kühl und anschaulich. Dabei formte sich ihr erst der Vorgang; sie ergänzte ihn durch Züge, die nicht hätten fehlen dürfen. Sie waren grausam, und die Herzogin lächelte dabei nur noch zurückhaltender. Ehe sie die Hingabe ihres Haares eingestand, ward es ihr heiß zumute. Sie fügte rasch hinzu, die beiden Wilden hätten ihr mit den Zähnen große Stücke herausgerissen. Da sie gleichzeitig vor wütendem Eifer sich selbst in die Hände gebissen hätten, so sei das Blut ihr über die Haare geronnen. Man fand ihre Stimme vollkommen gefühllos. Die Blà zweifelte vorübergehend an ihr, die Cucuru fühlte sich unbehaglich.

Zu Hause in ihrer Vigne, über der duftenden Stille des Frühlingsgartens, bebte sie bei der Erinnerung an jene Nacht.

›Wer waren die beiden Seltsamen? Menschen und Freunde, die zu mir den Weg fanden und keine andere Bedeutung hatten als andere Menschen und andere Freunde?‹

›O nein, was ich damals sah, es muß ein Stück meiner eigenen Seele gewesen sein, mir unversehens entsprungen, rot, warm und pochend. Vor meinen Augen hat es sich geregt und gespielt, ein wunderbares Spiel, eine Maskerade, beängstigend und bezaubernd.‹

Sie blieb stehen und lächelte sich zu.

›Das hätte ich ihnen am Mittwoch sagen sollen! Aber du bleibst immer das Kind auf dem Felsenriff im Meer, – dein Leben lang, kleine Violante. Mit Monsieur Henry verspottest du Gott und die Weltgeschichte, und dann legst du dich an das Ufer deines Sees und träumst mit Farren und mit Eidechsen.‹

Man ließ sie träumen.

Am Abend nach ihrer erstaunlichen Erzählung blieb Monsignore Tamburini länger als sonst beim Kardinal. Seine Eminenz war angeregt und wißbegierig, er näherte einige Münzen dem Lichte der dreiarmigen Ampel und sah darüber weg.

»Mit der Gesellschaft, die wir uns für unseren Mittwoch geschaffen haben, bin ich recht zufrieden. Was wir soeben wieder gehört haben, war durchaus merkwürdig und unterhaltend. Aber nun sagt mir einmal, lieber Sohn, was Ihr mit diesen so liebenswürdigen Versammlungen für eine Absicht verfolgt. Ich gestehe, daß ich mich noch gar nicht darum bekümmert habe, warum Ihr eigentlich mit der schönen Herzogin Politik treibt. Mir selbst – Ihr wißt, wie ich genügsam bin – ist sehr an den schönen, alten Geldstücken gelegen, die sie mir verehrt. Aber Ihr, ein so wirklichkeitsliebender Mann...«

»Eminenz, das Ganze ist ein Zufall, und mein Verdienst beschränkt sich darauf, daß ich ihn nicht ungenützt gelassen habe. Ich fand die Herzogin von Assy im Klostergarten zu Palestrina –«

»Wie ein Blümchen! Und Ihr brachet es mir, Ihr Guter!«

»Ich nahm sie mit – ursprünglich nur aus Spekulation, weil eine Herzogin von Assy der Kirche stets nützen kann. Ich dachte an eine Bekehrung der allzu weltlichen Frau, an ihr großes Vermögen, auch an eine interessante und nutzbringende Verbindung mit ihrem Geschäftsmanne, dem Baron Rustschuk...«

»Ein großes Licht unter euch praktischen Leuten, nicht wahr?«

»Ein hochbedeutender Mann. All das Geld! All das Geld! ...Leider ist die Bekehrung der Herzogin unmöglich; ich mußte mich davon überzeugen. Diese Heidin verschließt sich der Gnade. Auch wurden ihre Besitzungen eingezogen. Ich gestehe, daß mich das anfangs gegen sie einnahm.«

»Ich begreife Euch, mein Sohn.«

»Dann aber erkannte ich, daß uns gerade die Konfiskation ihrer Güter die erfreulichste Aussicht eröffne, nämlich sie ihr wiederzugewinnen und dafür belohnt zu werden.«

»Sie ihr wiedergewinnen? Ihr müßt mir das Kunststück zeigen. Ich habe nicht genug Genie, es selbst zu finden, doch reizt es mich gewissermaßen.«

»Sehr einfach. Die dalmatinische Regierung ist erzürnt wegen der revolutionären Umtriebe, die im Namen der Herzogin von Assy stattfinden. Wir verhandeln also mit der Regierung wegen Unterdrückung der Revolten. Alles kommt auf den Preis an, den sie uns bietet. Nach Beruhigung des Landes muß man das Assysche Vermögen freigeben, es wird keinesfalls möglich sein, die Konfiskation aufrechtzuerhalten. Die Herzogin hat zu mächtige Verbindungen, ihr Kredit bei den Höfen ist größer als der des Königs Nikolaus... Sie erhält alles zurück und zeigt sich natürlich gleichfalls gegen uns erkenntlich.«

»Belohnung von zwei Seiten! Ihr seid stärker, als ich dachte, Tamburini. Nur möchte ich noch wissen, weil ich's ganz kurios finde – wie Ihr's anstellen wollt, daß die Revolten aufhören.«

»Aber mir scheint... da wir sie anzetteln, können wir sie auch aufhören lassen.«

»Das ist... Das übersteigt, ich gestehe es, meine Voraussicht. Also man erregt Aufstände; die dalmatinischen Bischöfe, die Kirche – sagen wir: *wir*...«

»Jawohl, sagen wir: wir.«

»Wir erregen in jenem Lande Aufstände, dann gehen wir zu den Machthabern und sagen: ›Gebt uns Geld, so hört es auf.‹ Das ist gut erdacht, mein Sohn. Und sollte es fehlschlagen, so war es darum doch eine höchst sinnreiche Sache.«

Der Kardinal kehrte bereits zu seinen Altertümern zurück. Eine Frage machte ihm noch zu schaffen.

»Solch ein gelungenes Spiel, wie nennt man es nur? Erpressung, vielleicht? Mir scheint, ja, Erpressung.«

Und er nahm die Lupe zur Hand. Tamburini entrüstete sich ehrlich.

»Es ist eine der heiligen Kirche durchaus würdige Angelegenheit, einer unglücklichen Verbannten ihr irdisches Gut zurückzugewinnen.«

»Um dafür belohnt zu werden.«

»Das ist nicht unmoralisch.«

»Ich sage ja nichts, lieber Sohn.«

Die Cucuru fragte ebensowenig nach den Träumereien der Herzogin. Vinon mußte ihr Schreibgerät ordnen und über die nächtliche Zusammenkunft beim Wechslerbogen einen reinlichen Bericht aufsetzen für den dalmatinischen Gesandten.

»Stets auf französisch, meine Vinon. Es ist die Diplomatensprache.«

»Und, Maman, wenn wir nicht so gut französisch schrieben, dann würden sie vielleicht noch weniger dafür geben.«

»Noch weniger! Die Schufte! Eine saubere Regierung, die einer armen, alten Frau für ihre mühsame Arbeit solche Hungerlöhne zahlt. Ihr könntet sticken für Geschäfte und würdet noch ebensoviel verdienen.«

Man warf rasch eine Handarbeit über das angefangene Schriftstück.

Lilian betrat das Zimmer.

»Gebt euch keine Mühe«, sagte sie. »Ich habe es vorausgewußt, ihr würdet euch heute wieder mit eurem schmutzigen Gelderwerb befassen.«

»Schmutziger Gelderwerb? Vinon, hat sie schmutziger Gelderwerb gesagt? Aber das Geldausgeben, wenn man keines auszugeben hat, das ist wohl sauberer, mein Töchterchen? Da seht mir einmal die hochmütige, weiße Jungfrau an! Diesen Winter hat sie vier Promenadenkostüme angeschafft und keines bezahlt!«

»Ich wohne in einem Stall, und ich würde, wenn es sein müßte, Käse essen und nichts weiter. Aber ich muß beim Korso in seidenen Kissen liegen und trage auf der Straße ein Kleid keinen Monat lang. Ich kann es nicht, ich bin eine Dame.«

»Sie ist eine Dame! Hörst du's wohl, Vinon? Aber sorgt sie wohl dafür, daß ihr Schatz die Schneiderin bezahlt? Und wenn ihre Mutter ihr sagt, wir brauchen in der Familie einen zweiten Mann, für die Schneiderin und den Konditor, dann vergißt sie sich fast und läßt es an Ehrerbietung fehlen gegen ihre alte Mutter.«

»Jetzt kommt Raphael Kalender! O mein Gott, erfinde etwas Neues. Es ist langweilig, auch die Schande wird langweilig.«

Lilian warf sich in ein Sofa; es ächzte schwach.

»Herr Raphael Kalender, was hat sie denn gegen ihn? Vinon, Töchterchen, kannst du dir denken, warum sie ihn nicht will? Herr Kalender ist ein Fremder aus Berlin, ein steinreicher Herr. Er ist hergekommen, um Geschäfte zu machen, weil die Römer dazu zu dumm sind. Jetzt gründet er ein riesiges Varieté-Theater, ein anständiges, in das auch Familien gehen können. Darauf war hier noch niemand verfallen, Geld zu verdienen mit Anständigkeit. Welch kluger Mann!«

»Ein Jude mit einer Glatze, der mir bis an die Brust reicht. Ich werde ihn und den Priester sich abwechseln lassen, und der eine wird mich absolvieren von den Sünden, die ich mit dem andern begehe.«

»Jetzt scherzt sie schon! Sie wird schon noch Vernunft annehmen!«

»O ja, Maman, sei unbesorgt, schließlich nehme ich doch immer Vernunft an. Du bewegst mich auch noch zu der allerschmutzigsten Sache. Du hast dafür ein so einfaches Geheimnis: du wiederholst sie mir hundertmal. Beim erstenmal halte ich sie für vollständig unmöglich, bin noch guter Dinge und lache. Beim fünfzigsten Male weine ich. Ich will in den Tiber laufen – vor Ekel. Und beim hundertsten tue ich, was du verlangst – vor Ekel.«

Vinon hatte vor sich hin gekichert. Plötzlich sah sie auf, ihre Brauen, dunkler als das Haar, grenzten aneinander. Aufmerksam und trotzig betrachtete sie ihre Schwester. Sie sagte: »Jawohl, Lilian, so bist *du*.«

Darauf machte sie sich wieder an ihre Schreibarbeit.

Die Blà hätte wohl mit ihrer Freundin geträumt; doch beschäftigte ihr Geliebter jeden ihrer Augenblicke. Er war häufig übler Laune.

»Ich verliere, verliere, verliere. Das war nicht immer so.«

»Und warum ist es jetzt so, mein Orfeo?«

»Mir bringt jemand Unglück.«

»Wie kann sie denn noch, die arme Herzogin! Du faßt, sobald du sie siehst, an deine Hornbreloques und streckst zwei Finger gegen sie aus. Was soll sie dir also anhaben?«

»Nichts. Sie ist es gar nicht, es ist eine andere.«

»Wer denn, ich bitte dich.«

»Du selbst. Denn du liebst mich zu sehr, das bringt Unglück.«

»O Himmel!«

Sie war bestürzt bis zur Sprachlosigkeit. Also ihre Liebe kostete ihn Opfer! Wenigstens glaubte er es.

›Wie tief bin ich in seiner Schuld?‹

Sie entäußerte sich ihres bescheidenen Schmucks. Als eine sicher erwartete Einnahme ausblieb, hatte sie einen Augenblick der Schwäche und der Auflehnung gegen alle ihre Mühsal. Piselli entnahm die Summe, deren er bedurfte, der herzoglichen Kasse.

»Sind wir denn Pedanten?« meinte er. »Du hättest das tun sollen, ehe du deine armen Kolliers drangabst. Versteht es sich etwa nicht von selbst, daß du von deiner Freundin stillschweigend ein Darlehen entnehmen darfst? Mußt du ihr davon erst sprechen? Dann ist es mit euerer Freundschaft nicht weit her.«

Sie hatte nicht nötig, der Herzogin davon zu sprechen. Denn schon tags darauf war das Geld zurückerstattet; Piselli hatte gewonnen. Er gewann immer. Täglich griff er in die Schatulle, und täglich brachte er den dreifachen Betrag nach Hause. Er war stets überaus gnädig und großherrlich heiter. Sie zitterte vor der Zukunft und liebte sie. Es war eine Zeit des schönen Einklanges. Orfeo gab ihr prächtige Diamanten, wie sie nie welche besessen hatte. »Da hast du deine Juwelen zurück. Ich könnte es nicht ertragen, daß du meinetwegen etwas entbehrst.«

Sie verkaufte sie heimlich und bereicherte mit dem Erlös den dalmatinischen Agitationsfonds. Es war eine schwere Viertelstunde, als sie gestand, das sei eine Sühne.

»Du verlierst überhaupt nie mehr«, sagte sie. »Jetzt wirst du nicht wieder behaupten, meine Liebe bringe dir Unglück.«

»Sie würde es tun, wenn sie könnte. Aber etwas anderes wirkt dagegen«, erklärte er geheimnisvoll. »Und zwar viel stärker.«

»Was denn, mein Orfeo?«

Sie fragte leise. Es erregte sie süß und angstvoll, in die Tiefe seiner abenteuerlichen Seele hinabzublicken. Dort war alles voller Wunder.

Er ließ sich bitten. Endlich verriet er etwas: »Wir sind ja keine Pedanten. Aber es ist nun einmal Tatsache, daß der Einsatz, womit ich spiele, nicht uns gehört. Und die Eigentümerin weiß nichts davon! Das ist von höchster Wichtigkeit, du magst mir glauben oder nicht. Ich habe in den Spielhäusern oftmals die Bekanntschaft von Leuten gemacht, denen ich zutraute – wenn ich's nicht sogar wußte –, daß sie mit fremdem Gelde spielten. Du verstehst: Muttersöhne, die den Schreibtisch des Papas erbrachen, oder Bankiers, die das Depot eines Kunden wagten. Nun…«

Er stellte sich vornehm vor einen lackierten Paravent und erhob belehrend den Zeigefinger.

»Nun, diese gemeinen Schufte gewannen immer – ausnahmslos immer.«

Da bemerkte er, daß sie mit geschlossenen Augen dunkel errötete. Die Unehre stand vor ihr, und sie hatte nicht den Mut, ihr ins Gesicht zu sehen. Piselli lachte herzlich und umarmte sie.

»Bin ich etwa ein diebischer Bankier? Kleine Närrin! Solange ich keinen Orden bekomme, darfst du ruhig sein.«

Sie wagte eine Bitte.

»Wenigstens solltest du sparen. Du bist so leichtsinnig, mein armer Geliebter.«

»Ich verdiene, nicht wahr? Wer verdient, hat auch das Recht, Ausgaben zu machen.«

Er saß auf dem Korso vor den reichen Caféhäusern, den linken Fuß auf den rechten Schenkel gestützt und den Torso leicht und fein darübergeneigt in der Haltung des Dornausziehers. Eine Schar eleganter Damen und Herren umringte ihn, und er bewirtete alle. Er war glücklich und versagte sich keine Laune. Zwei Schwestern aus England, die abenteuernd das Festland durchzogen und manchem Millionär zu teuer waren, – Piselli gönnte sie sich. Nächsten Tages gab er seiner Freundin einen ausführlichen Bericht, zuungunsten der Inselbewohnerinnen.

»Man fällt auf ihre gelben Schöpfe hinein und auf ihre Länge, und weil sie englisch sprechen. Wie sind wir Männer dumm!«

Sooft er sie warten ließ, benutzte sie es als Vorwand, um bei ihrer Arbeit die Nacht zu durchwachen. Er kam in der Dämmerung, schwankend und aufschluckend, doch marmorschön. Sie legte ihn hin, bettete seinen Kopf in ihrem Schoße und behütete, zärtlich und weihevoll, den Schlaf eines Gottes. Das Lampenlicht ward gelb und erlosch. Die Sonne sprenkelte die beschriebenen Blätter, die den Tisch bedeckten. Die Blà berechnete, erschöpft und sorgenvoll, was sie für das Werk dieser langen, fiebernden Stunden bekommen werde. Piselli reckte sich, er sprang auf, gut ausgeruht. In seinen Taschen klimperte der Gewinn der Nacht, er rief fröhlich: »Was für ein Frühlingstag! Heute habe ich wieder Glück!«

Pavic genoß auf Pisellis Kosten manches gute Frühstück, aber er genoß es, in der Menge der Gäste versteckt, als namenloser Mitläufer. Auf die Frage nach dem dicken Herrn in abgetragenem Anzug und schwärzlichem Hemd erklärte Piselli, der Name sei ihm entfallen. Pavic war in seinen Schmerz vertieft, er merkte es nicht, wenn junge Gecken, die ihn gestreift hatten, sich mit dem Schnupftuch den Ärmel betupften, oder wenn ein feines Fräulein, dessen Vater den Rinnstein kehrte, ihm unter angewiderten Fratzen mit Maiglöckchensträußen vor dem Gesicht umherwedelte.

Eines Abends befand er sich in der Gesellschaft der Pariser Diva Blanche de Coquelicot. Raphael Kalender hatte sie für seine Bühne gewonnen; ihre Bewunderer gaben ihr ein Souper. Auf dem Absatz der flachen Treppe, die zum Speisesaal emporleitete, erhob sich ein Prachtstück von einem Spiegel, wundervoll geschliffen, in gemeißeltem Rahmen, den schwebende Putten umkränzten. Kerzenlicht und Farben glühten höher in diesem Spiegel als in der Wirklichkeit. Er war wie ein Haus der Wonnen, das sich weit auftat, strahlend und lockend: man mußte hineinsehen. Jeder, der vorbeikam, zögerte und unterdrückte ein Lächeln der Befriedigung; denn der Spiegel zeigte ihm nur das, was er an sich liebte.

Der Tribun näherte sich dem Spiegel zwischen zwei Klubleuten. Der eine bewunderte sich hauptsächlich wegen seiner Favoris und seiner schmalen Lackschuhe, der andere wegen seines neuen Fracks. Pavic erkannte dies mit einem plötzlich grell erleuchteten Blick.

›Warum bin ich denn zerknittert von Falten, als ob ich jede Nacht auf dem Sofa schliefe? Sind meine Stiefel heute gewichst? Wann war ich zum letzten Male beim Coiffeur?‹

»Er kann sich nicht losreißen«, sagte hinter ihm eine Dame. Pavic merkte, daß er stehengeblieben war. Er zog seine Hose hinauf, doch sie rutschte gleich wieder; und er enteilte errötend.

Er aß verzweifelt und stumm. Gegen Ende des Festes benahm Blanche de Coquelicot sich gegen ihn ausgelassen. Sie behauptete, den inneren Rand seines Hutes bedecke eine Schicht Schweinefett. Sie versuchte sogar, ihn zu reinigen, indem sie Champagner darauf goß.

Pavic war weit entfernt von den Gänsen, die ihn bewitzelten. Er dachte an seine Photographie, die ehemals in den Schaufenstern zu Zara aushing. Wer weiß, vielleicht hing sie noch dort. Die Frauen schwärmten noch immer vor dem Bildnis des edelgeformten Freiheitshelden. ›Und ich sitze hier!‹ Plötzlich fiel ihm, mit leidenschaftlicher Deutlichkeit, ein perlgraues Beinkleid ein. Er war einmal mit ihm im Triumph spazierengefahren, im Wagen der Herzogin von Assy.

Er ging erst, als die Rechnung bezahlt war und ihm kein Wein mehr gereicht wurde. Darauf besuchte er eine Weiberkneipe. Gegen Morgen erreichte er sein Zimmer, es lag im vierten Stockwerke eines von Handlungsreisenden benutzten Hôtel meublé. Er hielt sich für todmüde, aber als er an dem gelben Stück Glas vorbeikam, vor dem er sich zu kämmen pflegte, begann er unversehens vor Wut zu zittern. Er wandte sich drohend um nach einer unsichtbaren Person.

»So hast du mich aussehen gemacht! Ruchlose! Die Hölle erwartet dich, das glaube nur! Du Vornehme! Eine Herzogin gehört in die Hölle! Sie hat ja nie gelitten!«

»Du! Spielt man so mit Menschenleben?« schrie er, und sein Haß und seine Gier quollen auf in Tränen. Eine Sucht quälte ihn, nach der Herzogin und der perlgrauen Hose, beide auf immer verloren. Wären beide vor ihm gelegen, so wäre Pavic in ohnmächtigem Verlangen an ihnen zerflossen. Er begab sich nicht zu Bette, er redete bis an den Morgen mit der Herzogin.

»Du bist nun vogelfrei, denn du bist zu böse! Dir darf man antun, was man will! Schlecht? Nein, schlecht ist nichts, wenn es zu deinem Schaden geschieht!«

Nachmittags traf er Piselli im Café Venezia. Er winkte ihn in die Ecke und überreichte ihm eine um ein halbes Jahr zurückdatierte Schuldverschreibung der Herzogin von Assy. Pisellis Haut verlor ihren Glanz, sie ward fahl.

›Dieser Mensch bringt mir Unglück‹, dachte er. Er zahlte sofort aus seiner Tasche und begann dabei schon nachzusinnen, wie Pavic, falls er sein Stückchen wiederholte, zu beseitigen sei.

Doch hatte er von Pavic nichts mehr zu befürchten. Der Tribun ließ sich die Hose anfertigen, aber als sie über seinem Stuhl hing, verkroch er sich ins Bett. Ihn schauderte vor ihr und vor seiner Tat. Die Bettwärme erweichte endlich seine grausame Reue, und er durfte weinen. Er schluchzte dermaßen, daß sein Bauch umherkollerte und das Tuch, das ihn bedeckte, Wellen schlug. Das Morgenrot fand Pavic auf den Steinfliesen im Gebet.

San Bacco ging oft im Zimmer der Herzogin auf und nieder. Unter Fechterbewegungen und mit hoher Kommandostimme erklärte er: »Diesen Tamburini liebe ich nicht, er ist ein Wolf. Und gar die Fürstin Cucuru und ihre Tochter – ha! Was für Wölfinnen.«

»Die armen Frauen!« meinte die Herzogin.

»Arm? Oh, ich glaube, daß es für jede weibliche Schande Verzeihung gibt, nur nicht für die Wölfinnen von Priestern.«

»Die Familie Cucuru ist also verdammt?«

»Ich glaube es. Dann die Contessa Blà, sie ist mir viel zu witzig. Der Doktor Pavic, ich weiß nicht, warum er ganz verblödet.«

»Der eine hat zuwenig Geist, der andere zuviel. Lieber Freund, Sie sind grämlich.«

San Bacco verstand seine Gefühle nicht zu deuten, doch wurde ihm im Verkehr mit allen diesen Leuten nicht wohl. Sie berührten ihn geradeso unheimlich wie manche unter seinen Kollegen im Parlament: beträchtliche, weltkundige Herren, deren zahlreiche Ordensbänder als Fahnen aufgepflanzt waren auf einem Wall von Diebereien und Gesinnungslosigkeiten. Er konnte ihnen nichts davon nachweisen, und wenn der alte Garibaldianer, unterstützt von den geraden Draufgängern und den ahnungslosen Philosophen seiner Partei, einmal losbrach gegen die gewandten Regierungsfreunde, dann hatte er sie zum Schluß verleumdet, sich lächerlich gemacht und vom Präsidenten drei Rügen erhalten.

Gerade jetzt forderte er mit Ungestüm von Land und Volksvertretung, man solle den Bulgaren im Kampfe um ihre Unabhängigkeit zu Hilfe kommen, und zwar nicht bloß gegen ihre Unterdrücker, die Türken, sondern erst recht gegen die Russen, ihre Freunde, die schlimmer seien. Er ging in besonders kriegerischer Stimmung umher, zu höhnischen Reden aufgelegt und zu Revolte.

»Taten! Woher kommt nur die allgemeine Angst vor Taten? Ich verlange nicht, daß man sie *tun* soll – wie dürfte ich denn? Aber sie zuzugeben und mit anzusehen, auch dazu findet niemand den Mut: Herzogin, nicht einmal Sie! Hätten Sie sonst meinen Plan verworfen, als ich mit tausend Tapferen Ihr Land befreien wollte?«

Sie vertröstete ihn jedesmal.

»Ihre Stunde kommt, Marquis – vielleicht kommt sie. Vorläufig tragen meine Soldaten keine roten Hemden, sondern schwarze Soutanen. Aber ich bitte Sie, bleiben Sie der meinige!«

»Ich könnte ja doch nicht anders, wenn ich auch wollte«, sagte er zum Schluß, besänftigt, schüchtern fast, und mit einem Handkuß.

Es geschahen Umwälzungen in San Bacco, die ihn tief

erregten, ohne daß er wußte warum. Eines Morgens ward es ihm dennoch klar, und in einer der Wallungen, aus denen sich sein Leben zusammensetzte, schrieb er seiner Freundin einen Brief.

Frau Herzogin!

Ich habe die Ehre, Sie um Ihre Hand zu bitten.

Sie werden sagen, daß Sie darauf nicht vorbereitet waren. Ich kann nur erwidern, daß auch ich bis heute früh es nicht vorausgesehen habe.

Mir ist zumute, als kämpfte ich wie ehemals, auf einem der Riesenflüsse Südamerikas, als Pirat im Dienste der Republik von La Plata gegen den Kaiser von Brasilien. Mein Schiff fährt vor einer grünen Insel vorbei, es steht ein einsames Blockhaus darauf, und in den klaren Morgen hinaus tritt ein junges Weib. Ich lehne am Mast und erblicke sie. Ich lasse die Segel reffen und steige ans Land. Ich bitte das junge Weib in schwarzen Haaren, die meinige zu sein, und führe sie auf mein Schiff, und wir kämpfen fortan Seite an Seite. Die Erde, die ich erobere, gehört ihr.

So, Frau Herzogin, wie eine Unbekannte, und ohne mich zu besinnen, möchte ich Sie auf mein Schiff geleiten. Unsere Segel schwellen, wir dringen gemeinsam in das Reich der Freiheit ein, das Sie erträumen; unsere Degenspitzen uns voran.

Warum ich Ihnen meine Werbung nicht selbst überbringe? Ich schäme mich – und ich sage Ihnen, warum. Ich lasse die Sache der Bulgaren im Stich, für die ich soviel geworben habe, und werfe mich ganz auf diejenige Dalmatiens. Sie ist mir wichtiger, weil sie *Ihnen* wichtiger ist. Und ich erwarte meinen Lohn nicht mehr, wie bisher noch stets, von der Göttin der Freiheit, sondern, Herzogin, von Ihnen.

Die Freiheitsgöttin hat mir mit Ehre gelohnt. Ich, der ich den Völkern soviel freie Erde gewonnen habe, bewohne mit fünfzig Jahren ein Gasthauszimmer. Kein Gärtchen ist mein, aber ich dachte noch nie daran.

Alle meine Taten tat ich ohne das Verlangen nach irdischem Gewinn. Für eine einzige und vielleicht letzte begehre ich nun auf einmal alles, und das Allerherrlichste: das Weib, das ein klarer Morgen vor meinen Blick auf eine Insel hingezaubert hat, und ohne das ich meine, nicht mehr weiterfahren zu können. Ich bin selbstsüchtig geworden und gesunken; aber nun habe ich es Ihnen wenigstens gestanden: richten Sie nun.

Sagen Sie mir, ob ich bleiben darf und für Sie rüsten, zum Zuge in Ihr Land! Wenn nicht, dann breche ich unverzüglich, mit den Selbstlosesten meiner Landsleute, auf nach Bulgarien.

Und gehöre trotzdem immer Ihnen.   *San Bacco*

Sie antwortete:

Mein lieber Marquis!

Sie dürfen reisen und – der meinige bleiben. Ihnen folgen, darf ich nicht. Wir sind uns zu ähnlich, merken Sie nicht, daß wir alle beide mutige Phantasten sind? Wie Sie sich meine Revolution denken, so habe ich sie ja schon zu machen versucht: sanguinisch, offen und mit Gewalt. Jetzt bescheide ich mich und lasse die Priester gewähren. Sie tun es, wie sie's verstehen, nämlich unterirdisch, langsam und mit Mißtrauen nach allen Seiten. Das erstemal mußte ich flüchten. Jetzt will ich aushalten; überreden Sie mich nicht zum Wankelmut. Wie meine Sache jetzt geführt wird, sieht sie viel weniger schön aus. Aber, nicht wahr, Marquis, unter uns kommt es auf Gesinnungen an; nicht auf Werke.

Sie gehören trotzdem immer mir: ich nehme Ihr Wort an, in tiefem Ernst. Wann immer ich Sie rufen mag – und ich weiß jetzt nicht einmal, wann und wozu ich einen Ritter und einen braven Mann nötig haben werde –, dann werden Sie ohne Zögern kommen.

Ich entlasse Sie nicht, ich beurlaube Sie nur nach Bulgarien. Sie dürfen reisen.

Ihre Violante von Assy

Darauf reiste San Bacco.

VI

Den Sommer verbrachte sie in Castel Gandolfo. Ihr Traum war tief, und nur auf seiner Oberfläche glitt ihr Leben fort, so wie über die gespiegelte Welt des Sees ihr Kahn sein Ruder nachschleifte. Der Herbst spann sie von neuem dicht ein in die roten Schleier ihres Weinganges. Blitzende Wintertage führten ihr die Gestalten ihrer Sehnsucht, hartgliederig und herrisch blickend, in Wind und Gold durch Roms Ruinen dahin.

Die Gräfin d'Aulnaie, die Fürstin Urussow und die Gräfin Hatzfeld kamen nach Rom und wurden bestürmt mit Bitten um eine Einführung bei der Herzogin von Assy. Sie erfuhren zu ihrer hohen Verwunderung, daß niemand ihre Freundin kannte. Die Herzogin erstaunte selbst, wie man sie an die Gesellschaft erinnerte: sie hatte vergessen, daß es eine gebe. Während der folgenden Saison tanzte sie in den römischen Palästen, Wünsche aufregend ringsumher und von keinem Verlangen erwärmt, gerade wie einst in Paris – und doch nicht so leicht und nicht so leer, wie auf jenen Parketts. Aus diesen kalt glänzenden Mosaikböden begrüßten sie, ihr den eigenen Widerschein verdunkelnd, die ernsten Augen ihres Traums.

Das dauerte drei Jahre. Im März 1880 brachte der römische »Intrasigente« mehrerer Entrefilets über unbedeutende Zusammenstöße, die in Dalmatien zwischen Militär und Volk vorgekommen waren. Die nationaldalmatinische Sache und die Partei Assy waren mit merklichem Wohlwollen behandelt, und man fragte sich, warum. Das gefürchtete Blatt pflegte im Kampfe zweier Interessenten sonst keinem recht zu geben; meistens machte es beide verächtlich. Della Pergola, der Herausgeber, bewies dadurch, daß er von niemand bezahlt war. Das war eine bekannte Tatsache; es hatte noch jedes Ministerium unter seiner Kritik gelitten, und jede Partei erklärte er für eine Gesellschaft zur gegenseitigen Unterstützung bei Diebereien. Diese Unbedenklichkeit verschaffte ihm in der hauptstädtischen Presse eine Stellung, einzig und viel beachtet. Es gab auf der Welt bisher nur einen Menschen, den er ernst nahm, und der war nicht in der Lage, es ihm zu lohnen: es war Garibaldi.

Man wunderte sich noch über sein herzliches Betragen gegen die hungernden Untertanen des Königs Nikolaus, da feierte er an erster Stelle, in einem großen Artikel, die Herzogin von Assy. Jeder suchte begierig nach dem Brokken Bosheit, durch den der Journalist sein Lob tödlich zu machen verstand: es blieb umsonst. Man vernahm nur den wilden Preisgesang eines, der blaß und mit Tränen der Begeisterung in der Stimme alle Zurückhaltung vergessen hatte. Violante von Assy war die größte Seele der Zeit, ein Weib, das Männern Lehren gab im Ideal, in der Unschuld und der Tapferkeit. Ihre Person verdiente zur Religion erhoben und angebetet zu werden.

Der Hymnus ward belächelt, es hieß, daß es mit Della Pergola abwärts gehe. Alle bemitleideten ihn, weil er ohne Not sich der Überlegenheit begab, die man einer bösen Zunge verdankt. Aber die Mitleidigsten wurden schon tags darauf sehr übel zugerichtet. Die Herzogin fand die Nummer des »Intrasigente« unter ihren Briefen. Sie erkundigte sich bei der Blà, was der Vorfall bedeute.

»Wer ist dieser Della Pergola?«

»Paolo Della Pergola, du kennst ihn, du mußt ihn oft getroffen haben, er gehört zur Gesellschaft. Besinne dich nur, ein bartloser Kopf, rechts gescheitelt, ziemlich dicke

Lippen, skeptischer Blick, herausfordernd – aber mit den Händen weiß er nichts anzufangen.«

»Ich finde ihn nicht...«

»Er geht in Gesellschaft nur der Selbstachtung wegen, und ist frech, weil er verlegen ist. Er muß dir die Hand geküßt und einen höhnischen Witz gerissen haben, während er errötete.«

»Mir fällt nichts ein.«

»Noch immer nicht? Als Schriftsteller benimmt er sich geradeso. Er hat mit Ironie begonnen und mit Geringschätzung, einfach aus Furcht, sich Blößen zu geben. Wie er dann merkte, daß jeder sich über die Stiche freute, die der Nachbar bekam, und niemand ihn für seine Unverschämtheit zur Rede stellte, da hielt er sich am Ende wirklich für berechtigt, alle Welt zu verachten. Alle sind feige und bestochen, nur er nicht. Er aber lebt von der Feigheit der andern und von der eigenen Unbestechlichkeit.«

»Was will er also von mir, wenn er unbestechlich ist?«

»Wir werden sehen. Ja, er ist unbestechlich, und ich will nicht einmal sagen, daß er es aus Berechnung ist – wohl eher aus Vorurteil und aus Eitelkeit. Wenn alle ehrlich wären, würde er stehlen. Denn er muß *anders* sein, es ist bei ihm krankhaft. Inzwischen bekommt ihm seine Ehrlichkeit recht gut. Sooft Bankenskandale bevorstehen, verkaufen alle Zeitungen ihr Schweigen. Della Pergola gönnt sich das Vergnügen des Redens. Seine Auflage steigt um zwanzigtausend, und zum Schluß muß die Regierung, damit man ihren guten Willen sieht, ihm einen Orden geben.«

Die Herzogin besann sich.

»Wenn er also sich für unsere Sache begeistert, dann müssen alle andern über sie recht kühl denken.«

»Das... müssen wir fürchten«, sagte die Blà. Die Herzogin erklärte: »Nachgerade interessiert er mich. Was weißt du noch von ihm, Bice? Woher kommt er?«

»Aus dem Dunkel. Bald soll er Schauspieler gewesen

sein, bald ein jüdischer Agent aus Buenos Aires. Ich glaube, er ist einfach ein Literat ohne Erfindungsgabe. Er kann keine Charaktere aus eigener Kunst erwachsen lassen, aber er versteht die in der Wirklichkeit gegebenen sehr geschickt zu zergliedern. Darum geriet er in die Politik und treibt nun Seelenanatomie an Ministern und Finanzbaronen. Seine Kollegen erkennen die Menschen nur an den Abzeichen ihrer Partei, Della Pergola weiß etwas von den Individuen. Er erklärt sie, was ja heute nicht mehr schwer ist, aus ihrer Physis, und diese wieder aus dem Unterleib. Der berühmte Dichter leidet ihm zufolge an einer Neurasthenikerphantasie, befruchtet durch Verdauungsstockungen. Hochgesinnte Weltverbesserer sind nach seiner Meinung gute Kerle, zu Kongestionen geneigt, die vielleicht in einer zu lange durchgeführten Enthaltsamkeit ihre Ursache haben. Bei den Prozessen der Bankdiebe ist der Staatsanwalt ein Monomane ohne Spur von Menschenkenntnis, der Richter ein am Hungertuch nagender, leberkranker Neidhammel, die Geschworenen sind eine verstörte Herde von Hineingefallenen, der große Verteidiger ist ein behender Witzbold, trivial und sentimental, mit einer aus Kolportageromanen geschöpften Weltanschauung, und der Angeklagte ein gutmütiger und erblich belasteter Trottel. Alle miteinander sind über die Maßen einfältig, nicht ganz zurechnungsfähig und hinreichend verächtlich. Die besondere Gabe Della Pergolas besteht darin, daß er dies alles auf unangreifbare Weise vorbringt. Er beschimpft keinen Gegner – er hat es überhaupt nie mit Gegnern zu tun, sondern eben nur mit Charakteren, die er zergliedert. Er treibt Psychologie – allerdings eine rechte Kammerdienerpsychologie, indiskret und untergeordnet.

Und zur Sühne für alle seine unfruchtbare Bosheit gerät er von Zeit zu Zeit in Ekstase bei der Nennung des Namens Garibaldi. Er spricht von ihm nur mit einer zärtlichen Rührung, und fast geheimnisvoll, so, als dürfe man ganz besondere Beziehungen ahnen zwischen ihm und dem Alten. Er schleudert den großen Namen allen denen entgegen, die etwas zu leisten glauben: ›Seid wie er, wenn ihr könnt!‹ – mit dem Hintergedanken: ›Wenn ihr so wäret, wäret ihr unschädlich.‹ Der tiefste Trieb in dem allen ist der Neid, ein ruheloser Neid auf alle, die auch etwas können, und besonders natürlich auf die, die schreiben können. Della Pergola ist ein Plebejer, der selber gar nicht begreift, wo er soviel Talent her hat. Mit ebensoviel Staunen wie Triumph berichtet er seinen Lesern von jedem Geheimrat, der ihn in seiner Wohnung aufgesucht hat, um ihn vermittels vertraulicher Mitteilungen an sich zu locken. Er nennt das: von der Schreibstube aus Macht gewinnen.«

Die Herzogin betrachtete lächelnd ihre erhitzte Freundin. Sie legte ihr den Arm um den Nacken.

»Bice, du beschreibst ihn auffallend... anschaulich. Gestehe, daß er dich sehr gekränkt hat.«

»Mich, niemals. Aber er hat ein paar Leute... zergliedert, die ich verehrte. Ich hasse ihn als Räuber meiner Illusionen.«

»Und wenn das auch nicht geschehen wäre – du bist eben doch eine... Kollegin. Gestehe, Bice?«

»Ich gestehe«, sagte die Blà.

Auf einem Ball beim Fürsten Torlonia ließ die Herzogin sich den Journalisten vorstellen. Nach den ersten zehn Worten zeigte es sich, daß er vollständig verliebt war.

Sie konnte sich kaum auf sein Gesicht besinnen. Es war kalt und hatte allenfalls etwas Englisches, vielleicht etwas von einem englischen Schauspieler. Er mußte immer in Haufen schwarzer Fräcke versteckt geblieben sein. Zwar hatte er längere Beine als der Durchschnitt, möglichenfalls bloß, weil er sehr enge Hosen trug und eine zu kurze Weste. Er spielte mit einem wunderschönen Stock, Jaspis und Ebenholz, mit dickem Kristallknopf. Seit kurzem brachte man Stöcke in die Salons mit; Prinz Maffa hatte die Mode durchgesetzt. Sie dachte: ›Ah! er hat ein Mittel gefunden, seine Hände zu beschäftigen. Sobald er es gefunden hatte, schrieb er seinen Artikel und wagte sich in meine Nähe.‹

Ohne Einleitung begann er ihr vorzuplaudern von Fürstentöchtern, die auf einsamen Meerschlössern anstatt mit Heldensagen an der Volksseele sich begeistern.

»Und endlich eröffnet sie, umrauscht vom Jubel der Armen, ihren großartig unschuldigen Kriegszug. Oh! Das Hohngelächter der Wirklichkeit wird niemals den Panzer ihres Traumes durchdringen: ich glaube es inbrünstig.«

»Sie setzen mich in Erstaunen«, sagte sie, und sie überlegte: ›Die Verliebtheit verschlechtert seinen Geschmack.‹

Er erklärte: »Die Welt, Herzogin, liegt Ihnen zu Füßen, und Sie sind noch so kühl wie von Silber. Wie dürfte ich mich wundern, da Sie nichts Ungewöhnliches empfinden beim Anblick eines kleinen Kritikers, der Ihretwegen den Kopf verliert. Und doch saß er nach meiner Meinung ziemlich fest, dieser Kopf.«

»Ich halte ihn einfach für unverrückbar«, bemerkte sie.

»Sie… glauben mir nicht?« fragte er leise, und er wendete seinen Stock hin und her. Der geschliffene Kristall zog ihren Blick an. Im Augenblick hielt er ihn so, daß sie, ungestört durch die Lichtbrechungen, ins Innere sehen konnte. Sie erblickte ein blau und schwarz geteiltes Feld, mit einem geschlossenen Tor; davor lag ein weißer Greif.

›Welch eine Dreistigkeit von dem Menschen‹, so meinte sie im stillen, ›er trägt mein Wappen spazieren!‹

Sie hob die Schultern und sah weg. Er flüsterte kaum vernehmbar: »Ich bin ja eigentlich ein Enthusiast! Glauben Sie nichts von dem, Herzogin, was man Ihnen über mich gesagt hat! Ich bin naiv und begeisterungssüchtig, und wenn ich nicht wüßte, daß dann alles aus wäre – in diesem Augenblick läge ich Ihnen zu Füßen!«

Sie verzog den Mund.

»Zum Dank für Ihr hochmütiges Lächeln«, setzte er hinzu. »Sie halten mich für abgefeimt, man hat es Ihnen eingeredet. Aber ich stelle mich ja nur so, um den Spott zu entwaffnen und Furcht einzuflößen. Ihnen gestehe ich es. Sie sehen: nichts von mir kann ich Ihnen vorenthalten. Glauben Sie mir?«

»Nehmen Sie mir endlich den Stock vor den Augen fort. Sie haben eine Geschmacklosigkeit begangen.«

Er deckte den Kristall mit seiner Hand zu, und reizte sie dadurch noch mehr. Es war, als bemächtige er sich ihres Bildes und ihres Geschicks, das jene durchsichtigen Wände bargen.

»Glauben Sie meinen Worten?«

»Ich gebe mir nicht die Mühe, an ihnen zu zweifeln.«

Er zog, unbeholfen aber entschlossen, einen Sessel herbei und setzte sich.

»Wissen Sie, Herzogin, warum man uns hier allein läßt?«

Seine Ausdrucksweise verblüffte sie einfach. Sie sah auf: der Salon war leer. Im Nebenzimmer wütete grellbleich beleuchtet auf seinem Sockel der kolossale Herkules, der den Lykas ins Meer schleudert. Dahinter ward ein Durchblick frei auf den Hof im Prunk seiner Galerie. Dort am Eingang drängten sich hundert Wartende.

Die Augen der Herzogin fragten, ohne es zu wollen. Della Pergola antwortete, und faltete dabei die Stirn.

»Properzia Ponti.«

»Properzia«, wiederholte die Herzogin, »Sie, die das geschaffen hat – das dort?«

Sie fühlte einen Schauer.

Della Pergola nickte nach dem Herkules hin.

»Sie selbst. Übrigens hat sie auch die Lichtbündel darauf geworfen. Jeder Kandelaber steht dort, wo sie ihn hingestellt hat. Was für Fäuste hat diese Frau! Vor drei Tagen ist sie heimgekehrt aus Sankt Petersburg. Welch ein Triumph! Da haben wir sie!«

Eine mächtige Frau trat vor. ›So mächtig ist sie‹, sagte sich die Herzogin, ›daß der Kopf mit seiner Mauer von schwarzem Haar über der niedrigen Stirn viel zu klein aussieht. Hat nicht auch ihr Herkules einen winzigen Kopf?‹

Ein junger Mann, blond, fein und schmächtig, hob ihr den Umhang von ihren schweren Schultern. Sie nahm seinen Arm, in purpurnem Atlas gleißend.

»Wer ist das?«

»Herr de Mortœil, ein Pariser, wie Sie sehen. Sie hat ihn mitgebracht.«

»Und –?«

»Jawohl. Und um die Lächerlichkeit vollzumachen, will er gar nichts von ihr wissen. Sie reizt höchstens seine Eitelkeit.«

»Eine Properzia!«

Die Herzogin war ganz erschüttert. Wie konnte Größe sich so vergessen! Properzia war ein schreitender, wuchtender Marmorblock. Ihre starken Hände rangen mit andern Blöcken. Die Gedanken mußten in diesem Kopfe auf Marmortafeln stehen, in markigen Charakteren. Und ein geleckter Zwerg kritzelte, skeptisch lächelnd, seinen Namen hinein!

Sie empfand Unwillen über Properzia und eine heiße Verachtung, wie für eine Verwandte, die die Familienehre befleckt hatte. Die große Künstlerin ging vorbei, von ehrfürchtigen Gruppen gefolgt. Die Herzogin blieb sitzen und sah weg.

Der heftige Widerspruch gegen das arme Gefühl der andern weckte in ihr ein Gelüste nach Herzlosigkeiten. Sie äußerte: »Properzia ist unförmlich wie ihre Kolosse, und wer hat die starken Hände, die sie behauen könnten? Doch nicht ihr Pariser.«

»Sie ist weicher, als man meint«, erwiderte Della Pergola. »So 'n dickes Mädchen.«

Sein niedriger Witz stieß sie ab. Doch lachte sie.

»Endlich geben Sie sich zu erkennen. Also Properzias Erscheinung entringt Ihnen keine Poesie?«

»Ich wage nicht mehr... Herzogin, Sie schüchtern mich ein. Es wäre nicht die erste Geschmacklosigkeit, zu der Sie mich verführen.«

Und er ließ die Strahlen des Kristalls zwischen seinen Fingern hervorbrechen.

»Wie haben Sie das nur fertiggebracht?«

»Sie können fragen? Die Sucht, von Ihnen bemerkt zu werden, hat mich aus meiner Rolle geworfen. Ich bin in Natürlichkeit zurückgefallen.«

»Von Natur sind Sie...«

»Harmlos und leidenschaftlich. Sie glauben das noch immer nicht?«

Sie sah ihn ein für allemal mit den Zügen, die die Blà ihm gezeichnet hatte.

»Nein.«

»Aber Sie glauben, daß Properzia stärker ist als der kleine Pariser? Sie wird ihn bezwingen, er wird unter ihrer Last seine Spöttereien vergessen, nicht wahr? Nun wohl, Herzogin, ich trage in meinem Hirn einen kleinen, witzigen Pariser, nüchtern, lasterhaft und geschmackvoll. Er hat große Furcht, sich lächerlich zu machen und bietet niemals Angriffspunkte. Aber da kommt Properzia und faßte ihn an und drückt sein Köpfchen gegen ihre wogenden Steinschultern, daß ihm aller Witz ausgeht. Properzia ist die Kraft, die Unschuld der Taten, das große Empfinden. Properzia, Herzogin, sind Sie. Als ich Sie erkannt hatte, da war mein kleiner Pariser verloren.«

»Ich merke es.«

»Oh, Sie merken noch gar nichts. Hören Sie erst. Ich will für Sie arbeiten, Dalmatien soll in meinem Lande eine nationale Sache und Sie, Herzogin, sollen populär werden. Ich bin mächtig, und wäre ich's noch nicht, so würde ich es werden, weil Sie, Herzogin, meine Macht gebrauchen. Aber dafür fordere ich Ihre Liebe.«

»Bitte?«

»Ich will mich Ihnen ganz ergeben, und noch nie im Leben ergab ich mich – aber als Bezahlung verlange ich Ihre Liebe.«

Sie verstand ihn wirklich erst jetzt. Er machte ein Gesicht so unverschämt, wie ein Geschäftsmann, der sie überforderte, und erblaßte dabei vor Spannung. Das Übermaß seiner Frechheit lähmte ihre Empörung. Er belustigte sie.

»Sie wollen für mich schreiben«, sagte sie einfach. »Wie viele Artikel, und wann?«

»So viel und so lange, bis ich gesiegt habe. Ich setze meine Existenz aufs Spiel.«

»Wie mutig!«

›Wie fein‹, dachte sie, ›mich daran zu erinnern!‹

»Übrigens sind Sie Geschäftsmann und müssen die Gefahr übernehmen.«

»Aber dafür will ich, daß Sie sich von mir lieben lassen.«

Sie wollte ungeduldig werden, doch überlegte sie: ›Will ich mich durch Sentimentalität entehren gleich Properzia? Ich kann ihn gebrauchen, er wünscht mit mir einen Vertrag abzuschließen. Warum nicht?‹

»Aber meine Gunst ist teuer«, äußerte sie. Er fragte hastig: »Also Sie wollen?«

Er hatte es sichtlich kaum gehofft. Er bestätigte nachdrücklich.

»Also Sie wollen! Ich halte Sie dabei fest. Vergessen Sie nicht, daß Sie ja gesagt haben! Fordern Sie nun, was Sie wollen, ich bin zu allem entschlossen. Ich weiß, was ich tue... Aber Sie haben nicht mehr das Recht, sich zurück-zuziehen!«

»Schreien Sie wenigstens nicht so! Der Saal füllt sich, man hört uns. Warten Sie einen Augenblick, gleich be-ginnt die Musik.«

Sie sprach hinter dem Fächer. Der gewollte Leichtsinn ihrer Rede stieg ihr zu Kopf, er verschaffte ihr einen Ge-nuß, unerwartet und bitter. Was für ein Liebhaber, der sie in Worten fangen wollte wie ein Advokat! Sie fing wieder an: »Wer sagt mir, daß Sie selbst bei Ihrem Entschlusse bleiben? Sie haben den Kopf verloren, mein Lieber. Wenn Sie ihn wiederfinden, werden Sie sich erinnern, daß Sie unbestechlich sind.«

»Ich bin tatsächlich unbestechlich«, versetzte er wich-tig. »Aber von Ihnen, Herzogin, will ich bestochen wer-den.«

»Meinetwegen.«

»Und zwar mit Ihrer Liebe.«

»Ich verstehe vollkommen.«

Sie betrachtete ihn und dachte: ›Morgen wird er sich selbst sagen, was das heißt. Der Ruf der Unbestechlichkeit ist für ihn alles. Sobald man erfährt, daß er interessiert ist, nimmt niemand ihn mehr ernst.‹

»Meine Gunst kostet ungeheuer viel«, erklärte sie. »Sie dürfen nur noch für mich schreiben und jedesmal mit sichtbarer Wirkung. Sie müssen agitieren, reisen, Ihre Persönlichkeit einsetzen: jede Minute Ihres Lebens ist mein.«

»Ist Ihr. Aber mir gehört Ihre Liebe. Sie können nicht mehr zurück. Sagen Sie, wann werde ich glücklich sein?«

»Oh, Sie haben es eilig. Erst der Erfolg, dann der Lohn.«

»Das geht nicht. Wie kann ich den Erfolg abwarten. Wenn er da ist, kann ich mich nicht mehr dementieren. Bedenken Sie nur. Dann werden Sie mich sitzenlassen, und ich bin um alles betrogen, um mein Recht, die Bestochenen zu verachten, und um den Genuß der Herzogin von Assy.«

»Unglaublich!«

Sie lachte laut auf. Er sagte ihr die unanständigsten Beleidigungen, in seiner Angst, bei dem Handel zu kurz zu kommen.

Es wurde getanzt, sie waren umringt von Geschwätz und Gekicher. Die erhitzten Körper drängten sich an ihren Knien vorbei. Della Pergola sagte, völlig bei der Sache: »Es liegt mir daran, Mißverständnisse zu vermeiden. Also gleich bei Beginn meiner Kampagne, Herzogin, werde ich Ihr Geliebter. Mit dem Probedruck meines ersten Artikels in der Hand, gehe ich zu unserm ersten Stelldichein.«

Ein Wort entschlüpfte ihr: »Sie scheinen an Glück bei Frauen nicht gewöhnt zu sein.«

Er starrte sie an, heftig überrascht.

»Ich habe Sie doch nicht gekränkt?«

»Wodurch denn? Aber es bleibt dabei –«

Sie stand auf.

»Erst der Erfolg.«

»Herzogin, ich bitte, versetzen Sie sich in meine Lage!«

Er blieb an ihrer Seite und stotterte: »Wie kann ich mich denn darauf verlassen! Ich will ja nicht auf meinen Bedingungen bestehen – aber stellen Sie selbst mir annehmbare.«

Als sie nicht antwortete, erkundigte er sich ängstlich: »Wenigstens ziehen Sie sich nicht zurück?«

»Durchaus nicht.«

»Ich soll also glücklich sein? Aber wann! Nun, ich soll also glücklich sein…«

Sie ward in einen Kreis von Damen gezogen. Sie meinte: ›Er kann noch nicht daran glauben. Auch wenn ihn ein Geheimrat in seiner Wohnung aufsucht, glaubt er nur mit Mühe an sein Glück.‹

Gleich darauf bedachte sie: ›Aber von dem Geheimrat berichtet er sofort seinen Lesern! Wenn er ihnen morgen nur nicht erzählt, er stehe im Begriff, von der Herzogin von Assy erhört zu werden!‹

Er hätte es fast getan. Der Gedanke, der sein Stolz war, schlich sich tags darauf in alle seine Sätze. Er hatte Mühe, ihn aufzuhalten, sooft er aus der Feder wollte.

Er lehnte sich zurück, die Augen in denen des großen, bronzenen Garibaldi, drüben am Rande des breiten Schreibtisches. Über zwei Säle herüber kam das Getöse der Druckerpressen. Della Pergola sann.

›Wie ist es gekommen? Sie hat sich, an welchem Zeitpunkt, das weiß ich nicht mehr, in meiner Phantasie festgesetzt. Ich bin ja eigentlich ein Dichter, ein zurückgestauter, Katastrophen ausgesetzter. Ich fragte mich, wofür die andern sie hielten. Für eine Volksfreundin. Das war natürlich Unsinn, wie alle Urteile der andern. Schlaue oder Übelwollende behaupteten, sie sei ehrgeizig. Aber sie ist viel mehr, sie ist stolz. Dalmatiens, des Ziegenreiches, Königin zu werden, ist für sie sicher kein Ziel, würdig einer Assy. Ich entschloß mich, etwas Ungewöhnliches in ihr zu sehen, eine große Chimärenfängerin, einen Garibaldi in Unterröcken – und einen unglücklichen Garibaldi. Welche wahrhaft tiefe Überlegung habe ich da angestellt!

Aber gleichzeitig hörte ich auf, in Gesellschaft zu gehen. Denn der Anblick dieser Frau wurde mir zu qualvoll. Ihre Schönheit, das Seltene ihrer Seele, ihre Fremdartigkeit, alles quälte mich, weil es mich dazu verpflichtete, ihr Freund zu werden, womöglich ihr Geliebter. Die andern waren Pack, alles Pack, außer mir und dieser Frau. Leider achtete ich sie nun einmal. Ich mußte zu ihr und war weniger gewandt als jeder Laffe. Es war überaus qualvoll, aber ich mußte.

Nun, gottlob, es ist geschehen. Einmal war ich nahe daran, etwas sehr Böses über sie zu schreiben, um die Aufregung, die ich ihr verdankte, doch einmal zu ihrer Strafe zu entladen. Dann fiel mir das mit dem Kristall ein. Alles ist mir gelungen, vermittels des Kristalls und eines Willens, kalt und klar wie er.

Ich habe ihr einen prachtvollen Stolz gezeigt voll hoher Empfindungen. Meinen Charakter habe ich ihr mit dichterischer Tiefe geschildert und dabei mit staatsmännischer Geschicklichkeit. Wie sinnreich habe ich ihr von Properzia gesprochen und von meinem kleinen Franzosen. Für sie greife ich in den Vorrat meiner Dichtergedanken, die ich der Welt keusch vorenthalte – wie sollte ihr das nicht schmeicheln. Ich bin überzeugt, sie ist schon ganz hingerissen.

Ah! Ah! Sie behauptet, ich habe den Kopf verloren. Aber wenn er wirklich fort ist, will ich die Gelegenheit benützen und einmal genießen. Wozu gewinne ich Macht, wenn ich aus Vorsicht in meiner Schreibstube sitzenbleibe. Endlich will ich mich dem Überschwang überlassen, der Leidenschaft und der Unvernunft, der Donquichotterie und der Götzenanbetung.

Ja, ich werde sie anbeten, diese Violante von Assy – möglichenfalls sogar lieben. Aber ihr trauen, nein. Was ich besitze an Ruf, Ehre, Einsamkeit und Strenge, alles auf einmal für eine Frau wegzuwerfen, das ist eine Laune, die Laune eines großen Herrn, die ich mir gönne. Aber ihr das alles auszuliefern, bevor sie sich mir gibt, und ohne Sicherheit, daß sie es je tun wird – ich bringe es nicht fertig.

Wenn sie wüßte, wie gern ich es täte! Auch das ist qualvoll. Aber wenn ich hineinfiele – soviel Gutmütigkeit würde mich für immer unmöglich machen vor mir selber!‹

Er erschien bei ihr mit einem Manuskript, worin er die Sorge um die Geschicke Dalmatiens, abseits von den Parteien, einfach zur Pflicht der anständigen Leute erhob.

Wer darüber lächeln konnte, war im voraus mit Verachtung zugeschüttet.

»Einverstanden, drucken Sie das.«

»Wann befehlen Hoheit«, sagte er mit einer tiefen Verbeugung, »daß ich mir das Honorar hole? Der Artikel wird bis dahin gesetzt sein.«

»Es bleibt dabei: erst der Erfolg.«

»Sie versteifen sich darauf?«

»Und Sie?«

»Also ist es unnötig, ferner davon zu reden?«

»Ich glaube fast. Sie sind unbestechlich.«

Er kam wieder und bat um Erhörung, nicht mehr wie um eine Bezahlung, sondern wie um ein Gnadengeschenk.

»Wenn Sie's nicht verdienen, sind Sie um so weniger berechtigt, etwas im voraus zu verlangen, das heißt, ehe ich Ihren Erfolg sehe.«

»Sie haben recht, ich habe ein Versehen gemacht.«

Und er fing von neuem an, ihr geschäftsmäßig die Gründe darzulegen, weshalb sie ihn rasch befriedigen müsse.

»Seien Sie klug. Der Frühling vergeht, die tote Saison kostet Sie wieder ein halbes Jahr. Nächsten Winter sind gewisse Skandale zu erwarten, die so einträglich sein werden, daß sie mich möglichenfalls dazu verführen, Ihre Sache im Stich zu lassen...«

Sie hörte aus alledem heraus, daß er sie kaum begehrte. Sein Fleisch machte ihm, so heftig er sich manchmal gebärdete, fast gar nicht zu schaffen.

›Warum hat er damals bei Torlonia mit so ehrlichem Beben mir seinen unglaublichen Antrag gemacht? Was für ein seltsam hartnäckiger Sophist! Er hat sich vielleicht nur eine Herzogin in den Kopf gesetzt? Oder er will einfach recht behalten gegen mich wie in einem Zeitungsstreit?‹

Ihre Weiblichkeit empörte sich. Ihr Blick kehrte im Gespräch, als besänne sie sich auf ihn, voll und aufreizend auf sein Gesicht zurück. Sie legte zuweilen ihre Hand neben die seinige auf ein ausgebreitetes Druckpapier, und hob sie gleich wieder auf. Er ward von dem Vorüberstreifen ihrer kühlen Epidermis aus der Fassung gebracht, sagte sich, daß er ein Narr sei, und nahm einen rohen Anlauf zur Galanterie. Darauf fühlte er sich von ihrem Hochmut wie mit einem kalten Mantel zugedeckt. Er stockte und erblaßte.

Einmal hatte sie die Genugtuung, ihn am Boden zu sehen. Sie erlaubte seiner Leidenschaft niemals, vollends aufzubrechen; sie glitt über ihren Abgründen hin wie eine Schlittschuhläuferin. Sie dachte daran, daß sie es in Paris, mit siebzehn Jahren, ebenso gemacht hatte, zur Zeit der Papini, Tauna, Raphael Rigaud. Sie gab sogar einem Einfall nach, der damals naiv gewesen wäre, und der ihr jetzt bloß als ironische Übertreibung galt: ›Wenn er sich nur nicht erschießt, bevor er überhaupt etwas geschrieben hat!‹

»Ich verspreche alles, was Sie wollen!« rief er zu ihren Füßen. »Ich liege auf den Knien und umklammere die Ihrigen. Wie sollte ich mich Ihnen nicht auf Tod und Leben ausliefern. Aber...«

Und er reckte die Arme in die Luft.

»Glauben Sie mir nicht, was ich in diesem Zustand sage! Heute ist, dem Himmel sei Dank, die Druckerei geschlossen, und morgen werde ich nichts von dem tun, was ich jetzt versprechen muß.«

»Ich weiß es, mein Lieber. Alles das ist überflüssig. Wenn Sie bloß aus Berechnung keine Trinkgelder annähmen, so hätte es keine Bedeutung. Aber Sie sind ein Gehirn- und Willensmensch und darum, ob ich Ihnen gewähre, was Sie wollen, oder nicht, vollkommen unbestechlich.«

Er sprang auf.

»Nein! Ich bin bestechlich! Wie soll ich es Ihnen nur begreiflich machen? Ich will von Ihnen bestochen werden! Ist es mir denn unmöglich, Sie davon zu überzeugen?«

Schließlich rannte er in völliger Verzweiflung aus der Tür.

Anfang Juli begab sich die Herzogin wie gewöhnlich ans Ufer des Sees von Albano. Sie bat den Journalisten, sie in Castel Gandolfo nicht aufzusuchen, und er versprach es überlegen lächelnd.

›Wie wird sie in der Einsamkeit des Landlebens von ihrer Einbildung genarrt werden!‹ sagte er sich. ›Wie wird sie nach Zeitungsartikeln dürsten, die ihren Chimären ein wenig greifbares Leben zu fressen geben! Ich werde sie nicht aufsuchen, nein – aber sie wird zu mir kommen. Wer weiß, in vier Wochen habe ich sie vielleicht schon, und schreibe trotzdem für sie erst im Oktober.‹

Die vier Wochen vergingen, und Della Pergola fragte: ›Warum fühle ich mich gereizt und matt? Ich gehe ja niemals aufs Land, und die Großstadt, der ich täglich meine Verachtung beteuere, auch nur acht Tage zu vermissen, wäre mir unerträglich. Ist die Hitze dieses Jahr ungewöhnlich? Was fehlt mir?‹

Er wußte es, und allmählich gestand er's sich, in rücksichtslosen Ausdrücken.

›Wodurch beunruhigt mich diese Frau so tief? Die umfassende Weltverachtung, die ich Plebejer mir so erfolgreich angemaßt habe – ihr ist sie angeboren. Sie wird nie auf den Gedanken verfallen: Du bist auch ein Mensch. Daß man mich hieran erinnern könnte, das gerade ist meine ewige Furcht. Wie gern wäre ich vornehm, ganz unzugänglich vornehm! Und daß ich eine gefunden habe, die es ist, fast ohne darauf zu achten, das ist mein Schicksal.

Diese Frau gewinnt noch durch Abwesenheit. Man

sieht sie im Traum, eine ferne Jägerin Diana, frei, keusch und grausam, das Dunkel mythischer Wälder durcheilen. Ein weißer Mondstrahl folgt überallhin ihren Schultern. Welche Pein, daran zu denken!‹

Um von ihr reden zu können, befreundete er sich mit Pavic, der gar nichts Besseres verlangte. Der Tribun haßte Della Pergola; er sah in ihm den vorherbestimmten Liebhaber seiner Herrin. Eine posthume Eifersucht quälte ihn. ›Ich bin tot für sie‹, bedachte er. ›Sie selbst hat mich umgebracht, die Ruchlose. Aber soll nun ein anderer sie besitzen, der nicht soviel wert ist wie ich damals war. Was war ich für ein Held!‹

Sooft er den Journalisten traf, verlegte er sich mit Erbitterung darauf, ihn zu entmutigen. Sie schlichen zusammen um Mittag im stickigen Schatten der leinenen Schutzdächer den Korso entlang. Ein eherner Augusthimmel lastete auf den verödeten Palästen. Die Gecken mit ihren Mädchen waren von den Perrons vor den Caféhäusern verschwunden, die bunten Blumenverkäuferinnen schliefen, von den brennenden Schwellen der Portale flüchteten die goldenen Portiers. Beim Auftauchen eines vereinsamten Fremden mit dem Leinwandhut im Nacken traten die Besitzer sehr teurer Geschäfte auf die Straße hinaus und boten ihm ihre Waren um ein geringes an. Die Ausdünstungen der Läden, Parfüms, Blumen- und Tabaksdüfte durchdrangen den Geruch des erhitzten Asphalts, und eine leise Mahnung an Kloake plante über allem. Eine Zigarettenwolke blieb viertelstundenlang liegen in der stillen Luft.

Aufatmend betraten sie das Café Roma. Della Pergola bestellte ein erlesenes Frühstück und durfte dafür beim Käse an den Erinnerungen des Tribunen teilnehmen. Die Lust, sich zu rühmen, kämpfte in Pavic mit der Furcht, des andern Begehrlichkeit zu entfesseln. Ein paar Gläschen grüner Chartreuse gaben den Ausschlag, und er zerlegte mit saftig gerundeten Händen vor den Augen des andern die Formen der Herzogin von Assy.

»Die Schenkel sind wunderbar lang und nervig. Sie, das feine, feste Fleisch! Man fühlt gleich die Rasse, wenn man's anfaßt.«

»Bilden Sie sich nicht ein, daß ich Ihnen ein Wort glaube«, sagte Della Pergola giftig und mit leidender Miene.

»Aber erzählen Sie nur weiter!«

»Sie wollen daran zweifeln, daß ich die Herzogin besessen habe? Ja, mein werter Herr, soll ich Ihnen einmal das Sofa beschreiben, auf dem es geschah? Über der Lehne, ein wenig vorragend, so daß man sich leicht den Kopf daran stoßen konnte, schwebte eine große, goldene Herzogskrone. Ich vergesse sie nie. Am innern Rande – und in meiner charakteristischen Lage, Sie begreifen, konnte ich von unten hineinsehen – war die Vergoldung abgeblättert. Nun? Kann man solche Einzelheiten erfinden?«

»Also war es sehr leicht, sie zu bekommen?«

»Leicht? Was Sie nur meinen! Sie, Freundchen, hätten sie niemals bekommen. Ich allerdings, ich – das war etwas anderes. Einem Manne wie mir war sie noch nie begegnet. Was war ich für eine Persönlichkeit! Wissen Sie, um mich spinnt sich ein gutes Stück Romantik. Die Liebe meines Volkes umgibt mich wie ein Wall – noch immer, und erst recht jetzt, da ich elend bin. Ah! Je elender wir alle sind, desto besser sind wir. Desto inniger bemitleiden wir einander und desto demütiger werden wir. Trink, Brüderchen, trink ein Gläschen, du arme Seele. Wirst schon auch noch daran glauben lernen.«

»Und dann hat sie dich natürlich weggeschickt, du Unglücksmensch«, sagte Della Pergola über die Schulter weg. Eine wütende Lust versuchte ihn, Pavic' weichen Bauch mit den Fäusten zu bearbeiten und ihm den fettigen Bart von den schlaffen Wangenpolstern zu reißen.

›Sie gehört mir‹, rief er sich zu. ›Zu meiner Pein gehört sie mir, weil ich sie nun leider einmal achten muß. Und dieses Tier hat mit seinem eklen Fleisch ihr köstliches berührt!‹

Die Vorstellung dieses Geschehnisses quälte ihn in der Hitze. Er nährte seine Gier mit immer neuen Vertraulichkeiten des Tribunen.

»Nun erzähl, wie sie dich weggeschickt hat!«

»Sie hat mich nicht weggeschickt«, erklärte Pavic und überwand ein Schluchzen.

»Sie war zu böse, diese Vornehme; darum ging ich. Sieh, was ich aus ihr gemacht habe, und sie aus mir. Ich habe ihr meinen Odem eingeflößt, unter den Sonnenstrahlen meines Wesens ist sie aufgeblüht. Wäre sie denn ohne mich eine Volkserretterin geworden? Sie ist ja ein Weib, ein schwaches Ding, das Befruchtung braucht durch des Mannes Willen und Gedanken. Und einen Mann hat sie gehabt. Ah! Was war ich für einer! Glaube nur, du bekommst sie nie!«

Della Pergola zuckte zusammen.

»Denn sie liebt mich, Brüderchen, sie sehnt sich nach mir. Einen solchen findet sie nie wieder. Aber sie hat mir mein Kind getötet, das ich sehr liebte; darum verließ ich sie. Mag sie sich nun sehnen, ich komme nie wieder. Nein, so wahr Gott mir helfe, ich widerstehe dem Übel.«

Er schluchzte aus dem Zwerchfell herauf und trank. Der Journalist betrachtete ihn. ›Ein Haufen ranzigen Fettes, ungewaschen und staubig; aber es steckt ein Zauber darin, der mich festhält.‹

Er gab Pavic die Hand, sein Gesicht zog sich dabei zusammen vor Haß. »Auf Wiedersehen, mein Lieber. Morgen frühstücken wir wieder zusammen.«

Pavic blieb sitzen, die Hände in den Hosentaschen. Von unten herauf, mit blutgeäderten Augen, maß er den andern. Er schäkerte feindselig.

»Nur keine aussichtslosen Gelüste, Brüderchen! Seit ich sie verlassen habe, ist sie allem Liebesleben abgestorben. Wen sollte sie auch nach mir noch begehren? Sage es selbst. Dich doch gewiß nicht.«

Della Pergola ging und wusch sorgfältig die Hand, die Pavic' Rechte geschüttelt hatte. Die beklemmende Jammergestalt des Tribunen machte sich trotzdem in seinem Bewußtsein breit und täglich breiter. ›Ist er so geworden, weil er sie liebte?‹ fragte er sich mit einem Schauder. ›Und ich, wozu bin ich bestimmt? Welch Unglück, ein zurückgestauter Dichter zu sein! Die erzwungene Kälte und Unempfindlichkeit so vieler Jahre will auf einmal gutgemacht werden in einem Zyklon von Leidenschaft. Ist mir nicht zu Mut, als sollte ich in ihm verschwinden?‹

Nachts drückte ihn ein Alp. Pavic' zerfließende Fettsäcke erstickten ihn, er vernahm mit Grausen sein asthmatisches Kichern, rang mit ihm und meinte zu bluten. Am Morgen stellte er fest: ›Dieser unheimliche Christ und Trinker muß mir ohne mein Wissen Furcht eingeflößt haben. Um so besser. Jetzt mischt das einfachste Ehrgefühl sich in die Sache. Es wäre also feige, einen Schritt zurückzugehen. Es ist also entschieden, ich werde die Herzogin lieben.‹

»Ich werde hinausfahren und von ihr Besitz ergreifen!« rief er. »Die Ergebung in mein Verhängnis entbindet mich von allen Versprechungen, und sie soll es erfahren! Bis dahin setze ich endlich meine Phantasie in Freiheit – und wenn sie tödlich wäre!«

Er belauschte sie in Gedanken beim Bade im See, bekam aber mit aller Anstrengung nichts weiter zu sehen als ihr schwarzes Haar. Es trieb auf der hellen Wasserfläche, ein Stückchen Schulter schimmerte matt zwischen den Flechten.

»Ich merke wohl, ich habe in meinen Erinnerungen kein Sofa mit Herzogskrone. Ah! Könnte ich alle meine

Sinne anfüllen mit ihrem Fleisch, und satt und ruhig werden. Ich möchte sie besitzen, um das Recht zu erwerben, sie zu verachten und zu vergessen. Wüßte ich wenigstens, daß auch ihre Nächte schwül sind und auch ihre Tage qualvoll!«

Sie litt so viel, als er nur wünschen konnte. Anfang September, als die Hitze schwerer drückte selbst unter den alten Steineichen der oberen Galerie, bat sie die Blà um einen Besuch. In dem hohen Laubgang über dem See kamen die Freundinnen sich entgegen. Sie umarmten einander schweigend, die Blà schlug die Augen nieder, sie fand nicht den Mut, ihr langes Ausbleiben zu entschuldigen.

»Ich hatte kaum gehofft, daß du kommen könntest«, sagte die Herzogin. »Du bist inzwischen eine Berühmtheit geworden, Bice. Welch seltsames Talent hast du bekommen! Aber du siehst überarbeitet aus... nicht besonders glücklich, scheint mir.«

»Und du?« murmelte die Blà.

Sie erblickte gegen die Atlasdecke des Sees, die ein sanfter Lufthauch in schmale, goldblau schillernde Falten legte, das Profil der Herzogin noch feiner als früher, noch schärfer gebogen und noch durchsichtiger. Die Brauen kamen ihr beunruhigt vor von unbekannten Ängsten.

Sie gingen weiter, Hand in Hand und ohne zu sprechen. Die Herzogin kehrte gleich zu ihren Gedanken zurück, und die Blà besann sich, ob sie sie stören solle. Die Blà war still, zerstreut und scheu; ihr Elend verschlang sie. Piselli spielte noch immer mit dem Gelde der Herzogin, aber er gewann längst nicht mehr. ›Wenn du mich weniger lieben wolltest, du armselige Närrin!‹ sagte er. ›Das fremde Geld müßte mir ja Glück bringen, aber natürlich, eine so alberne Liebe wie deine hebt die Wirkung auf.‹

Sie suchte durch überhitzte, tollkühne Arbeit die anvertraute Kasse zu füllen, die er mit Spielerhänden täglich ausleerte. Mitten im leidenschaftlichen Zuge ihrer Phrasen sah sie plötzlich vom Papier auf, ihr Atem ging laut und heftig, und sie fühlte mit dem nutzlosen Sausen ihres Blutes die unwiderlegliche Hoffnungslosigkeit ihrer Anstrengungen. Bei den Verlegern fand sie niemals Geld, Piselli hatte es immer schon erhoben. Er sei doch in ihrem Auftrage erschienen? fragte man sie. ›Natürlich. Ich habe mich geirrt.‹ Und sie lächelte.

Piselli behauptete sich als einer der Beherrscher des feinen Lebens. Er sprach seit kurzem das Italienische nur noch mit englischem Accent und besann sich manchmal auf ein Wort. Diese Erfindung machte ihn vorübergehend zum begehrtesten Liebhaber der reichen Halbwelt. Es gab genug schöne Damen, die ihm heimlich gelegene, elegante Zimmer mieteten; er hatte es nicht nötig, zu seiner überanstrengten, trüben und abmagernden Gefährtin heimzukehren, deren erzwungene Heiterkeit und deren sanfte Liebe ihn reizte.

Wenn er zu lange fortblieb, hetzte die Angst sie umher zwischen Druckereien und Nachtlokalen. Piselli tat bei ihrem Erscheinen fremd oder er lud sie, gut gelaunt, zum Trinken ein. Auch bot er sie dem Prinzen Maffa an, unter anschaulicher Anpreisung ihrer Vorzüge. ›Er stellt es sich nicht vor, der Arme‹, meinte sie, ›wie es wäre, wenn er mich nicht mehr hätte.‹ Um eine Probe zu machen, trat sie ihm im Restaurant Bucci am Arm eines Zeitungsdirektors entgegen. Tags darauf forderte er eine große Summe: ›… da du den reichen Kerl hast…‹ Sie stand starr und zitterte; es sprach in ihr: ›Ich bin verloren.‹

Einige Tage später prügelte er sie zum erstenmal, und bald gewöhnte er sich, sie nur noch mit der Reitpeitsche zu besuchen. Er haßte sie für all das Geld, das, von ihr erarbeitet, in seinen unfruchtbaren Händen zerronnen war, für das, was sie ihm noch gab, und für das, was nicht mehr aus ihr zu erpressen war. Ihr schauderte es vor der wilden Falte zwischen seinen Brauen, vor seinem tierischen Blick und seiner dunkelrot herabhängenden Lippe. Dabei sehnte sie sich danach, unter seinen weißen, nervigen Fäusten zusammenbrechen zu dürfen. Den schmallendigen, beschwingten Hermes aus dem Sockel von Cellinis Perseus, der in ihrem Arbeitszimmer unter Garben von Orchideen und Rosen einen mageren Fuß zum Aufflattern erhob, Piselli schlug ihn einst mit dem Peitschenstiel zu Boden.

›Du hast ihn zerbrochen‹, sagte die Blà. ›Du, der sonst an Bedeutungen glaubt, siehst du nicht, daß du dich selbst zerbrochen hast? Ach, wüte nur gegen mich! Du kannst mich nicht anders töten, als indem du dich selbst zerstörst!‹

Und inzwischen nahm ihr Talent eine Entwicklung, der alle ratlos zusahen. Statt der kühlen Anmut ihrer ehemaligen Gedanken dampfte nun ein verzweifelter Geist aus allen ihren Sätzen. Ihre Worte rissen die Sinne des Lesers hin, als fühlte er die Arme einer Frau um seinen Hals, indes die Spitzen ihrer Brüste die Schriftzüge aufs Papier malten.

»Warum finden wir uns eigentlich so verändert wieder?« fragte die Herzogin. Sie besann sich.

»Bice, warum bist du unglücklich? Sage es nun.«

»Sage lieber du mir, was dich schmerzt. Ich, das weißt du, bin nicht unglücklich, wenn ich leide. Ich habe mein kleines Martyrium nötig. Aber du, Violante, du lebtest so still und sicher in deinem Traumreich, das eine weinrote Blättergardine von der Erde trennte. Warum bist du herausgetreten, wer hat den Vorhang zerrissen?«

»Die Zeit, Bice. Ich träumte zu lange. Und dann steckte jemand seinen Kopf herein und rief mich bei Namen: ich glaube, es war Della Pergola.«

»Das hat er fertiggebracht? Aber du hast ihn gestraft, nicht wahr? Oh, er denkt noch daran, wie du ihn behandelt hast. Sein Geist wird seit kurzem etwas mager, es heißt, daß seine Auflage sinkt.«

»Ich habe ihn nicht schlecht behandelt. Ich habe einen Vertrag mit ihm geschlossen. Er soll für mich schreiben, bis der Erfolg da ist. Dann werde ich seine Geliebte.«

»Du wirst...«

Die Blà blieb stehen, sie hielt den Atem an.

»Du wirst seine Geliebte. Im Ernst, das würdest du tun?«

»Natürlich. Sobald es mir Glück bringt.«

»Du würdest dich einem Manne hingeben, von dem du etwas willst, deine Liebe würdest du als Bezahlung gebrauchen?«

»Warum nicht?«

»Wenn wir aus Leidenschaft, ich sage aus Leidenschaft für eine Sache oder für einen... Mann, Dinge begehen, die der Bürger verurteilt – du findest das nicht schlecht?«

»Ich kenne nur schlechte Gefühle. Die Handlungen hängen von unsern Zielen ab. Mir scheint, sie kommen nicht in Betracht.«

»Wie bist du schön!« rief die Blà mit ausbrechendem Jubel. Sie stürzte an die Brust der Freundin.

»Wie bin ich dir dankbar!«

»Dankbar? Wofür? Aber Bice, du schluchzest ja.«

Die Herzogin hob das von Tränen ganz benäßte Gesicht von ihrer Schulter.

»Sieh, ich wagte schon gar nicht mehr, mich dir zu zeigen«, flüsterte die Blà.

»Wegen deines Orfeo? Du konntest glauben, daß ich ihn dir verdenke?«

»Nein, nicht wahr? Du verdenkst mir weder ihn noch sonst etwas, auch wenn du alles wüßtest. Warum sollen wir nicht einfach einander liebhaben, du und ich, unschuldig leben und alles tun, was unser Schicksal will. Wie sehr sehne ich mich nach einer unbewußten Seele! Wozu soviel

218

Gewissen! Was neben und hinter unserer Liebe geschieht, müssen wir es denn wissen? O Violante, nun brauche ich mich nicht mehr zu quälen!«

»Nein, Bice, beruhige dich!«

Sie küßte die Freundin auf die geschlossenen Augen, über denen das Glück wie ein breites Stück Sonne lag. Die Blà glaubte einen Augenblick, alles gestanden zu haben. ›Für eine Liebe, wie die von Violante und mir, ist die leere Kasse gar nicht vorhanden. Violante würde lächeln, wenn ich sie hineinsehen ließe. Denn nur was wir fühlen, ist Wahrheit, nicht, was wir geschehen ließen.‹

»Beruhige dich, Bice, du zitterst noch immer.«

»Ich will ja ruhig sein. Siehst du, ich denke nur noch an dich. Ich denke, du solltest ihn rasch handeln lassen und rasch tun, was du ihm versprochen hast. Wie gut wäre das, wie schlicht und unschuldig! Denke nicht weiter! Erobere dein Land und deinen Traum! Er liebt dich…«

»Nun träumst du selbst, Bice. Wir sind ja erwachsene Leute, er und ich, ziemlich alt sogar und klug. Er besitzt einige Sinnlichkeit – natürlich habe ich sie aus ihm herausgelockt –, aber sehr wenig blinde Leidenschaft; oder wenigstens müßte er sich immerfort aufmuntern: ›Ich will blind sein, ich will blind sein!‹ Ich glaube ihm nicht, daß er aus Gier nach mir seine Rolle, die Rolle seines ganzen Lebens fallenläßt. Es scheint fast, als achtete ich ihn zu sehr, um es zu glauben… Und doch hätte ich diesen Glauben nötig, als Beruhigungsmittel. Meine allzulange, verträumte Trägheit hat mich erschlafft und gereizt. Ich irre tagsüber in Qualen der Langenweile umher, und nachts liege ich mit schrecklichen Beängstigungen auf meinem Bett am weitoffenen Fenster. Ich lasse die Luft über meine entblößten Glieder streichen, ich fiebere, es wetterleuchtet, und ich sehe dürstend die dunkeln, kühlen Gestalten meiner Heimatserde, jene bronzenen Hirten, Räuber, Fischer und Bauern, in den aufflammenden Horizont hineinragen. Wann siege ich? Bin ich in der Verbannung vergessen? Ist dies das Ende? Habe ich die Zeit der Taten verpaßt, oder gar die Zeit... des Lebens? Bice, kennst du solche Nächte? Die Angst schleicht sich bis in die Fußspitzen, ich erkaufe mir ein Stündchen dumpfer Erlösung, nicht mit Della Pergolas Liebe, sondern mit einem Pülverchen Chloral, Sulfonal oder Morphin.«

Der Mittag wuchtete auf dem verlassenen See; er glänzte weiß wie Zinn. Die Allee schloß sich, einsam und grün versponnen, in der Ferne mit Laubmassen, die dunkel blitzend von den Wipfeln bis zur Erde hinabzurauschen schienen. Die Freundinnen lehnten aufrecht an der steilen Rückwand einer alten Bank von Stein. Am linken und am rechten Ende umfaßte jede einen Löwenkopf, sie streichelten die abgeschliffenen Mähnen mit erregten, mattweißen Fingern, auf denen schmale Nägel blaß schimmerten. Die Blà neigte sich, einen Arm um die Herzogin zu breiten; sie glitten zueinander hin auf dem schlüpfrigen Marmor, lässig, aufseufzend nach den Beichten ihres Kummers, und glücklich, Schulter an Schulter zu ruhen. Die schwarzen Flechten der einen schlangen sich in die blonden der andern, ihre Düfte verwebten sich; die Wangen streiften sich weich. Die Blumen an ihren Gürteln küßten sich. Die leichten Falten ihrer hellen Kleider raschelten ineinander.

»Süße Violante«, sagte die Blà. »Weine!«

»Soll denn, was mir an Willen noch bleibt, in Tränen zerfließen?«

»Genieße doch deine Wehmut. Im Tiefsten sehnen wir uns alle nach dem Kreuz.«

»Ich nicht. Das härteste Kreuz ist das Sterben. Ich stoße es jetzt jede Nacht mit aller Kraft von mir und lebe, – mit Martern zwar, aber ich lebe.«

»Wozu dich martern? Sieh, es ist so leicht, sich fallen, nein, sich gleiten zu lassen in den Tod hinein, so wie wir eben auf dem polierten Marmor einander zugeglitten sind.«

Die Herzogin richtete sich rasch auf.

»Nein! Ich klammere mich an meinen Löwenkopf. Soll ich mich an den Tod verlieren wie an den Traum, der mich allzulange verschlossen hielt? Jetzt fühle ich mich wieder leben. Die Schmerzen haben in meine dunkle Seele Fenster gerissen: es schaut nun so vieles aus mir heraus, soviel Künftiges, soviel Sehnsucht... nach Dingen, die ich noch nicht ahne. Oh! Ich fühle Ehrfurcht vor dem Leben!«

Die Blà stammelte mit Tränen der Enttäuschung: »Wie ruchlos ist der, der dich aufgeweckt hat. Wir waren Freundinnen, solange du träumtest.«

»Du wolltest meine Freundin sein: ich bin dir dankbar und höre nie auf, dich zu lieben. Aber auch ihm danke ich, weil er mich aufgeweckt hat. Wollte er nun handeln! Ich erfülle mein Versprechen, und erfülle es mit Gleichgültigkeit, und will mich gar nicht dafür rächen, daß ich es tue. Aber dies sind schwere Wochen.«

»Du Arme. Ein Mann kann uns schwere Wochen schicken.«

»Ein Mann? Ich denke sicherlich mehr an seine Druckerpressen als an seine Männlichkeit. Ich schlafe nicht mehr vor Ungeduld, das ist alles.«

»Ich, Violante, ich sterbe durch einen Mann, und sterbe gern. Du, du quälst dich fast zu Tode mit deinem hochmütigen Willen, fast zu Tode. Aber wenn er dich endlich an seine Brust drücken will, der Tod, dann scheuchst du ihn von dir, den Tröster. Noch eben standen wir eng zusammengelehnt, süß durchzittert von unserm gemeinsamen Leiden und ganz ineinander überfließend. Und jetzt, unversehens, führt kaum noch eine Brücke von mir zu dir, kaum noch ein Wort. Wozu klage ich!«

»Damit ich dich in die Arme nehme, kleine Bice, so,

und dir sage, daß wir uns lieben wollen, ohne zu sterben. Ehrfurcht fühlen vor dem Leben!«

Die Blà seufzte bitter.

»Es gehört manchmal sehr viel Ehrfurcht dazu, es auszuhalten. Du, Violante, bist eine Künstlerin, wie jener, den ich einst sterben sah. Ich bin eigentlich immer eine gute Bürgersfrau geblieben, habe aber doch vom schweifenden Elend der Namenlosen viel miterlebt. Der, den ich meine, war einer der Ärmsten. Seine Bilder verstaubten in Trödelläden, eine schmutzige Krankheit brachte ihn um. An seinem Bett saßen zwei Genossen und rauchten ihn an, und er redete im Fieber von seiner großen Sehnsucht nach all den Dingen, die in ihm schliefen, und die er selbst noch nicht kannte: hörst du es, Violante? – nach seinen künftigen Werken. Seine Finger krampften sich in ein buntes Maskenkleid, das über einem Stuhl hing, sein Blick erstarrte an einer Feuernelke in einer irdenen Scherbe. Er war unfähig, seine Sinne loszulösen von dieser Erde, die er so unsäglich schön fand, und starb plötzlich, von gräßlicher Angst überwältigt, schreiend und sich sträubend.«

»Sein Sterben war gewiß recht unschön, er hätte es für sich allein abmachen sollen. Aber sein Leben...«

»O gewiß, das Leben solcher Menschen wirkt ermutigend. Sie sind so erdenfroh, so selbstfroh und feuern uns an. Wir sollten einmal nach Rom fahren und uns anfeuern lassen.«

Tags darauf in der Frühe fuhren sie. Ihr Wagen hielt auf der Piazza Montanara inmitten eines besonnten Gewühls bunter Campagnabauern, die scharfriechende Pferdekäse von den zweirädrigen Karren luden und das Wasser edler Brunnenschalen über ihre Kohlköpfe spritzten. Die beiden Frauen betraten den kalten Schatten eines versteckten Gäßchens, des Vicolo San Nicolò da Tolentino, sie durchschritten ein geschwärztes Torgewölbe und erstiegen eine grünlich feuchte Steintreppe, dämmerig unter kleinen Gitterfenstern. Im dritten Stockwerk sagte die Blà: »Ich nehme an, daß du nichts von dem, was man dich hier sehen lassen wird, als Kränkung auffassen willst. Sonst wäre es besser, gleich umzukehren.«

Die Herzogin zuckte die Achseln.

»Du weißt, ich langweile mich.«

»Das wird gleich ein Ende haben«, meinte die Blà.

Zwei Stiegen höher klopfte sie. Man rief heftig: »Herein!« Bei ihrem Eintritt plumpste etwas zu Boden; ein großes, nacktes Weib war von der Matratze eines schmalen, eisernen Bettes herabgesprungen. Ein stämmiger, kleiner Mensch hieb mit dem Malstock auf seine Staffelei und brüllte? »Willst du stehenbleiben, Kanaille!«

Aber sie ließ die Arme hängen, die schwarzen Haare zottelten ihr um das Gesicht, und sie beglotzte mit großen, dunkeln, tierischen Augen die beiden Damen. Ihr gegenüber, am andern Ende des Zimmers, breitete sich eine zweite, viel gewaltigere Nacktheit aus, ein weibliches Ungeheuer von rotem, lauem Fleisch und gleißenden Fettwölbungen. Sie bog die Schenkel in einem plumpen Tanze, preßte die Hände unter die überquellenden Brüste und lachte, breit, blond, mit zurückgeworfenem Kopf, geblähtem Halse und feuchten, dicken Lippen. Sie war auf die herabbröckelnde Kalkwand gemalt, und zu ihren Füßen stand in großen Lettern: »Das Ideal.«

Von der Gliederpracht dieser beiden stummen Geschöpfe flankiert, bevölkerten drei Männer den Raum: der starke Zwerg an seiner Staffelei, ein Schwarzer, Schmaler reglos in einem Winkel, und ein gut gewachsener, junger Mensch vor der weiten, blauen Fensteröffnung. Er nahm die Hände aus den Hosentaschen, die Zigarette aus dem Munde und ging den Besucherinnen entgegen.

»Bester Jakobus«, sagte die Blà, »man kommt, um sich

zu überzeugen, daß Sie von Ihrer Größe noch nichts verloren haben. Sie sind inzwischen halb verschollen.«

»Nicht meine Schuld. Habe zuviel gearbeitet, oder vielmehr zuviel verkauft.«

»Um so besser. Meine Freundin will sehen, was Sie malen. Violante, ich stelle dir Herrn Jakobus Halm vor.«

Der Maler verbeugte sich kaum. Er zuckte die Achseln. Die Herzogin betrachtete ihn erstaunt. Er erging sich in ruhelosen Gebärden, seine Haut war gelblich braun und trocken, reiches, braunes Haar rollte wellig in die helle, faltenlose Stirn. Auf seinen magern Wangen wuchsen die Haare schlecht, sie wehten ihm, altgolden, weich und in zwei langen Spitzen, vom Kinn. Er hatte eine kühne Nase, Augen scharf und sonnig, und blutrote, kurze Lippen. Er schürzte sie und zeigte, ohne zu lachen, seine weißen Zähne. Er trug eine hohe, schwarze Krawatte und keinen Kragen, ein zartes Hemd von blaßvioletter Seide, darüber eine entfärbte, alte Jacke, eine Flanellhose und an den Füßen ganz neue Lackschuhe. Er sagte: »Schauen die Damen sich nur das Museum an. Es ist augenblicklich leider ein dürftiger Bestand, das Fehlende ersetzen Sie wohl freundlichst durch das Ideal.«

Und er wies auf die Vettel an der Mauer.

Das Modell hatte einen Kleiderrock erfaßt; es bekundete die Absicht, sich damit zu bedecken. Aber Jakobus bemächtigte sich der formlosen Hülle und schleuderte sie unter das Bett.

»Du willst den Damen deine Lumpen vorführen? Agata, wie unanständig! Die Damen sind gekommen, um etwas Schönes zu sehen. Das warme Goldbraun deiner Hüften ist bei weitem das Schönste, was du zu zeigen hast. Also… Habe ich recht, meine Damen?«

Die Herzogin nickte und lächelte. Jakobus hatte mit schneidender Stimme gesprochen; er wandte sich hochmütig weg.

Dem Fenster gegenüber prangten zwei große Gemälde, zwei Ringer mit steinernen Nacken und vorspringenden Muskeln auf einem roten Teppich, und ein schwarzer Campagnabüffel, die gewundenen Hörner aufgerichtet gegen den Feind. Die Herzogin verweilte davor, aber von hinten fühlte sie sich belästigt. Schließlich entdeckte sie, daß der Schwarze, Schmale sie aus seinem Winkel heraus gierig anstarrte. Sie musterte ihn gelassen. Lange, schwarze Haare fielen glatt auf seinen von zerkrümelter Kopfhaut weiß gesprenkelten Rockkragen. Er war bartlos, mit schmalen Lippen, großer blasser Nase und einem beklemmend heißen Blick von leidender Begehrlichkeit. Die Blà sah diesen Blick ihre Freundin entkleiden und besudeln; sie errötete vor Zorn. Die Herzogin sagte sich: ›Wenn er immer solch Gesicht machen muß, ist er offenbar ziemlich unglücklich. Denn auch der Geistloseste findet unschwer an ihm die wunde Stelle; ihm ist noch der Niedrigste überlegen.‹ Sie trat ihm, gütig und ernst, zwei Schritte entgegen. Der kleine Stämmige pinselte und keuchte; er schrie plötzlich: »Da schauen Sie her, was ich mache! Es ist der Mühe wert!«

»Sie malen nach dem Modell, und Ihr Freund auch?«

»Meins ist *nicht* der Mühe wert«, erklärte Jakobus kalt; er kehrte seine Leinwand um.

»Bleiben Sie bei Perikles, schöne Dame, er ist mit sich zufrieden, er wird Sie überzeugen, daß Sie's auch sein müssen.«

Der Kurze hob die Achseln.

»Welch ein Narr! Will sich und andern einreden, daß er's besser könne, als er's macht. Merken Sie sich, meine Dame, wir können, was wir machen, und machen, was wir können: darüber hinaus gibt es nichts. Sehen Sie mal, wie meinem gemalten Weibsbild hier das Blut unter der Haut fließt. Das Blut unter der Haut malen können, das ist Kunst! Beaugenscheinigen Sie gefälligst den Trizeps von meinem Ringer da oben. Möchten Sie ihn anfassen? Er schwitzt, Sie würden dran klebenbleiben. Das Bild ist übrigens verkäuflich. Das andere ebenfalls. Wie das Vieh dort schneidig zusammengehauen ist! Ein Vieh! Das ist das Wahre, alles soll Vieh sein. Große, nackte Leiber, gewölbte Muskeln, und das Blut soll man rauschen hören unter der Haut.«

Jakobus stellte sich zwischen ihn und die Besucherinnen.

»Wissen Sie wohl, daß ich mich schäme für den platten Prahler?«

Dann begann er wieder umherzuschlendern, mit fremder Miene, die Hände in den Taschen und den Mund voll Zigarettenrauch. Die weißen Wolken gesellten sich schwankend zu den Farben- und Terpentindüften, die Kästen und Flaschen entströmten. Der Kurze lachte lärmend.

»Er schämt sich! Ganz recht, ihr alle dürft euch schämen, denn mit mir, dem Perikles, verglichen, seid ihr doch nur gemeine Bürger.«

Er hob ein dickes Beinchen über den Stuhl, er setzte sich rittlings hin, in Hose und Hemd, und blickte selbstgefällig umher. Von seinem pockennarbigen Borstenkopf rannen die Tropfen, und er redete donnernd.

»Was bin ich nur für ein Künstler! Und was für ein Arbeiter! Bei mir gibt's kein Bangen nach Stimmung und anderem Unsinn. Keine Zeit dazu, ich male einfach. Schlafe, weil's so heiß ist, von mittags elf bis abends sieben. Sie empfehlen sich hoffentlich bald, werte Damen, denn es ist halb elf und ich begebe mich sogleich zur Ruhe. Von sieben Uhr abends bis in die Frühe um drei schmause ich und unterhalte mich ein wenig mit liebenswürdigen Personen. Kaum aber dämmert es, so male ich. Acht Stunden lang werden die Pinsel nicht trocken. Ha! Was für ein schönes Leben! Ich schaffe aus dem vollen! Kein wehmütiges Verlangen, wie bei dem Narren dort. Bei mir ist alles Wirklichkeit. Ich mache bloß die Hände rund und fühle sie auch schon voll von mächtigem, muskulösem, satt gefärbtem Fleisch. Gleich damit auf die Leinwand! Da gibt's kein Widerstreben.«

Er sprang mit einem Krach vom Stuhl, der auf die roten Fliesen klapperte, und er stürzte sich auf Agata, das Modell. Er packte sie vorn und hinten fest an und wog ihre Fleischfalten in seinen Händen. Jakobus sprach über die Schulter weg: »Perikles, verstelle dich mal eine halbe Stunde lang und tue so, als ob du gut erzogen wärest!«

Der Kurze feixte ganz erstaunt. Er steckte den Kopf unter das Bett; der Raum enthielt seinen Vorrat an Kleidungsstücken. Er holte ein Paar Manschetten hervor und zog sie über seine wollenen Ärmel. Dann widmete er sich aufs neue dem Modell.

Neben dem gemalten Ideal lehnte verkehrt an der Mauer eine große, gerahmte Leinwand. Die Herzogin berührte sie.

»Es ist schade um Ihre weißen Handschuhe«, sagte Jakobus. Er wendete ihr das Gemälde zu.

Sie schwieg mehrere Minuten, und er betrachtete ihr Profil. Es verschwamm weich auf dem wogenden Mittagsblau und vor den großen roten, grünen, violetten Flaschen, die am Fenster leuchteten. Die weiße, wenig gewellte Linie ihrer Gestalt stand zärtlich dort und still. Sie bog sich in den Hüften ganz leicht nach vorn, unbewußt verehrend und innerlich sich neigend vor der Göttin.

Jakobus sagte schließlich gedämpft: »Ich merke, Sie sehen es. Sie sehen, diese Frau ist hochmütig, fremd, und dem Weinen nah bei der Berührung mit etwas ›anderm‹, mit etwas *Wirklichem*. Dennoch muß sie dem Centauren ihre Hand ums Horn legen, ihre magere, geäderte, langsame, kühle Hand. Es reizt sie ein Grauen, vielleicht auch ein hohes, entlegenes Mitleid.«

Die Herzogin bestätigte: »So sehe ich es. Ich sehe auch, dies muß Botticellis Pallas sein, die verlorengegangene Pallas!«

»Ja. Ich habe mich darangemacht, die Göttin nochmals zu erträumen, von der der Florentiner geträumt hat... Tat er's? Nein, ich glaube den Berichten nicht. Er hat sie nicht gemalt, er hat nichts weiter fertigbekommen als die bekannten Studien. Aber der ungeheuere Traum derer, die vor vierhundert Jahren da waren, wirkt weiter in allen, die seitdem sich nach Schönheit sehnen. Wenn wir während eines Augenblicks sehr groß sind, so ist uns eine Empfindung, eine einzige, in den Pinsel geflossen, die vor vierhundert Jahren einer gehabt hat. Ich habe diese Empfindung festgehalten. Ich behaupte, dies ist die Pallas, die Botticelli gemalt *hätte*.«

Die Herzogin sann. »Diese Pallas ist nicht schön«, versetzte sie langsam. »Aber in ihren Augen brennt ihre Seele. Sie ist schön nur vor lauter Sehnsucht nach Schönheit. Wie tief fühle ich sie heute!«

»In dem, was Sie sagen, liegt alles. Unser ist die Sehnsucht nach der Schönheit, nicht ihre Erfüllung. Darum empfinden wir diese Pallas bis in die Tiefe. Die Erfüllung, vielleicht gehört sie solchen Tieren...«

Seine Schulter zuckte nach dem Stämmigen hinter ihm.

»Jener erkühnt sich, die Schönheit sogar noch in diesen Schweinestall zu sperren – er selbst ein Schwein; und ich glaube fast, es gelingt ihm. Wenn ich das so mit ansehe, bilde ich mir schließlich etwas darauf ein, daß ich selbst der Schönheit nicht ins Gesicht blicken kann. Um es zu können, müßte sich meine Seele kräftigen, durch etwas Glück, mindestens durch Wohlleben. Dann, ahnt mir, würde ich einiges hervorbringen, wovon die Welt...«

Er zögerte; dann brach es hinter zusammengebissenen Zähnen hervor, gequält und prahlerisch: »Wovon die Welt sich nie etwas träumen ließ.«

Er stand mit verschränkten Armen vor der stillen Göttin, hochfahrend und seiner nicht ganz sicher. Die Herzogin sah sein Gebiß blinken zwischen den kurzen, roten Lippen und ein rötliches Licht seine kühn verwirrten Haare bekränzen. Sie fand ihn nervig und hoch, mit knochigen Schultern, schlanken Beinen, und ohne Bauch. Sie wandte sich nach der Blà um, die schmollend beiseite blieb. Ohne es zu wissen, hatte die Unglückliche gehofft, ihre Freundin würde von diesen Menschen beleidigt und niedergedrückt werden. Sie sah sie angeregt und belebt, und litt darunter. Sie nannte sich neidisch und böse, und litt noch mehr.

»Bice«, rief die Herzogin, »betrachte doch dieses Meisterwerk. Das ungeschaffene Werk eines alten Meisters! Sein Genie muß zurückgekehrt sein, es muß vierhundert Jahre übersprungen haben! ...Das Bild wird wohl nicht verkäuflich sein? Auch könnte ich in diesem Augenblick nicht so viel geben, wie es wert ist. Ich biete dreitausend Francs.«

Auf einmal hielt alles den Atem an. Diese Wände hatten das Wort dreitausend noch nie vernommen. Schließlich stieß der kurze Perikles einen langen Pfiff aus. Jakobus sagte schroff:

»Das Bild ist tatsächlich noch nicht zu verkaufen. Übrigens behalte ich mir selbst es vor, den Preis zu bestimmen.«

»Aber...«, machte die Blà.

Aus dem Winkel des Schwarzen, Schmalen kam ein rauher Laut des Entsetzens. Perikles tollte im Zimmer umher, tonlos vor Wut. Plötzlich stand er auf dem Kopf. Als er wieder zu sich kam, keuchte er: »Der Narr!« und »Es ist gut, ich schweige.« Auf der Gasse rief ein Campagnole frischen Pferdekäse aus. Perikles legte zwei Kupfermünzen in einen Korb, den er am Seil aus dem Fenster ließ. Der Korb kehrte beladen zurück, Perikles stopfte sich den

Mund voll Käse und warf die Rinde über die Schulter weg nach Jakobus' Seite, unter verächtlichen Grimassen: »Treff ich ihn, treff ich ihn nicht, mir ist's gleich.«

Jakobus sah mit trotziger Miene an der Herzogin vorbei. Er wollte spöttisch sprechen, und sprach sehr weich: »Verehrte Frau, deren Namen ich nicht kenne, Sie haben sich geirrt, dieses Gemälde hat keinen ungewöhnlichen Wert. Das Genie des Florentiners ist keineswegs zurückgekehrt. Die Wahrheit ist einfach: ich bin einen Augenblick von Sehnsucht überwältigt und fortgetragen – und hielt gerade den Pinsel in der Hand. Ich sehne mich oft, aber gewöhnlich liegt der Pinsel am Boden.«

Die Herzogin lächelte, Jakobus machte sich ganz klein.

»Wir sehnen uns zuviel, und der Pinsel liegt am Boden. Oh, wir malen keine Pallas, wir sind selber Pallas: auch in unsern Augen brennt unsere Seele. Der Bellosguardo dort –«

Er deutete nach dem Schwarzen, Schmalen im Winkel.

»Der kann überhaupt nur glotzen. Sehen Sie sich doch den verdächtigen Menschen an mit dem Blick, der Sie, meine Damen, beleidigt, wenn Sie sich auch vorgenommen haben, sich hier durch nichts aus der Fassung bringen zu lassen. So wie er da steht und schweigt, ist mein Freund schöner als all das Dutzendpack Ihrer einwandfreien Gesellschaft. Er brennt vor Brunst – nach Kunst, er ist geil auf Schönheit, er ist immerfort so gelähmt von Begierde nach allem überwältigend Schönen, wovon die Welt voll ist, daß ihm Geist und Hand versagen: er malt gar nicht, er glotzt, und ist dabei mehr Künstler als wir alle.«

Die Blà behauptete gereizt: »Er ist abscheulich.«

»Er hat eine schöne Seele; genügt Ihnen das etwa nicht, meine Beste?«

Perikles kam herbei, die Reste des Käses in der einen Hand und in der andern eine Korbflasche.

»Ich erlaube mir kein Urteil über den Unsinn, den er

Ihnen vorredet zur Beschönigung seiner Faulheit. Ich habe nur malen gelernt und nicht vernünfteln. Maler sollen mit den Händen sprechen. Aber eines will ich Ihnen doch mal erzählen. Dieser seelenvolle Jüngling hat gestern seine sämtlichen Skizzen und Entwürfe dem Juden verschachert, und sich für den Erlös ein Paar Lackschuhe angeschafft. Da, sie sitzen ihm famos.«

Jakobus sah in die Luft; er trat von einem Fuß auf den andern.

»Ja, es ist wahr«, erklärte er wegwerfend. »Ich brauche den Luxus. Ich muß ihn eben bezahlen, wie es geht. Und wie teuer bezahle ich ihn! Sie halten diesen Raum für leer. Die Wand, an der meine Skizzen hingen, hat Perikles mit dem Scheusal angefüllt, das ihm das Ideal bedeutet. Meine Entwürfe sind fort, glauben Sie. Ja, aber ihre Geister sind dageblieben, wirre Phantome, die mich unablässig peinigen: sie wollen, ich soll ihnen zum Leben verhelfen. Kann ich's denn noch?«

»Man sollte die Skizzen zurückkaufen«, meinte die Herzogin. Der Maler zuckte die Achseln, die Blà erklärte: »Der Jude, der sie kaufte, hat sie sofort an alle fliegenden Händler in ganz Rom ausgestreut. Für zwei Soldi wird Herr Jakobus sie fortgegeben haben, für einen Franken das Stück erwerben sie die billigen Kunstfreunde. Solche Originalzeichnungen sind riesig beliebt bei den Fremden.«

»Übrigens habe ich Ihnen einen andern Vorschlag zu machen«, versetzte die Herzogin. »Ich suche gute Kopien. Kopieren Sie, Herr Jakobus, doch nach Ihrem Belieben die Meisterwerke, die Sie reizen, und überlassen Sie mir alle Ihre Arbeiten gegen ein festes Jahresgehalt.«

Wieder horchten alle auf. Jakobus öffnete den Mund, aber die Herzogin unterbrach ihn.

»Bice, ist es dir recht, so gehen wir.«

An der Tür gab sie ihm ihre Karte; er sah sie nicht an. Er zog sich steif zurück.

»Sie kommen gelegentlich zu mir, hoffentlich einigen wir uns und schließen einen förmlichen Vertrag.«

Bei diesem Worte dachte sie an Della Pergola. ›Welch ein anderer Vertrag! Mir ist es, als befreite mich dieser von jenem. Aber wünsche ich denn das?‹

Von der Schwelle übersah sie nochmals den Raum. Perikles wandte ihr seinen quadratischen Rücken zu. Bellosguardo glotzte obszön; in der Angst, sie aus dem Auge zu verlieren, atmete er laut, und sein blasses Gesicht bezog sich rosig. Agata, das Modell, kauerte, nackt wie sie war und friedlich wie ein Tier, auf der leeren Matratze des verbogenen, eisernen Bettes. An der Wand tanzte massig die Vettel, die den Namen des Ideals führte. Der Kalk rieselte herab, von den roten Fliesen waren mehrere zerbrochen, eine fehlte. Buntbestickte, verschlissene Stoffetzen hingen über Strohstühlen. In den Ecken schichtete sich Gerümpel: verbrauchtes Malgerät, Marmorklötze, verschmierte Leinwand. Das alles prahlte grell im Nordlicht, und die roten, grünen, violetten Flaschen am Fenster schrien scheinend vor Jubel, daß alles das leben durfte. Mit einem letzten, tiefen Blick in das Auge der Pallas ging die Herzogin hinaus, voll eines hochgemuten Glücksgefühls, getragen von der starken Lebensfreude, die diese armen vier Wände sprengte.

Jakobus begleitete sie über die erste Stiege. Sie gab ihm die Hand, er küßte sie schüchtern, fast demütig. Sie fühlte nur seine Barthaare über ihren Handschuh streifen; seine Lippen hatten ihn gar nicht berührt.

»Ich verkaufe die Pallas«, sagte er. »Sie kostet fünfhundert Franken.«

Sie lächelte.

»Ich nehme sie.«

Er kehrte langsam zurück. Sie stieg drei Treppen tiefer, da entstand droben ein wüstes Getrampel. Perikles stürzte herab, die Stockwerke des Hauses warfen ihn sich mit Getöse zu. Er reckte einen Marmortorso in die Höhe, einen mächtigen Unterleib und die Hälfte von zwei Brüsten. Er schnaufte und stockte; er hatte erfahren, wer die Fremde war.

»Hoheit, meine Bilder gefallen Ihnen nicht. Was kann ich dabei tun. Jeder hat seinen Geschmack. Aber hier ist ein Torso, ein antiker, Hoheit. Da gibt's keinen Geschmack, das braucht überhaupt nicht schön zu sein, dafür ist es eben ausgegraben. Ein Bauer in Palestrina hat's ausgegraben, der Pächter hat ihm einen halben Franken dafür gegeben, und ich habe dem Pächter zehn Lire geben müssen. Geben Sie mir zwanzig, Hoheit!«

»Schicken Sie mir den Torso.«

Sie stiegen in den Wagen; die Blà sagte trocken: »Du siehst, dieser Perikles ist bei weitem der Rührigste und Geschickteste. Gemalte oder gehauene Körper, das gilt ihm gleich. Nur Körper müssen es sein. Solch ausgegrabener Rumpf hat für ihn sogar das Gute, daß er keinen Kopf zu machen braucht. Er bevorzugt den Unterleib.«

Die Herzogin antwortete nicht; sie dachte an all die Formen, die das Auge der Pallas, ein liebreicher Spiegel, herbeirief, um einzutauchen und schön zu werden. Wo fand sie diese verklärte Fülle? Am Nachmittag hatte die Blà Geschäfte; die Herzogin begab sich zu Properzia Ponti. Sie fuhr in die kleine, vom Staube vieler Kohlenkeller geschwärzte Seitengasse des Korso, wo die berühmte Frau wohnte. Das Haus war schlicht, mit schwerem Bronze-Klopfer, einem Medusenkopf, am dunkelgrünen Tor. Es roch auf Flur und Hof nach alten Zeiten. Ein hinkender Diener führte sie über einen hallenden Vorsaal mit Truhen und Bänken, durch mehrere kleine Zimmer und in eine Galerie.

Dieser Gang war schmal, unermeßlich hoch und mit Glas überwölbt. Von allen Seiten drang das Blau ein, die Galerie war nur eine luftige Brücke aus Glas und Eisen,

die über dem zwischen Mauern versenkten und von Arka-
den eingeengten Gärtchen zwei Flügel des alten Hauses
verband. Vor den Fenstern aber reckten sich Statuen
stumm und schwarz in den Himmel. Die Bronzen glänz-
ten stumpf wie feuchte Ackererde; und in Erde wurzelten
sie als ihre Geschöpfe, verschlossen, langsam, stark und
ohne Lachen: Bauern, mit dem Blick an ihren Spatensti-
chen, Jäger und Räuber, das Auge auf dem Opfer, nach
dem ihre Büchse zielte, Schiffer und Fischer, den Hals
vorgestreckt und die Pupille zusammengezogen vom
Schein der Meeresfernen. Mädchen trugen wiegend den
Traum von ihren Brüsten und ihren Hüften in die strah-
lende Luft hinein – und es war ein Jüngling da, ihm waren
die Tierfelle von den Schenkeln gefallen, sein Kopf war in
den Nacken gepreßt, und die erhobenen Arme spannten
sich mit der Brust, den Lenden, den Beinen und den stürmisch auf den Zehenspitzen vom Boden sich abschnellen-
den Füßen zu einer einzigen, bebenden Linie: sie war ein
unsäglicher Drang zum Licht. Die Herzogin fühlte sich
mitgerissen, der Boden entglitt ihr. Die blauen Himmels-
weiten kreisten in ihrem Kopf. Ihr schwindelte, sie schloß
die Augen. Ihr leichter, weißer Ärmel flatterte auf, ihre
schwarzen Flechten hoben sich im Lufthauch einer offenen Scheibe. Er brachte einen Duft von Rosen mit, bitter
gewürzt mit Geruch von Lorbeer.

Der hinkende Diener meldete: »Die Frau Herzogin von
Assy.«

Und er entfernte sich.

Sie ging in die kahle Halle zu ebener Erde. Masken aus
Gips hingen in weiten Abständen an den weißen Wänden.
Ein Glasdach war in die Mitte der hohen Decke eingelas-
sen. Darunter erhob sich ein Gerüst, mit leinenen Tü-
chern zugedeckt. Ein Kranz von Steinsplittern umgab es
auf den Fliesen. Seitwärts stand ein marmorner Stuhl mit
Figuren, wachsgelb und abgeschliffen. Es lag ein rotes

Kissen darin; die Herzogin setzte sich hinein. Sie erblickte niemand, sie sah immerfort durch die breite, türlose Öffnung in der Mauer, dem Zuge der Bilder nach. Wohin führte er?

›In mein Land?‹ fragte sie. ›Dorthin, wohin ich so lange meinen fruchtlosen Traum gesandt habe?

Aber mir scheint, hier ruhe ich schon am Ziel, mitten in dem Lande, das ich meinte, und brauche nur zu schauen. Diese Halbgötter sind schöner und freier als mein Wunsch sie bilden konnte – und hier gibt es nicht einen versagenden Wunsch, nein, eine *Hand,* die sie alle geformt hat.‹

Sie wandte sich, erblassend: Properzia stand vor ihr.

Sie trug ein leinenes Überkleid; eine Schnur hielt es zusammen über den breiten Hüften. Auf winzigen römischen Schuhen, mit hohen Hacken in der Mitte des Fußes, war sie über den roten Läufer herbeigekommen, mächtig und ohne Laut. Sie sagte mit tiefer, sanfter Stimme: »Sie sind hier zu Hause, Herzogin: ich ziehe mich zurück. Sie waren ganz bei Ihren Gedanken, und erschrecken, da Sie mich sehen.«

»Ich sehe Sie zum erstenmal, Frau Properzia. Zum allererstenmal fühle ich, was schaffen heißt, das Leben schaffen um sich her…«

Die Herzogin stand auf, durchrüttelt, schmerzhaft fast, von Ehrfurcht.

»Glauben Sie mir«, bat sie mit Stammeln.

Properzia lächelte, still und unberührt. Die Lobspender lösten einander ab, jeder suchte seinen Vorgänger zu überbieten, und dennoch kannte Properzia alles, was sie sagen konnten.

»Herzogin, ich bin Ihnen aufrichtig dankbar.«

»Hören Sie, Frau Properzia. Ich habe heute früh in den Augen eines gemalten Bildes empfunden, wie die Schönheit brennt, nach der wir uns sehnen. Hier bei Ihnen ist keine Sehnsucht mehr. Ich stehe hier, klein, aber schwer von Liebe, im Bereiche der Macht, die die Schönheit vollendet. Mein Herz hat nie so geschlagen, ich glaube, nach dieser Stunde hat der Himmel mir nichts weiterzugeben.«

Dabei sah sie unverwandt dem Reigen der Statuen nach.

»Diese Bronzen«, sagte Properzia, »sind in Sankt Petersburg gegossen.«

Sie führte ihren Gast die Galerie entlang.

»Großfürst Simon hatte sie bestellt; er starb, bevor sie fertig waren. Diese Frau mit dem Schleier über Mund und Nase und mit der Amphora auf dem Kopfe war seine Geliebte.«

Properzia erzählte gedankenlos. Sie wußte, die Besucher faßten für ihr Werk erst dann eine ungeheuchelte Teilnahme, wenn sie an jedes Stück eine Anekdote hing. Die Herzogin schwieg. Zwei Minuten später dachte Properzia: ›Was will diese große Dame? Natürlich ist sie eine von denen, die aus der Mode zu kommen fürchten, wenn sie sich nicht mit mir befreunden. Warum steht sie vor einem Kunstwerk, ohne es zu beurteilen? Sie findet keinen Arm zu kurz, kein Ohrläppchen zu dick, und obwohl sie selbst sehr schlank ist, keinen Busen zu groß. Sollte sie eine Ausnahme sein und Empfindung besitzen? Sie ist nicht aus boshafter Neugier gekommen, diese da, sie will nicht feststellen, wie elend mich der Mann gemacht hat, den ich liebe. Sie ist zu erregt. Ich glaube eher, sie liebt selbst. Ja, unglücklich muß sie sein wie ich: wie könnte sonst eine große Dame ein Kunstwerk empfinden?‹

Sie kehrten in die Halle zurück.

»Störe ich Sie? Wollen Sie arbeiten?«

»O nein. Ich lasse den Abend kommen, und wie dankbar bin ich ihm, da er mir ein schönes Gesicht mitbringt. Setzen Sie sich wieder in den Stuhl, Herzogin, schauen Sie die Galerie entlang, wie vorhin, und erlauben Sie mir, Ihr Profil in Ton zu kneten.«

Sie bog den Kopf der Abzubildenden zur Seite, mit unerwartet leichten Händen; und dennoch fühlte sich die Herzogin unter diesen Händen zerbrechlich und ihnen unterworfen, wie ein Stück Erde, das Leben bekommen sollte nach Properzias Sinn und Leidenschaft. Properzia ließ sich auf einen hölzernen Schemel nieder; sie rundete eine Medaille und genoß das Schweigen. ›Oh, brauchte ich nie mehr zu sprechen!‹

›Was für ein mageres, stolzes Profil, und wie sie blaß ist und zittert! Auch sie muß sehr lieben.‹

Und Properzia sank tief zurück in das düstere Feuer ihrer eigenen Liebe.

Es verstrich eine lange Weile. Dann sah die Herzogin sich um: Properzia saß müßig, mit abwesendem Blick. Auf ihrem Schoß, zwischen ihren willenlos geöffneten Fingern lag die Arbeit.

»Das bin ich nicht«, bemerkte die Herzogin halblaut und neigte sich darüber. »Es ist elegant und kraftlos, es ist ein Mann... wie kommt er unter Properzias Hände? Ach –«

Sie erschrak und beendete leise: »Es ist der Mann.«

Properzia fuhr auf. Sie erkannte, was sie gemacht hatte, und starrte darauf hin, traurig, aber ohne Scham. Die Herzogin sah sich allein mit der großen Künstlerin im einsamen Walde der Seelen; Scheu, Mißtrauen und Eitelkeit waren draußen geblieben. Sie sagte: »Wenn Sie ihn vergessen könnten!«

»Ihn vergessen! Lieber sterben!«

»Sie hängen an Ihrem Elend?«

»Und Sie nicht an dem Ihrigen?«

»Kein Mann macht mich unglücklich. Ich will glücklich sein.«

»Aber Sie sind krank, Herzogin, vor Leidenschaft!«

»Auch ich liebe. Ich liebe die schönen Geschöpfe dort.«
»Weiter nichts...«

Die Herzogin starrte sie an, lange und mit Entsetzen.

»Properzias Geschöpfe«, sagte sie.

Properzia sah zu Boden.

»Sie haben recht. Ich bin schon so heruntergekommen, daß ich sage: weiter nichts, wenn man mir die Kunst nennt.«

Sie stand auf, sie murmelte: »Sie sehen, ich muß mich sammeln.«

Und sie flüchtete in eine tiefe Fensternische. Die Herzogin wandte sich ab; aufs neue erfaßte sie jene heiße Verachtung, wie für eine Verwandte, die die Familienehre befleckt hatte. In die Galerie brach der goldrote Staub des Sonnenuntergangs. Die Statuen badeten darin, jung, ruchlos, unempfindlich und auf ewig unbesiegbar. Drüben, auf der Schattenseite, krümmte sich ein großer, starker Körper; die Nacht hüllte ihn grau ein in ihre Fledermausflügel. Plötzlich zog ein Laut durch den dämmrigen Raum, ein unheimlicher Laut der Tiefe: das Schluchzen einer Brust.

›Und doch ist es diese Schluchzende‹, sann die Herzogin, ›der die Freien, Schönen dort draußen ihr Leben danken.‹

Sie glitt zärtlich an Properzias Seite, sie legte ihr den Arm um die Schulter.

»Unsere Gefühle sind flüssig und untreu wie Wasser. Kehren Sie zurück, Properzia, zu den Werken aus Stein: die Steine veredeln uns.«

»Ich habe es versucht. Aber nur mein elendes Gefühl ist Stein geworden.«

Sie ging wankend und schwer bis in die Mitte der Halle. Von dem Gerüst unter dem Glasdach riß sie die leinenen Tücher; da schimmerte durch den webenden Abend ein marmornes Relief. Eine große Frau saß auf einem Bettrand und zerrte den Mantel von den Schultern eines flüchtenden Jünglings. Er sah sie über die Achsel an, fein und geringschätzig. Die Herzogin erkannte zum zweiten Male den jungen Pariser. Die Verschmähte auf dem Bettrand war Properzia Ponti, wild, der Gesittung und Selbstzucht entronnen und bearbeitet von einer Leidenschaft, die auf ihr grobzügiges Gesicht losschlug, wie mit dem Hammer. Hinter sich vernahm die Herzogin das laute Atmen der anderen Properzia. Was da auf sie herniedersah, war noch einmal der gedämpft bleiche Marmorkopf, so ungezähmt, wie jener, und zurückverloren an die Natur und alle ihre Gewalten. Die Herzogin sagte sich: ›Ich sehe sie, wie sie ist, und das ist unwiderruflich.‹

Sie fragte leise: »Dabei bleibt es?«

»Dabei bleibt es«, wiederholte Properzia.

»Diese Frau des Potiphar ist ungeheuerlich schön. Wie könnte ich wünschen, Sie möchten etwas anderes machen?«

»Etwas anderes! Eben noch, Herzogin, habe ich Ihr Profil machen wollen. Was aber ist daraus geworden?«

»Er... Herr von Mortœil... Aber *mußte* er's werden?«

»Wenn Sie wüßten! Ich will Ihnen etwas sagen, was ich weiß. Der rohe Stoff enthält immer schon das Bild, das glückliche oder qualvolle. Ich kann nichts daran ändern, ich muß es einfach herausholen aus dem Stein. Und in allen Steinen verbirgt sich nur noch der eine.«

Liebevoll und mit stillem Grauen forschte die Herzogin: »Und hat das Werk Sie nicht einmal erleichtert?«

»In der ersten Stunde. Ich habe das Relief an einem einzigen Tage beendet: da war mir's, als habe ich meine Wut ausgetobt.«

»Wann war das?«

Bitter lachend erwiderte Properzia: »Heute.«

»Und jetzt?«

Sie hob die Arme und ließ sie fallen.

»Und jetzt fühle ich wieder: ich könnte die Welt anfüllen mit ungeheuren Symbolen meiner Liebe, und hätte, wenn sie voll wäre, noch nichts getan.«

Mutlos trat sie an das Fenster zurück und legte die Stirn gegen die Scheibe. Ein zerklüftetes Gebirge von Mauern und Dächern, spitz, braun, winklig, dehnte sich, hoch über ihr, ungewiß durch die Nacht. Die völlige Dunkelheit kam plötzlich: drinnen erstarb das heiße Leben auf dem marmornen Relief, es tauchte sanft in den Schatten. Die Herzogin sprach wie zu sich selbst: »Ich möchte Properzia in eine reinere Luft ziehen; sie lebt in der Schwüle. Ich möchte ein Haus bauen, auf dessen Schwelle alle Leidenschaften gleich diesem Marmor in Nichts zerfließen sollten – alle Leidenschaften, die nicht der Kunst gehören.«

Nach einer Weile fragte sie: »Wollen Sie versprechen, zu kommen und mir zu helfen?«

Unversehens ward es hell; der hinkende Diener ging umher und entzündete die Gasflammen.

Sofort traten die beiden Frauen aus dem verschwiegenen Walde der Seelen heraus; sie sahen einander fragend an: ›Haben wir das zusammen erlebt?‹

Ihre Hände berührten sich zum Abschied, und jede von ihnen fühlte die andere erstaunt und beglückt:

»Wir sind also Freundinnen?«

Die Herzogin ging durch die Galerie hinaus.

»Ein Haus, glänzend und hoch genug für ein Leben aus dem vollen, wie das eure«, sagte sie stumm und innig zu den Statuen.

Sie wiederholte es sich am Abend bei der Rückfahrt aufs Land. Neben ihr schwieg voll Bitterkeit die Blà. Sie sagte sich: ›Violantes Augen glänzen, sie fiebert in einem ganz neuen Leben. Ich habe ihr die Pforte geöffnet, und muß doch selber draußen bleiben. Ja, nun heißt es alleine untergehen.‹

›Und ich bin feige!‹ rief sie sich zu, mit erbitterter Scham. ›Warum fliehe ich, schon zum zweiten Male, nach Castel Gandolfo? Weil ich mich fürchte vor Orfeo. Weil ich an seiner Seite schon den Tod stehen sehe, der ihm die Hand führt. Er haßt mich, der arme Geliebte, denn ich habe ihn zuviel geliebt; er wird mich töten. Sollte ich mich nicht in seine Hände befehlen, auch wenn sie mörderisch sind? Ja, ich will dankbar sterben.‹

Sie rollten durch das Städtchen Albano. Die Herzogin äußerte: »Eine Bitte, Bice. Unterrichte mich gelegentlich von dem Stande unserer Kasse. Ich möchte wissen, über wieviel ich verfügen kann.«

Die Blà erwiderte leise und rasch: »Gleich morgen hole ich die Papiere aus Rom. Nein, noch heute abend will ich dir die Hauptsache sagen. Die Hauptsache...«, verhieß sie nochmals, mit einem Lächeln sanft und glücklich. Sie sann: ›Das eine hält mich noch zurück. Dann darf ich *ihm* gehören und unserm Schicksal.‹

Sie empfand ein Bedürfnis, gütig zu sein und, den Hals auf dem Block, die andern zu trösten.

»Heute nachmittag habe ich Della Pergola gesprochen«, versetzte sie. »Er war sehr herabgestimmt durch deine Standhaftigkeit. Du kannst zufrieden sein, süße Violante. Er gehört dir, grüble nie mehr darüber, quäle dich nie mehr.«

Die Herzogin lächelte.

»Mich quälen mit Della Pergola? Oh, Bice, kannst du dich denn noch entsinnen, daß ich unglücklich war, und sogar seinetwegen? Ich habe es vergessen. Ich denke schon all diese Zeit an ein Haus, das ich erbauen will. Ja, in Venedig will ich es errichten, denn mit seinen Statuen soll es sich spiegeln in einem trägen, dunkeln Wasser.«

Sie langten an.

›Ich habe sie verloren‹, dachte die Blà. ›Vielleicht ist dies unser letztes Beisammensein.‹

»Einen Augenblick!« flüsterte sie beim Aussteigen.

Sie wollte sagen: Ich bin mißgünstig gewesen und gehässig, weil du leben darfst und ich verurteilt bin. Auch feige war ich, und überdies habe ich dich bestohlen. Dennoch, Violante, glaube mir, daß ich ehrlich bin!

Sie stammelte und stockte.

»Schön?« murmelte sie. »Er ist da. Siehst du ihn?«

Ein Herr im weißen Flanellanzug ging mit wiegenden Hüften durch den Hintergrund des Gartens. Nach fünf oder sechs Schritten blieb er jedesmal stehen und stampfte mit dem Fuß. Sein Stöckchen sauste scharf durch die Luft, es traf links und rechts an den Beeten die Blütenbüsche; die roten Helioskelche flatterten ihm um den Kopf. Eine Flora, die halb den Weg versperrte, bekam von seiner eleganten Schulter einen Stoß, daß sie auf ihrem Sockel wakkelte. Als er die Herzogin erblickte, eilte Piselli herbei, verbeugte sich geschmeidig und lächelte über seine gewölbte, knapp bekleidete Brust hinweg, eitel und gnädig.

»Ich bin hier«, erklärte er immer wieder. »Herzogin, ich habe mir die Freiheit genommen. Warum mußten Hoheit mir auch meine geliebte Freundin entführen. Ich Armer bin gänzlich vereinsamt.«

Die Herzogin ließ sie allein. Piselli machte einen höhnischen Kratzfuß.

»Ja, ja, geliebte Freundin! Hierher aufs stille Land muß man sich also bemühen, um die Dame einzufangen. Entflattert war das Vögelchen, und man konnte kaum erfahren, wohin. Bin ich noch rechtzeitig gekommen, hat sie sich noch nicht verplappert? Nun hat aber der Ausflug ein Ende.«

Sie hatte den Kopf gesenkt. Plötzlich fühlte sie auf ihrem Arm seine gekrampfte Faust. Sie sah seine Stirnader hervortreten und seinen Blick verwildern. Sein Kehlkopf, anschwellend mit allen Halsmuskeln, schien ihr fürchterlich und bezaubernd. Er befahl zischend: »Komm! Mein

Wagen steht dort drüben. Du fährst heim, gehorchst, arbeitest und schweigst, du Racker!«

Ein Diener trat aus dem Hause; die Herzogin ließ zum Essen bitten. Sie folgten ihm.

»Das hilft nichts«, flüsterte er von hinten an ihrem Halse. »Wir fahren noch heute nacht. Was du verdienst, bekommst du.«

Sie flehte lautlos.

»Bis morgen früh, bitte!«

Er feixte.

Nach dem Diner saßen sie wortkarg beim Tee. Die weiche Nacht forderte auf, langsam und tief zu atmen und ebenso zu leben, ein lindes, feines, gütiges Leben. Die Herzogin träumte von Venedig und von einem Palast im Fächeln solcher Nächte. Vergeblich führte Piselli ihr seinen Körper vor, in allen Wendungen und Lagen. In seinem unbeherrschten Gesicht tobte der Haß. Die Blà wiederholte unbefangen: »Im Ernst, Violante, wir müssen jetzt gleich gehen.«

»Aber warum?«

»Ich will dir sagen... Orfeo ist vom Direktor der ›Tribuna‹ hergeschickt... Zwei Redakteure sind erkrankt, mehrere auf Urlaub... Man braucht mich in einer wichtigen Angelegenheit...«

»Du verzeihst, Violante?« fragte sie beim Abschied, mit einer überraschenden Tiefe des Blicks.

Das Paar fuhr stumm unter den Steineichen dahin; von den Kronen troff das Mondlicht. Es tauchte als eine silberne Mädchenseele in den sanft lauschenden See. Große Sterne und große Früchte durchglühten und durchdufteten die Nacht. Piselli fühlte sich schwer gekränkt durch die Nichtachtung der Herzogin.

›Früher‹, meinte er, ›bat sie mich, ich möge mich gegen den Kamin lehnen und mich ansehen lassen. Dünke ich ihr heute nicht mehr schön genug, fein und von allen Frauen geliebt, wie ich bin? Haha, ich bin froh, daß ihre Kasse ausgeleert ist und daß diese da Angst hat. Welches von beiden Weibern ist mir eigentlich verhaßter?‹

Albano lag hinter ihnen, der Kutscher war betrunken, Piselli hatte sich überzeugt, wie er einnickte. Er fauchte, ratlos vor Wut. »Du!« schrie er plötzlich, und seine elegante Schulter prallte gegen die Blà, wie sie die Flora erschüttert hatte. Sie wendete langsam den Kopf weg; er stieß hervor: »Du glaubst wohl, damit sei es abgetan?«

»Nein, das glaube ich nicht.«

Gehorsam blickte sie auf den Marmor seines Gesichts, unzerstörbar edel auch noch im Grauen. Er war daran, ihr die Handgelenke abzubrechen.

»Du hast es sagen wollen, Hündin! Hätte ich nicht Glück gehabt und wäre dir zuvorgekommen, so hättest du mich verraten.«

»Niemals! Niemals!« keuchte sie, und es ward ihr kalt bei dem Gedanken, daß sie es dennoch fast getan hätte.

»Die leere Kasse dir verzeihen lassen, dich lieb Kind machen, ein bißchen weinen und mich – mich ganz sachte abschütteln und verleugnen: das wolltest du. Närrin, die geglaubt hat, mich hineinlegen zu können! Habe ich dich abgefaßt?«

Die Tortur machte sie schwach, sie versuchte wieder den Kopf zu drehen. Sofort ließ er ihre Gelenke los und fuhr ihr von hinten an den Hals. Er würgte lange und mit Kraftaufbietung, völlig außer Fassung über ihre Demut und ihr Schweigen. Plötzlich überzog das Mondlicht ihr Profil: er sah es ganz blau. Er ließ los; sie fiel in die Ecke, halb bewußtlos. »Pfui, die Verräterin!« rief er noch. Er rülpste gewaltsam und spie seiner Geliebten einen Schleimfetzen mitten in die Stirn. Darauf fühlte er sich angenehm erleichtert, er zündete eine Zigarette an. Kaum vernehmbar sprach sie endlich, und rang noch mit dem Atem: »Warum machst du kein Ende! Sei doch gnädig!«

Und da er höhnisch schwieg: »Siehst du nicht, daß ich dich liebe?«

Er ahmte ihr versagendes Geflüster nach.

»Du hast mich ja! Hast du's eben nicht am Halse gefühlt? Sei glücklich, mein Schatz!«

»Dich haben!« sagte sie darauf deutlicher. »Ich wäre nicht einmal glücklich. Du sollst mich haben: Ich giere danach, dir zu erliegen, begreifst du das? Ich möchte mich dir rückhaltlos opfern, daß durchaus gar nichts von mir übrigbleibt. Ich sinne verzweifelt, was ich noch habe, um es dir geben zu können, um noch einmal die Wollust des Gebens zu spüren. Aber es ist schon alles dein. Meine Seele hast du verbraucht, ganz, so daß für ein zweites Leben von ihr nichts mehr da ist. Töte nun auch den Rest meines Leibes! Mein Leben war dein, nimm dir nun auch meinen Tod!«

Er hob grinsend die Achseln. Die Blà weinte mit offenen Augen in das mondweiße Feld hinaus. Aus fliegenden Wolken rannte es darüber hin, ein Schattenheer. Die Fliesen der alten Straße dröhnten wie vom Takt vieler Schritte, und an ihren Säumen reckten sich vor den schwarzen Massen der zerbrochenen Gräber die starren Frontispize mit den Masken ihrer Bewohner, unbeweglich und gefühllos. Die Blà sah keine von ihnen an, sie wagte sich nicht zu rühren. Sie fühlte den Schleimfetzen sich von ihrer Stirn lösen; sogleich erreichte er das Auge. Sie fürchtete sich vor dieser Nacht und ihrer Unerbittlichkeit, und schämte sich vor ihr.

Im Oktober bezog die Herzogin wieder die Villetta auf dem Caelius. Es regnete schwül, sie atmete schwer in den Zimmerchen, wo die dumpfigen Wände und die dunklen, leisen Möbel nach Weihrauch rochen. Die Vigne schloß wie sonst ein weinroter Vorhang: sie verstand nicht mehr die Süßigkeit des Ortes. Sie kehrte, Wind und Sonne des

Morgens schon in Augen und Haaren, in ein Schlafgemach zurück, das noch voll hing von den Träumen der vorigen Nacht. Es trieb sie an, alle Fenster aufzureißen.

Pavic kam, frisch gebadet in der Luft des Kellers zu Trastevere, wo die Seinigen ihn mit Romantik umgaben, und erzählte von neuen Begeisterungen der dalmatinischen Patrioten. Eine gewaltige Entscheidung kündige sich an. Monsignore Tamburini bestätigte es. Die niedere Geistlichkeit im Heimatlande der Herzogin habe ihre Pflicht getan; das Volk sei nun fanatisiert wie noch niemals. Die mächtigen Mönchsorden, durch Versprechungen im Namen der Herzogin von Assy gewonnen, unterhielten überall die Hitze. Eine nie gesehene Revolte stand unmittelbar bevor: eine Mönchsrevolte. Die Dynastie Koburg war verloren, und Baron Rustschuk, den sie in ihrer Not zum Finanzminister gemacht hatte, stellte sich der Herzogin zur Verfügung. Tamburini zeigte ihr chiffrierte Depeschen, und San Bacco, höheren Hauptes als je seit seinem Siegeszuge nach Bulgarien, kommentierte sie mit Fechterstößen und mit Worten aus blinkendem Stahl.

Sie liebte ihn für seine Haltung voll Kraft und Spannung, für die straffe Linie seines vorgestellten rechten Fußes, für seine Arme, nervig verschränkt auf der Brust, für das stolze Beben seines roten Kinnbärtchens, das Blitzen seiner türkisblauen Augen und den Wirbel seiner schlohweißen Haare über der schmalen, hohen Stirn. Aber sie wußte ihm nichts zu erwidern. Sie schrieb an den Maler Jakobus Halm. Er möge die Kopie der Pallas des Botticelli ins Windsor-Hotel schicken, wo sie einige Zeit wohnen werde. Sie nannte ihm eine Stunde, zu der sie mit ihm plaudern wollte, über ihren bewußten Vorschlag.

Am Zweiundzwanzigsten sauste die Tramontanaluft klar, dünn und ganz durchgoldet dahin über die alte Campagna. Beim Grabmal der Caecilia Metella trafen sich die Fuchsjäger. Acht oder zehn junger Herren setzten eine

Hand in die Taille, die der rote Frack schnürte, oder auf den mit weißem Leder knapp überzogenen Schenkel, und ließen ihre Pferde tänzeln vor der Herzogin von Assy. Sie hielt im Schatten der mittelalterlichen Kirche, deren Trümmer mager und gespenstisch sich zackten im Angesicht des runden und festen, der Zeiten versicherten Grabes einer Heidin.

Von der Stadt her trabte jemand über das abgewetzte Pflaster der Heerstraße, ein einzelner, dicker Jäger, eine Art Silen, rot und wackelig. Er langte an.

»Sie hier, Herr Doktor?« fragte die Herzogin.

Pavic wollte grüßen, vermochte aber die Zügel nicht loszulassen. Der Hut saß ihm tief im Nacken; seine Stirn war jetzt ganz kahl. Er verkündete ohne Übergang, besessen von seiner Idee: »Gleich kommt Della Pergola. Ich habe ihn überholt.«

»Um mir das zu sagen, haben Sie sich auf ein Pferd gewagt?«

»Hoheit, was ist ein Pferd einem Manne wie mir?«

Er nahm einen Anlauf.

»Ich habe mich ehemals auf den Rücken des Volkssturmes gewagt, für Sie, Herzogin. Dann auf ein Schiff, wieder für Sie, und es kostete mich mein Kind, das ich sehr liebte. Endlich in die Verbannung und in die seelische Verödung, für Sie. Und Sie wundern sich, weil Sie mich auf einem armseligen Pferderücken sehen? Es geschieht ja für Sie…«

Er schloß erregt, aber hoffnungslos. Sie sagte mit deutlichem Wohlwollen: »Warten Sie einmal, Sie haben eigentlich Mut!«

Sie wunderte sich. Pavic' Figur kam wie hinter den Zeiten hervor auf sie losgeritten. Er gehörte einem Lebensabschnitt an, den sie geschlossen hatte, und erneuerte heute, an dem hellen Windmorgen ihres jungen Tages, in ihr keine bekannte Empfindung. Sie erinnerte sich, ihn verachtet zu haben. Aber jene Leidenschaft, die ihn verachtet hatte, war dahingesunken; Pavic selbst war tot mit ihr, ein Gespenst, das sich ihr noch nahen konnte, weil sie gerade im Schatten von gotischen Kirchentrümmern stand.

»Mut?« wiederholte der Tribun. »Ich muß Sie doch warnen, Herzogin, vor diesem Della Pergola...«

»Aber das sieht ja aus wie eine Marotte, mein Lieber. Sie warnen mich, sooft Sie mich sehen. Was haben Sie?«

Ich rase vor Eifersucht! hätte er fast herausgeschrien. Dieser aufstachelnde Morgen und der nervöse, begehrliche Tanz des Pferdes brachten alles, was er seit vielen Wochen vorsichtig und mühsam umhertrug, zum Aufspritzen und Überschlagen: den ganzen Kessel voll Leidenschaft. Die Furcht vor einem verspäteten Nachfolger in der Gunst der Herzogin hatte Pavic verjüngt. Er war noch einmal toll vom Drange, zu wirken, wie zu seiner großen Zeit, als er drauf und dran war, ein Volk frei zu machen, weil man ihn, den Unterdrückten, als Studenten in Padua über die Achsel angesehen hatte.

›Della Pergola wird sie nicht haben‹, so beteuerte er sich täglich. ›Niemals!‹

Um zu verhüten, daß die Herzogin von Assy den Journalisten glücklich mache, fühlte Pavic sich zu allem entschlossen, zu Gesetzlosigkeiten und zu Übermenschlichkeiten. Er verfolgte Della Pergola, der ihm auswich. Auf jedem Gange traf der Journalist an irgendeiner Ecke die fette, verstaubte Gestalt, die ihn beschlich, geduldig und unausweichbar. Sie flüsterte ihm eine geheimnisvolle Warnung zu, wußte Dinge, die niemand wissen konnte, verweigerte Aufklärungen, verschwand, und hinterließ in ihrem Opfer den Keim zu Einbildungen, voll eines unklaren Grauens. Pavic unterhielt Vertraute im Hause der Herzogin, er kannte jeden ihrer Schritte und jedes Wort, das sie mit Della Pergola wechselte. Heute drohte die Entscheidung: Pavic wußte es und trat zwischen die beiden. Er hatte Listen gehäuft, um vom Prinzen Maffa, seinem ehemaligen Klubgenossen, eine Einladung zur Fuchsjagd zu erlangen. Ein Gedanke hetzte ihn: ›Sie hat mich feige gesehen, ein einziges Mal, damals, als der Bauer gespießt ward. Seitdem war ich tot und vernichtet. Jetzt aber… wer weiß… stehe ich wieder auf.‹

Er sagte, bebend in stiller Entschlossenheit: »Dieser Della Pergola ist nicht der, für den Sie ihn halten. Er wird Sie bloßstellen, Herzogin, er wird Ihre Sache erniedrigen, und schließlich wird er beide verraten, Ihre Sache und Sie.«

»Erklären Sie mir das!«

»Ich darf also deutlich werden, ich alter, treuer Diener? Hoheit, ich danke Ihnen. So wissen Sie denn, daß dieser Mensch mir längst alles erzählt hat, was Sie mit ihm abgemacht haben. Er ist ekelhaft ruhmredig; er begehrt eine Frau nur, um sie vor seinen hunderttausend Lesern mit Du anreden zu können. Wenn er jemals vertrauliche Erinnerungen besitzen sollte von einer Süßigkeit wie die meinigen…«

Pavic erschrak heftig über das, was ihm entfahren war. Die Herzogin schien es gar nicht zu verstehen. Er schloß mit Entrüstung: »…in den Caféhäusern am Korso würde er damit prahlen.«

»Also gut«, meinte sie belustigt. Sie ließ ihr Pferd die Kirchenmauer umgehen. Pavic folgte ihr.

»Er wird mich bloßstellen. Und wenn ich's geschehen ließe… der Sache wegen… Sie verstehen, Doktor, natürlich nur der großen Sache wegen.«

»Dann sage ich Eurer Hoheit, daß er für Ihre Sache niemals etwas tun wird. Ihre Gunst wird ihn nicht bestechen: Della Pergola ist unbestechlich.«

»Merkwürdig, das hatte ich ihm auch gesagt. Er hat es entschieden geleugnet. Ich glaube fast, mir zu Ehren macht er eine Ausnahme.«

»Glauben Sie es nicht, um des Himmels willen...«

Ihr Pferd machte längere Schritte. Pavic schnaufte. Er lag, in der verzehrenden Spannung dieses Augenblicks, mit dem Gesicht auf dem Nacken seines Braunen; sein grauer Bart zerdrückte sich auf der Mähne, und er rollte von unten seine geröteten, geängsteten Augen der Frau nach, die ihn nicht sah, und die mit Worten spielte. Pavic spielte sein Leben.

»Glauben Sie es nicht! Er kann nicht, selbst wenn er möchte. Lieber begeht er die ärgste Gemeinheit, als daß er sich bestechen läßt. Es ist krankhaft bei ihm...«

Plötzlich blieben beide Pferde stehen und spitzten die Ohren. Pavic versetzte noch: »Und wenn er Ihnen dennoch zu Willen wäre, so würden Sie keinen Nutzen davon haben. Ein bestochener Della Pergola hat sofort gar kein Talent mehr...« Er stutzte. Die Eifersucht, die ihn mutig machte, schärfte seinen Spürsinn. Er sah in Seelen hinein, und erstaunte darüber.

Drüben beim Grabmal ward die Meute losgelassen. Erst war es eine dicke, wimmelnde Masse. Sogleich aber, in zwei, drei springenden Strahlen rissen sich Fetzen daraus los, und die stärksten der Hunde brachen voran, weiß mit braunen Flecken über das kurze, harte Gras, gestreckt und bauchrutschend, mit Gekläff und hungernd nach Spiel und Mord. Der erste Jäger war Prinz Maffa, krumm über den Hals seines Fuchses. Seine rote Schulter leuchtete, die Sonne blitzte in etwas Goldenem, in seinem Horn. Er wand sich das Mundstück zu und blies. Alle Pferde griffen auf einmal aus, aufgeschreckt, zitternd, gierig. Das der Herzogin wieherte laut auf. Sie warf sich weit auf ihm zurück; ihre Arme und die Zügel spannten sich in zwei langen, straffen Strichen. Ihr Oberkörper schnellte, eine schlanke Gerte, über das Hinterteil des Tieres hoch hinaus. Es war weiß und zerschlug die Luft mit seinem goldenen Schweife.

Pavic keuchte und hopste, aber er blieb der Herzogin so nahe, daß ihr Schleier ihm um die Ohren wehte. Sein unfreiwilliges Schaukeln sah aus, als verbeugte sich ein gefeierter Volksmann nach links und rechts tief vor den Massen, die in seiner Vorstellung die Weiten der leeren Campagna füllten. Bei jedem Erdhaufen ward er in die Höhe geschleudert und plumpste hart in den Sattel zurück. Er war blaß, aber nur von der Gewalt der Erschütterungen, nicht vor Furcht. In alle möglichen Zwischenfälle war er zum voraus ergeben. Das größte Unglück, das er scheute, war nicht, vom Pferd zu fallen, sondern die Ankunft Della Pergolas zu versäumen. Und darum fiel er nicht.

»Sehen Sie?« flüsterte er durchdringend. »Hoheit, sehen Sie wohl?«

Della Pergola kam quer übers Feld herbeigesprengt, leicht und ohne Hast. Er lenkte sein Pferd neben das der Herzogin, grüßte und sagte mit ruhigem Atem und ohne eine Regung in seinem herben Gesicht: »Blasen wir zum Angriff, Hoheit? Ziehen wir mit den aufständischen Mönchen zu Felde? Der Augenblick ist günstig.«

»Wie nie. Ich reise sogar ab.«

»Nach Dalmatien! Ich gehe mit! Ich lasse alles im Stich.«

»Ihre Pressen? Und meine Artikel?«

»Sie haben recht. Ich bin gedankenlos. Habe nur noch Begierden. Was wollen Sie? Drei Monate machtloser Brunst! In der Hitze! Auf dem toten Pflaster unseres Sommers! Ich kann nicht mehr.«

»Sie verraten sich ja.«

Sie sahen einander fest an. Dann riefen sie sich wieder, im Takt der galoppierenden Hufe, ihre kurzen Sätze zu. Hinter ihnen schnaufte Pavic.

»Sie ergeben sich auf Gnade und Ungnade. Meinen Sie, ich werde das nicht benützen?«

»Meinetwegen. Ich bin fertig. Bin nicht gestorben.

Drum will ich nun meinen Lohn. Weil ich ausgehalten habe. Morgen früh erscheint Ihr erster Artikel. Und erst morgen abend will ich glücklich sein. Ich gebe nach.«

»Ich auch. Noch weiter als Sie. Ich verzichte ganz auf Ihre Artikel. Ich habe die Lust verloren.«

»Auch zu...?«

»Zu allem.«

Sie klatschte die Zügel auf den Pferdehals, warf sich weit zurück und stieß einen Schrei aus, vor reiner Lust, befreit und voll neuer Sehnsucht, dahinzufliegen durch lauter blaue Luft.

»Mir nach, wer mich liebhat!«

Sie schwebte gerade über einem breiten Wassergraben. Die Hufe zitterten, senkten sich und gruben sich drüben ins Erdreich. Della Pergola, gelähmt vom Schrecken über ihr Wort, starrte ihr nach. Er wollte halten. Im letzten Augenblick packte ihn die Angst vor Selbstverachtung, und er schlug mit der Reitpeitsche darauf los. Den Graben hatte er noch kaum bemerkt.

Plötzlich lag er ausgestreckt in der flachen Pfütze, mit dem Kopf auf dem schrägen Wall, und sah hoch oben durch das Blau, gläsern leuchtend wie Blau auf bemalten Scheiben, eine Schwalbe streichen.

Pavic sah nur, daß die Herzogin jenseits eines Grabens zu verschwinden drohte. Er keuchte: »Einen Augenblick!«, spornte sein Pferd und schloß die Augen. Er war sehr verwundert, als er sich drüben befand, zur Seite seiner Herrin und ohne den Journalisten.

Della Pergola raffte sich auf, die Lippen gepreßt; er flüsterte sich heimlich zu, mehrmals nacheinander: »Nur ruhig, um Gottes willen ruhig. Wir werden ja sehen.«

Er kletterte den Grabenrand hinauf, zog seinen roten Rock aus und versuchte ihn vom Schlamm zu säubern. Auf einmal blickte er auf.

›Das heißt eine Fuchshetze! Der Fuchs bin *ich* gewesen,

ich ahnungsloser Knabe! Sie hat mich gejagt und zur Strecke gebracht. Sogar ihr fettiger Liebhaber durfte ihr dabei helfen. So ist es...‹

Weit dahinten bewegte sich ihr verkleinerter Umriß und der schwankende des Tribunen. Ein leeres Pferd lief mit.

›Den Gaul werden sie einfangen, und heute abend lügt von mir und meinen Taten die ganze Stadt.

Aber noch von etwas anderm soll man sprechen, dafür werde ich sorgen!‹

Er machte sich auf den Weg. Den Kopf gesenkt und den Hut über den Augen, mit geballten Fäusten schlenkernd, ging er in rotem Frack und weißer Hose, arg besudelt und hastig durch das feierliche Land und grübelte Haß und Rache.

›Legen wir sie uns einmal klar! Ist sie kokett, hat sie mich mit Vorbedacht toll gemacht? O nein, sie denkt sehr wenig an sich. Eine Frau mit ihrem klaren Teint: ich sehe es unwiderleglich, ihre Seele ist viel zu hoch, unter den elend niedrigen Triumphbögen der Gefallsucht kann sie gar nicht hindurch.

Gott! Daß ich das noch immer glauben muß! Ich will nicht mehr! Aber es ist ihr nun einmal verflucht gleichgültig, ob man ihretwegen den Kopf verliert. Sie ist unempfindlich, so unempfindlich, daß sie dadurch wirklich *böse* wird. Pavic sagte damals im Café, wo er mit ihr prahlte: »Sie ist böse, diese Vornehme.« Er hatte recht, der abgedankte Opernsänger! Ah! Diese Vornehme! Es ist mein Schicksal, daß ich armer Snob eine wirkliche Vornehme getroffen habe. Ein einziges Mal, und das genügt.

Aber nun befreie ich mich von ihr! Wie, du willst nicht aus deinen hochmütigen Wäldern herabsteigen, du böse Diana? So will ich dich herunterholen!‹

Er kehrte durch das Tor von San Giovanni in die Stadt zurück und nahm einen Wagen. Er kreuzte die Beine und pfiff durch die Zähne, seiner Macht vollkommen gewiß.

›Eine selbstherrliche Dame, die sich einbildet, über der menschlichen Gemeinschaft zu thronen, kühl, unsinnlich und unverantwortlich für die Geschicke der Niedern, die sich ihr aufopfern: was werde ich sie lehren? Erstens, daß sie ein gutmütiges, etwas gewöhnliches Geschöpf ist. Zweitens, daß die alltäglichen Partner ihrer platten Liebesabenteuer auf Wunsch die genaue Beschreibung eines gewissen Sofas geben können, mit einer gewissen Herzogskrone, in die sie in ihrer charakteristischen Lage von unten hineinsahen. Innen war die Vergoldung etwas abgeblättert.‹

Im Fahren rundete sich ihm der Artikel. Er war fertig erdacht und zugespitzt, als Della Pergola in der Via Campo Marzo ausstieg, vor den Geschäftsräumen seines Blattes. Am selben Abend erschien er.

Es war gegen zehn Uhr. Die Herzogin befand sich in ihrem Schlafzimmer im Hotel Windsor. Der Vorhang nach dem Salon war halb zurückgeschlagen. Das Gemach hatte eine hohe, vergoldete Decke und breite Fenster. Am Kronleuchter brannten alle Gasflammen. Auf den seidenen Stühlen lagen weiß eingebunden ein paar Lieblingsbücher. Die Kopie der Pallas hing an der Hauptwand.

Drunten, in der weiten, neuen großartigen Via Nazionale, noch ganz fern, hörte sie ein Geschrei, das sie kannte: es wiederholte sich jeden Abend. Der jüngste Skandalartikel des »Intrasigente« machte seinen Weg durch die Stadt. Sie öffnete eine Scheibe und meinte zu verstehen: »Der Tod der Herzogin von Assy.«

Die Rotte näherte sich, fragwürdige Gesellen, die einen in Lumpen, volkstümliche Gecken die andern. Sie lungerten stundenlang vor der Druckerei des gefürchteten Blattes, einander bewitzelnd und bedrohend. Beim Erscheinen der frischen Zeitung gab es eine kurze, atemlose Balgerei; die Glücklichen, die die ersten Packen der feuchten Papiere errafft hatten, entrangen sich dem schwarzen Haufen und stürzten mit wüstem Gegröle den einträglichen Straßen zu, die des Nachts vom Leben fieberten. Wo sie vorbeikamen, bedeckte sich der Weg mit großen, weißen Fetzen, von ungeduldigen Händen in das Licht der Laternen gehalten.

Allen voran stürmte ein Mensch mit einem Stelzfuß. Er war hochschulterig, seine spitzen Knochen durchbohrten seine Flicken. Seine Brust war hohl und seine Fäuste dürr und knotig. Sein graues Gesicht, beinahe ohne Umriß, sah verwischt aus vom Elend, mit ungewissen Schatten an Stelle der Augen. Aber den Oberkörper tobend nach vorn geworfen, und mit seinem Holzbein hart aufstampfend auf das Pflaster, riß er den Mund auf, und ihm entsprangen, wie aus ihrer schwarzen Höhle, mit Rasseln und Pfeifen, dampfend vor Wut und voll eines Hasses, der sich überanstrengte, um sein Glück zu genießen, die Worte, überall gierig begrüßt.

»Hochwichtiger Artikel von Paolo Della Pergola! Der Zusammenbruch einer großen Dame! Entlarvung und moralischer Tod der Herzogin von Assy!«

›Was bedeutet das?‹ fragte sich die Herzogin.

Sie erkannte in alledem noch nichts weiter als das vom Krampf des Hasses verzerrte Gesicht des Schreiers. Die Spaziergänger umringten ihn und entrissen ihm die Blätter. Er sammelte eilig die Kupfermünzen ein, durchbrach den Kreis und hastete weiter, klappernd, kreischend und sich überstürzend. Und es war unbegreiflich, daß dieser Verkrüppelte und Todkranke alle seine Genossen immer wieder überholte. Was ihn an ihre Spitze stieß, war der Haß. Die Herzogin sah es: er wurde belebt vom Haß allein; der Haß erfüllte ihn ganz. Er konnte jeden Augenblick seinen Gliedern entströmen wie ein Gas: dann wären sie plötzlich eingeschrumpft und hingesunken.

Dieses Geschöpf, dessen sie sich nicht entsann und dem

sie schwerlich bekannt war, schien ihr die gelungenste Verbildlichung jenes unerwarteten Hasses zu sein, der schon oft genug in ihrem Leben aus menschlichen Seelen vor sie hingetaumelt war. Jener Alte am Strande jenseits der Hafenbucht von Zara, der aus Bosheit zu tanzen begann, weil sie im Sturm die Ruder ergriff; die beiden riesigen Morlaken, die vor den Köpfen ihrer Pferde mit Äxten fuchtelten, damals, nach ihrer verunglückten Rede zur Menge; ein ganzes Volk, das, die von ihr geschenkten Gelage noch unverdaut im Leibe, sie ehrlich und sittlich umkläffte und ihr den Schimpfnamen der »Vornehmen« gab: – alles das zog sich zusammen zu den Zügen dieses Zeitungsausrufers. Sein Anblick deuchte sie traurig und ein wenig widerwärtig.

Sie schloß das Fenster und legte die dichten Gardinen davor. Dann schellte sie; sie wollte den »Intransigente« lesen. Im selben Augenblick erschien ein Groom mit dem gefalteten Blatte auf dem Briefteller. Offenbar hatte man ihr Zeichen erwartet. Sie blieb unter dem Kronleuchter stehen und durchlief die Spalten; ihr Artikel prangte obenan. Sie hatte ihn noch nicht beendet, da näherten durch den Salon sich rasche, feste Schritte, die sie liebte; auf der Schwelle stand San Bacco. Er sagte: »Herzogin, Sie haben mich gerufen. Da bin ich.«

»Sie sind mir willkommen, mein lieber Marquis«, erwiderte sie. »Aber gerufen habe ich Sie nicht.«

»Wie, Herzogin, Sie hätten mich nicht gerufen, damals, vor meiner Abreise nach Bulgarien, als Sie mir erlaubten... trotzdem... immer Ihnen zu gehören? Sie wußten zu jener Zeit noch nicht, wann und wozu Sie einen Ritter und braven Mann nötig haben würden. Heute wissen Sie's.«

Und er schlug auf das Zeitungsblatt, das er mitgebracht hatte.

»Sie nehmen das da zu wichtig.«

Sie berührte gleichfalls das ausgebreitete Blatt.

»Dies ist noch nicht die Gelegenheit, bei der mein Freund nicht zögern dürfte. Wäre dieser Zwischenfall früher eingetreten, vielleicht hätte es mich entsetzt. Unterdessen hat langes Warten mich müde gemacht und gleichgültig. Ich habe innerlich alles längst aufgegeben: verzeihen Sie mir, daß ich es Ihnen nicht früher gesagt habe. Ich verlasse Rom und ziehe mich von allem zurück.«

Er brauste auf.

»Sie könnten!«

Er faßte sich, faltete die Hände und wiederholte: »Sie könnten! Herzogin, Sie könnten eine Sache verstoßen, die auf der Schneide steht. Ein Volk, das Sie anbetet und das in diesen selben Tagen in Ihrem Namen für die Freiheit kämpfen wird!«

Sie winkte ihm zu.

»Still, still, lieber Freund, ich weiß alles, was Sie zu sagen haben. Ich glaube nun gar nicht an den Sieg dieser sogenannten Mönchsrevolte. Aber davon abgesehen: dieses Volk wird herzlich froh sein, wenn wir es mit der Freiheit verschonen. Erinnern Sie sich der Zeit der Pächterunruhen? Wie sie mich haßten, weil ich ein paar liberale Reformen wagte, weil ich Aufklärung, Gerechtigkeit, Wohlstand einführen wollte! Ich aber liebte sie schwärmerisch, weil ich sie als tiernahe Halbgötter sah, als übriggebliebene Bildsäulen heroischer Zeiten, streng und bronzen unter großen, friedlichen Tieren, neben Haufen von Knoblauch und Oliven, bei riesigen, gebauchten Krügen aus Ton. Auf soviel Schönheit wollte ich ein Reich der Freiheit gründen. Heute verzichte ich und ziehe mit den Statuen allein meines Weges.«

Sie sprach immer leiser und dachte dabei: ›Was sage ich ihm?‹ Sie sah ihn heiter inmitten seiner Enttäuschung, leuchtend fast von der Reinheit seines Bewußtseins und ganz unangreifbar. Unwillkürlich vollführte sie mit der

Schulter eine Bewegung nach der Wand; es war, als träte sie in den Schutz der Pallas. Er wollte ihr antworten; sie bat: »Noch ein Wort, damit Sie mich verstehen. Bedenken Sie doch, wie viele Anstrengungen und welche Geldsummen waren nötig, um dem Volke ein bißchen Freiheitssehnsucht abzugewinnen. Lassen wir es nun endlich in Ruhe, es verlangt nichts Besseres. Wir beide, und alle wirklichen Liebhaber der Freiheit, machen uns lästig. Wir beschämen die Menschheit und ernten Feindschaft. Man gibt uns nach, um uns loszuwerden, und solche Geschehnisse, geboren aus Überdruß, Furcht und Bosheit, nennen wir dann einen Freiheitskampf.«

Sie schwieg. ›Ich habe die schlechte Rolle‹, dachte sie. ›Er kann mich demütigen im Namen des Ideals, das ich verehrt habe.‹ Und sie lächelte unsicher.

San Bacco sprach endlich, ohne Zorn, aus der von Weltklugheit verwaisten Höhe herab, in der sein Leben verlaufen war.

»Sie geben meinem Dasein unrecht...«

»Nein! Denn es ist schön.«

»Aber Sie glauben nicht an sein Ziel.«

Sie streckte ihm die Rechte hin.

»Ich kann nicht anders.«

Er nahm ihre Hand und küßte sie.

»Und ich bleibe trotzdem der Ihrige«, sagte er.

Gleich darauf schlug er sich vor die Stirn.

»Aber wir reden!« rief er. »Wir klären einander über unsere Gesinnungen auf und stehen dabei uns gegenüber, jeder mit dem Zeitungswisch in der Hand, worin ein Wicht Sie, Herzogin, anzugreifen wagt! Sie! Sie!«

Er geriet in Bewegung, sein Bärtchen zitterte. Er fing an, durch das Zimmer zu laufen, hielt sich die Ohren zu und wiederholte: »Sie! Sie!«

Und stehenbleibend: »Das ist ja ganz unglaublich! Mir scheint, ich merke erst jetzt, wie unglaublich das ist!«

Sein Halskragen ward ihm zu eng, er suchte ihn mit zwei Fingern zu weiten. Die Worte blieben ihm aus; endlich entfaltete er den »Intrasigente« und trug laut den Artikel vor, polternd, stockend, sich überpurzelnd.

»Die gutmütige Frau, die für einen kleinen Umsturz in ihrem ganz uninteressanten Lande harmlose Pläne schmiedet...«

San Bacco unterbrach sich und schleuderte Blicke umher, kühn anklägerisch und bis zu Tränen entrüstet, wie im Parlament, wenn er die Parteien der Satten vor seine Klinge forderte. Seine Kommandostimme machte sich schmetternd los.

»Jawohl, das ist echt! Von Feigheit und Neid sind sie ganz zerfressen, diese Schreiber. Einer von uns will stolz sein und stark und das Schlechte bekämpfen: was erfindet der Schreiber, um den Großstrebenden klein zu machen? Er nennt ihn gutmütig. Nicht sehr schlau, aber immerhin gutmütig. Wie das abscheulich echt ist! Hören wir den feinen Herrn zu Ende, dann wird es sich finden, an wem das Wort ist!«

Er las weiter, kam aber endgültig ins Stocken. Sie sah ihn tief erröten und seine Hände beben. Er war bei den Zeilen vom Sofa und der Herzogskrone. Die Buchstaben verzerrten sich und wurden unkenntlich, doch wagte San Bacco nicht, von ihnen aufzusehen. Die Herzogin schwieg auch; sie wandte sich weg.

›Er schämt sich‹, sagte sie sich. ›Er schämt sich für den Menschen, der das schreiben oder gar glauben konnte. Und wenn ich zurückdenke in eine Zeit, die mich nichts mehr angeht, so... tut er unrecht, sich zu schämen.‹

»Legen Sie endlich das Blatt weg«, befal sie.

Er schleuderte es in die Ecke. Dann half er sich aus der Verlegenheit mit einem Wutausbruch.

»Ah! Ah! Das ist der Geist! Das ist seine Ehre! Das sind

die Geisteshelden, die heute die Macht haben. Mehr Macht als das erlauchteste Genie der Tat! Da haben Sie einen von den feinen Köpfen, die höhnisch lächeln, wenn ein ehrlicher Mann von Dreinschlagen spricht. Die Ehre der Schreiber und Redner, da sehen Sie, was sich alles mit ihr verträgt. Aber es gibt Lagen«, schrie er mit einer Stimme, die sich brach, »Lagen, in denen nur noch der Geist gilt, der auf der Degenspitze blitzt!«

Sie verlangte: »Töten Sie ihn nicht! Mir liegt nichts daran.«

»Aber mir!« rief er, steif aufgereckt und bebend vor Spannung. Und er verschwand.

Eine Sekunde lang war sie unruhig.

»Sage ich's ihm? Daß er wieder einmal eine Donquichotterie begeht, und daß jenes armselige Sofa kein Hirngespinst ist! Dann verursache ich ihm einen viel gehässigeren Schmerz als das Fleuret eines Gegners, das ihm zwischen die Rippen fährt.«

Und sie trat zurück.

Von draußen kam ein Durcheinander böser Stimmen. San Bacco zeigte sich nochmals.

»Ihr Vorzimmer ist schon voll von Reportern. Sie sehen, ob ich recht habe, wenn ich einen schleunigen Strich mache über alles das. Vorläufig setze ich diese betriebsamen Neugierigen eigenhändig zur Tür hinaus.«

»Dank«, sagte sie, und nickte ihm zu.

Sie ließ alle Flammen löschen und blieb im Halbdunkel zweier Kerzen allein.

›Was will Della Pergola?‹ so sann sie. ›Wozu belädt er sich mit der Unannehmlichkeit, mein Feind zu sein? Es ist doch allemal soviel leichter, einander auszuweichen, und noch leichter, gute Freunde zu bleiben. Er hat also keine Selbstbeherrschung und bringt es zu keinem distinguierten Verzicht, sondern will mir schaden. Aber womit?

Mit einem lächerlichen Vorkommnis aus dem Leben einer andern, einer ehemaligen Bekannten. Denkt er mich damit wirklich im Innern zu treffen? Mir scheint, ich habe ihn überschätzt. Oder will er mir äußerliche Schwierigkeiten bereiten? Dazu müßte er in die Zukunft fliegen können, der arme, langsame Denker, der sich noch immer bei einem seit soundso viel Jahren leerstehenden Sofa aufhält, und müßte gewisse Statuen von ihren Sockeln in das langsame Wasser stoßen, in dem sie ihre dunkel glänzenden Glieder betrachten. Die Statuen...!‹

Sie träumte.

›Sie werden mich nie beleidigen durch Gier und Niedrigkeit. Sie verlangen nichts, als daß ich sie liebe, um mir alles zu geben, was sie sind. Sie vergreifen sich nicht an mir. So schwer ihre bronzenen Arme sind, ich werde sie nie zu fühlen bekommen. Ich werde frei bleiben und den Centauren fremd am Horne führen...‹

Plötzlich meinte sie, den Türvorhang rauschen zu hören. Sie fühlte einen Eindringling in der tiefen und weiten Dämmerung. Dahinten drückte sich ein breiter, dunkler Körper die Wand entlang.

»Wer ist da?« fragte sie.

Eine verschleierte Stimme antwortete »Ich« und räusperte sich: »Pavic.«

»Was wollen Sie?«

Pavic trat aus dem Schatten heraus. Er ermannte sich und sagte mit Schwung: »Es ist geschehen, Frau Herzogin.«

»Was?«

»Der Verbrecher ist gerichtet.«

»Er ist...?«

»Tot.«

Sie fuhr zusammen. ›Tot? Und mich freut das?‹ fragte sie sich. ›Ich habe ihn nicht gehaßt, solange er lebte. Aber da er verschwunden ist, tut es mir wohl. Das ist die Wahrheit. Denn es ist wahr, daß die Augen eines Feindes, die auf meinem Leben liegen, mit der Zeit Schmutzflecke hineinsehen würden. Es ist besser, sie schließen sich. Das Übelwollen der andern erinnert uns täglich daran, daß wir nicht allein und nicht ganz frei sind. Es träufelt unablässig in unsere Unbefangenheit und vergiftet sie. Es ist besser, man räumt es fort.‹

»Also es ist geschehen? Schon? Aber erst vor einer Stunde hat San Bacco mich verlassen.«

»Es geschah schon vor zwei Stunden«, sagte Pavic dumpf.

»Vor zwei…«

Diesmal war ihr Schrecken heftig.

Der Feind, der heute abend auf sie eingedrungen war, er war gar kein Lebender gewesen? Er hatte haßerfüllt zu ihr gesprochen – und war schon gestorben? Ihr Freund war gekommen, sie hatte von dem andern geredet und von seinen Angriffen. San Bacco hatte sie rächen wollen, – und alles das galt einem Toten?

»Aber San Bacco…«, wiederholte sie, unsicher vor Grauen.

»Nicht San Bacco«, erklärte Pavic. »Ich selbst…«

Sie stand auf. In dieser Nacht geschah zuviel Seltsames. Sie zitterte. Plötzlich hob sie den Schirm vom Leuchter. Der Kerzenschein traf Pavic' Gesicht; es war gedunsen, fahl, mit entzündeten Lidern und voll wirrer, grauer Haare.

›Diesen Menschen habe ich verachtet und vergessen‹, dachte sie, ›weil er sich nicht spießen ließ, anstatt eines Bauern. Aber für mich – für mich sein Leben zu wagen, dazu war er also doch imstande? All die Zeit lang war er immer dazu imstande?‹

Sie ging rasch auf Pavic zu und streckte die Hand hin.

»Er ist gefallen, im Zweikampf mit Ihnen, Pavic?«

Pavic tastete zögernd nach ihrer Hand. Seine erzwungene Haltung geriet ins Wanken.

»Nicht im Zweikampf«, lallte er. Und nach einer angstvollen Pause, schwer atmend: »Ermordet.«

Sie zog die Hand zurück, ehe er sie berührt hatte.

»Sie haben ihn ermordet?«

Ganz schwach kam die Antwort: »Ermorden... lassen.«

Sein Kopf hing vornüber. Die Herzogin brach in verächtliches Lachen aus. Er zuckte, jäh aufgestört. Er vollführte mit den Armen eine Menge kurzer, unheimlicher, hampelmannartiger Stöße. Dabei haspelte er eintönige Worte herunter.

»Sie wollten, ich sollte mich opfern, damals, an dem Tage, seit Sie mich verachten... Als der Bauer gespießt ward. Ich sollte mich opfern. Jetzt habe ich mich geopfert. Ich gehe unter... gehe unter, während Sie lachen. Lachten Sie nicht immer? Zu allen meinen Leiden haben Sie gelacht. Es ist recht, daß Sie noch lachen, da ich untergehe. Sind Sie doch so böse! Sind Sie doch keine Christin!«

Sie fragte ernst und sanft: »Warum eigentlich, warum taten Sie's?«

Pavic trug in diesem Augenblick den Kopf hoch. Er hatte sich empört gegen seine Herrin, zum erstenmal, seit er ihr gehörte. Er hatte ihr seine Bitterkeit und seinen schleichenden Groll ins Gesicht gesagt. Es war die letzte Stunde, die ihn soviel wagen ließ. Die letzte Stunde ermächtigte ihn zu allem, sie überhob ihn jeder Scham.

»Warum?« sprach er. »Weil ich Sie liebte, Herzogin. Weil ich Sie noch immer lieben mußte. Weil ich in den vielen Jahren meiner Erniedrigung niemals jenen einen Augenblick vergessen habe, da Sie mein waren.«

»Daran haben Sie noch immer gedacht?« fragte sie, sehr erstaunt.

»Immer«, sagte er, edel fast in der Wahrheit seiner Empfindung.

»Ich hatte verzichtet«, setzte er hinzu, »weil ich mußte.

Aber niemals gab ich es mit einem Gedanken zu, daß ein anderer kommen könnte und meine Stelle einnehmen. Endlich kam dennoch dieser Della Pergola, und ich war aufgebracht, als sei ich angegriffen und in meinen Rechten verletzt. Ich haßte ihn zehrend, mit krankhafter, elender Rachsucht, als den Räuber, der mich aus den letzten Hoffnungen vertrieb, in die ich mich geflüchtet hatte. Oh, Hoffnungen, die nicht einmal einen Namen hatten, so ohnmächtig waren sie. Aber er mußte fort, dieser starke Räuber. Sein Artikel von heute kam mir wie eine Erlösung.«

Er stöhnte auf.

»Eine Erlösung...«, wiederholte nachdenklich die Herzogin.

»Eine Erlösung«, sagte Pavic nochmals. »Nun gehe ich selbst mit ihm unter. Das macht allem Leid ein Ende, und ist gerecht und dürfte nicht anders sein. Denn...«

Er murmelte.

»Ich bin ja mitschuldig an seinem Verbrechen. Was er schamlos verraten hat, das wundervolle Geheimnis von der Herzogskrone, jawohl, von der Herzogskrone auf jenem Sofa, – ich habe es ihm selbst gesagt. Ja, Frau Herzogin, ich sagte es ihm, im Café habe ich mit Ihnen geprahlt: ich beschönige nichts. Ich war krank vor Gier und Eifersucht und Angst und Bosheit; ich mußte von Ihnen reden, Dinge von mir geben, die ich nicht einmal wußte, mich mit Ihnen brüsten, den Menschen, der Sie begehrte, demütigen, Sie, Frau Herzogin, demütigen, denn Sie waren so stolz, – demütigen auch mich selbst, durch die Gemeinheit, die ich beging...«

»Es ist genug«, sagte sie, gepeinigt durch dieses Sichentblößen einer Seele. Pavic reizte sie. Halb abgewandt fragte sie: »Wer hat es getan?«

»Wer es...?«

»Wer ihn ermordet hat.«

»Einer tat es von den Jünglingen meines Klubs. Jener, der

reinen Herzens ist, wissen Sie, mit seelenvollen blauen Augen, und noch nie ein Weib berührt hat. Er hat sich nach Schluß der Redaktion in Della Pergolas Privatbüro geschlichen, mit dem langen Messer, womit er immer nach der Puppe gestochen hat, die auf einem Pfahl stak und den König Nikolaus vorstellte. Della Pergola hat sich rasch umgedreht, – da saß ihm das Messer schon im Herzen. Denn der Jüngling hatte große Übung, weil auch die Puppe, die den König Nikolaus vorstellte, sich immer gedreht hatte...«

»Bringen Sie ihn mir her, daß ich ihm danke. Er hat für mich sein Leben gewagt.«

»Ich kann nicht. Man hat ihn gefangen.«

»Ah! Und Sie, Pavic, gehen umher!«

»Ja, ja. Ich gehe noch umher... noch einen Augenblick«, flüsterte er, fast unverständlich.

Sie schwiegen.

Endlich sagte die Herzogin: »Nun verlassen Sie mich.«

»Ja, ja.«

Er schnitt eine kranke Grimasse und drückte sich wieder die Wand entlang, ohne sie anzusehen, weiß, mit dunkelroten Flecken hier und da im Gesicht.

»Noch eins«, rief sie, als er den Vorhang aufhob.

»Warum haben Sie es nicht wenigstens selbst getan?«

»Das – konnte ich nicht. Ich will mein Leben geben, aber – selbst zustoßen, – nein, es war unmöglich. Ich... kann... kein Blut sehen...«

Und er ließ den Vorhang fallen.

Er schlich durch den Salon, schwerfällig schlürfend, mit der Krawatte hinter dem Ohr. Er fühlte sich verurteilt, wie damals, als sie ihn zu sich gerufen hatte, nach dem Tode des Bauern, der gespießt ward. Nur daß heute alles endgültig war, und daß keine erbärmliche Hoffnung übrigblieb und nicht einmal die Furcht, – weil ja das Leben in der Welt aufhörte.

Das Vorzimmer wimmelte schon wieder von Berichterstattern. Der Kammerdiener und Prosper, der Jäger, zankten sich mit ihnen und versperrten ihnen die Tür. Pavic hielt den Schritt an.

›Soll ich es ihnen sagen?‹ dachte er. Aber er ging weiter. ›Wozu. Ich mag nicht.‹

›Überwinde dich, Sünder!‹ rief er sich gleich darauf zu. ›Habe Mitleid mit den Armen, denen eine Notiz über deine Tat einen Bissen Brot einträgt.‹

Doch fühlte er sich unfähig, alle diese Neugier gegen sich zu entfesseln und all dies Leben über sich ergehen zu lassen, so lärmend, lüstern, eifersüchtig, schadenfroh und gewalttätig. Er sah sich schon abseits im Schatten. Er entfernte sich gesenkten Hauptes und litt darunter, mit Schweigen untergehen zu müssen, er, dessen bestes Leben ein lautes Spiel gewesen war.

Auf der Straße trat er an einen Polizeiwächter heran und fragte: »Wo befindet sich der Bezirkskommissär?«

Vier Nächte später erfuhr die Herzogin die völlige Niederwerfung des neuen dalmatinischen Aufstandes. Dieselbe von Haß zerrissene Stimme verkündete sie, die ihr die Seelenschreie des toten Della Pergola ins Fenster geschleudert hatte, gleich Knollen Unrat, mit frischem Blut verklebt. Im Munde des elenden Krüppels ward die Trauerbotschaft von einem vernichteten Volke zum Triumphgeheul. Alles Unglück, das die Welt gebar, war ein Triumph seines Hauses. Den Glauben an jede schönere Zukunft ohnmächtig und alles Leben unnütz zu wissen, berauschte die sich selbst unbekannte Seele des fanatischen Sterbenden.

Sie ließ keinen der zahlreichen Besucher vor, die sich darauf einstellten. Sie wartete auf die Blà, aber die Freundin kam nicht.

Jakobus Halm begann das Bildnis der Herzogin. In dem

streng verschlossenen Salon stand er ihr gegenüber, hinter der Staffelei herausspähend mit vorgestrecktem Halse und von unten herauf, und hing Phantasien nach über das Haus der Herzogin in Venedig und über seine eigenen künftigen Werke. Er war glücklich. Oftmals, nach langem, eifrigem Schweigen entfuhr es ihm: »Gott! Was nun plötzlich alles möglich geworden ist!«

»Was ich alles *können* werde!« erklärte er. »Oh, ich konnte nichts, solange ich arm war und ohne Beifall. Um mich nur überhaupt leben zu fühlen, ließ ich mich von Perikles vergewaltigen und von seinen Kühen und schwitzenden Ringern. Sie machten mich krank und unfähig, den Pinsel aufzuheben; aber ich konnte mich wenigstens sehnen, wenn ich sie ansah, sehnen nach... ah! nach dem, was ich jetzt machen werde! Zum Teufel mit all den Muskeln auf roten Teppichen, mit all den Fleischhackerstudien! Ihre Wände, Herzogin, sollen sich mit einem silbernen Licht bedecken, darin baden die wundervollen Formen sich leicht und frei von der Härte der niederen Körper. Alle thronen sie, schweben, fühlen sich, prangen und ruhen!«

Die Herzogin warf dazwischen: »Wenn Sie mein Porträt nicht immer wieder übermalen wollten! Ich war schon gestern fast befriedigt, es war sehr ähnlich.«

»Ähnlich?« meinte Jakobus achselzuckend. »Es kann zufällig ähnlich gewesen sein. Ähnliche Porträts macht Ihnen jeder tüchtige Malersmann. Wonach ich suche, das ist eine Erscheinung, würdig der Herzogin von Assy; das Gesicht, das ihrer Seele gleichkommt. Ich habe aus kühler Haut und aus warmem Haar das Bild einer Empfindung zu machen, tief, gütig und dankbar, und eines Hochmuts, der nur sich kennt. Die Augen sehen unbewegt einem großen Leiden zu und sind schwer und süß von Sehnsucht. Die Frau, die ich malen will, ist vielleicht gar nicht die, die mir jetzt dort gegenübersitzt; aber sie kann es im nächsten

Augenblick sein. Sie war es, die damals, wie sie mir zuerst erschien, ihren Blick in den der Pallas versenkte. Ich male sie, Herzogin, aus der Erinnerung. Sie helfen in besonders gnädigen Sekunden meinem Gedächtnis nach. Was ich hier auf der Leinwand andeute, ist die leere Form. Ich will sie beleben, wenn ich Sie nicht mehr sehe, nach Ihrer Abreise.«

Zum Schluß fragte er: »Werde ich Sie je so reich, liebevoll und frei wiedersehen, wie Sie vor der Pallas standen? Ah! Damals war ich genußfähig, weil ich nichts zu malen hatte, weil mich die fiebernde Angst, Sie malen zu wollen, noch nicht erfaßt hatte. Die Dinge ansehen dürfen, ohne sie malen zu müssen: welch Glück!«

Baron Chioggia, der dalmatinische Gesandte, ließ die Herzogin dringend um eine Unterredung bitten; sie empfing ihn.

Er war ein alter Bekannter; schon seit Zara verkehrten sie. In Rom behandelte der Gesandte die Herzogin von Assy wie eine feindliche Macht, verbindlich und untadelig. Wünschte er sie als Freund zu besuchen, so verließ er den Sitz der Gesandtschaft in seiner offiziellen Equipage und begab sich ins Grand Hotel, wo er Wohnung nahm. Dann bestieg er einen Mietswagen und fuhr, in einen Privatmann verwandelt, zur Herzogin. Er kehrte ebenso ins Gasthaus zurück und verließ es als Diplomat, der seinen Posten wieder einnahm.

Heute aber hielt in der Via Nazionale sein Galagefährt. Der Gesandte König Nikolaus' betrat den Salon der Herzogin mit dem Koburgischen Hausorden auf der Brust. Baron Chioggia war ein geschmeidiger Fünfziger mit graublonden Favoris und einer leichten Bauchwölbung. Er war jovial, neugierig, zweifelsüchtig, außer in Geldsachen, dabei gebildet genug, um nichts ganz feierlich zu nehmen, nicht einmal sich selbst, aber sehr besorgt um seinen Ruf als boshafter Schelm. Man hielt ihn leicht für einen Finanzmann, und er hatte nichts dagegen.

Er sagte: »Sie machen es Ihren Freunden gar zu schwer, Hoheit, mit sich zufrieden zu sein. Man spricht in ganz Rom nur von Ihnen, und gerade in dieser reichhaltigen Zeit versperren Sie Ihre Türen. Man fragt uns: was macht die Herzogin, wie nimmt sie alles das auf? – und wir müssen uns mit lahmen Erfindungen helfen, da unsere Eitelkeit uns einzugestehen verbietet, wir haben sie gar nicht gesehen.«

Die Herzogin hob die Schultern.

»Was verlangen Sie von mir, Baron. Ich bin müde, der Sommer hat mich angegriffen. Ich suche in strenger Zurückgezogenheit ein wenig auszuruhen, bevor ich nach Venedig fahre. Ich hoffe auf die Seeluft.«

»Dabei können Sie nicht einmal wissen, daß Don Giulio Braganza in eine Nervenheilanstalt gebracht werden mußte.«

»Ich bedauere es.«

»Ich nicht. Dieser gutgezogene junge Mann hatte es ertragen gelernt, fünfzigtausend Franken auf einer Karte verschwinden zu sehen. Er war nicht reich, und fügte sich in Glück und Widerwärtigkeit. Was konnte es ihm machen, daß die spanische Botschafterin ihn nicht liebte? Madame Pippa Pastinal ist reif, – noch reif, möchte ich sagen, bevor sie mehr ist als reif. Gleichviel: Don Giulio konnte über sie nicht wegkommen. Pippa oder die Nervenheilanstalt, hieß es für ihn, – und jenseits dieser Alternative lag doch die weite Welt. Ich kenne zartere Eroberer, als dieser Don Giulio einer war, die dennoch weit wichtigere Enttäuschungen mit mehr Würde überstehen…

Und mit mehr Anmut«, fügte er hinzu, und küßte der Herzogin die Hand. Darauf sprach er sogleich weiter: »Darf ich übrigens diesen Moment tiefer und freudiger Bewunderung wahrnehmen, um Euerer Hoheit den Frieden mit meinem Lande anzutragen, das auch das Ihrige ist: einen höchst ehrenvollen Frieden, wie Sie sehen werden.«

»Ich nehme ihn an, bevor ich weiß, wie er aussieht. Und wenn Sie kampflustig wären, Baron: ich bin es nicht mehr – und was wollten Sie dabei machen?«

»Ich habe alsdann Euere Hoheit nur um Verzeihung zu bitten, daß wir nicht früher zu Ihnen gekommen sind. Aber nachdem eine Reihe der traurigsten Irrtümer uns dazu verführt hatte, in Euerer Hoheit eine Feindin zu sehen, hat eine Art Scham, jenes Schamgefühl, dessen auch Staaten und Dynastien fähig sind, uns verhindert, unser Unrecht gutzumachen. Die Zwischenträger, Spione und Fischer im trüben haben unserem Mißtrauen keine Ruhe gegönnt; sie haben uns sogar glauben zu machen versucht, hinter der jüngsten und hoffentlich letzten Erhebung einiger unzufriedener dalmatinischer Untertanen verberge sich der Einfluß und das Interesse Euerer Hoheit. Mit um so größerem Vergnügen benützen wir gerade diese Gelegenheit, um die Konfiskation des herzoglich Assyschen Vermögens aufzuheben, Euere Hoheit in den Genuß Ihrer sämtlichen Besitzungen wieder einzusetzen und Ihnen die Rückkehr nach Dalmatien freizustellen.«

Die Herzogin sagte belustigt: »Mit einem Worte, mein lieber Baron: nach Niederwerfung der Mönchsrevolte halten Sie mich für vollkommen ungefährlich, und sind entschlossen, sich um mein Tun und Lassen nicht weiter zu kümmern.«

»Welch eine unverdiente Kränkung!«

Der Gesandte sträubte sich, mit spaßigen Gebärden, und lächelte dennoch gelassen zustimmend. Er rief aus: »Sie schlagen das Vergnügen, Herzogin, zu gering an, das ich daraus schöpfe, vor Ihnen auf der Hut sein zu müssen. Sie trauen mir hoffentlich den guten Geschmack zu, daß ich eine schöne Feindin besser zu schätzen weiß als eine häßliche Freundin.«

Sie machte eine zweifelhafte Miene.

»Aber das Wichtigste vergesse ich«, sagte er munter, und es folgte eine neue Anekdote aus der römischen Gesellschaft. Er verirrte sich in ein unstetes Geplauder, das die Herzogin anfangs befremdete und reizte. Allmählich verlor sich die Spannung, die die todschweren Ereignisse der vergangenen Woche ihr hinterlassen hatten. Eine Viertelstunde lang fühlte sie sich leicht, frivol und unwissend wie als Siebzehnjährige auf den Pariser Parketts, umtanzt von Bosheit und Verrat, die sie nicht berührten. Sie bedauerte es fast, als Baron Chioggia eine ernste Miene annahm. Er sagte als Freund, behutsam und mit halber Stimme: »Herzogin, erteilen Sie mir für die Zukunft die Vollmacht, Sie vor Ihren Freunden warnen zu dürfen.«

»Ist das nötig?«

»Es *war* nötig. Aber durfte ich mir soviel Freiheit nehmen? Sie haben unter anderm dem Monsignore Tamburini sehr viel Vertrauen geschenkt. Er hat es benutzt, um Ihr Geld einzustecken und von Ihren Gegnern noch mehr zu verlangen. Ja, er hat uns unmittelbar vor Ausbruch des jetzt beendeten Aufstandes die Ruhe im Lande angeboten, für einen festen Preis. Wir hatten nicht nötig, ihn zu zahlen, wohlverstanden; wir waren unserer Sache ohnedies sicher.«

»Also San Bacco hatte recht: der Tamburini ist ein Wolf!« rief die Herzogin lebhaft. Sie war überrascht und nichts weiter.

»Auch Ihr großer Verehrer Pavic, dessen romantische Laufbahn nun so bühnengerecht geendet hat, führte seinerzeit ein kostspieliges Leben. Ihre gute Sache und Ihre Hoffnungen sind die Bezahler gewesen.«

›Ändert das etwas an dem Pavic, den ich kenne?‹ dachte die Herzogin. Sie fragte: »Noch mehr?«

Der Gesandte genoß mit saftigen Lippen die Worte, die er von sich geben wollte.

»Beide aber, der Tribun und der Priester, konnten Ihrer Kasse, Herzogin, nicht so entscheidend zusetzen, wie sie gewünscht hätten. Denn das Beste geschah von seiten eines Herrn Piselli, den man als Spieler, und leider als unglücklichen, kennt. Die Verwalterin der Kasse, die Ihnen befreundete und auch von mir sehr geschätzte Contessa Blà hatte, wie man allgemein weiß, diesem Herrn nichts abzuschlagen.«

Die Herzogin unterlag einem plötzlichen Kältegefühl. Ihr Blick ward starr, er verließ das fein verzerrte Gesicht des Diplomaten und heftete sich irgendwo an die Wand. Es vergingen mehrere Sekunden, ehe es ihr einfiel, sich zu beherrschen; aber Baron Chioggia war in diesen Augenblicken blind. Er genoß zu eindringlich die eigene Bosheit. Er schwächte mit ihrem Gift sich selbst; seine Beobachtung trübte sich.

»Und wie kommen Sie zu diesen Kenntnissen?« fragte sie darauf.

»Man hat mich damit versehen. Hätte ich's Ihnen nur gestehen dürfen! Aber konnte ich es wagen? Hoheit, urteilen Sie selbst! Es war also eine andere, Ihnen gleichfalls nahestehende Dame, die Fürstin Cucuru, die mich häufig mit höchst reinlichen und treuen Berichten versehen hat.«

»Ach so«, sagte sie, und verzog die Lippen, flüchtig angewidert.

›San Bacco hat auch das geahnt‹, meinte sie im stillen. Gleichzeitig ging ihr die Gestalt der Fürstin durch den Sinn. Sofort machte sie innerlich den ganzen Vorgang durch, der jetzt den schäbigen Salon der Pension Dominici zum Schauplatz hätte haben können, und bei dem sie selbst die von einer entlegenen Sympathie berührte Richterin einer unwürdigen und grotesken Greisin vorstellte. Sie spielte sich diese Rolle, wie sei einstmals die lichtspendende und unerbittliche Bedrängerin der alten, dumpfen Leute in der Königsburg zu Zara oder wie sie in dem heimlichen Garten ihrer Kindheit das Märchen von Daphnis und Chloe gespielt hatte. Und gleich der dalmatinischen Revolution und gleich dem Echo von Pierluigis Pavillon endete alles mit Gelächter. Sie sah das rote, störrische Zauberinnengesicht der Alten bei der Enthüllung ihres zweifelhaften Geschäftes vor zorniger Verlegenheit kollern und prusten. Sie begann leise zu lachen, und der Gesandte lachte mit, ohne zu verstehen, warum. Sie erklärte es ihm.

Eine Zeitlang erheiterten sie sich auf Kosten der Familie Cucuru. Die Herzogin dachte dabei: ›Also alle Verbindungen, die ich für die dalmatinische Freiheit unterhielt, fallen plötzlich auseinander mit Geklingel, wie zerbrochene Geldrollen. Die volle Höhe des Interesses und der Liebe, die meiner Sache dargebracht wurden, läßt sich in Zahlen ausdrücken. Wie einfach! Ich gab Geld, und dafür verschaffte man mir das Gefühl, in lauter Kämpfen, Unternehmungen und Gefahren zu stehen. In Wahrheit aber stand ich mit meinem Traum ganz allein – wie auf einem vereinzelten Felsen, an dem das Meer hinaufbrandet‹, so ergänzte sie träumerisch und meinte im Grunde ihres Geistes ihren heimischen Scoglio. Ein weißes Kind lehnte sich an seine Zacken.

Und dieser Gedanke verjüngte und reinigte sie. Sie hatte also in Wahrheit gar nicht teilgehabt an den Handlungen, die ihren Namen trugen, an dem ganzen, auf Erfolg gerichteten, ziemlich niedrigen Spiel mit menschlichen Trieben. Sie dankte dem Geschick, das sie daran verhindert hatte. Als sie endlich den Gesandten verabschiedete, bemerkte er ihre Genugtuung. Er stutzte. Draußen überlegte er, ein wenig beunruhigt.

›Was ist das? Ich kam doch zu ihr als der Überlegene? Ich habe ihr die ganze Zeit lang prickelnde Enthüllungen beigebracht; und jetzt, um es mir nur zu gestehen, fühle ich mich beinahe gedemütigt. Welche Macht hat diese seltsame Frau noch immer? Womit droht sie mir?‹

Und er suchte lange vergeblich die Macht zu berechnen, die der geschlagenen Herzogin von Assy noch zur Verfügung stand.

In der Nacht konnte die Herzogin nicht schlafen. Sie hörte dem Sciroccosturme zu. Er fegte die verwehten Worte des Gesandten noch einmal zusammen, und unter so vielen nichtigen stieß sie immer wieder auf das eine unerträglich schwere, und ihre Gedanken hoben sich daran wund. Sie bedeckte das Gesicht mit den Händen.

›Welche Schande! Wie konnte sie das ertragen! Sie, zu der ich redete und mit der ich träumte wie mit mir selbst. Wie konnte sie so schlecht und unstolz vor sich selber leben!‹

Sie begriff es nicht; aber durch die lange Stille tönten ihr allmählich, leise und flehend, alle die sanften Klagen der Unglücklichen, ihre unerwarteten Bitten um Verzeihung, ihre Todessehnsucht. Die Herzogin erkannte jetzt auf einmal den zweiten Sinn hinter alledem, aber er erweichte sie nicht. Das gehetzte, fragwürdige, ängstereiche Dasein der Freundin gab ihr nichts ein als Widerwillen: ›Mit der Unreinlichkeit eines schlechten Gewissens in der Brust hat sie mich umarmt!‹

Gegen sechs Uhr schrak sie auf aus beängstigendem Halbschlummer. Auf der Straße stampfte ein Stock das Pflaster, und eine Stimme kreischte: »Die Liebesgeschichten einer Dichterin. Die Contessa Blà von ihrem Geliebten übel ermordet.«

Als die Herzogin das Fenster aufgerissen hatte, befand sich der Ausrufer darunter. Er schrie ihr, ohne sie zu sehen, sein frohlockendes Unheil gerade ins Gesicht. Sie blickte in die schwarze Öffnung seines Mundes hinab. Der Geifer Della Pergolas und seine Sterbelaute, das Getöse der fallenden Dalmatiner und ihr Wimmern: alles war von diesem Munde nachgebildet worden, diese Zähne hat-

274

ten sich wütend hineinverbissen, und dieser verdorbene Atem hatte es in die Luft hinausgekeucht. Aber der Tod der Blà entstieg ihm unheimlicher, lähmender als alles andere: – denn die Straße war leer. Der schreiende Krüppel ganz allein durchlief sie. Man wußte nicht, wen er verfolgte. Ringsumher war Schlaf; seine Stimme war das einzige Geräusch, – und wem galt sie? Inmitten des weiten Dämmergraus dünkte es die Herzogin, als seien die Ereignisse, die er verkündete, nicht dahinten in Welt und Wirklichkeit entstanden: nein, in dem zerfetzten, faulenden Leibe dieses unmenschlichen Wesens keimte und erwuchs alles Gräßliche. In dem Augenblick, da er es hinausschleuderte, ward es Wahrheit.

Sie klingelte. Eine halbe Stunde später saß sie schon im Wagen. Es war kalt, ein Sprühregen klimperte eifrig auf den Scheiben. Sie dachte: ›Ich habe wieder mit einer Toten gesprochen, die ganze Nacht.‹

Sie erreichte das Haus, das sie so oft erstiegen hatte, helle Treppen hinauf; über die letzte zog schon der Duft der Blumen, die das große Atelier erfüllten. Zerblätterte Bücher lagen neben Statuetten. Das weite Fenster strotzte von Blau, indes drunten auf dem Spanischen Platz das Leben flitterte. Ihr fiel ein: ›Wie sieht es jetzt dort oben aus? Was liegt dort jetzt?‹

Man sagte ihr, die Contessa Blà sei umgezogen, schon vor Monaten.

Sie fuhr vor Porta Pia hinaus und hielt an einem der Neubauten, die Ruinen glichen. In einem Verschlage, wo es nach Mörtel roch, dürftig eingehüllt und umstanden von Kindern und Weibern aus dem Volke, lag die Blà. Ihre Stirn bedeckte eine Eisblase. Auf dem schlechten Bett ruhten ihre feinen Hände; die Haut schimmerte durch die zierlichen Spitzen des Hemdes. Ihr verschleierte Blick begrüßte die Herzogin; sie bewegte die Lippen.

Prosper, der Jäger, nötigte die Neugierigen hinaus. Die

Tür ging knarrend immer wieder auf; er blieb draußen stehen und hielt sie zu.

Die Herzogin stand am Bett und schaute stumm nieder auf die Sterbende. Die Rechte der Blà regte sich leise, aber die Herzogin nahm sie nicht. Sie hörte nachdenklich dem qualvollen Geflüster der andern zu.

»Du kommst, Violante, und du weißt es nun, ich sehe es dir an. Und du willst mir nun nicht mehr glauben.«

»Was soll ich dir noch glauben?« fragte die Herzogin, versunken in die Betrachtung dieser Züge, die ihr soviel Treue bedeutet hatten. Ihre Klarheit und Süßigkeit waren also nichts gewesen als Heuchelei? Und sie blieben doch noch angesichts des Todes zurück. ›Wozu eine solche Heuchelei?‹ meinte die Herzogin. ›Welche furchtbare Anstrengung! Und sie endet sofort mit dem Nichts. Verlohnt es sich in diesem flüchtigen Leben wirklich, zu lügen?‹

Die Blà flüsterte beharrlich. Ihre Lippen formten jedes Wort viele Male vergeblich, bevor es vernehmlich ward. Endlich hieß es: »Du sollst mir glauben. Ich habe dich geliebt, ich liebe dich und bin ehrlich.«

»Ich habe ja auch geglaubt, daß du mit mir träumtest. Es hatte ganz den Anschein. Aber inzwischen verrietest du mich, Bice!«

Sie rang die Finger ineinander.

»Wie konntest du das aushalten!«

Die Blà arbeitete fieberhaft mit ihren Worten.

»Ich habe dich nicht betrogen. So glaube mir doch! Es waren nur meine Handlungen, die dich betrügen mußten. Aber meine Empfindung für dich ist ganz rein geblieben. Haben wir uns nicht versprochen, daß unter uns nur die Empfindung gilt?«

Und da die Herzogin schwieg: »Um des Himmels willen, glaube mir!«

Sie warf sich in den Kissen höher hinauf. Die Blase rutschte ihr von der Stirn; aus der zurückgleitenden Hülle schälte sich ihr magerer, feiner Körper, zuckend in der Hast des Atmens. Auf ihrer linken Seite verschoben sich die blutigen Tücher. Die Herzogin berührte ihre Stirn und strich ihr über die Hände.

»Beruhige dich, Bice, ich will versuchen, dir zu glauben!«

»Welch Glück, daß ich nicht gleich gestorben bin! Du würdest mich nun für eine Verräterin halten, unwiderruflich. Wie schrecklich! Niemand wäre da, der dir sagen könnte, daß ich ehrlich war. Höre doch nur, solange es Zeit ist. Wenn ich mitsamt deinem Gelde verbrannt oder in einem Abgrund verschwunden wäre, – würdest du mich Lügnerin nennen? Siehst du, er, der das Geld nahm, war stärker als Abgrund und Feuer. Ich vermochte nichts weiter, als für dich zu empfinden und durch ihn zu sterben. Ach! wäre ich mutiger gestorben! Du weißt, wie ich es wünschte. Aber als es soweit war, ward ich schwach. Er hatte gemerkt, daß ich doch noch Geld hatte. Ich hatte es zusammengebracht, seit ich hier wohne, und es vor ihm versteckt, dort in der Ecke, wo die Fliesen aufgerissen sind. Wie er mich endlich tötete, verriet ich es ihm, in der letzten Angst. Das ist die Untreue, die ich an meinem Schicksal beging. Sonst war ich ehrlich, nicht wie die andern es meinen, wenn sie ehrlich sagen, – aber wie du es meinst, Violante!«

Sie verlor das Bewußtsein.

Die Herzogin dachte: ›Ich bin noch rechtzeitig gekommen. Wenn ich nicht mehr gehört hätte, was sie mir nun gesagt hat, – sie hat recht, es wäre schrecklich gewesen. Wir haben uns ja alles geglaubt, warum nicht auch dies? Wenn es doch die Wahrheit ihrer Seele ist. Im Namen unserer schönen Stunden ist es wahr!‹

»Es ist wahr, hörst du!«

Die Blà lag mit geschlossenen Augen; die Herzogin legte den Kopf auf ihre Brust, sie spürte keinen Atem. Eine jähe Angst packte sie.

»Bice, noch einmal! Wach noch einmal auf, ich habe dir noch ein Wort zu sagen. Ich glaube dir!«

Die Blà öffnete die Augen, sie lächelte.

»Ich danke dir«, sagte sie deutlich. »Deine Sache wird siegen, Violante. Nie habe ich daran gezweifelt.«

Und sofort begann der Todeskampf, mit Röcheln, mit wildem Hasten der Hände, mit angstvollen Fluchtversuchen des ganzen Körpers und mit Resten unverständlicher Worte, die dumpf heraufhallten, wie aus einem schwarzen, zuschnappenden Loch. Die Herzogin sah eine darin versinken, die ihre Freundin war. Die kopflose Eile des letzten Augenblicks packte sie, sie rief Worte hinein in das tiefe Dunkel: »Ja, wir beide siegen, Bice, du glaubst es doch? Und ich liebe dich wie immer...«

Sie hielt inne, ganz verwirrt. Das Loch hatte sich geschlossen, es kam kein Echo mehr.

Sie betrachtete darauf das vom ewigen Vergessen beruhigte Gesicht. Es war nicht sehr bleich, und es war wieder wie ehemals in sanftes Glück getaucht, ein wenig wehmütig und geneigt zu linden Schmerzen. Sie erkannte es wieder. Dieser Kopf war der Herd spöttischer und zärtlicher Poesien, die nach seinem Verschwinden zurückblieben in der Welt. Diese elegante Gestalt hatte ihren Weg beschritten, einsam, sicher, fein, um Leiden wissend und zurückhaltend. Wie war das möglich, was aus einem lieblichen Geschöpf des Geistes geworden war: die unterworfene Sache und das wehrlose Opfer eines wohlgebildeten Tieres, des dunklen Nachkommen dunkler Bauern, dunkler, dem Weine ergebener, fluchender und in Geiz und Trunkenheit ans Heft fahrender Bauern. Woher drohte solch ein Geschick, und wem drohte es *nicht,* wenn es eine Blà hatte treffen können?

Die Herzogin hatte einen Anfall von Schwäche zu überwinden. Ihr schauderte.

Nach dem Tode der Freundin fühlte sie sich in Rom

vollends heimatlos und ohne Zweck. Sie beschleunigte ihre Abreise. In der letzten Minute, als die Türen nicht mehr bewacht wurden, drang Monsignore Tamburini bei ihr ein. Sie stand zum Ausgehen bereit vor dem Spiegel.

»Was wünschen Sie?« fragte sie.

»Frau Herzogin, es war mir in der letzten Zeit versagt, bis zu Ihnen zu gelangen. Es ist ja begreiflich, daß Sie nach allem, was Sie hier nach Gottes Willen betroffen hat, Rom verlassen möchten. Gewiß aber werden Sie vorher die nötigen Verfügungen treffen wollen.«

»Was für Verfügungen?«

»Unsere Niederlage hat die Partei Assy empfindlich geschwächt.«

»Es gibt keine Partei Assy mehr.«

»Wieso?«

In seiner Verblüffung fragte er ohne Umschweife: »Hoheit wollen kein Geld mehr geben?«

Sie machte es noch kürzer: »Nein.«

Sie betrat den Salon. Tamburini eilte ihr nach.

»Das haben Sie nicht bedacht, Frau Herzogin. Wenn Sie Ihre Sache aufgeben – es ist schade, geht mich aber nichts an… Ihre Verpflichtungen dagegen bleiben bestehen. Oder wollen Sie leugnen, daß Sie den armen Leuten verpflichtet sind, die den Aufstand gewagt haben?«

»Ich bin mir keiner Verpflichtung bewußt, habe übrigens nichts zu verschenken.«

»Jetzt, wo Ihr Vermögen freigegeben ist!«

»Ich will Ihnen etwas sagen: Sie haben genug bekommen. Ich brauche jetzt Millionen, um einen Palast zu bauen, Statuen zu kaufen und viele, viele Bilder malen zu lassen.«

Tamburini polterte und wimmerte abwechselnd.

»Gewiß, Sie haben das nicht bedacht. Die dalmatinischen Klöster haben Ihnen zuliebe gegen die Regierung gewühlt, jetzt droht ihnen die Aufhebung. Tausende von

Bauern sind verarmt oder umgekommen – für Sie, Frau Herzogin!«

»Nicht für mich. Jeder hat glücklicher werden wollen, – und wenn sie für diesen erklärlichen Trieb obendrein von mir Trinkgelder bekommen haben, so schweigen wir doch davon. Von den Mönchen rede ich ohnehin nicht, sie haben sich allzusehr bereichert. Tun Sie bitte nicht so, Monsignore, als ob wir den Ausgang dieses Freiheitskampfes nicht sehr wohl kennten. Ein Herr, namens Piselli, hat zuviel bekommen, ein anderer, namens Tamburini, nach seiner Meinung noch immer zuwenig: – das ist alles, und geht das mich etwas an?«

»Ob das Sie etwas angeht?« rief Tamburini, drohend aus Verlegenheit. »Alle die Opfer, die Sie gefordert haben, die Tausende, die für Sie geblutet haben, die Tausende, denen Knechtschaft bevorsteht, und ihre Weiber und Kinder, die mit ihnen verhungern, – Sie lassen sie alle umkommen?«

»Sie sind schon umgekommen, oder wenn nicht, so ist es dennoch, als sei es schon geschehen. Die Bilder aber, die auf mich warten, sind unersetzliche Wesen. Ich darf sie nicht im Schatten des Ungeschaffenen vergessen und vergehen lassen. Das Leben von einigen tausend Menschen ohne Sinn und Schicksal ist uns beiden – seien wir doch ehrlich! – völlig gleichgültig.«

»Nein! Apage!«

Der Priester schrie ehern. Er stemmte die Linke auf einen Tisch und streckte die Rechte beschwörend gegen die Lästernde. Seine aufgereckte Gestalt, schwarz, breit, eckig, und sein galliges, starkknochiges und herrschsüchtiges Gesicht starrten von sittlichem Bewußtsein.

Die Herzogin betrachtete ihn.

»Ich hatte Sie fast für einen Heuchler gehalten, Monsignore. Ich beglückwünsche Sie zu Ihrer Ehrlichkeit.«

Und sie ging hinaus.

Nachwort
von André Banuls

Zu einer Art Naturalismus oder »Realismus«, wie er es damals nannte, hatte 1900 der noch nicht dreißigjährige Autor Heinrich Mann mit dem Erscheinen des Romans *Im Schlaraffenland* seinen Beitrag geleistet, obwohl ihm solche Literatur widerstrebte, wenigstens in ihren deutschen Erscheinungsformen: so sehr er Ibsens *Nora* bewunderte, so sehr mißfielen ihm Gerhart Hauptmanns *Weber*, deren Premiere er im September 1894 in Berlin erlebte. Im selben Jahr erschien sein erster Roman, *In einer Familie,* lyrisch bekenntnishaft, sententiös um Décadence-Analyse bemüht, traditionell in weitschweifigem Stil. In den *Webern* behagte ihm die Elendsschilderung nicht, die krasse Wiedergabe der Volkssprache, die simple Einseitigkeit, die dem Werk innewohnende oder von außen aufgepfropfte politische Tendenz, die universelle Häßlichkeit, »laideur universelle« [siehe Materialien, Nr. 1 und 2]. Die oft derbe, burschikose Sprache Heinrich Manns selbst in den Briefen an seinen Jugendfreund Ludwig Ewers bleibt privater Natur und unvereinbar mit der dichterischen Produktion, mit dem weichlich edlen, tiefsinnigen Ton des Romans sowie mit der gleichzeitigen (nicht veröffentlichten) lyrischen Produktion.

Explosiv aber, bunt, aggressiv war der *Schlaraffenland*-Roman, in der Nachfolge zugleich von Maupassants *Bel-Ami* und der Zeitschrift ›Das Zwanzigste Jahrhundert‹, die Heinrich Mann 1895/96 geleitet hatte. In dieser Satire kam alles gleich schlecht weg: arm und reich, Jude und Christ, Snobismus, Intrigen, falscher Ruhm, und der ›Naturalismus‹ selbst; ausgenommen war nur ein unbekannter Literat, der alles kritisch und scheinbar resigniert beobachtete. Nach nur wenigen Monaten (vom 7. April 1891 bis Mitte Februar 1892) hatte der junge Mann (Lehrling im S. Fischer Verlag) ein fertiges, negatives Bild vom literarischen und politischen Treiben in der Reichshauptstadt und rechnete dann mit all dem ab.

Solche scharfen Züge fehlen in den »drei Romanen der Herzogin von Assy« zwar nicht; dieses Werk erhebt jedoch ganz andere, höhere ästhetische und philosophische Ansprüche, die während der Entstehung von *Im Schlaraffenland* nur zeitweilig zurückgestellt worden waren. Während der jüngere Bruder Thomas noch an *Buddenbrooks* arbeitete, hörte er, wie er später in den *Betrachtungen eines Unpolitischen* berichtete, »aus nächster Nähe« eine Stimme, die zu ihm sprach: »Du hältst dich zu lange bei der Kritik der Realität auf, aber du wirst schon auch noch zur Kunst gelangen« [vgl. Materialien, Nr. 32].

»Auch noch« – soll man den brüderlichen Mahner und Berater so verstehen, daß sein eigener gerade entstehender *Schlaraffenland*-Roman keine »Realität« enthielt und mehr »Kunst« war als *Buddenbrooks*? Natürlich nicht. Als er dies sagte, dachte Heinrich Mann bereits an sein nächstes Buch, den »Kunst«-Roman *Die Göttinnen*, dessen Konzeption ihn, wie einige Notizen zeigen, bereits 1898 beschäftigte, und gerade dieses Werk gegen die Kritiker verteidigend wird er 1903 in einer *Selbstcharakteristik* [siehe Materialien, Nr. 24] behaupten, alles »Realistische« im *Schlaraffenland* sei lediglich eine ironische Konzession an den schlechten Geschmack des Publikums gewesen, er habe in seinem neuesten Buch »keine blaue Romantik erfinden wollen, sondern eine Wirklichkeit, intensiver gesehen, als man sie sieht« – also ein erhöhter, essentiellerer ›Naturalismus‹. Vorerst habe aber die Berliner Satire zeigen sollen, »daß ich die glatte Realistik nicht aus Mangel

282

an Wirklichkeitssinn liegen lasse, sondern aus Geringschätzung. Schon aus den matten Stimmungen dieser Berliner Satire habe ich, ich konnte nicht widerstehen, manchmal ein Stück heißeren, tönenderen Stils hervorbrechen lassen...«. So werden Realismus und Gesellschaftskritik im *Schlaraffenland* auf die Parodie einer vom Autor verachteten Tendenz reduziert; nun hat er, wie er am 2. Dezember 1900 an seinen Verleger Albert Langen, den Gründer und Verleger des ›Simplicissimus‹, schrieb, »die landläufigen Bürger satt« und will sich (literarisch) »nach Dalmatien« begeben [vgl. Materialien, Nr. 5] – Dalmatien, das Land des fiktiven Herzogtums seiner Herzogin, für ihn in Wirklichkeit Italien, das Land der Farben und der Formen, wo er sich seit 1894, seinem persönlichen Geschmack und einer alten deutschen Tradition folgend, immer wieder und immer länger aufhielt. Dort sucht er das Erlebnis der Kunst, im weitesten Sinne des Wortes, eine höhere, intensivere, individuelle Realität, er hätte auch sagen können: Neue Romantik, wenn dieses Schlagwort seiner früheren Essays nicht überholt gewesen wäre. Ästhetische Kontemplation und schöpferische Aktivität (aber nicht nur sie) vermitteln – ein zeitlebens zentraler Begriff – »Lebensgefühl«. Dies zeigt sich in dem neuen Roman, der des Umfangs wegen auf drei Bände mit den Namen *Diana*, *Minerva* und *Venus* aufgeteilt wurde.

In seinem Essay über Barbey d'Aurevilly hatte er gemeint, unsere Epoche besitze »keinen genügend großen Athem«, um »epische Gestalten zu beleben«. Es galt, das Gegenteil zu beweisen, und dieses Werk war in der Tat mit seinen unzähligen, verschiedenartigen Figuren, Landschaften und Situationen, ein gewaltiges Vorhaben. Violante, ein Vorname, der sich zum Beispiel bei Boccaccio und in Stendhals *Chroniques italiennes* schon fand, und der in sinniger Weise Viola, Andante und ›violence‹, Gewalt, vereinigt – Violante, Herzogin von Assy, »eine große Dame aus Dalmatien«, ist zunächst strenge und keusche Umstürzlerin in Zara und in Rom, begeistert sich im zweiten Band in Venedig für die Kunst und gibt sich im dritten schließlich in der Gegend von Neapel erotischen Ausschweifungen hin. Sie solle, so schrieb ihr Schöpfer an Albert Langen [vgl. Materialien, Nr. 5], »bemerkenswerterweise ein Mensch« sein und »ernst genommen« werden; dies wohl schon deshalb, weil sie in ihrer Person die vornehmen Reize erträumter dämonischer Weiblichkeit mit dem sehnsuchtsvoll geliebten eigenen Idealbild des Autors vereinigt.

Wie im *Schlaraffenland*, diesmal aber ohne direkten Bezug auf eine konkrete Realität, wimmelt es auch hier von bunten Karikaturen und Groteskfiguren, »lustigen Tieren«, wie er sie nannte, eine halb phantastische, halb mittels Zeitungsmeldungen und Anekdoten konstruierte Welt: ein imaginärer Monarch, Höflinge, ein kirchlicher Würdenträger, ein Bankier, ein »romantischer« Revolutionär. Bürger sind kaum vorhanden. Der Kirche wird nicht mehr, wie vor kurzem noch, zumindest eine positive politische Funktion zuerkannt, so daß die seit seinen jugendlichen Spöttereien untergründig gebliebene Ungläubigkeit jetzt wieder zutage tritt; der Hofmeister der Heldin war ja ein »Voltairianer«... Sie, die Herzogin, wird als eine kosmopolitische Erscheinung, als ein »freier Geist« geschildert, einsam und in sich verschlossen, »dem Rest der Menschheit unzugänglich und unfähig, sich ihm zu nähern« [S. 20]. Die vornehme »Anarchistin« [S. 65] finanziert launisch eine Revolution, ohne daran zu glauben, teils um »mit Faschingslaune« die »grotesken Leute im Königsschloß« zu ärgern [S. 104], teils aus Lust am Verschwörungsspiel, teils um eines Traums von Freiheit und irdischem Glück willen, teils aus kapriziös sinnlicher Liebe zum morlakischen Volk, an dem sie Urkraft und körperliche Schönheit bewundert, wenn es nicht gerade als töricht, tierisch, abergläubisch und reformfeindlich dargestellt wird. (»Allgemein gesprochen«, hatte Heinrich Mann 1894 in seinen Notizen über *Die Weber* geschrieben, »ist die Seele des Volkes notwendigerweise grob und ohne Nuancen…«).

Weit entfernt sind diese Revolutionsgedanken vom ›Sozialismus‹, den Heinrich Mann, darin wohl durch Flauberts und Nietzsches Einfluß bestärkt, nach wie vor für einen Bruder des alten Absolutismus hält. Nino, der junge Freund der Herzogin, erklärt: »Wir sind entschlossen, der Freiheit und dem Rechte der Persönlichkeit unser Leben darzubringen und rufen zum Kampfe auf gegen den Sozialismus, der sie beide vergewaltigt […]. Das ärmliche, enge, aller Schönheit ferne Gefängnis des Sozialismus [soll] sich wieder öffnen […]. Solange ein Staat da ist, wird er uns zu knechten versuchen. Wir wollen keinen. Ein freies Volk gehorcht sich selbst«; allerdings soll »ein König« da sein, »um über die Freiheit zu wachen« [*Venus*, S. 162f.]… (Den Gedanken hatte Heinrich Mann übrigens von Taine, den Paul Bourget zitierte: Der Staat als bloßer Wachhund…). In *Diana* [S. 65] sprach Violante bereits im Rousseauschen Stil, vom freien Volk, das sich selbst gehorcht, und – ein Zeichen beginnender Bewunderung für die Dritte Französische Republik – sie fügte hinzu: »Sehen Sie nach Frankreich«. Die Devise der Französischen Revolution variiert sie übrigens in bezeichnender Weise: »Freiheit, Gerechtigkeit, Aufklärung, Wohlstand« – unter ›Gerechtigkeit‹ ist hier in der Nachfolge Flauberts das Gegenteil von Gleichheit gemeint, also Behauptung und Bestätigung der natürlichen Unterschiede unter den Menschen, Anerkennung der Persönlichkeit und des Talents.

Heinrich Manns Roman ist par excellence der Ausdruck einer Tendenz, die damals bald als Mode grassierte. Vom scheinbar Unzweideutigsten beim kürzlich entdeckten Nietzsche fasziniert, schwärmte »groß und klein« (wie Thomas Mann später sagte) für den »Übermenschen« [vgl. Materialien, Nr.34]. Schon seit Jahren war ohnehin in Heinrich Manns Produktion die Bewunderung der starken Persönlichkeit ein Zentralthema: Der Professor in der Novelle *Contessina* regt zu einer gewissen »Vermittlung zwischen Natur und Kunst« an, die »etwas Beglückendes« für die junge, krankhafte Gräfin besitzt, er vereint in fast unheimlicher Weise Kraft, Intelligenz und Lebensfreude. Die Heldin der *Gemme* ist schon eine Art Herzogin von Assy. Die Schlösser, die der junge Lübecker in seiner ärmlichen Gasse in Palestrina gern beschreibt, sind Symbole seiner Sehnsucht nach Glück, Macht und Entfaltung einer starken und vor dem Gemeinen geschützten Persönlichkeit. Eine etwas vulgärnietzscheanische Emma Bovary ist die Heldin von *Ein Verbrechen.* Der Bankier Türkheimer, im *Schlaraffenland,* ist – wenn auch widerlich und wurmstichig – auf seine Weise auch ein Übermensch, und er wird von Andreas ironisch als solcher gefeiert. Violante ist eine Frau – Jacob Burckhardts »Virago«-Betrachtungen, Stendhals *De l'amour* und seine *Chroniques italiennes,* die eine schöne Schilderung der Herzogin Violante de Cardone enthalten, und *Lamiel,* wo der Charakter der Marquise de Miossens einige Züge von Manns Heldin vorwegnimmt, die Bücher der Goncourt (Heinrich Mann besaß sie) über große Damen des 18. Jahrhunderts, Flaubert, Wedekind und Heyse mit ihrer Vorliebe für weibliche Figuren, Ibsens Dramen: alles Werke und Autoren, die zum Vorhaben beigetragen haben mögen, eine kühne, hochmütige, exzeptionelle Frauennatur darzustellen. Schon 1897 stellte Leo Berg fest: »Das Überweib ist eine wahre Landplage der modernen Dichtung geworden.«

Übrigens hatte dieser Frauentyp Heinrich Mann schon zur Zeit seiner theoretischen Anklagen gegen die Frauen im allgemeinen fasziniert: Er wußte das Werk der »Amerikanerin und großen Dame« Julien Gordon zu schätzen und war zudem in ihre Photographie verliebt. Ein Jahr später, 1895, pries er unter Barbey d'Aurevillys »Chouans« ganz besonders die »Amazone«, Mlle de Percy. Und er erfuhr durch Stendhal (*De l'amour*): »In Rom, Bologna oder Venedig ist eine schöne Frau eine absolute Königin; in der Gesellschaft übt sie den vollendetsten Despotismus aus.« Außerdem hatte er italienische und deutsche Zeitungsausschnitte gesammelt über außergewöhnliche Persönlichkeiten, vor allem über »das dämonisch-schöne Kind« Maria-Laetitia von Rute-Rattazzi, Enkelin des Lucien Bonaparte: eine Mischung von scheinbarer Kälte und »vulkanischem« Hintergrund [siehe Materialien, Nr. 9].

Violante von Assy wird jedenfalls »ernst genommen« und nimmt sich selbst und ihren autoritären Narzißmus ernst: »Es kam ihr niemals der Gedanke, daß außer ihr etwas Nennenswertes vorhanden sein könnte« [S. 20]; ein Freund von ihr meint: »Sie glaubt an sich!«, »Alles ist ihr recht, was hohes Lebensgefühl schafft« [*Venus,* S. 145 f., Fischer Taschenbuch Bd. 5927] – Lebensgefühl als exaltiertes Selbstbewußtsein und selbstverständliche Überlegenheit des urteilenden, genießenden und schöpferischen »Geistes«; 1939 wird Heinrich Mann über Nietzsche schreiben: »Er stellte an die Spitze seiner geforderten Gesellschaft den stolzen Geist, – warum nicht uns selbst? Nach uns der König, die Adligen und Krieger, dann lange nichts. Welcher Zwanzigjährige läßt sich das zweimal sagen?«

Man hat das Werk, obwohl die Geschichte in der modernen Zeit spielt, als »Renaissance-Roman« bezeichnet und in die damals herrschende Renaissance-Mode eingereiht. »Wer gibt uns«, hatte Paul Bourget, ein Lieblingsautor des jungen Heinrich Mann, geschrieben, »die schönen Tage der antiken Anmut und der anbetungswürdigen Renaissance zurück, das berauschte Fest der Sinne und des Herzens, die Hochgefühle mitten in den prachtvollen Gewändern und großartigen Architekturen?« Viele Feste werden in den *Göttinnen* gefeiert, und in der Tat enthält Heinrich Manns Bibliothek zahlreiche Bücher über Italien und das Quattrocento: Jacob Burckhardt (dessen *Kultur der Renaissance in Italien* Thomas Mann, der an seinem Drama *Fiorenza* schrieb, zur gleichen Zeit las), Vasari (gekauft in »Firenze, Aprile 1901«), Blaze de Bury (*Dames de la Renaissance*), Maulde de la Clavière (*Les femmes de la Renaissance*), Matilde Serao, Taine, die Brüder Goncourt, Gobineau, etc. [vgl. Materialien, Nr. 6 und 7]. (Von der sogenannten »hysterischen Renaissance« wird im Nachwort zu *Minerva* die Rede sein.)

Den Zeitgenossen ist hauptsächlich die Ähnlichkeit mit dem Schaffen D'Annunzios aufgefallen: eine platte Kopie, urteilte Heinrich Hart. Mann reagierte heftig, behauptete, D'Annunzio sei ihm völlig unbekannt, und er würde ihn nicht lesen, solange der Verdacht einer Abhängigkeit auf ihm lasten würde [siehe Materialien, Nr. 23] – Thomas Mann seinerseits freute sich im Jahr 1902, daß man den Gegensatz zwischen ihm und dem »falschen Dionysos« D'Annunzio hervorhob [siehe Materialien, Nr. 33]. Auf jeden Fall sollte Heinrichs Trilogie nach den Worten des Autors in seiner *Selbstcharakteristik* »ein Werk der neuen Renaissance« sein und der »Rückkehr aus langer Weltfeindlichkeit, die in der Literatur beginnt«.

Violante versucht, dieses Ideal zu erreichen, ist aber trotz ihres herrischen Gebarens, trotz der andächtigen Sympathie, die sie dem Colleoni beim Anblick seines Reiterdenkmals entgegenbringt [*Minerva*, S. 53, Fischer

288

Taschenbuch Bd. 5926], alles andere als eine perfekte »Renaissance«-Figur. Ihr Wesen ist zutiefst zweideutig. Sie erscheint im Gegensatz zu ihrer Umgebung als stark und erhaben, aber ihren Vorfahren gegenüber – Eroberern, brutalen Abenteurern, »blonden Bestien« – fühlt sie sich genauso schwach wie die kleine Contessina der Novelle oder wie eine Eidechse, die sie als Kind beobachtete: Beide sind gleich, »die letzte, zerbrechliche Tochter sagenhafter Riesenkönige und der urweltlichen Ungeheuer schwache kleine Verwandte«. Sie begnügt sich mit Rollen, sie spielt. Das Wort ›Dilettantismus‹, für den jungen Heinrich Mann (unter Bourgets und Nietzsches Einfluß) das Hauptsymptom der ›Décadence‹, kommt zwar nicht mehr vor, aber in manchem ähnelt Violante, nur erhöht, bejaht, ins Grandiose gesteigert, der Hauptfigur im ersten Roman Heinrich Manns *In einer Familie* (1894), Wellkamp, mit seinem beinah krankhaft offenen Wesen, das es ihm ermöglicht, sich allem anzupassen, sich nacheinander die verschiedensten philosophischen Auffassungen und Empfindungsweisen anzueignen. Dank ihrer natürlichen, durch Geburt und Namen symbolisierten Auserwähltheit leidet die stolze Aristokratin nicht darunter, sie genießt ihre Persönlichkeit und verkörpert zugleich den Dilettantismus und seine Überwindung, die Décadence und ihre Herrlichkeit.

In den »drei Romanen« hat die Forschung vielfältige, tiefgründige symbolisch-mythologische Zusammenhänge analysiert und darin den Ansatz von Thomas Manns späterer Beschäftigung mit dem Mythos gesehen; auch unter diesem Gesichtspunkt nehmen sie unter anderem den *Tod in Venedig* vorweg. Es läßt sich allerdings fragen, ob die vielen reizvollen Querverbindungen und Interpretationen nicht in übertriebenem Maße den jungen Heinrich Mann zu einem ›poeta doctus‹ und profunden Kenner solcher Materien machen (den Neoplatonismus einbegrif-

fen), da andererseits bekannt ist, daß er genau ein Jahr vor
Erscheinen des Buches seinen Freund Ewers darum bat,
ihm aus dem Brockhaus Informationen über antike Feste,
Mysterien, Aphrodite, Dionysosreligion, etc., zu be-
schaffen [siehe Materialien, Nr. 12 und 13].

Am Ende des ersten Bandes zeigt sich die Herzogin ge-
langweilt durch das launische Spiel mit der nicht »ernst
genommenen«, illusionären politischen Tat, an der sie nur
durch ihr Geld teilhat, durch Revolutionen, die nur ein
Schauspiel sind; sie ist nicht mehr »kampflustig«, fühlt
sich »heimatlos und ohne Zweck«, sehnt sich nach neuen,
echteren Lebensinhalten; kalt gleichgültig mißachtet sie
Tod und Unglück vieler Menschen, die Folgen ihrer »Revolution«: »die Bilder aber, die auf mich warten, sind unersetzliche Wesen« [S. 280].

Zur Entstehungs- und
Überlieferungsgeschichte

Zur Entstehung seiner *Göttinnen*-Trilogie gab Heinrich
Mann im Januar 1947 bei der Beantwortung eines Frage-
bogens, den ihm Karl Lemke für biographische Studien
vorgelegt hatte, die Auskunft: »Diana: Concipiert (alle
drei Romane) in Riva am Gardasee (Österreich) 1899 bis
1900. Angefangen Florenz November 1900, als ich die
Musik der Bohème zuerst hörte (von einem Leierkasten).
Minerva/Venus: Geschrieben in München 1901 bis 2, im
Ultental Südtirol, am Walchensee und wo noch. August
1902, nach Beendigung (u. Zola war gestorben), Rückkehr nach Florenz.«[1] [vgl. dazu Materialien, Nr. 3] Weitere Einzelheiten gehen aus den Briefen an seinen Verleger,
den Bruder Thomas und den Lübecker Schulfreund Ludwig Ewers hervor [siehe Materialien, Nr. 4 ff.]. In Heinrich Manns Nachlaß im Heinrich-Mann-Archiv der Akademie der Künste der DDR, Berlin/DDR [im folgenden
mit der Sigle HMA bezeichnet] ist ein Entwurf »Die Leidenschaften der Herzogin von Assy« erhalten, der auf 68
Seiten den Plan des Romans, konzipiert als ein Band in
drei Teilen zu je sechs Kapiteln, ausführlich entwickelt,
einzelne Dialog-Passagen bereits formuliert und auf wei-
teren zwölf Seiten und drei beigefügten Blättern »Nach-
träge« verzeichnet (HMA 17).[2] Aus diesem Manuskript

1 Heinrich Mann: *Briefe an Karl Lemke und Klaus Pinkus.*
Hamburg: Claassen o. J. (1964), S. 44; Transkription nach der
dort nach S. 48 wiedergegebenen Fotografie des Originals.
2 Zur Numerierung vgl.: *Vorläufiges Findbuch der Werkmanu-*

geht zudem hervor, daß Heinrich Mann ein noch früheres Notizbuch mit Szenenskizzen, Quellen-Exzerpten und Studien zu einzelnen Personen des Romans für die *Göttinnen* angelegt hatte, das aber nicht erhalten ist. Der Bearbeiter der hier als Textgrundlage verwendeten Ausgabe der *Göttinnen* innerhalb der *Gesammelten Werke* des Aufbau-Verlags, Manfred Hahn, konnte anhand der Original-Manuskripte der einzelnen Bände weitere Daten angeben:

Weitere Datierungen erlaubt Heinrich Manns sparsamer Papierverbrauch: Die ersten Seiten des zweiten Teils finden sich auf den Vorder- und Rückseiten zweier Rechnungen vom 22. und 31. August 1901, Notizen für das IV. Kapitel des zweiten Teils auf den Leerseiten eines Briefes an Heinrich Mann vom 24. Oktober 1901. Im Dezember 1901 wird der zweite Teil beendet. Abschnitte des II. Kapitels des dritten Teils stehen auf den Rückseiten von Briefen an Heinrich Mann vom 20. Februar bis 28. März 1902; Entwürfe und Bruchstücke der Handschrift des letzten Kapitels schließlich sind auf Briefen von Christoph von Hartungen vom 25. Juli und 6. August 1902 notiert, die medizinische Details zu Krankheit und Sterben der Herzogin enthalten.

Während der Arbeit am Roman fertigte Heinrich Mann von den vollendeten Partien der Handschrift Reinschriften als Satzmanuskripte für den Verlag an. Von der Handschrift ist *Minerva*, abgesehen von einem großen Teil des I. Kapitels, und *Venus* im Heinrich-Mann-Archiv der Deutschen Akademie der Künste zu Berlin aufbewahrt.

skripte von Heinrich Mann. Bearbeitet von Rosemarie Eggert. Berlin (Ost) 1963 (= Deutsche Akademie der Künste zu Berlin, Schriftenreihe der Literatur-Archive, Heft 11) (hektograph. Typoskript).

Handschrift und Reinschrift zu *Diana* fehlen. Es existiert ein einzelnes erhaltenes Blatt mit dem in Versalien geschriebenen Titel JUNO, dem die ersten drei Romanzeilen von *Diana* folgen. Auf diesem einzelnen Blatt wurde dann gleichsam versuchsweise der Gesamttitel skizziert: neben *Die Göttinnen* wird *Die Göttinnen – Roman der Herzogin von Assy* erwogen. Blatt 1 des einseitig beschriebenen, rückseitig fortlaufend von 1 bis 272 bezifferten Satzmanuskriptes des nun *Minerva* betitelten zweiten Teils trägt den Verlags- oder Druckereistempel »Eingegangen 16. Mai 1902« [vgl. die Abbildung, *Minerva*, S. 10, Fischer Taschenbuch Bd. 5926], das letzte Blatt den Stempel »Eingegangen 19. Juli 1902«. Das Satzmanuskript von *Venus*, zumeist zweiseitig beschriebene Blätter, trägt auf Seite 1 den Stempel »Eingegangen 19. Aug. 1902« [vgl. die Abbildung, *Venus*, S. 10, Fischer Taschenbuch Bd. 5927], auf Seite 48 den Stempel »Eingegangen 22. Aug. 1902«. Teile der Reinschrift von *Minerva* stammen von Carla Manns Hand. Für den *Venus*-Roman aber, an dem Heinrich Mann noch im August 1902 schrieb, konnte keine Reinschrift mehr hergestellt werden, wenn das Buch noch in das weihnachtliche Hauptgeschäft schöner Literatur gelangen sollte; von Seite 60 an mußte die erste Niederschrift, geschrieben mit Kopierstift, versehen mit zahlreichen Korrekturen, an- oder aufgeklebten Neufassungen, als Satzmanuskript dienen.

Der Albert Langen Verlag für Literatur und Kunst, München, brachte die Erstausgabe des Romans *Die Göttinnen oder die drei Romane der Herzogin von Assy* in drei Bänden kurz vor dem 5. Dezember 1902 in 2000 Exemplaren zur Auslieferung, entsprechend damaliger verlegerischer Praxis mit dem Erscheinungsjahr »1903« auf dem Titelblatt.

Ein Vergleich zwischen dieser Erstausgabe und der als Satzmanuskript dienenden Reinschrift von *Minerva* und

Venus belegt, daß Heinrich Mann noch die letzte Möglichkeit, den Umbruch, zu Korrekturen genutzt hat.[3]

Die drei Bände der Erstausgabe der *Göttinnen* trugen die von Théophile Alexandre Steinlen (1859–1923) geschaffenen Umschläge, die eine Frauenfigur in für die drei Bände unterschiedlichen Farbkompositionen zeigen [vgl. dazu Materialien, Nr. 15, 17 und 35]. Alle späteren Ausgaben weichen im Text nicht derart von der Erstausgabe ab, daß eine Bearbeitung durch Heinrich Mann angenommen werden müßte. Lediglich die Motti der drei Bände und die Widmung in *Diana* »Frau Giulia herzlichst zugeeignet« fielen nach der Erstausgabe in den folgenden Ausgaben weg. Sowohl die Widmung wie die Motti sind in der vorliegenden Ausgabe wieder eingefügt.

1907 erschien das dritte bis vierte Tausend als »Wohlfeile Ausgabe in einem Bande« in zwei Einbandversionen wiederum bei Albert Langen, München; teilweise finden sich aber auch bei dieser Auflage schon Einbände mit dem Impressum »Verlegt bei Paul Cassirer in Berlin«, was darauf schließen läßt, daß Heinrich Manns neuer Verleger die Restauflage der »wohlfeilen Ausgabe« vom Langen Verlag vermutlich in den Buchblöcken, die dann verändert aufgebunden wurden, übernommen hat. 1909 erscheint bei Paul Cassirer das fünfte bis neunte Tausend der *Göttinnen*, das allem Anschein nach ebenfalls nicht vollständig verkauft wurde, da, nachdem Kurt Wolff die Verlagsrechte der Werke Heinrich Manns übernommen und 1916 die Ausgabe der *Gesammelten Romane und Novellen* begonnen

---

3 Heinrich Mann: *Die Göttinnen oder Die drei Romane der Herzogin von Assy*. Berlin und Weimar: Aufbau-Verlag [3]1985 (= Heinrich Mann: Gesammelte Werke. Herausgegeben von der Akademie der Künste der DDR. Redaktion: Sigrid Anger. Band 2. Bearbeiter des Bandes: Manfred Hahn), S. 742 f.

hatte, neben dem zehnten bis zwölften Tausend, der ersten Ausgabe im Kurt Wolff Verlag, sich Bände des fünften bis neunten Tausend, allerdings mit dem Impressum »Kurt Wolff Verlag«, nachweisen lassen. Vermutlich hat auch Kurt Wolff die Restbestände von Paul Cassirer als Titelauflage erst noch ausverkauft. Im Kurt Wolff Verlag erreichten die *Göttinnen* das siebenundvierzigste Tausend – sowohl innerhalb der *Gesammelten Romane und Novellen*, Bd. 2–4 als auch außerhalb dieser Werkausgabe.

Nachdem der Paul Zsolnay Verlag die Rechte an Heinrich Manns Werken übernommen hatte, legte er die drei Bände der *Göttinnen* 1925 innerhalb seiner *Gesammelten Werke* [Bd. 1–3] als »erstes bis fünftes Tausend dieser Ausgabe« auf und veranstaltete noch 1932 eine »Ungekürzte Sonderausgabe« in einem Band, deren Auflagenhöhe bislang nicht bekannt ist.

Zur Textgestaltung der Ausgabe der *Göttinnen* innerhalb der *Gesammelten Werke*, die hier nachgedruckt ist, gibt Manfred Hahn an:

Als Textgrundlage für die vorliegende Ausgabe diente die Erstausgabe von »1903«, die nachweisbar die letzte von Heinrich Mann bearbeitete Textfassung ist. Siebzehn kleine Korrekturen des Schriftstellers in seinem Handexemplar der Erstausgabe sind übernommen; in einigen Fällen nachweisbar von Heinrich Mann übersehener Textentstellungen wurde das handschriftliche Satzmanuskript berücksichtigt.

Der Lautstand des Textes der Erstausgabe blieb grundsätzlich erhalten: Die Orthographie wurde modernisiert, sofern das nicht den Lautstand verändert hätte; einige Fremdwörter sind um des historischen oder lokalen Kolorits willen in der originalen Schreibung belassen. In der Interpunktion wurden die ausgeprägten Eigenheiten Heinrich Manns weitgehend beibehalten. Davon ausgenommen sind einige Fälle, wo die Zeichensetzung den beabsichtigten Sinn veränderte oder die Lesbarkeit des Textes übermäßig erschwerte; das betrifft besonders die Kommata, die Heinrich Mann, nicht immer im Einklang mit den zeitüblichen Interpunktionsregeln, zur Rhythmisierung des Textes verwendete.[4]

4 Ebd., S. 745.

Materialien

Heinrich Mann: Notizen zur ersten öffentlichen Auffüh- 1
rung von Gerhart Hauptmanns *Die Weber* im Deutschen
Theater,
Berlin, 26. September 1894 [Auszug]:

ouvrage foncièrement antipathique [...]. Le drame manque de toute beauté morale, la misère *en révolte* n'offrant
pas, à mon sens, ce charme de pitié et de commisération
duquel est imbue la résignation, cette beauté chrétienne.
[...], c'est le manque de tout contenu moral qui me cho-
que le plus, surtout après avoir admiré, il y a quelques
soirs, au même théâtre, cette admirable étude de morale de
Nora.

   Original: HMA 466. – Zit. nach: André Banuls: *Heinrich
   Mann. Le poète et la politique*. Paris: Klincksieck 1966, S. 23.

Heinrich Mann an Ludwig Ewers, 2
Berlin, 2. Oktober 1894 [Auszug]:

Aber drei Theaterabende habe ich hier doch noch gehabt,
die ich zu den interessantesten meiner Erfahrung rechne.
Alle drei waren im Deutschen Theater: *Nora*, die Premiere
der *Weber* und gestern *Esther* und *Tartüff*. [...] Die Weber, in der es keinen Helden zu bewundern gab, ließen
mich trotz aller aufgewandten Kunst der Komposition
ganz kalt, denn obwohl sie offenbar nichts weniger als sozialistischen Geistes sind, gaben die vielen Rüpel- und

Lärmszenen Anlaß, sie als Agitationsstück zu mißbrauchen. Und in den Radau der sozialistischen Claque stimmte die ganze Mischpoke des Parketts und ersten Ranges mit ein. Ich saß die ganze Zeit in stillem Staunen, und wenn ich an dem Abend nicht Antisemit geworden bin, so fehlt es mir offenbar an Talent dazu.

In: Heinrich Mann: *Briefe an Ludwig Ewers 1889–1913*. Hg. von Ulrich Dietzel und Rosemarie Eggert. Berlin und Weimar: Aufbau-Verlag 1980, S. 368 (Nr. 91). [Im folgenden zit.: *Ewers-Briefe*]

3 Heinrich Mann: *Ein Zeitalter wird besichtigt.*
9. Kapitel: Geistige Liebe [Auszug],
[über Giacomo Puccini und seine Musik]:

Mir war nichts bewußt, als ich im November 1900, unvergeßliches Datum, auf der hinteren Plattform einer langsamen Pferdebahn von Florenz bergan nach Fiesole fuhr. Ich fuhr oder ging dort alle Tage, dieses Mal spielte am Weg ein Leierkasten. Damit keine Banalität fehlte, war es ein Leierkasten, der mich mit dem Maestro Puccini bekannt machte. Solange hatte ich weder von seiner Existenz erfahren noch die *Bohème* gehört.

Die wenigen Takte, die ein Wind mir zutrug, veranlaßten mich, von meinem Tram abzuspringen. Ich stand und ließ mich entzücken.

In: Heinrich Mann: *Ein Zeitalter wird besichtigt.* Düsseldorf: Claassen ²1985, S. 269.

Der *König von Florenz* ruht natürlich; aber die *Cultur der Renaissance* habe ich bekommen und sehe, daß die beiden Bände ein großartiges Material enthalten. Wie geht es Deiner *Herzogin?*

> In: Thomas Mann/Heinrich Mann: *Briefwechsel 1900–1949.*
> Hg. von Hans Wysling. Erweiterte Neuausgabe. Frankfurt am Main: S. Fischer 1984, S. 10. [Im folgenden zit.: *TM/HM*]
> *Die Cultur der Renaissance in Italien* (1860) von Jacob Burckhardt war eine der Quellen zu Thomas Manns *Fiorenza,* auf die ihn wahrscheinlich der Bruder Heinrich aufmerksam gemacht hatte. Thomas Mann besaß die 7. Auflage von 1899, wie aus dem Brief an Heinrich vom 17. Dezember 1900 hervorgeht (vgl. *TM/HM*, S. 12).

Gleich nach der Beendigung von Capus habe ich einen neuen Roman entworfen, den ich jetzt ausarbeite. Es wird wohl 15 oder 18 Monate dauern. Es sind die Abenteuer einer großen Dame aus Dalmatien. Im ersten Teile glüht sie vor Freiheitssehnen, im zweiten vor Kunstempfinden, im dritten vor Brunst. Sie ist bemerkenswerterweise ein Mensch und wird ernst genommen; die meisten übrigen Figuren sind lustige Tiere wie im *Schl[araffenland]*. Die Handlung ist bewegt, sie erstreckt sich auf Zara, Paris, Wien, Rom, Venedig, Neapel. Wenn alles gelingt, wird der erste Teil exotisch bunt, der zweite kunsttrunken, der dritte obszön und bitter. [...]

Vorerst habe ich, wie Sie verstehen werden, die landläufigen Bürger satt, und ich begebe mich nach Dalmatien. Dort regiert Nikolaus von Koburg zusammen mit der Schau-

spielerin Beate Schnaken und es kommen an s[einem] Hofe
genug groteske Dinge vor, um mich über den Alltag zu
erheben.

Original: HMA 728. – Druck: *Heinrich Mann 1871–1950.
Werk und Leben in Dokumenten und Bildern.* Mit unveröf-
fentlichten Manuskripten und Briefen aus dem Nachlaß. Hg.
von der Akademie der Künste zu Berlin anläßlich der Ausstel-
lung zu seinem 100. Geburtstag. Ausstellung und Katalog:
Sigrid Anger unter Mitarbeit von Rosemarie Eggert und
Gerda Weißenfels. Berlin und Weimar: Aufbau-Verlag 1971,
S. 87 f. [Im folgenden zit.: *Dok.*]
Mit »Capus« ist der Roman des Pariser Schriftstellers Alfred
Capus *Wer zuletzt lacht...* gemeint, der in autorisierter Übersetzung von Heinrich Mann 1901 im Albert Langen Verlag
erschien.

6   Thomas Mann an Heinrich Mann,
     München, 13. Februar 1901 [Auszug]:

Das Kunstbuch hast Du hoffentlich bekommen; Holitscher schickt es Dir mit seinem Gruß und den besten
Wünschen für das Werden der *Herzogin*.

Leider kann ich Dir über die französischen Bücher noch
immer keine Auskunft geben, und zwar, weil ich mich
vorläufig in Riegers Buchhandlung nicht blicken lassen
darf. Ich habe dort nämlich damals für mich, aufs Gerate-
wohl und koste es wem es wolle, die deutsche Ausgabe des
Vasari bestellt und erst dann von Grautoff erfahren, daß
das ein Werk von so und so viel Bänden im Preise von gut
und gern hundert Mark und obendrein furchtbar langweilig ist. Darauf habe ich mich natürlich bei Rieger nicht
wieder vorgestellt. Du erfährst hoffentlich, was Dir noth-
thut, auch auf anderem Wege, und ich muß mir Vasari auf
der Staatsbibliothek ansehen, wenn ich das Bedürfnis
habe.

In: *TM/HM*, S. 18.
Welches »Kunstbuch« genau Arthur Holitscher (1869–1941)
über Thomas Mann an Heinrich Mann schickte, läßt sich
nicht ausmachen (»über englische Kunst« vgl. Thomas Mann
an Heinrich Mann, München, 25. Januar 1901 in: *TM/HM*,
S. 18). – Thomas Mann benützte möglicherweise: Giorgi Vasari, *Sammlung ausgewählter Biographien*. Zum Gebrauche
bei Vorlesungen hg. von Carl Frey, 4 Bde. Berlin 1885–87,
wie Hans Wysling angibt (vgl. *TM/HM*, S. 338 f.). Ob Heinrich Mann überhaupt eine deutsche Ausgabe besaß, ist zweifelhaft; in seiner Bibliothek dagegen ist eine vierbändige italienische Ausgabe der *Vite de' più eccellenti pittori, scultori ed
architetti italiani* (1550; 2. erw. Ausg. 1568) Firenze: V. Batelli
e Compagni 1845 erhalten.

Literarische Quellen zu den *Göttinnen*   7
aus Heinrich Manns Bibliothek:

Jacob Burckhardt: *Der Cicerone*
Eine Anleitung zum Genuß der Kunstwerke Italiens
Unter Mitwirkung von mehreren Fachgenossen bearb.
von Dr. A. von Zahn. Leipzig: Verlag E. A. Seemann.
Bd. 3: Malerei. 1874, S. 781–1172. (Heinrich Mann besaß
auch die 8. verbesserte und vermehrte Auflage von 1900.)

H. Blaze de Bury: *Dames de la Renaissance*
Paris: Calmann Lévy 1886. Mit eigenhändigen Notizen
Heinrich Manns.

Théophile Gautier: *Voyage en Italie*
Nouvelle Edition. Paris: G. Charpentier 1879. Mit eigenhändigen Notizen Heinrich Manns.

Œuvres complètes de Stendhal
17 Bde. Paris: Michel Lévy Frères. Bd. 5: Histoire de la
peinture en Italie. Seule édition complète, entièrement revue et corrigée. 1868. Mit eigenhändigen Notizen Heinrich
Manns und Eigentumsvermerk: »L. H. Mann Mars 93«.

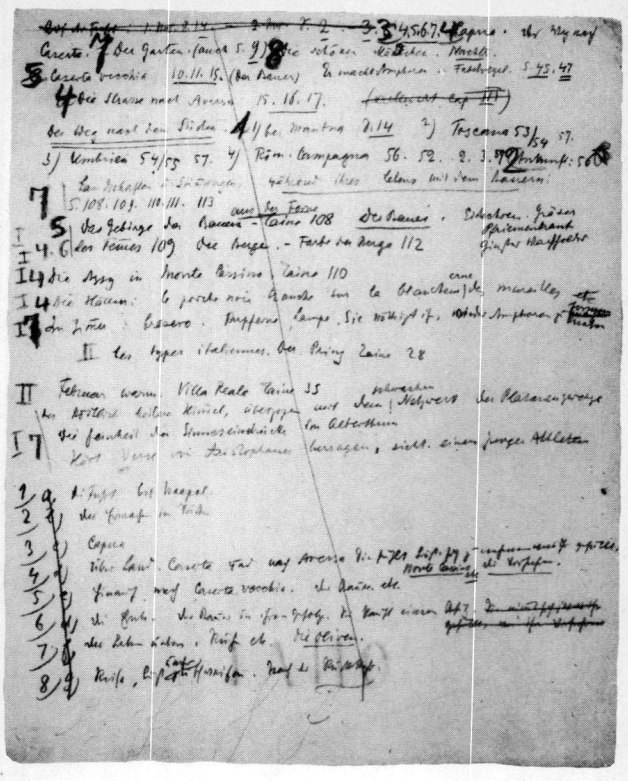

Plan des Reiseweges der Herzogin von Assy
nach dem Süden Italiens
mit Hinweisen auf H. Taines *Voyage en Italie*
[vgl. Materialien, Nr. 7]
aus den Notizen Heinrich Manns zu den *Göttinnen*

Hippolyte Taine: *Voyage en Italie*
Septième édition. 2 Bde. Paris: Librairie Hachette. Bd. 1:
Naples et Rome. 1893. Mit eigenhändigen Notizen Heinrich Manns und Eigentumsvermerk: »H. Mann Rome,
Avril 95«.

Stendhal: *Promenades dans Rome*
2 Bde. Paris: Delaunay 1829. Mit eigenhändigen Notizen
Heinrich Manns und Eigentumsvermerk: »Heinrich
Mann Febr. 99–«.

Henri de Régnier: *Les Jeux rustiques et divins*
Paris 1897. Aus dem Gedicht »Pour la Porte sur la mer«
übernahm Heinrich Mann die Verse »Me voici, revenu...« als zweites Motto für »Venus« [siehe *Venus*, S. 9,
Fischer Taschenbuch Bd. 5927].

Henri de Régnier: *Les Médailles d'Argile*. Poèmes
Paris: Société du Mercure de France 1900. Aus dem Sonett
»La Païenne« innerhalb des Abschnitts »Les Passants du
passé« des Gedichtbandes (S. 223) wählte Heinrich Mann
die vier Eröffnungsverse »Rome! tes dieux sont morts...«
als drittes Motto für »Venus« [siehe *Venus*, S. 9].

August Graf von Platen: *Gedichte*
Stuttgart, Tübingen: Verlag der J. G. Cotta'schen Buchhandlung 1828. Aus dem Sonett XXVIII, S. 196, wählte
Heinrich Mann zwei Verse als Motto für »Minerva«:
»Und wessen Herz Vollendetem geschlagen,
Dem hat der Himmel weiter nichts zu geben!«
In: *Dok.*, S. 89 f.
Ergänzt durch: Alfred Kantorowicz, »Nachwort«. In: Heinrich Mann: *Die Göttinnen oder Die drei Romane der Herzogin von Assy.* Hamburg: Claassen 1969, S. 712 (im folgenden
zit.: *Göttinnen, 1969*) und Manfred Hahn in: *Göttinnen,*
³1985, S. 744.

8   Heinrich Mann: Platen in Italien,
     22. März 1899 [Skizze]:

Hätte er das Zeug zu den dichterischen Großthaten gehabt, die er verhieß, so würde er vielleicht (aus Instinkt für
das Erhaltende, Fördernde) nur *eine* Reise nach Italien
gemacht haben.
    Vgl. Stendhal, Prom[enades] d[ans] Rome I p. 271:
    Chaque nouveau voyage qu'on fait en ce pays a sa phy-
sionomie, et il entre par malheur un peu de science dans le
sixième.
    Je besser Platen Italien kennen lernte, desto mehr verlor
er die sichere Einseitigkeit des Schaffenden, desto mehr
wurde er zum historisch gebildeten Liebhaber. Außer den
Abaßiden, die er als Nebenarbeit ansah, hat er in Italien
nur *ein* größeres Werk vollendet: Die Geschichten des
K[ö]n[i]gr[ei]ch[e]s Neapel.
    Die Schönheit, bei der man zu lange verweilt, versengt
und trocknet aus. Sie entmuthigt, denn was sollte man
selbst noch zu leisten hoffen, nachdem man erkannt hat,
wo das Höchste thront.

»Und weßen Herz Vollkommenem geschlagen,
Dem hat der Himmel weiter nichts zu geben.«

Dieser Ausruf drückt stolze Genugthuung aus, aber nicht
auch tiefste Trauer?
    Hat man einen kurzen Blick auf die Schönheit werfen
dürfen, so ist es weiser sich in die Stille zurückzuziehen
und fortan von dieser einen Erinnerung zu zehren. Denn
die Erinnerung macht schöpferisch, das Genießen niemals.
    Platen hat das empfunden:

»Fliehe die Schönheit, Freund, und genieße den köst-
    lichen Frieden,
Der dem Gemüt nahrhaft, schöne Gedanken erzieht!«

Er war nicht so krank, daß er den Instinkt für das Erhaltende und Fördernde ganz verloren hätte, aber krank genug um ihm nicht mehr folgen zu können. Als er »Roms umwölkte Fieberluft« von sich abschüttelte, war es zu spät; sie hatte seine Nerven schon verdorben. Der Scirocco lullt anfangs ein, man wird schläfrig, überläßt sich der Weichheit des Lebens und glaubt wohl gar zu gesunden; plötzlich erfolgt dann der Zusammenbruch (Platens nervöser Jähzorn und kurz drauf sein Magenkrampf). Nimmt man nicht ein sehr geschwächtes Nervensystem an, so ist nicht einzusehen, warum er an Hämorrhoiden und Kolik hätte sterben sollen.

Er fühlte sich wohl sterben, ohne recht zu wissen warum er sterbe, und ohne Muth und Kraft seinem Verfall zu widerstehen. Es fehlte ihm die zuversichtliche Hoffnung auf viele gesunde Jahre, die ein Schaffender braucht. Er wagte keine großen Pläne mehr im Ernst zu machen. Er wies zögernd das Hohenstaufenepos von sich, weil es »eine Aufgabe für viele Jahre und vielleicht undankbar« wäre. – Alle Kraftausgaben sind undankbar für Jemand der sich verurtheilt fühlt. Sie können ihn ja nur noch schneller dem Ende nähern, ohne daß er etwas fertig gebracht hätte. Er darf nur noch träumen von den Werken, die er »machen könnte«, und manchmal bricht sein ohnmächtiger Traum in eine verzweifelte Prahlerei aus, die Platens Zeitgenossen lächerlich gefunden haben, und die in Wahrheit das Traurigste ist, was ein versandendes Dichterleben uns mittheilen könnte:

»Eher nicht an eure Herzen klopf' ich an, an eure Pforten,
Bis das Schönste nicht gethan ich, eine große That in Worten,
Welche kalte Sinne glühen macht, Lob erpreßt von Silbenklaubern,

Selbst den Feinden muß gefallen und die Freunde ganz
   bezaubern;
————
Ihrem Schamerröthen tret' ich schweigend dann und still
   entgegen,
Und vor ihre Füße will ich alle meine Kränze legen.«
22. III. 99
   Original: HMA 377; – Druck: *Dok.*, S. 90–92.

9   Zeitgeschichtliche Quellen zu den *Göttinnen* aus
    Heinrich Manns Sammlung von Zeitungsausschnitten,
    dokumentiert von Alfred Kantorowicz:

Die Zeitungsausschnitte geben Aufschluß über die Quellen, die Heinrich Mann für die Fabel seines Romans
benutzt hat – er selber hatte darauf hingewiesen, daß manche Anekdoten aus der römischen *Chronique scandaleuse*
und dem *Wiener Hofklatsch* abgeleitet worden sind. So
findet sich unter seinen Materialien beispielshalber ein
Ausschnitt aus der römischen Zeitung ›La Tribuna‹ vom
10. Juli 1899, der einen von ihm angestrichenen, mit Stich-
worten und Hinweisen versehenen Artikel enthält: »Il
Romanzo della Principessa« (Die Liebesgeschichte der
Prinzessin). Es handelt sich da um eine Prinzessin Troubetzkoi, deren abenteuerliche Affären in Venedig derzeit
von sich reden machten. Kein Zweifel, daß Heinrich
Mann aus diesem längeren Klatschartikel Anregungen
empfangen hat – möglicherweise sogar die, seiner Heldin
einen »östlichen« Hintergrund zu geben.
   Ein anderer Artikel von Bezug auf die Arbeit an den
Göttinnen findet sich im Feuilleton einer Wiener Zeitung
(deren Datum nicht genau bestimmbar ist.) Es ist eine
S. Mz. gezeichnete, sehr ausführliche (neun breite Feuille-
tonspalten umfassende) »Madame Rattazzi« betitelte Ar-

Die Liebeshändel einer Fürstin...

Die Sonne neigt sich ihrem Untergange zu. Die Dunstschichten über dem Golf, den Inseln, den Bergen tauchen sich in leuchtende Rosafarben. Des Himmels tiefes Blau verblaßt, und eine kühle Brise setzt die erstickend heiße Luft, die wie eine starre Säule über der Stadt lagerte, in Bewegung. Das Panorama des Golfes nimmt jene Stimmung an, welche die menschliche Phantasie lähmt, die sich nichts Schöneres, Farbigeres, Harmonischeres ausdenken kann und beschämt in ihrem Fluge innehält; die Sinne genießen, genießen, genießen!

In unzähligen Wagen und herrlich bespannten Equipagen rollt der wohlhabende Theil der Bevölkerung Neapels die Via Caracioli entlang. Neapolitanische Fürsten, Herzöge, Marchesen, Grafen, Barone mit unendlichen Namen und schönen Frauen, englische Lords, amerikanische Millionäre, deutscher Uradel, russische Steppenkönige, im Frühjahr gibt sich diese Welt des Wohllebens und des Reichthums auch wohl einmal in Neapel ein Stelldichein, um vor den Lazzaroni der Chiaja mit Diamanten und Perlen, mit prächtigen Kleidern, Livreen und Pferden zu kokettiren.

Das ist die Zeit, wo die gluthäugige Neapolitanerin nach den reichen Fremden trachtet, und der Neapolitaner Umschau hält unter den Töchtern des — Auslandes. Mit einem unglaublichen Geschick, so erzählt ein Mitarbeiter des „L. A." werden Verbindungen angeknüpft, wird der Fremde von Rang, Geld und Namen in den Mittelpunkt der Gesellschaft gezogen, in der die schönen Frauen Neapels ein berückendes, prickelndes, gefährliches, rücksichtsloses Spiel der Koketterie treiben. Es ist ein Boden, der viele zu Fall bringt, aber in liebenswürdiger Nachlässigkeit zieht man schnell den Mantel der christlichen Nächstenliebe, über Gattenuntreue, Verrath und Dinge, mit welchen sich die Gerichte eigentlich beschäftigen sollten. Selten gelangt ein Fall vor das Forum des Prätors, die beleidigten Theile begnügen sich mit einem Scheinduell, wenn der Klatsch ihre Unehre in die Oeffentlichkeit gezogen hat, und dann bleibt alles wieder beim ...ten.

Vor mehreren Jahren kam in dieses Milieu der russische Fürst ... mit seiner schönen Tochter. Man hörte Märchenhaftes von ... Vaters und sprach mit unverhohlener Bewunderun ... ...t der russischen Fürstentochter. Die M... ... den Hoffesten ...

Zeitungsausriß aus
Heinrich Manns Quellen-Sammlung zu den *Göttinnen*
[vgl. Materialien, Nr. 9]

beit über das bewegte Leben der Schriftstellerin Marie Létizia de Rute-Rattazzi-Solms-Wyse-Bonaparte – der Tochter des irischen Diplomaten Thomas Wyse und der Nichte Napoleons I., Létizia Bonaparte. Am 25. April 1833 in Irland geboren, heiratete sie 1850 den elsässischen Fabrikanten von Solms. Nach dessen Tode wegen ihrer allzu wilden Affären aus Frankreich verwiesen, wurde sie 1863 die Gattin des italienischen Staatsmannes und zeitweiligen Ministerpräsidenten Urbano Rattazzi. Ihr dritter Mann war ein reicher Spanier Luiz de Rute. Sie starb 1902 in Spanien und galt als eine der faszinierenden Abenteurerinnen ihrer Epoche.

Aus dem von Heinrich Mann benutzten Artikel wäre abzuleiten, daß sie in ihrer Jugend einige äußere Züge seiner Herzogin aufweist, in ihrem Alter die Ungestalt der fürchterlichen Fürstin Cucuru. Sie wird in ihren Anfängen am Hof des dritten Napoleon, dessen entfernte Kusine sie war, geschildert als ein »Weib, das durch Schönheit, Geist, Leidenschaft alles, was um sie her war, in Schatten stellte. Sie schien geboren, eine Kaiserin zu sein, doch fast leitungslos aufgewachsen im Hause einer jungen schönen Mutter, die, nachdem sie sich, vierundzwanzigjährig, von ihrem englischen Gatten getrennt hatte, einem Leben ohne Zügel fröhnte, ward Marie Létizia, das dämonisch-schöne Kind, zu ihrem Ebenbilde.«

Von der Greisin aber wird gesagt: »Wie, sie wäre je schön gewesen, dieses Weib, das man in den letzten Jahren in anmutsloser Körperlichkeit mit den im Fette verschwimmenden Gesichtszügen kannte, das Weib mit dem unnatürlichen Haare, das wohl einst auf einem jugendlicheren Haupte als dem ihren geblüht? Und sie hätte je ihre Zeitgenossen bestrickt, diese kosmetisch präparierte alte Vettel, die, in alle Wohlgerüche eingehüllt, die runzeligen Wangen geschminkt und gepudert, in goldgelber Tracht oder in schreienden Farben einherschlich?« Zwischen diesen Anfängen und dem Ende aber liegt ein Leben von phosphoreszierendem Glanz inmitten der Ausschweifungen der schon faulig werdenden Spitzen der europäischen Gesellschaft, mit Schöngeistern und Künstlern am Rande.

Es kann kein Zweifel bestehen, daß Heinrich Manns schöpferische Phantasie durch dieses Lebensbild einer Frau bewegt worden ist, die als Zwanzigjährige in höfische Intrigen verstrickt war, sich als Dreißigjährige zum Mittelpunkt eines Kreises von Literaten machte, zu denen unter anderen Eugéne Sue, Sainte-Beuve und François Ponsard gehörten, und sich als Vierzigjährige wüsten Ausschweifungen ergab. Zu vermerken ist in diesem Zusammenhang noch, daß sich am Ende des Ausschnitts in Heinrich Manns Handschrift die Namen Farida, Melek, Emina aufgezeichnet finden. Sie sind uns im ersten Abschnitt von *Venus* bekannt geworden als die Namen der Nebenfrauen des Ismael Iben Pascha.

Aus den ›Münchner Neuesten Nachrichten‹ (54. Jahrgang, Nr. 502) vom 28. Oktober 1901 hat Heinrich Mann Material für das in Neapel spielende Kapitel der Abenteuer seiner Herzogin geschöpft. Da findet sich auf der ersten Seite unter der Überschrift »Zwei berühmte Frauen in der Fäulnisenquête über Neapel« ein vom 25. Oktober datierter sehr ausführlicher Bericht des römischen Korrespondenten der Zeitung von den Skandal- und Korruptionsaffären der neapolitanischen Gesellschaft. Heinrich Mann hat daraus entnommen, mit welchen Mitteln man Grundstücke »erwerben« kann und welche Rolle die sogenannte »Camorra« in solchen Händen spielt. Auf dem Zeitungsabschnitt hat er notiert:

»*Der Prinz* kauft Grundstücke für die Herzogin. Von dem Profit, den er selbst macht, kauft er sich eines dazu. Er rundet es ab, fast umsonst, durch die Furcht vor der Camorra (vom Magistrat). Er *vermittelt Stellen,* auf den

Besitzungen der Herzogin, auch Staatsämter, als einstiger Geliebter der Herzogin.«

Die Spekulationen und Erpressungen des Don Saverio Cucuru, mit dem die Herzogin eines ihrer aufregendsten Abenteuer erlebt, haben in diesem Bericht ihre Quelle. Es ist denkbar, daß Heinrich Mann gewisse Züge der Dichterin Matilde Serao (1856–1927), die in ihren Romanen und Novellen das neapolitanische Leben geschildert hat und die in diesem Bericht der ›Münchner Neuesten Nachrichten‹ ausführlich porträtiert wird, für die Figur seiner Bildhauerin Properzia Ponti entlehnt hat; möglicherweise hat der abfällig charakterisierte Eduard Squarfoglio, ein Revolverjournalist, Schmierenliterat und Erpresser, zur Vorlage für Heinrich Manns Mortœil (beziehungsweise auch Paolo della Pergola) gedient.

Was die »Camorra« betrifft, so holte Heinrich Mann noch weitere Auskünfte ein. Auch dafür gibt es Belege, so zum Beispiel einen vom 4. Januar 1901 datierten Brief des Sohnes von Dr. von Hartungen, Christl von Hartungen, der Heinrich Manns Anfragen nach der Bestimmung von »Maffia« und »Camorra« beantwortete. Nach einem Umriß der auf Sizilien vorherrschenden »Maffia« wird über die »Camorra« gesagt, sie sei »von zwei Krebsschäden Süditaliens der leichtere«.

»Ihr Zweck ist kein so schlechter, doch gut ist er deswegen keineswegs. Zur Erklärung desselben dienen folgende Zeilen. In Italien werden die Beamten miserabel bezahlt, das ist bekannt, die Camorra verschafft ihnen ein höheres Gehalt, und zwar folgendermaßen: Heute werden zum Beispiel in der K. Marine 12 Ärztestellen vergeben und zwar fürs Küstengebiet von Neapel. Eine solche Stelle wäre z. B. für einen Paduaner Arzt gar nicht zu erlangen. Warum? Weil schon längst, bevor die Stellen ausgeschrieben werden, für dieselben in der Marinedirektion 12 Ärzte vorgemerkt sind, von denen jeder verspricht, bei Erhalt der Stelle 2000, 3000 oder 4000 Lire zu bezahlen. Wie in diesem speziellen Falle ergeht es in 100 anderen Fällen. Ein Straßenräumer wird vielleicht bei Erhalt seines Amts und seiner Würde 10 Lire zahlen. Auch in den Gefängnissen wie Besserungsanstalten spielt die Camorra eine bedeutende Rolle, gerade hier zeichnet sich der Capo camorrista aus. Ihm muß der Gefängniskoch besser kochen, sonst gueri la madonna. Die Guaredi fürchten ihn mehr als ihren anderen Vorgesetzten. Er verschafft sich dieses Ansehen durch körperliche Stärke und Gewandtheit, List, Scharfsinn, oft ist aber auch eine abergläubische Scheu damit verbunden, die ihn gewissermaßen schützt, und eigentlich vermehrt der Volksmund mehr sein Ansehen und seine Macht als seine körperlichen oder geistigen Eigenschaften.«

In diesem Zusammenhang ist auch ein Abschnitt aus den ›Münchner Neuesten Nachrichten‹ vom 24. März 1902 bemerkenswert. Es ist ein auf die Kopfseite des Blattes gedruckter, mit den Initialen M. T. gezeichneter umfangreicher Leitartikel über »Die Jungmonarchisten Italiens«, in dem von verschrobenen und verschwärmten Ideen der aristokratischen und großbürgerlichen italienischen Jugend die Rede ist. Heinrich Mann hat auf den Zeitungsausschnitt »Nino, Cap. IV« geschrieben, und er hat in der Tat seinem Nino die in diesem Artikel notierten Absonderlichkeiten des Kampfes der italienischen Schuljugend und Studenten »für die Freiheit und den Individualismus und gegen die Tyrannei des Sozialismus« in den Mund gelegt. Eine mit Bleistift angestrichene Stelle des Artikels heißt:

»Das Schweigen der Zeitungen ist nicht unerklärlich und vielleicht sogar verzeihlich. Sie stehen vor einem ihnen unverständlichen, außerparlamentarischen und nicht leicht zu klassifizierenden Phänomen. Der Gründer der Partei, besser noch ihr Erfinder, ein sonderbar aussehender mißvergnügter Mann und geborener Volksführer, hatte es sich seit einigen Jahren in den Kopf gesetzt, die Schuljungen und die Studenten zum legitimen Kampfe für die *Freiheit* und den *Individualismus* und *gegen die Tyrannei des Sozialismus* aufzurufen.«

Dementsprechend erklärt der Lustknabe der alternden Herzogin, der naive Schwärmer Nino, eifervoll: »Hast du von unserer Bewegung gehört? Natürlich nicht; sie schweigen uns tot. Es wird ihnen nichts helfen. Wir sind entschlossen, der Freiheit und dem Rechte der Persönlichkeit unser Leben darzubringen, und rufen zum Kampfe auf gegen den Sozialismus, der sie beide vergewaltigt.« [*Venus*, S. 162, Fischer Taschenbuch Bd. 5927]

Von Heinrich Mann mit Blaustift angestrichen sind folgende Sätze des Artikels: »Ein Ephebe, der zu dem Volke auf einem öffentlichen Platze, selbst gegen die Überzeugung der Mehrzahl, frei und begeistert spricht, braucht den Groll der Menge nicht zu befürchten. Er darf ihnen auch unliebsame Wahrheiten sagen... Diese Jünglinge, die sich in *Liebe* verbündet haben, wie die Umsturzparteien in *Haß,* erinnern in ihrer flammenden Begeisterung an die Scharen Garibaldis.« Man wird im Dialog zwischen der Herzogin und Nino auch den Gehalt dieser hervorgehobenen Stellen des Artikels wiederfinden.

Andere von Heinrich Mann bewahrte Zeitungsausschnitte enthalten Landschaftsbeschreibungen und Kunstkritiken, aus denen der Dichter Anregungen für seine Schilderungen von Landschaften und Kunstwerken in Italien mit geschöpft hat. Bemerkenswert ist darunter ein Artikel von Hermann Hesse: »Malerisches von den venetianischen Lagunen«, dessen genaues Erscheinungsdatum nicht festzustellen ist [›Münchner Neueste Nachrichten‹, 20. Februar 1902] , in dem aber einige Sätze von Heinrich Mann angestrichen worden sind:

»Venedig lag weiß und rosig in einem transparenten, goldenen Dunst, jenseits der Insel lag das freie Meer in schwerem Blau. Ich sah Schiffe und Barken von Süden her meine Blicklinie schneiden und plötzlich in den goldenen Nebel tauchen, der sie wie eine zarte Gloriole umhüllte. Ich weiß kein Gleichnis dafür als das des Traumes, der Dichtung, der Kunst – so, als wären die sichtbaren gewohnten Dinge (Barke, Segel, Schiff usf.) plötzlich in den Kreis einer selig schöpferischen Freiheit getreten und zu Poesie und schöner Sage geworden. Ich weiß wohl, daß diese Verwandlung der Dinge sich auf jedem Acker und jeder Landstraße vollzieht, wenn man sie plötzlich zwischen Blick und Sonne bekommt. Aber hier war das Wunder seltsamer, schöner, hinreißender...«

In: *Göttinnen, 1969*, S. 708–712.

Heinrich Mann an Albert Langen,   10
Riva, 24. Februar 1901 [Auszug]:

Was ich jetzt mache, kommt mir manchmal vor wie ein modernes Märchen. Erschrecken Sie bitte nicht. Ich setze lauter Figuren in Bewegung, die Sie trotz ihrer Fremdartigkeit hoffentlich nicht weniger lebensvoll finden werden als die meines ersten Romans. Zu Anfang mißlingt eine romantische Revolution in ein[em] Reiche das es garnicht giebt, und am Schluß beabsichtige ich einen Wirbel von Heidenthum, modernen Gaunereien, wollüstigen Raffinements, antiken Mysterien u.s.w. Dabei liegen vielfach thatsächliche Geschichten zu Grunde: Wiener Hofklatsch, römische Corbellerie etc.

Ich bin jetzt in der 2ten Hälfte des 1. Theils. Mitte April werde ich mich unterbrechen müssen, um eine Reise nach Süd-Italien zu machen, die mich nicht sehr verlockt und viel Geld kosten wird. Doch will es die Sache, da gegen Schluß ihrer Tage meine Heldin dort unten ihr Wesen treibt. Sie sehen, ich nehme es ziemlich ernst. Wenn es

Ihnen recht ist, melde ich Ihnen seinerzeit die Beendig[ung] des 1. Theils.

Briefentwurf. – Original: HMA 547. – Druck: *Dok.*, S. 84.

11   Heinrich Mann an Ludwig Ewers,
     Ravello am Golf von Salerno, 7. Mai 1901 [Auszug]:

In Florenz mußte ich ein endloses Kapitel fertigmachen –
ich hätte sonst auf der Reise keine Ruhe gehabt – und habe
gearbeitet, trotz Besuch, Zerstreuung, Überanstrengung
und Irritation, bis mir die Zunge aus dem Halse hing.

   Dann bin ich, höchst ungern, nach Neapel gefahren. Es
ist ein schauderhaftes Nest, ausschließlich von Gesindel
bewohnt, und daß mich bis jetzt diesmal noch niemand
betrogen hat, sehe ich als Beweis dafür an, daß ich mittler-
weile schon ziemlich kundig geworden bin. Auf dem
Lande ist es nicht viel besser, denn das *ganze* Volk, so viele
ihrer sind, sieht einen als wandelnden Automaten für
Soldistücke und Zigarren an, und die fortwährende unglaublich widerwärtige Belästigung durch all das Pack verursacht mir eine beträchtliche Irritation. Das Paradies, in
dem man hier umhersteigt, muß natürlich zur Bevölkerung ein Geschmeiß haben, denn alles kompensiert sich –
aber hart ist es doch, und ich mache diese ganze Reise (ich
bin eigentlich völlig reisemüde) nur im Bewußtsein treuer
Pflichterfüllung im Dienste meiner *Herzogin*. Das Buch
an dem ich arbeite, ist, abgesehen von seinem sonstigen
geistigen Gehalt, für mich persönlich die volle Frucht meiner sieben Jahre Italien. Im ersten Teil ist Rom, im zweiten
Venedig, im dritten der Süden, den ich aber noch nicht
genügend beherrschte. Ich bin also auf dem Wege nach
Neapel ausgestiegen, in Capua, über Land gefahren nach
Caserta, Aversa, Neapel; dann nach Salerno und hierher,
nach Ravello, einer seit dem Mittelalter verödeten mauri-

schen Bergstadt mit seltsamen Palästen und Blicken auf Meer und Golf, von denen ich noch keine Vorstellung hatte.

Mein Notizbuch füllt sich, ich denke meinen Zweck bald erreicht zu haben. Morgen will ich nach Sorrent, übermorgen nach Neapel zurück. In ein paar Tagen fahre ich dann über Florenz nach Venedig, um noch rasch ein paar Eindrücke aufzufrischen, bevor der zweite Teil beginnt. Säße ich erst ruhig in der guten Münchener Luft, bei Buchweizengrütze, meinem abendlichen Leibgericht, das meine Mutter von Drefalt aus Lübeck kommen läßt; denn anderswo kriegt man's nicht! [...]

Noch eine Bitte: Hast Du etwa alte Briefe von mir aufbewahrt? Ich habe Dir manchmal über Italien geschrieben, z. B. einmal im Frühling 96 aus San Gemigniano, über Orvieto – vielleicht auch über Rom oder anderes? Das alles könnte mir für meine jetzige Arbeit nützen. Vielleicht fändest Du Zeit, es herauszusuchen und mir leihweise nach München zu schicken? Es eilt nicht sehr, und ich wäre Dir sehr dankbar. Meine Adresse bleibt vorläufig München. Schreibe bald wieder!

In: *Ewers-Briefe*, S. 383–386 (Nr. 96).

Heinrich Mann an Ludwig Ewers,   12
Riva, 19. Dezember 1901 [Auszug]:

Lieber Ewers,

seit fünf Wochen kure ich und verwende jeden freien Augenblick für Rudern und Gehen: daher mein Schweigen. Den Roman meiner *Herzogin* habe ich trotzdem gefördert. Ich sehe nun das Ende des zweiten Teiles ab. Der dritte, der dann noch fehlt, soll in meiner wohlwollenden Intention ein »Reißer« werden und durch einen Taumel von Geschlechtlichkeiten, Farben, Abenteuern dem lieben Leser die Besinnung nehmen. Ich denke ihn mir kurz und voll (wenn sich nur nicht nachher alles in die Länge zöge!). Der zweite dagegen ist breit angelegt und überdies durch einen kunstvollen Stil ausgezeichnet, der ihn zu hohen Schwierigkeiten erhebt: Du wirst hoffentlich sehen, ich habe da ganz merkwürdige Dinge gemacht.

Du entschuldigst hoffentlich, daß ich beim ersten Wort gleich wieder von meiner Sache rede; aber es ist eben *die* Sache an sich, und je weiter das Buch fortschreitet, desto gewalttätiger wird es gegen mich selbst und läßt mir keinen andern Gedanken mehr. Das kommt wohl daher, daß es immer komplizierter wird, wie sich die Motive mehren in der Handlung, der psychologischen Entwickelung und wie neue Figuren auftreten. Das ist das schwerste, die Menge der Menschen zu beherrschen! Ich kann tagsüber schon keine andere Gesellschaft mehr gebrauchen, ich mache meine Spaziergänge immer allein: denn irgendeiner von meinen zahlreichen Leuten hat mir immer irgendwas zu sagen. Es ist rein, als ob man besessen wäre. Dafür habe ich allerdings das Bewußtsein, daß dies mein Hauptwerk ist für absehbare Zeit; kein anderes wird vorläufig imstande sein, mich so zu beherrschen. Ich will mir das nächste Mal auch nur etwas Leichteres gefallen lassen, was vor allem nicht so lange dauert. Meine Hauptsorge bei diesem Buch betrifft immer die Länge. Ich sehe andere Romane eifersüchtig darauf an, wie ihre Knappheit erreicht ist. Meistens kommt sie von der geringen Zahl der Personen. Aber die große, aufdringliche Lebhaftigkeit eines Buches wird doch bloß durch ein Gedränge möglich!

Was treibst Du, was liest Du, ist Dir etwas Merkwürdiges zu Gesicht gekommen? Bei mir bezieht sich auch die Lektüre ausschließlich auf meine Arbeit. Ich muß jetzt für den 3. Teil sehr viel über Süditalien lesen, über antike Sitten, über Landleben, über die Camorra... Kennst Du nicht ein Buch über die *Camorra*? Ich meine, es wäre einmal ein deutsches erschienen? Ist Dir ferner irgend etwas über antike Feste und besonders über die aphrodisischen Mysterien bekannt? Hast Du einen Brockhaus zur Verfügung, so könntest Du wohl mal nachschlagen, unter Aphrodite, Mysterien, Eleusische Feste, Saturnalien, Bacchanale, Dionysosreligion: nicht, um mir die Artikel auszuschreiben, was zuviel verlangt wäre, sondern nur, um mir die literarischen Quellen zu nennen, die wahrscheinlich angegeben sind. – Du siehst, was die Sache rein stofflich für Schwierigkeiten hat. Letzthin mußte ich das Fechten mit italienischen Floretts kennenlernen und habe in einem Münchener Fechtsaal den italienischen Lehrer und seine Schüler interviewt wie ein Reporter. Jetzt bin ich au fait. Über gewisse Kartenspiele klaube ich jetzt meine Kenntnisse zusammen. Woher ich Fachausdrücke der Hohen Schule (des Reitens) nehme, weiß bis jetzt noch der Deubel.

Der ›Scherer‹, das deutsch-nationale, antiklerikale, antisemitische und freigesinnte Blatt in Innsbruck, will von mir durchaus Beiträge; es meint, daß ich noch immer im Stil des *Schlaraffenlands* schreibe, was ein Irrtum ist.

In: *Ewers-Briefe*, S. 386–388 (Nr. 97).
Der ›Scherer‹ hatte (dazu André Banuls, *Heinrich Mann*. Paris 1966, S. 109 und 666) am »15. Ostermonds 1901–2014 nach Noreja« einen ausführlichen, begeisterten Bericht über den »vortrefflichen antisemitischen Roman« *Im Schlaraffenland* veröffentlicht und dessen Autor um seine Mitarbeit gebeten. Den Zeitungsausschnitt hatte er aufbewahrt. Zum ›Scherer‹ siehe Banuls: *Schüler Hitlers Hakenkreuze*. In: *Phantastisch zwecklos? – Essays über Literatur* (Würzburg 1986), S. 271–278 (Erstveröff.: *Das völkische Blatt ›Der Scherer‹. Ein Beitrag zu Hitlers Schulzeit*. In: ›Vierteljahreshefte für Zeitgeschichte‹ [1970], Heft 2, S. 196–203).

13   Heinrich Mann an Ludwig Ewers,
      München, 11. Januar 1902 [Auszug]:

Lieber Ewers,
      ich möchte Dir gleich in Kürze danken für die große
Freundlichkeit, womit Du das alles aus dem Brockhaus
für mich ausgeschrieben hast. Ich lasse mir die Sachen zur
Ansicht kommen und hoffe, sie werden mir helfen.
      – Deine persönlichen Zustände interessieren mich auf
das lebhafteste. Willst Du ernstlich wieder anfangen mit
Phantasiewerken, so rate ich: Setze täglich eine Stunde an
und arbeite, *ohne* auf Stimmung zu warten. (Man kann
lange warten!) Als ich nach meinem nervösen Zusammenbruch vor 2 Jahren wieder anfangen durfte zu arbeiten,
war mir anfangs nur ½ Stunde erlaubt – und es ging doch!
Es kommt nur auf *tägliche* Übung an. – Ferner: Es ist traurig aber wahr, daß wir ohne Anregung durch Lektüre zu
nichts kommen; unsere Werke sind Reaktionen (*Nietzsche*
sagt dies). Lies die *größte, kraft-* und *lebensvollste* Epik.
Mir hat *Balzac* enorm genützt (vor dem *Schlaraffenland*).
Dünnsinnige Sachen wie Heyse und Jensen in ihren Al-
terswerken können Dir natürlich nichts helfen. – Übrigens sollte ich gar keine klugen Lehren geben, sondern
mich lieber stille verhalten, denn meine Produktionskraft
ist augenblicklich lahm. Ich schreibe keine Zeile, die mich
befriedigt. Es ist manchmal erstaunlich, wie man von
heute auf morgen alles Talent verlieren kann. Vielleicht
kommt es noch mal wieder.
      In: *Ewers-Briefe,* S. 388 f. (Nr. 98).

[...] ich habe in letzter Zeit saumäßig viel zu tun, fast soviel wie ein Journalist. An dem letzten Teil meines Romans schreibe ich, den zweiten muß ich kopieren, von
dem ersten lese ich die Korrekturen: alles auf einmal. Es ist
noch nie so rege bei mir zugegangen. Außerdem hat mir
der Winter in München immerhin mehr gesellschaftliche
Beziehungen und Anregungen gebracht, als ich gewohnt
bin. Im nächsten Winter gedenke ich mich, bei Leben und
Gesundheit, sogar ein wenig zu »lancieren« – wenn nämlich mein Buch erschienen ist. Das wäre der rechte Moment, denn in diesem Buch bin ich *ganz* drin, mit Leib
und Seele. Ich werde schließlich ausgepumpt sein und vorläufig nichts mehr zu sagen haben – darum einige Zeit den
Mund halten. Ich schreibe jetzt an dem Teile, der *Venus*
heißt, und rechtfertige diesen Titel durch sehr gewagte
Dinge, die Dir mißfallen werden. Nun, dafür ist der
zweite Teil ziemlich und der erste ganz rein. Man tut halt,
was man kann.

In: *Ewers-Briefe*, S. 390 (Nr. 99).

Lieber Ewers,
    Dein Brief hat mich sehr erfreut. Die Herzogin von
Assy brauchte kein Mittel; ich denke sie mir, wenn es dort
auch noch nicht gesagt ist, als steril. Im dritten Roman
(*Venus*) sehnt sie sich sehr nach einem Kinde; da ist es
schon zu spät. Außerdem kann es ja alle möglichen
Gründe haben, weshalb ein Koitus nicht zündet: z. B.
eine zu lange Enthaltsamkeit des Mannes. – Ich bespreche

Dr. Christoph von Hartungen
Photographie aus Heinrich Manns Besitz

immer alles Medizinische mit meinem Doktor in Riva. Das Schlußkapitel, worin die Herzogin stirbt, hat uns beide viele Unterredungen und einen Stoß Briefe gekostet. Anbei empfängst Du das, was er mir über Schwangerschaftsverhütung mitteilt. Ein Rezept ist auch dabei.

Gestern habe ich ein Feuilleton geschrieben über die vorgestrige Premiere der *Monna Vanna* von Maeterlinck und habe es den ›L.[eipziger] N.[euesten] N.[achrichten]‹ geschickt. Ob sie's nehmen werden? Es wäre mir lieb, mich dort einzuführen. Dein Rat, mich für Münchner »Briefe« anzubieten, leuchtet mir ein. Jetzt geh ich zwar für 8 oder 10 Wochen fort, aber vom 1. Januar ab wäre ich gern bereit, über Kunst und Theater, Fasching etc. (aber nicht Musik) zu berichten. Könntest Du vielleicht nach Deiner Rückkehr gelegentlich bei Deinem Verleger für mich wirken? Wenn Du für ein hübsches *Feuilleton* über die *Herzogin* (es ist ja ein ganzer Zyklus und lohnt wohl die Mühe!) in der Zeitung Raum fändest – vielleicht würde der Verleger Achtung für mich fassen und mir den Posten anvertrauen. Mir wären hauptsächlich die Freibillets angenehm. Und für 4 Feuilletons im Monat kann man wohl gegen 100 M kriegen?

Jetzt heißt's wieder reisen, obwohl ich wenig Lust habe. Aber ich möchte mich mit einer neuen Arbeit, die nicht lange währen soll, in ein ruhiges Städtchen zurückziehen, wo es noch nicht so kalt ist: also doch wieder nach Italien. Aber wohin, das weiß ich noch lange nicht, obwohl ich vielleicht um den 5. Oktober schon fahre. Nun, ich schreibe Dir jedenfalls meine Adresse.

Den Drucker habe ich angewiesen, Dir nach Bonn *Die Göttinnen* Band 2 und 3 zu senden (Vorversandexemplar, ohne Umschlag). Hoffentlich tut er's pünktlich. Für den Umschlag ist leider noch immer kein Zeichner gefunden, denn Heine habe ich als ungeeignet abgelehnt und mit denen, die ich vorschlage, habe ich auch kein Glück. Jetzt

Riva
Ansichtskarte aus Heinrich Manns Sammlung

haben wir uns an Steinlen in Paris gewandt, wegen eines schönen Aktes mit südlichem Hintergrund. Hoffentlich wird was draus, denn das Buch ist ja nun ganz fertig, bis auf den Umschlag.

In: *Ewers-Briefe,* S. 391 f. (Nr. 100).
Mit »meinem Doktor in Riva« ist der österreichische Arzt Dr. Christoph von Hartungen (1849–1917) gemeint, in dessen Sanatorium in Riva sich Heinrich Mann, teilweise auch mit dem Bruder Thomas, des öfteren aufhielt. Als Dr. von Männingen hat Heinrich Mann dem Arzt und Freund in den *Göttinnen* ein Denkmal gesetzt, wie er auch noch im Alter in *Ein Zeitalter wird besichtigt* und in *Der Atem* seiner gedenkt. – Heinrich Manns Rezension von Maurice Maeterlincks Stück *Monna Vanna* erschien in: ›Leipziger Neueste Nachrichten‹, Jg. 42, Nr. 270 vom 30. 9. 1902, 5. Beilage. – Eine Mitarbeit Heinrich Manns durch »Münchner ›Briefe‹« in den ›Leipziger Neuesten Nachrichten‹ kam nicht zustande. – Mit »Heine« ist der berühmte Maler und Karikaturist Thomas Theodor Heine (1867–1948), Mitbegründer und Mitarbeiter des ›Simplicissimus‹, gemeint.

Erhard von Hartungen an Heinrich Mann,   16
ohne Ort und Datum [Auszug]:

Sie soll bis zum letzten Augenblick bei Bewußtsein bleiben und nur in Folge reiner Erstickung durch Brustkrampf hervorgerufen durch ein hinzugetretenes Rückenmarksleiden sterben. Der Verlauf ungefähr: so. Die Herzogin hat seit zwei Monaten Todesahnungen, es stellt sich ein Schmerz in der Herzgrube ein, der sich zu einem heftigen Krampf steigert und mit geringer Unterbrechung 3 Tage dauert. Dabei sehr kalte Gliedmaßen, große Unruhe, häufiges Harnen, hysterische Erscheinungen. Der Hausarzt ruft andere Ärzte, Professoren zur Berathung. Dieselben finden die Herzogin sehr aufgeregt, mit eiskalten Gliedern an denen kein Puls zu fühlen. Unterleib schmerzfrei, auch bei Druck, der Kopf unbenommen. Der Magenkrampf fängt

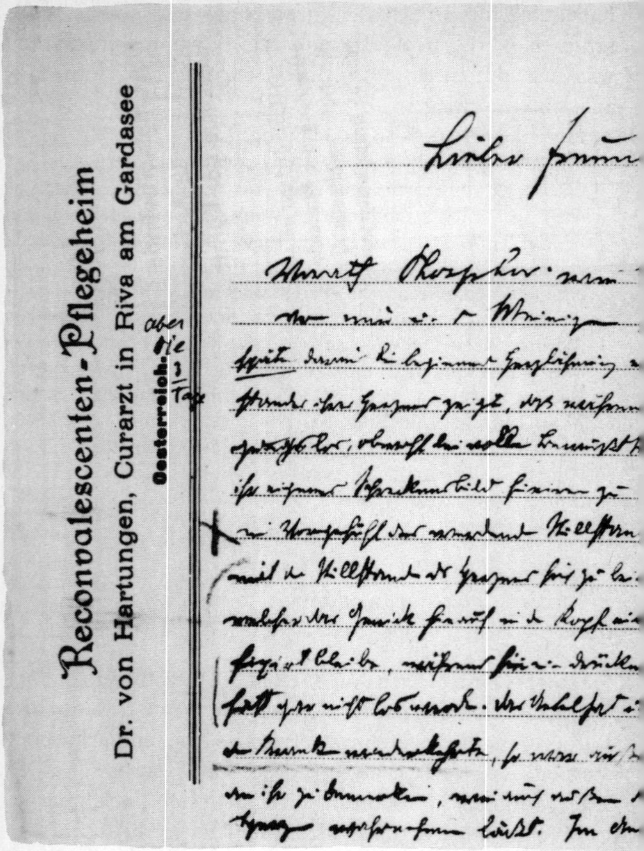

Reconvalescenten-Pflegeheim

Dr. von Hartungen, Curarzt in Riva am Gardasee

Oesterreich.

aber die 1 Tage

Liebe [...]

Unsere [...]

[handwritten letter text largely illegible]

324

Brief von Christoph von Hartungen
an Heinrich Mann, 6. August 1902,
mit ärztlichen Hinweisen
zum Verlauf von Herzkrämpfen der Herzogin von Assy
[vgl. Materialien Nr. 15 und 16]

bereits an in Brustkrampf überzugehen wobei das Athmen
erschwert und tönend wird; Empfindlichkeit der Herzgrube gegen Druck. Zunge leicht belegt, feucht. Große
Angst, Zweifel an Genesung. Im ganzen Lauf der Rücken-
wirbel größte Empfindlichkeit gegen die leiseste Berührung, besonders der Herzgrube gegenüber. Im Ganzen das
Bild eines hysterischen Krampfzustandes doch ohne alle
entzündlichen Erscheinungen.

Original: HMA 1315. – Druck (Auszug): *Dok.*, S. 92 f.
Erhard von Hartungen, ebenfalls Arzt, schrieb diesen Brief
im Auftrag seines Vaters, Christoph von Hartungen, der diesen Brief mit einem handschriftlichen Zusatz ergänzte.

17 Heinrich Mann an Ludwig Ewers,
    Florenz, 28. November 1902 [Auszug]:

Lieber Ewers,
    das Buch erscheint in diesen Tagen (es ist schon zweimal
im ›Simpl.[icissimus]‹ angezeigt.) Jetzt könntest Du also
Deinen Artikel loslassen! Ich hoffe, Du hast ihn damals
gleich geschrieben, nachdem Du das Vorversandexemplar
bekommen hattest. Ein fertiges Ex. mit der sehr schönen
Zeichnung von Steinlen lasse ich Dir zugehen. Schreibe
mir nur bitte gleich nach Riva, Villa Christoforo, was Du
zu tun gedenkst. Gib auch Deine Hausnummer an, ich
weiß nicht, ob 21 stimmt.
    Deine Kritik kommt hoffentlich in mehrere Blätter: ich
wäre Dir für alles aufrichtig dankbar.

In: *Ewers-Briefe*, S. 393 f. (Nr. 101).

Heinrich Mann, um 1903,
mit einem Band der *Göttinnen*

18   Heinrich Mann: Notizen und Entwurf
      für einen Waschzettel zu den *Göttinnen*:

Für den Waschzettel
1   Exotisch, abentheuerlich, bewegt und spannend
2   *Pikante Anekdoten* aus der internationalen hohen
    Gesellschaft: Römische cronique scandaleuse, Wie-
    ner Hofklatsch etc.
3   Aus *realistischen Grundlagen* und genauem Stu-
    dium von Kultur, Kunst und Leben Italiens, steigen
    phantastische Ereignisse und Stimmungen empor,
    wie moderne Romane sie selten bieten.
4   *Gesteigerte Erotik* in einer leidenschaftlichen Natur
    (Neapel). Antikes Leben, in die modernsten, raffi-
    nirtesten Verhältnisse übertragen. Heidnische Le-
    bensanschauung.
5   Kein Pessimismus mehr.

Für den Waschzettel *Die Göttinnen* oder *Die drei Romane
der Herzogin von Assy*
   Die Herzogin von Assy ist eine Schönheit großen Stils,
die zu verschiedenen Zeiten Gesellschaft und Presse in
Spannung erhält durch ungewöhnliche Abentheuer. Sie
veranlaßt politische Aufstände. Sie läßt pomphafte Kunstwerke erstehen. Ihre Liebesgeschichten haben die Unbedenklichkeit antiker Fabeln.
   In dem *ersten* ihrer Romane sieht man die Herzogin
jung, nach Freiheit und nach Thaten dürstend, und immer
in Bewegung, wie eine Jägerin *Diana,* ihr Land Dalmatien
durchstreifen. Das halbwilde Land, die sonderbar ge-
mischte Hofgesellschaft, und die seltsam korrumpirte
Barbarei aller Verhältnisse, mit denen die hochgesinnte
und leidenschaftliche Frau den Kampf aufnimmt, bringen
eine exotische und spannende Handlung hervor... Anstatt Königin zu werden, muß die Herzogin über das Meer
flüchten. In Rom spinnt sie ihren abenteuerlichen Traum

1)

2)

3)

4)

Notizen für einen Waschzettel zu den *Göttinnen*
[siehe Materialien, Nr. 18]
in der Handschrift Heinrich Manns

fort, bis er blutig endet. – Eingeweihte werden unter den vielen Anekdoten des Buches, manche der römischen cronique scandaleuse entlehnte wiedererkennen, neben andern, die dem Wiener Hofklatsch oder der internationalen hohen Gesellschaft angehören.

In ihren stürmischen Träumen enttäuscht, und geistig gereift, findet man die Herzogin von Assy in ihrem *zweiten* Roman in Venedig als großartige Beschützerin der Kunst. Realistischen Grundlagen und genauem Studium von Kultur, Kunst und Leben Italiens entsteigen in der »*Minerva*«, wie in den beiden andern Bänden, so phantastische Ereignisse und Stimmungen, wie moderne Romane sie selten bieten... In dieser Umgebung von leidenschaftlicher Schönheit, entwickeln sich mächtige Leidenschaften, (namentlich die der großen Bildhauerin Properzia Ponti) – die schließlich auch die Herzogin selbst überwältigen.

So ist aus der keuschen Freiheitsschwärmerin und der prachtliebenden Kunstbegeisterten im *dritten* Roman eine unersättliche Liebhaberin geworden. Die brünstige Natur Neapels steigert ihre Erotik bis zum körperlichen Wahnsinn. Physiologisch betrachtet, ist »*Venus*« der Roman des Climacteriums. Und das Krankhafte, das dem Lebensalter der Heldin angehört, trägt einen bitteren Geschmack in ihre überhitzten Lüste. Die Herzogin geht, wie in allem was ihr Leben bewegt hat, auch in der Liebe bis zum Äußersten. Von Liebesgeschichten mit der Schlichtheit und Naturempfindung von Hirten-Idyllen gelangt sie bis zu Orgien, die starkes antikes Leben in die raffinirtesten modernen Verhältnisse übertragen und von einer kaum zu überbietenden Fleischlichkeit strotzen. Überall in diesem merkwürdigen Liebesroman strömen Landschaft und Menschen eine erstaunlich sinnliche Hitze aus.

Die Herzogin genießt bis zur Selbstzerstörung. Ihr Tod ist stürmisch wie ihr Leben; aber sie bereut nichts. Eine Freudigkeit um jeden Preis athmet aus all diesem Leben, so viel Tragik es auch hervorbringt. [folgt Unleserliches] Kein Pessimismus kommt auf, kein Drang nach Übersinnlichem wird empfunden: – ein fast antikes Vertrauen zur Erde, eine heidnische Dankbarkeit für jedes Schicksal, geben trotz aller modernen Ausschweifungen des Geistes und der Sinne diesem Buche eine sittliche Grundlage. Die Roman-Trilogie der Herzogin von Assy läßt eine Weltanschauung fühlen, die heute Bedürfniß ist und Zukunft hat. Deshalb wird man diese drei Bände aus ernstem Grunde lesen, wenn man es nicht schon darum thäte, weil sie ungewöhnlich gut unterhalten und in ihrer verdichteten Sinnlichkeit, fast möchte man sagen, berauschen.

Original: HMA 49. – Druck: *Dok.*, S. 93–95.

Heinrich Mann an Ludwig Ewers,
Riva, 5. Dezember 1902 [Auszug]:

Lieber Ewers,
   schon lange hat mir kein Brief solches Vergnügen gemacht wie Deiner vom 30. November. Ich sehe, daß ich Dir schöne Eindrücke hervorgerufen habe und daß mein Buch, wenn der Leser nur disponiert ist, ungefähr alles erreichen kann, was ich wollte.
   Minerva steht, was den Gegenstand – eben die Kunst als Objekt – anbelangt, natürlich auch mir am höchsten. Aber von meinem subjektiven Können steckt – ich versichere Dich – in *Venus* ebensoviel oder mehr. Ich habe überhaupt das Gefühl, daß Band 1 mit seinen Abenteuern, Band 2 mit seinem Ästhetizismus und Band 3 mit seiner Fleischlichkeit großen Stils eine beträchtliche Steigerung bilden. Ich habe das Gefühl, mich überboten zu haben und vorläufig nichts Neues und nichts von Belang mehr zu können. Pläne habe ich ja genug – sogar sehr weite; aber vorläufig drängt es mich doch viel mehr zum Erleben. Es ist

glaube ich ein Instinkt, dem ich folgen muß. Es handelt sich darum, all die Empfindung wieder einzubringen, die ich in diesem Buch ausgegeben habe.

Was die Aufregung anbelangt, die nach Deiner Meinung Band 3 verursacht: ich habe sie nur beim 1. Kapitel empfunden. Allerdings arbeitete ich daran mit Hilfe von Photographien. Je weiter ich mich hineingearbeitet habe, desto tiefer ist mir diese zerstörerische Wollust (der Heldin) als tragischer Abschluß eines großen Lebens bewußt geblieben, und ich habe keinen persönlichen Kitzel mehr gespürt.

Das Haus mit dem Messinggeländer kann ja auch seine Tragik haben. – Ninos Tod ist, ich gestehe es – etwas absichtlich; er hätte ja auch auf andere Weise umkommen können. Aber, nicht wahr, »San Bacco« kommt *richtig* um, obwohl er, menschlich gesprochen, auch in seinem Bett hätte sterben können. So schien mir für Nino (»Ich bin schwach und abenteuersüchtig, und meine Abenteuer enden immer mit dem Weibe«. 3, Kap. 4) das Bordell sehr angezeigt. Es gehört zur Tendenz des ganzen Buches. Denn die Leidenschaft (es gibt nur *eine*) wird *ganz* gut geheißen. Wer sie nicht in ihrer Niedrigkeit fühlt, wird sich nie auf ihren Thron setzen. Eine mächtige sinnliche Erregung bei einer überwältigenden Malerei ist unmöglich für den, der nicht gelegentlich die gemeinste Dirne begehrt hat. Che son fatti sec. »Die gemacht sind aus den Schlünden jedes Abgrundes, aus den Sternen jedes Himmels«: das steht mit Recht über allen drei Bänden.

San Bacco ist auch mir einer der liebsten: ich bin froh, daß Du ihn gern hast, und bin sehr dankbar für alles Gute, das Du mir über mein Werk sagst. Ich denke, Du kriegst es nun von Langen. Die Besprechungen mache nur ganz nach Maßgabe Deiner Zeit und des gegebenen Raumes. Ich weiß schon, daß Du Opfer bringst, wenn Du Dich zu solchen Privatleistungen herbeiläßt, und weiß auch, daß

Du für mich so viel tun wirst, wie die andern Dir gestatten: das genügt mir und verpflichtet mich Dir aufrichtig. Daß in Band 3 ein Milieu für den Fall Krupp ist, könnte man nach meiner Meinung ruhig sagen: durch Kritiken soll ja weniger literarische Achtung erworben werden – die ist doch nur bei wenigen zu holen – als praktische Vorteile. Und wenn man augenblicklich den Namen Krupp mit einem Buche in Verbindung bringt, hat es, glaube ich, Aussicht, gekauft zu werden.

Wenn Du Prof. Köster, vielleicht auch in einem Privatgespräch, gelegentlich für die *Göttinnen* interessieren könntest, wäre es schon was sehr Schönes. Sage mir bitte per Karte Bescheid, wenn Du meinst, daß ich ihm ein Exemplar zugehen lassen soll: »Im Auftrage des Verfassers überreicht.« […]

Das Buch ist also vor einigen Tagen erschienen. Wenn Dir irgend etwas darüber vor Augen kommt, sendest Du mir vielleicht gütigst den Ausschnitt.

In: *Ewers-Briefe*, S. 394–396 (Nr. 102).

»Che son fatti sec.«, das in jedem der drei Bücher der *Göttinnen* wiederholte erste Motto stammt aus Ada Negris Gedicht »Eppur ti tradirò...« in der Gedichtsammlung *Tempeste* (1894), das Heinrich Mann sich auf der Rückseite von S. 179 des Satzmanuskriptes von *Venus* abgeschrieben hat (HMA 29). – Zum »Fall Krupp« berichtete der sozialdemokratische ›Vorwärts‹ am 15. November 1902 unter der Überschrift »Krupp auf Capri« über das ausschweifende Leben Friedrich Alfred Krupps. Am 22. November starb der Industrielle unter mysteriösen Umständen. Der Artikel im ›Vorwärts‹ löste damals innenpolitische und gerichtliche Aktivitäten aus (nach dem Kommentar in: *Ewers-Briefe*, S. 543). – Mit »Prof. Köster« ist wohl Albert Köster, damals Ordinarius für Deutsche Literatur an der Universität Leipzig, gemeint.

20   Heinrich Mann an Ludwig Ewers,
      Riva, 20. Dezember 1902 [Auszug]:

Lieber Ewers,
   Deine Besprechung ist famos! So wohlabgewogen und
auf den Erfolg berechnet, daß sicher gerade das bessere
Publikum auf das Buch aufmerksam wird. Du hast Dich
meines Interesses wieder einmal mit Liebe und Verständnis angenommen, ich kann Dir gar nicht warm genug
danken.

   In: *Ewers-Briefe*, S. 396f. (Nr. 103).
   Die Rezension von Ludwig Ewers zu den *Göttinnen* konnte
   bislang noch nicht im Druck nachgewiesen werden.

21   Heinrich Mann an Ludwig Ewers,
      San Vigilio, Lago di Garda, 7. Januar 1903 [Auszug]:

Auch die Kritik des ›B.[erliner] T.[ageblatts]‹ hat mich ge-
freut, schon darum, weil es überhaupt eine ist. Der Anfang
ist auch ganz feinfühlig; nur ist es ungerecht, mir immer
meine Schülerschaft d'Annunzio gegenüber als feststehend
ins Gesicht zu sagen, während man sie doch nur vermuten
kann. Ich habe der Feuilleton-Redaktion des ›B. T.‹ brief-
lich erklärt, daß ich d'Annunzio nie gelesen habe, es auch
nicht eher zu tun gedenke, als bis ich jedem Verdacht einer
Nachahmung entwachsen bin; daß aber in meiner Abstam-
mung, in meinem Bildungsgang und in meiner körperlichen und geistigen Beschaffenheit vielleicht Momente
sind, die bewirken, daß ich ganz selbständig auf ähnliche
Sachen verfalle wie d'Annunzio. Ich habe ihm gesagt, es
werde mir eine Genugtuung sein, wenn er die Leser seiner
Kritik das wissen lassen wolle. Er wird es wohl nicht tun.
Wenn doch, dann erfahre ich es hoffentlich durch Dich! Ich
bleibe hier in S. Vigilio vielleicht bis gegen den 20. Dann
schreibe ich Dir eventuell, wo ich bin.

Der Schluß der Kritik im ›B. T.‹ mit der mittelalterl. Hexe, der Lorelei etc. ist ein hanebüchener Unsinn. Ich habe darüber eine Notiz auf die Rückseite des Waschzettels geschrieben, sowie ich auch die andern Punkte notiert habe, die mir zu erwähnen [notwendig] scheinen. Von dem Waschzettel ist das erste, durch einen Strich abgeteilte Stück von Holm, das übrige von mir selbst. Das alles dient Dir hoffentlich für die 80 Zeilen in der ›T[ä]gl.[ichen] R.[undschau]‹.

Du bist wirklich ein guter Freund, daß Du auch *die* Arbeit noch übernehmen willst! Ich danke Dir aufrichtig und mit Rührung!

In: *Ewers-Briefe*, S. 397f. (Nr. 104).

D.: Heinrich Mann. *Die Göttinnen oder die drei Romane*   22
der Herzogin von Assy. Diana, Minerva, Venus. Drei
Bände. München: Albert Langen [Rezension]:

Die drei Romane, die Heinrich Mann zusammen aussendet, stammen aus dem Zaubergarten der Sinne, aus Armidas Zaubergarten. D'Annunzio hat diesen Garten zuerst eröffnet; einer seiner befähigtsten Nachfolger ist Heinrich Mann. Er hat von seinem Meister die überquellende Fülle in der Schilderung der Natur, die Phantasie in der Verflechtung der Ereignisse; auch die märchenhafte Beleuchtung, in die die auftretenden Persönlichkeiten gerückt werden unter dem Anschein von psychologischen Analysen, erinnert an d'Annunzio ebenso wie der überall durchbrechende Kunstenthusiasmus. In mancher dieser Richtungen thut Heinrich Mann eher zu viel; über ist er d'Annunzio in dem Humor und der Satire, die er reichlich ausstreut, und die den Roman vielfach zu einer Versammlung von Grotesken machen. Die Heldin, die Herzogin von Assy, wird in den drei Bänden hinter einander als Verfech-

Der Schauplatz von *Diana:* Zara.
Ansichtskarte aus Heinrich Manns Sammlung

terin der Volksbefreiung (Diana), in dem phantastischen Königreich Dalmatien, als enthusiastische Kunstmäzenatin in Venedig (Minerva), als in Liebestollheit sich auslebende Bacchantin in Neapel (Venus) vorgeführt. Sie ist die letzte Nachkömmlingin eines gewaltigen Geschlechts normannischer Eroberer, auf italienisch-üppigen Boden verpflanzt. Sie nimmt das Leben voraussetzungslos, kein Gesetz anerkennend als das ihrer Empfindungen und Instinkte. Diese Frau, ausgestattet mit berückender Schönheit, unendlichem Reichthum, hohem Rang, überragendem Geist und Charakter, zwingt alle Männer in ihren Bann, ganz Neapel geräth schließlich über sie in Aufruhr. Doch endlich muß sie, erstickt in ihren bis zum Wahnsinn getriebenen Orgien, sterben. Auf ihrem Todesbett versucht es ein Priester, ihr ein Testament für die Kirche zu entreißen. Sie dagegen will drei große Vermächtnisse machen: eines für die Freiheitskämpfer aller Völker und für die Seltenen zwischen den Völkern, die den Geist befreien; das zweite für Kunstwerke, die verschwenderischen Ironien gleichen, und von denen der Bürger nichts wissen kann, also eben für Kunstwerke; das dritte für wunderbare Inseln der Lust, wo Menschen ohne Noth und beinahe ohne Sehnsucht vergessen dürfen, daß es einen Staat, eine Kirche und eine Menschheit giebt. Das waren die Ideale ihres Lebens, über die sie sich beim Abschied von ihm klar wird. Diana, Minerva, Venus – die Namen deuten auf die Antike – indessen, sie stimmen kaum. Diese Herzogin von Assy hat zu viel hinter sich für ein naives Götterkind, sie ist eher eine der Zauberinnen des Mittelalters, eine Loreley, eine Armide, eine alles bestrickende, verlorene, süße Hexe, wie sie auf der Felseninsel ihres Stammschlosses umgehen.

In: ›Berliner Tageblatt‹. 31. Jg., Nr. 646 vom 20. Dezember 1902, Abendausgabe, 1. Beiblatt, 1. Seite, ›Kleine literarische Chronik‹.

23   Heinrich Mann an den Rezensenten
     des ›Berliner Tageblatts‹,
     San Vigilio, ohne Datumsangabe
     [mit redaktionellem Vorspann]:

Der feinsinnige und feinsinnliche Verfasser des Roman-
cyclus *Die Herzogin von Aßy* sendet uns mit Bezug auf
eine Bemerkung in der Besprechung seines Buches (Literarische Rundschau vom 20. Dezember) folgende Zeilen,
die für die Auseinanderhaltung der Begriffe »Schule« und
Nachahmer ein besonderes Interesse bieten. Es geht daraus hervor, daß man zu einer »Schule« der Literatur gehören kann, selbst ohne deren hervorragende Meister zu
kennen, indem die gleichen Anregungen auf ähnlich gear-
tete Geister gewirkt haben. Die Zuschrift lautet:
    »Hochgeehrter Herr... Gestatten Sie mir nur, endlich
einmal einem meiner Kritiker zu versichern, daß d'Annunzio nicht mein Meister ist – allein darum, weil ich ihn
nicht kenne. Schon bei meinem vorigen Buch verglich
Heinrich Hart meinen Stil mit dem des d'Annunzio; und
dabei war es eine Berliner Satire. Es versteht sich also, daß
mein italienischer Romancyklus den *romanzi del giglio*
noch merklicher ähneln muß. Aber *gelesen habe ich sie
nicht*. Das einzige mir bekannte epische Werk des d'Annunzio ist *l'Innocente*, und das kannte ich bei Bourget
schon besser. Seitdem ist d'Annunzio erst er selbst geworden, sagt man – aber gelesen habe ich ihn nicht: eben weil
man mich mit ihm verglich. Ich möchte ihn erst dann kennen lernen, wenn ich, vielleicht später einmal, jedem Vor-
wurf der Nachahmung entwachsen sein sollte.
    Wenn ich nichts von seinen Schriften weiß, habe ich da-
für einiges über sein Leben gehört und entnehme daraus
allerdings, eine gewisse Verwandtschaft. Es braucht wohl
nicht, so oft ein Autor an einen anderen erinnert, ein Verhältnis von Schüler und Lehrer zu bestehen. Es ist ja mög-

338

lich, daß die beiden eine parallele Entwickelung hinter sich haben. Ich bin Halbromane; meine Vorliebe gilt diesem Lande, für das ich nicht nach Art eines Fremden schwärme, sondern aus dem ich in vieljährigem Aufenthalt alles das gesogen habe, was ich an künstlerischer Kraft etwa habe. Kunstwerke als rein verdichtete Sinnlichkeit aufzufassen, wie wahrscheinlich d'Annunzio und auch ich es tun, dieser sinnliche Anarchismus des Künstlers ist wohl eine Folge einer geistigen und auch physiologischen Beschaffenheit, die heute nicht selten vorkommt. Es ist vor allem die Wirkung, die auf romanischer Erde *Nietzsche* zeitigen mußte. Warum sollte ich das nicht so gut selbständig erlebt haben wie d'Annunzio? Warum sollte nicht auch ich die französischen Stilisten verarbeitet haben?

Sie werden mir unschwer die Gerechtigkeit erweisen, zu glauben, daß ich nicht der Schüler eines einzigen Meisters bin. Wenn Sie Gelegenheit nehmen können, es auch die Leser Ihrer Kritik wissen zu lassen, wird es für mich eine Genugtuung sein. In ausgezeichneter Hochachtung San Vigilio (Lago di Garda). Heinrich Mann.«

In: ›Berliner Tageblatt‹. 32. Jg., Nr. 43 vom 24. Januar 1903, Abendausgabe, 1. Beiblatt, 1. Seite, ›Literarische Rundschau‹ u. d. Überschrift: »Der Roman der Herzogin von Aßy [!]«.

Heinrich Mann: Eine Selbstcharakteristik 24
[mit redaktionellem Vorspann]:

Der Dichter der in unserem Morgenblatte vom Mittwoch besprochenen *Herzogin von Assy (Göttinnen)* sendet uns aus Riva am Gardasee folgende Selbstcharakteristik:

»Der starke, sculpturale Stil des Flaubert – ich sehe unter seinen Worten sich Bilder formen wie unter Hammerschlägen – ist mir immer als sehr begehrenswert erschienen. Und am neidischsten habe ich immer gebebt angesichts der Hingerissenheit von Leidenschaft in den harten Sätzen des Stendhal. Es ist selbstverständlich, daß ich den ungewöhnlichen Stil der *Göttinnen* nicht aus einem Stück gebildet habe. Ich habe mich unter die Meisterschaften gebeugt, die meinen Sinn für ungezähmte Empfindungen freimachten und meiner Lust zu sinnlicher Charakteristik, zu hochgefärbten Schilderungen Nahrung versprachen.

Ich habe keine blaue Romantik erfinden wollen, sondern eine Wirklichkeit, intensiver gesehen als man sie sieht. Aber solche Überspanntheiten bringen Unglück unter den Bewohnern des neuen Deutschlands, wahren Snobs des gesunden Menschenverstandes. Man muß heute im Roman recht nützliche Beobachtungen alltäglicher Gegenstände – Arbeiterfrage, Frauenbewegung, Agrarnot, Glaubensbedenken – in gemeinplätzlicher Sprache ausbreiten. Oder man muß das Recht erwerben, sich darüber hinwegzusetzen. Also habe ich mich vorerst einmal an der Gesellschaft und dem geltenden Geschmack belustigt. Das war *Im Schlaraffenland, ein Roman unter feinen Leuten*: er ist da, um zu zeigen, daß ich die glatte Realistik nicht aus Mangel an Wirklichkeitssinn liegen lasse, sondern aus Geringschätzung.

Schon aus den matten Stimmungen dieser Berliner Satire habe ich, ich konnte nicht widerstehen, manchmal ein Stück heißeren, tönenderen Stils hervorbrechen lassen. Ein feinhöriger Kritiker nannte gleich damals den Namen d'Annunzio. Zur Belohnung für meinen italienischen Romancyklus bekomme ich ihn jetzt natürlich von allen Seiten zu hören. Es ist der bequemste Irrthum, der sich bei dieser unwichtigen Gelegenheit (den *Göttinnen*) begehen ließ. Ich kenne d'Annunzio gar nicht und vermeide es, ihn zu lesen, so lange als ich dem Verdacht der Abhängigkeit noch nicht entwachsen bin. Wenn d'Annunzio eine verwandte Persönlichkeit zu rechtfertigen hat, wenn er bei den nämlichen Meistern seiner selbst inne geworden und auf gleichen Wegen hergekommen ist, werden wir wohl ähnlich schreiben.

Das Leben einer mit Leidenschaft lebenden Frau habe ich mit drei starken Motiven erfüllt: Freiheit, Kunst, Liebe. Die Herzogin von Assy ist nacheinander Diana, Minerva, Venus. Sie ist Göttin, weil die Glut ihrer Träume, ihrer Begeisterungen und ihrer Begierden sich alles unterwirft: die Landschaften, die fiebern, die Menschen, die in heftigerem Licht stehen, die Kunstwerke, die mitleben, die Abenteuer, die durcheinander taumeln, die Parteigänger, die Künstler und die Liebenden, die sich ihr darbringen. Und sie ist antik, ein modernes Kind der Antike, weil sie den Glauben an ihre Persönlichkeit hat, und ihrem Schicksal, bis ins Verderben hinein, unerschütterlich recht gibt. Sie thut es mit Nerven, die manchmal versagen – so gut wir's eben thun können. Aber ich wünschte, daß diese Figur und dieses Buch – in beide habe ich alle meine Liebe verdichtet – als ein Werk der neuen Renaissance gelten, die wir erleben, und der Rückkehr aus langer Weltfeindlichkeit, die in der Literatur beginnt.

Heinrich Mann.«

In: ›Die Zeit‹. Wien. Nr. 122 vom 30. Januar 1903, Abendblatt, S. 2. – Ebenso in: *Dok.*, S. 74–76 (dort versehentlich falsch auf den 13. Januar datiert).

Thomas Mann an Heinrich Mann, 25
München, 15. September 1903 [Auszug]:

Noch Eins. Richard Schaukal hat in der ›Rheinisch-Westfälischen Zeitung‹ einen Artikel über mich veröffentlicht und ist so taktfest gewesen, darin (übrigens Deine »Begabung« betonend) einen Angriff auf die *Göttinnen* einzuflechten. Da ich nicht wissen kann, ob Dir das Blättchen nicht irgend einmal zu Gesichte kommt, so möchte ich Dir ausdrücklich versichern, daß ich dem Verfasser niemals Veranlassung gegeben habe, sich einzubilden, ich könnte, besonders wenn von mir die Rede ist, an einer Herabsetzung Deiner Leistungen Wohlgefallen haben oder sie irgend billigen. Da er sich vorher, gelegentlich einer nahezu verliebten Personal-Schilderung (er spricht sogar von meiner »feinen, nervösen Nase«!) meinen »Freund« nennt, so habe ich der Mitwelt gegenüber, soweit sie die ›Rh. W. Z.‹ liest, theil an der Verantwortung für diese Dummheit und bin sehr versucht, der Redaktion meinen Unwillen zur Veröffentlichung kund zu thun. Jedenfalls hat Schaukal sich für diesen Freundschaftsdienst von mir keines sehr warmen Dankes zu versehen.

In: *TM/HM,* S. 28.

Der Artikel von Richard Schaukal »Thomas Mann« erschien in: ›Rheinisch-Westfälische Zeitung‹. Essen. Nr. 645 vom 9. August 1903, Zweites Blatt zur Sonntagsausgabe; darin heißt es: »Thomas Mann ist vielleicht der feinste deutsche Prosaautor der Jetztzeit. Seine Manier – und welcher Dichter hätte keine – ist absolut germanisch, beziehungsweise nordisch. Nichts Französisches, woran so sehr unser Schrifttum krankt, ist an ihm zu entdecken. (Ganz im Gegenteile hat seinen sehr begabten Bruder *Heinrich* die romanische Macht unterworfen. Man sehe seinen, in schlechten d'Annunziogewändern affektiert stolzierenden Roman *Die drei Göttinnen oder die Romane der Herzogin von Assy* [!] daraufhin an; schon sein *Schlaraffenland* verriet die Wirkung des von ihm gut interpretierten Capus.)«

26 Thomas Mann: Das Ewig-Weibliche [Rezension zu Toni Schwabes *Die Hochzeit der Esther Franzenius*] [Auszug]:

Ich las – und fühlte mich gefesselt. Wodurch? O, auf die sanfteste Weise! Nichts von Atemlosigkeit. Nichts von wütenden und verzweifelten Attacken auf des Lesers Interesse. Ein beseeltes Wort, das betroffen und glücklich aufhorchen ließ. Ein lebendiges Detail, das plötzlich irgendwo zart erglänzte und vorwärts lockte. Und bei jeder Zeile verstärkte sich die Gewißheit, daß dies etwas sei. Und zwar Kunst. Und zwar auserlesene Kunst... [...] Da ist zunächst die Sprache, eine leise und innig bewegte Sprache von sanfter Gehobenheit, die in außerordentlichen Momenten das gehaltene Pathos der Bibel streift. Eine zarte Eindringlichkeit der Wirkungen wird erzielt, die, um es näher zu bezeichnen, ungefähr das Gegenteil ist von jener Blasebalg-Poesie, die uns seit einigen Jahren aus dem schönen Land Italien eingeführt wird. [...] Uns armen Plebejern und Tschandalas, die wir unter dem Hohnlächeln der Renaissance-Männer ein weibliches Kultur- und Kunstideal verehren, die wir als Künstler an den Schmerz, das Erlebnis, die Tiefe, die leidende Liebe glauben und der schönen Oberflächlichkeit ein wenig ironisch gegenüberstehen: uns muß es wahrscheinlich sein, daß von der Frau *als Künstlerin* das Merkwürdigste und Interessanteste zu erwarten ist, ja, daß sie irgendwann einmal zur Führer- und Meisterschaft unter uns gelangen kann. Ist das kleine Frauenbuch, von dem ich rede, nur ein zartes und schwaches Anzeichen dafür? Habe ich ihm vielleicht gegeben, was nicht sein ist? Manchmal beim Schreiben fürchtete ich's. Aber es könnte mich nicht beirren. Es ist nichts mit dem, was steife und kalte Heiden »die Schönheit« nennen. Das Endwort des ›Faust‹ und das, was am Schlusse der ›Götterdämmerung‹ die Geigen singen, es ist Eins, und es ist die Wahrheit. Das *Ewig-Weibliche zieht uns hinan.*

In: ›Freistatt‹. Kritische Wochenschrift für Politik, Literatur und Kunst. München. 5. Jg., 21. März 1903, S. 1010f.
Im Brief vom 23. Dezember 1903 gesteht Thomas Mann dem Bruder: »Gewisse Spitzen in meiner kleinen Buchbesprechung

in der ›Freistatt‹ waren sachlich bewußt gegen Dich gerichtet; dies muß ich der Wahrheit zu Ehren feststellen.« (vgl. *TM/HM;* S. 41) – Im vorausgehenden Brief an den Bruder vom 5. Dezember 1903 hatte Thomas Mann die gleichen Vorwürfe mit den gleichen Ausdrücken, die in der Schwabe-Rezension auf die *Göttinnen* gemünzt waren, gegenüber Heinrich Manns Roman *Die Jagd nach Liebe* erhoben (siehe *TM/HM,* S. 32).

27 Thomas Mann an Heinrich Mann,
     München, 5. Dezember 1903 [Auszug]:

In Riva, im Ruderboot, haben wir schon einmal einen Anlauf zu einer Auseinandersetzung über diesen unangenehmen Gegenstand genommen. Im Laufe von allerlei philosophisch-psychologischen Disputen, in denen wir unsere entgegengesetzten Standpunkte vertraten, hatte ich Dir von meinem Plane erzählt, einen Roman *Die Geliebten* zu schreiben. In den *Göttinnen* fand ich den psychologischen Inhalt dieser Gespräche in oberflächlicher und grotesker Weise verwerthet, vor Allem aber den Gegensatz »Die Geliebten – die Ungeliebten« wie etwas Gegebenes und allgemein Gebräuchliches wiederholt wörtlich benützt. Auf meinen Vorhalt, daß damit mein Titel unmöglich sei, hast Du, wie es scheint, »Die Geliebten« gestrichen; aber mit einer Art später Naivetät, die Dich ebenfalls nicht sonderlich kleidet, hast Du »Die Ungeliebten« – stehen lassen! Weiter. In *Tonio Kröger* sind als Gegensatz des Künstlers, wie ich ihn verstehe, »die Gewöhnlichen« genannt. Es ist von den »liebenswürdig Gewöhnlichen«, von den »Wonnen der Gewöhnlichkeit« die Rede. Und in der *Jagd nach Liebe* finde ich den Ausdruck »die Gewöhnlichen« als Bezeichnung für das Gegentheil des Künstlers wiederholt benützt. Kleinlicher Geiz, nicht mehr, der vor seinen kümmerlichen Schätzen eifersüchtig Wache hält. Sehr gut! Aber dann könntest Du an die Geschichte von dem rei-

chen Manne denken, der dem Armen sein einziges Schaf
wegnahm; und ich von meiner Seite wäre zu stolz und zu
skrupulös, um Schlagwörter eines Anderen, in denen sich
eine ganze Anschauung, ein ganzes Pathos und Erlebnis
ausspricht, ohne Weiteres als Gemeingut zu behandeln.
Du hast mich bereits versichert, daß Du den Stoff *Königliche Hoheit* natürlich genau so vollkommen in Dir trügest, wie ich. Und was soll ich thun, wenn Du nun eines
Tages in einem neuen Werk ganz beiläufig und gelegentlich einmal von der »Königlichen Hoheit« des Künstlers
sprichst? Es wäre pedantisch, die Sache dann noch weiter
ausführen zu wollen. [...]

Auch mit dem Historischen willst Du wohl fertig sein.
Auch die Überwindung des Historischen gehört wohl zu
Deinem Künstlerthum. Ich habe von Dir gehört, daß Du
des Historischen müde seist, daß nun doch das ganz Moderne, Gegenwärtige und – o mein Gott! – Lebendige
Dich interessire; während meiner Überzeugung nach die
historische Novelle Dein eigentliches Gebiet ist. Die *Göttinnen*, die neben gellenden Geschmacklosigkeiten ganz
wundervolle Schönheiten enthielten, habe ich nicht nur
gegen Schaukal vertheidigt. Ich habe auf den großartigen
äußeren Reichthum und die sinnliche Schönheit dieses
Werks, vor Allem aber auf seine historische Tiefe hingewiesen, die wie ein kunstvoller Gobelin den grottesken
Ereignissen als Folie dient.

In: *TM/HM*, S. 34 f. und 36.

Heinrich Mann: Autobiographische Skizze   28
[Juni 1904]:

Man kennt meine Herkunft ganz genau aus dem berühmten Roman meines Bruders. Nachdem wir zwei dicke
Bände lang hanseatische Kaufleute gewesen waren, brach-

ten wir es endlich kraft romanischer Blutmischung – laut Nietzsche bewirkt so etwas Neurastheniker und Artisten – bis zu Künstlertum. Ich ging, sobald ich konnte, heim nach Italien. Ja, eine Zeitlang glaubte ich zu Hause zu sein. Aber ich war es auch dort nicht; und seit ich dies deutlich spürte, begann ich etwas zu können. Das Alleinstehn zwischen zwei Rassen stärkt den Schwachen, es macht ihn rücksichtslos, schwer beeinflußbar, versessen darauf, sich selbst eine kleine Welt und auch die Heimat hinzubauen, die er sonst nicht fände. Da nirgends Volksverwandte sind, entzieht man sich achselzuckend der üblichen Kontrolle. Da man nirgends eine Öffentlichkeit weiß mit völlig gleichen Instinkten, gelangt man dahin, sein Wirkungsbedürfnis einzuengen, es an einem Einzigen auszulassen; wodurch es gewinnt an Heftigkeit. Man geht grelle Wege, legt das Viehische neben das Verträumte, Enthusiasmen neben Satiren, koppelt Zärtlichkeit an Menschenfeindschaft. Nicht der Kitzel der andern ist das Ziel: wo wären denn andere. Sondern man schafft Sensationen für einen Einzigen. Man ist darauf aus, das eigene Erleben reicher zu fühlen, die eigene Einsamkeit gewürzter zu schmecken.

In: *Albert Langens Verlagskatalog 1894–1904*. München 1904, S. 92. – Ebenso in: *Dok.*, S. 76 f.

29   Thomas Mann an Ida Boy-Ed,
     München, 19. August 1904 [Auszug]:

Dieses *Ethos* persönlicher Hingabe (die mit Liebe sehr verwandt ist) fehlt den Schriftstellern, die mit ihrer Kunst weniger auf Erkenntnis, als darauf aus sind, was sie die »Schönheit« nennen, und zu ihnen gehört mein Bruder. Haben Sie geglaubt, daß ich ein Verhältnis zu seinen Sachen habe? Wegen seines letzten Buches haben wir uns beinahe überworfen. Dennoch ist die Empfindung, die seine künstlerische Persönlichkeit mir erweckt, von Geringschätzung am weitesten entfernt. Sie ist eher Haß. Seine Bücher sind schlecht, aber sie sind es in so außerordentlicher Weise, daß sie zu leidenschaftlichem Widerstande herausfordern. Ich rede nicht gern von der *langweiligen* Schamlosigkeit seiner Erotik, von der geistlosen und unseelischen Betastungssucht seiner Sinnlichkeit. Was mich empört, ist die aesthetisirende Grabeskälte, die mir aus seinen Büchern entgegenweht, und die mir in der selben Weise widersteht, wie die Atmosphäre in Hofmannsthals *Elektra*. Die Kunst dieser Leute ist agaçant ohne intensiv zu sein, sie geht einem fürchterlich auf die Knochen, ohne einem seelisch das Allergeringste zu hinterlassen… […] eine Verwandtschaft, eine gewisse natürliche Familienähnlichkeit besteht trotz aller tiefen Gegensätze zwischen meinem Bruder und mir, übersehen Sie das nicht. Der dualistische Bruch zwischen Kunst und Leben ist bei mir so gut vorhanden, wie bei ihm, – nur daß es bei mir noch Problem und Leidenschaft und bei ihm dies eben nicht mehr ist. Er hat sich entschieden; und zwar für die Kunst. Und man darf nicht zweifeln, daß er als Künstler außerordentlich stark empfindet. Ich habe es aus seinem eigenen Munde, daß er an gewissen Stellen der *Herzogin von Assy Thränen* vergossen hat – ich glaube ihm das unbedingt. Er *ist* ein Künstler, in seinem Sinne, das ist gewiß. Ich glaube Sie thäten unrecht, seine Entwicklung nicht weiter zu verfolgen.

In: Thomas Mann: *Briefe an Otto Grautoff 1894–1901 und Ida Boy-Ed 1903–1928*. Hg. von Peter de Mendelssohn. Frankfurt am Main: S. Fischer 1975, S. 150f.

30 Heinrich Mann an Ludwig Ewers,
   Riva, 23. Dezember 1904 [Auszug]:

Lieber Ewers,
   nun sollst Du einen Weihnachtsgruß haben, erstens
überhaupt, und dann als Dank für Deinen Brief. So einen
guten und herzlichen Brief hatte ich schon längst nicht
mehr bekommen. Wenn einem die Sachen, die Du mir
über meine Novellen und besonders über die *Herzogin
von Assy* sagst, so in Aufrichtigkeit gesagt werden, dann
hat man das Gefühl, nicht umsonst gelebt zu haben und
daß getrost wieder sieben bis fünfundzwanzig schlechte
Kritiker anrücken dürfen. Es kann sich doch immer nur
darum handeln, denen etwas zu sagen, die mit ähnlichen
nervösen Bedürfnissen in ein Buch sehen. Für die andern
ist es tot; ich begreife nicht, warum sie überhaupt darüber
schreiben. Es muß Rache sein: weil sie nicht mitempfin-
den konnten.
   Ich persönlich scheine zu denen zu gehören, die mit
dem großen Publikum nicht in Berührung kommen können, aber um die sich ein Kreis von Liebhabern bildet.
Meiner scheint in der Bildung.
   In: *Ewers-Briefe*, S. 410 (Nr. 107).

31 Heinrich Mann: Autobiographie
   [1910]:

Meine Bildungsmittel waren französische Bücher, Krankheit, das Leben in Italien, und zwei Frauen. Jetzt bin ich
39 Jahre alt und sehe hinter mir den Weg, der, durch sechs
Romane hindurch, von der Behauptung des Individualismus zur Verehrung der Demokratie geführt hat. In meiner
Herzogin von Assy habe ich einen Tempel errichtet für drei
Göttinnen, für die dreieinige, freie, schöne und genie-

348

ßende Persönlichkeit. Meine *Kleine Stadt* aber habe ich
dem Volk erbaut, dem Menschenthum.

Original: HMA 471. – Druck: Autobiographische Vorbemer-
kung zu: ›Frankreich. Aus einem Essay.‹ [später: ›Voltaire –
Goethe‹] – In: *Freiheit und Arbeit. Kunst und Literatur.*
Sammlung. Herausgegeben vom Internationalen Komitee zur
Unterstützung der Arbeitslosen. Leipzig. Xenien-Verlag
1910, S. 3. – Ebenso in: *Dok., S. 122.*

Thomas Mann: *Betrachtungen eines Unpolitischen.*   32
›Ästhetizistische Politik‹ [Auszug]:

»Ruchlos«: das Wort wurde uns zuerst durch Schopen-
hauer lebendig, und zwar auf durchaus negative Art, als
stärkste moralische Verurteilung, als strafendes Attribut
jedes Optimismus, welchen der Verkünder der Willens-
umkehr als erlösungswidrige Unempfindlichkeit gegen
das ungeheure Leiden der Welt verstand. – Das Wort begegnete uns wieder bei Nietzsche, aber wie sehr in seinem
Sinn und Klange gewandelt! »Ruchlos« oder auch »unbe-
denklich«, »*bedenklich*-unbedenklich«: das war nicht länger ein moralisches Urteil, das Wort war »moralinfrei«
nunmehr und höchst positiv, höchst zustimmend, ja geradezu als Verherrlichung gemeint: »Ruchlos« – ein dionysi-
sches Wort, ein Lob und Preis von fast feminin-entzückter
Art auf das Leben, das starke, hohe, mächtige, unschul-
dig-sieghafte, gewalttätige und namentlich *schöne* Leben,
das Cesare-Borgia-Leben, wie der Schwache, auf ewig
von diesem Leben Getrennte es sich in hektisch-sentimen-
talischer Sehnsucht erträumte... Ja, vornehmlich als
schön, als die Schönheit selbst war hier das ›Leben‹ in
seiner amoralischen und überschwenglich-männlichen
Brutalität empfunden, gefeiert, umschmeichelt und um-
worben; es war ein ästhetizistisch gedeutetes, eine ästheti-

zistisch geschaute Schönheit, und »ruchlos« wurde das Leib- und Lieblingswort alles von Nietzsche herkommenden Ästhetentums.

Es ist der Augenblick, bekennend festzustellen, daß ich mit diesem unzweifelhaft auf Nietzsche's ›Lebens‹-Romantik zurückgehenden Ästhetizismus, welcher zur Zeit meiner Anfänge in Blüte stand, niemals, mit zwanzig Jahren sowenig wie mit vierzig, das Geringste zu schaffen gehabt habe, -- womit nicht gesagt ist, daß er mir nicht ›zu schaffen gemacht‹ hätte. Das hatte sich damals mit Überzeugung und hinlänglicher Ruchlosigkeit den Sinnen ergeben, das schwärmte für dick vergoldete Renaissance-Plafonds und fette Weiber, das lag mir in den Ohren mit dem »starken und schönen Leben« und mit Sätzen etwa des Inhalts: »Nur Menschen mit starken, brutalen Instinkten können große Werke schaffen!« – während ich doch wußte, daß Werke wie das *Jüngste Gericht,* das ich in Rom gesehen, und der Roman *Anna Karenina,* der mich stärkte, während ich an *Buddenbrooks* schrieb, aus höchst moralistischen, leidenswilligen und christlich skrupulösen Konstitutionen hervorgegangen waren. »Du hältst dich zu lange bei der Kritik der Wirklichkeit auf«, so hörte ich aus nächster Nähe. »Aber du wirst schon auch noch zur Kunst gelangen.« Zur Kunst? Aber Kritik des Wirklichen, plastischen Moralismus, eben dies empfand ich als Kunst, und ich verachtete die programmatisch ruchlose Schönheitsgeste, zu der die Tugend von heute mich damals ermutigen wollte.

Ja, in Jahren, die zur Verachtung sonst wenig geschickt machen, hatte ich den ästhetizistischen Renaissance-Nietzscheanismus rings um mich her zu verachten, der mir als eine knabenhaft mißverständliche Nachfolge Nietzsche's erschien. Sie nahmen Nietzsche beim Wort, nahmen ihn wörtlich. Nicht er war es, was sie geschaut und erlebt hatten, sondern das Wunschbild seiner Selbstverneinung, und mechanisch kultivierten sie dieses. Sie glaubten ihm einfältig den Namen des ›Immoralisten‹, den er sich beigelegt; sie sahen nicht, daß dieser Abkömmling protestantischer Geistlicher der reizbarste Moralist, der je lebte, ein Moralbesessener, der Bruder Pascals gewesen war. Aber was sahen sie denn überhaupt! Sie versäumten kein Mißverständnis, zu dem sein Wesen nur immer Gelegenheit bot. Das Element romantischer *Ironie* in seinem Eros, – weit gefehlt, daß sie ein Organ dafür gehabt hätten. Und wozu sein Philosophieren sie denn also begeisterte, das waren recht nüchterne Schönheits-Festivitäten, Romane voll aphrodisischer Pennälerphantasie, Kataloge des Lasters, in denen keine Nummer vergessen war.

So falsch es wäre, Nietzsche als Vater überhaupt des europäischen Ästhetizismus hinzustellen, so gewiß bleibt, daß unter den geistigen Strömen, die von ihm ausgehen, ein nichts-als-ästhetizistischer ist, daß man in der Tat durch Nietzsche zum Ästheten erzogen werden konnte. Es war das jener Ästhetizismus, welcher, da er bei aller Gier nach ›Plastik‹ nichts weniger als naiv, sondern höchst analytisch veranlagt war, sich selbst den treffendsten Spottnamen zu geben vermochte: Er nannte sich die »hysterische Renaissance«. Diese Bereitwilligkeit zur Selbstkritik versöhnte. Das Lebenswidrige, das sich selbst erkennt, mag leben und sich so farbig es immer kann entfalten; es wird nicht schaden; die Selbsterkenntnis hindert es im Grunde daran, aggressiv zu sein. Etwas anderes, wenn es sich ernst nähme und unverschämt würde, wenn es sich für die Wahrheit, das Leben, die Kunst selber und am Ende gar für die Tugend auszugeben und das Widerstrebende zu infamieren versuchte! Die »hysterische Renaissance« tat das nicht. Sie wußte und vergaß nicht, daß sie im Grunde leblos und lieblos, daß sie gestenreich-hochbegabte Ohnmacht selbst zum Leben und zur Liebe war, und ihre geistige Würde bestand in dem Schmerz

eben hierüber: es war eine tragische Würde, welche abhanden kommen mußte, sobald infolge irgendeiner schein-
baren ›Entwicklung‹ und neuen Namengebung die Selbsterkenntnis und Selbstbezweiflung abhanden kam…

Ich wiederhole, daß ich mit dem Renaissance-Ästheti-
zismus gewisser ›Nietzscheaner‹ innerlich nie irgend etwas
zu schaffen gehabt habe.

In: Thomas Mann: *Betrachtungen eines Unpolitischen*. Nachwort von Hanno Helbling. Frankfurt am Main: S. Fischer
1983 (= Gesammelte Werke in Einzelbänden. Frankfurter
Ausgabe. Hg. von Peter de Mendelssohn), S. 539–542.

33   Thomas Mann an Georg Martin Richter,
     München, 15. Januar 1902 [Auszug]:

Die Gegenüberstellung von d'Annunzio und mir ist mir
jedes Mal eine besondere Genugtuung. Daß meinesglei-
chen im Grunde ernster zu nehmen ist, als dieser falsche
Dionysos, ist das, was ich hören will.

Zit. nach: *Die Briefe Thomas Manns. Regesten und Register*.
Hg. von Hans Bürgin und Hans-Otto Mayer. Bd. I:
1889–1933. Frankfurt am Main: S. Fischer 1976, S. 43.
Thomas Mann bezieht sich hier auf einen Artikel von Leopold
Schönhoff, der unter dem Titel »Morituri« in ›Der Tag‹, Berlin, Nr. 17 vom 11. Januar 1902 über *Buddenbrooks* und
d'Annunzios *Phantasie von den Jungfrauen am Felsen*
erschien.

34   Thomas Mann: *Lebensabriß*
     [Juni 1930] [Auszug]:

Zu untersuchen, welche Art von organischer Einbezie-
hung und Umwandlung Nietzsche's Ethos und Künstlertum in meinem Falle gefunden hat, bleibt einer Kritik

überlassen, die sich dazu bemüßigt findet. Auf jeden Fall war es eine komplizierte Art, die sich zur Mode- und Gassenwirkung des Philosophen, allem simplen ›Renaissancismus‹, Übermenschenkult, Cesare Borgia-Ästhetizismus, aller Blut- und Schönheitsgroßmäuligkeit, wie sie damals bei groß und klein im Schwange war, durchaus verachtungsvoll verhielt.

In: Thomas Mann: *Über mich selbst.* Autobiographische Schriften. Nachwort von Martin Gregor-Dellin. Frankfurt am Main: S. Fischer 1983 (= Gesammelte Werke in Einzelbänden. Frankfurter Ausgabe. Hg. von Peter de Mendelssohn), S. 111.

Thomas Mann: *Vom Beruf des deutschen Schriftstellers in* 35
unserer Zeit. Rede an den Bruder
[gehalten am 27. März 1931 anläßlich der Feier von Heinrich Manns 60. Geburtstag in der Preußischen Akademie der Künste zu Berlin] [Auszug]:

Das wirkliche brüderliche Gegenstück zu den *Buddenbrooks* aber, das als ihr Gegenstück die ganze Variationsfähigkeit des Grundbrüderlichen erkennen ließ, war erst das große Werk, an das du damals noch nicht dachtest oder kaum zu denken begannst: die kunstglühende, gestaltenschäumende, rausch- und farbenvolle, zugleich barocke und strenge Romantrilogie der *Herzogin von Assy* – diese Talentexplosion, die manchem jungen Menschen von damals ein neues, aufwühlendes Erlebnis der Prosa vermittelte und deinen Ruhm begründete. [...] und dir wird ähnlich dabei [bei den Glückwünschen durch den Präsidenten der Akademie, den Maler Max Liebermann] zumute sein, wie damals, als dir, du warst noch jung, der bewunderte Steinlen für den Umschlag deiner *Göttinnen* das wunderschöne Frauenbild gezeichnet hatte, in dem du mit Ergriffenheit das vollendete Porträt deiner Heldin Violante erkanntest.

In: *TM/HM*, S. 150 und 157.

36   Gottfried Benn: *Heinrich Mann. Zu seinem 60. Geburtstage* [Auszug]:

Wieviel Stellen aus seinem Werk, wieviel Gestalten aus seinen Büchern müßte man rufen, um den Zauber dieses Tages zu beschwören. Nino: hier ist der weichste Rasen, die lieblichste Sonne, der laueste Schatten, der widerspenstige Fels spürt auf ewig das Siegel seines Traums. Propertia: nichts dringt bis zu seiner Schönheit, sie ist ganz unerbittlich; die Engel singen, rote Fahnen schlagen hinter ihnen zusammen um weiße Säulen, was für ein Fest! Ein Herz des Vollendeten schlägt, ein Leben nackt und unerschöpflich: – es ist Violante: die Mänade taumelt, die Nymphe lacht und ein Widerschein ihres ewigen Prangens fällt auf die vergängliche Hand.

In wieviel Lagern müßte man ihn suchen, in wieviel Gesichter blicken, aus denen alle seine Züge sehen. Überall am Mittelmeer wächst der Lorbeer und überall die Zypresse – sieh, ich will dir folgen in den Wald, so finster, auf das Meer, so treulos, durch Hellas und selbst zu den Barbaren. Zum Norden, aus dem Björn Jerside kam, bis nach Schloß Assy, einen Büchsenschuß von der Küste im Meer; von Düren bis zum Posilipp, von den Hochöfen der Ruhr bis zu dem Flecken im Sabinergebirge –: überall seine Spuren, seine Glieder, seine Ketten: diese Helden, die dunklen und die hellen, die Untertanen und Tyrannen, die Hirten und Heiligen, Kardinäle und Komödianten, immer dies Gemisch aus Kälte und Brand, Gemisch aus Bewußtheit und Trieben: glühend und eisig, süß und bitter wie die Tränen der Liebenden. [...]

Zeichnung Heinrich Manns
der Halle des Palazzo Assy
aus den Notizen und Entwürfen zu den *Göttinnen*

355

Notizen für die Ausstattung des Palazzo Assy
in der Handschrift Heinrich Manns

Tempi peccavi, pater passati – dieser Art sind die grotesken, die cleveren, die animalisch mechanisierten Typen,
der dunklen, der kämpfenden, der schattenvollen sind
mehr. Die Blà, aschblond ihre Flechten über einem Kragen von Rosen, die frei ist, wenn sie leiden darf, das besorgt ihr dann gründlich Piselli, übertrieben spannkräftig,
schmallendig wie eine Herme, Erpresser und rollt große
süße Augen.

In: ›Die Literarische Welt‹. Berlin. 7. Jg., Nr. 13 vom
27. März 1931, S. 1. – Ebenso in: Gottfried Benn: *Gesammelte Werke in acht Bänden*. Hg. von Dieter Wellershoff.
Band 3: Essays und Aufsätze. Wiesbaden: Limes 1968,
S. 691 f.

Gottfried Benn: *Rede auf Heinrich Mann*   37
[gehalten am 28. März 1931 auf dem Festbankett des
›Schutzverbandes deutscher Schriftsteller‹ zu Heinrich
Manns 60. Geburtstag in Berlin] [Auszug]:

Der Einbruch der Artistik –: Worte, Vokale! Also wohl
eine Kunst ohne sittliche Kraft, ohne nationalen Hintergrund, stark intellektuell, sagen wir es ruhig: leichte Ware,
rein technisch und dabei nicht einmal aufs Vergnügen aus!
Was birgst du für ein Mysterium, o Kunst, sagte Violante,
aber in Deutschland fand man das nicht. Die Allgemeinheit hatte den Zusammenhang noch nicht erfüllt zwischen dem europäischen Nihilismus und der dionysischen
Gestaltung, der skeptischen Relativierung und dem arti-
stischen Mysterium, zwischen dem Verklärten, Verschwärmten, Schwammigen des deutschen Geistes und
dieser Oberflächlichkeit aus Tiefe, diesem Olymp des
Scheins; die Allgemeinheit sah noch nicht, aus welchen
Wogen Violante eigentlich stieg, über welche Art von Leben ihr weißes Gesicht hinwegsah, im Verscheiden, über
welche großen Träume von Jahrhunderten.

In: ›Vossische Zeitung‹. Berlin. Nr. 76 vom 29. März 1931, Post-Ausgabe, Unterhaltungsblatt Nr. 75, S. 1. – Ebenso in: Gottfried Benn: *Gesammelte Werke in acht Bänden.* Hg. von Dieter Wellershoff. Band 4: Reden und Vorträge. Wiesbaden: Limes 1968, S. 977.

Zeitgenössische Rezensionen
(Auswahlbibliographie)

D.: Heinrich Mann. *Die Göttinnen oder die drei Romane der Herzogin von Assy.*
> In: ›Berliner Tageblatt‹. 31. Jg., Nr. 646 vom 20. Dezember 1902, Abendausgabe, 1. Beiblatt, 1. Seite, ›Kleine literarische Chronik‹ [siehe Materialien, Nr. 22].

Redakt.: [Vorbemerkung zu Heinrich Manns Brief an die Redaktion über die Rezension vom 20. Dezember 1902].
> In: ›Berliner Tageblatt‹. 32. Jg., Nr. 43 vom 24. Januar 1903, Abendausgabe, 1. Beiblatt, 1. Seite, ›Literarische Rundschau‹ [siehe Materialien, Nr. 23].

Salten, Felix: Heinrich Mann und seine Herzogin von Assy.
> In: ›Die Zeit‹. Wien. 2. Jg., Nr. 120 vom 28. Januar 1903, S. 1 f.

Kl.: *Die Göttinnen oder die drei Romane der Herzogin von Assy.*
> In: ›Hamburger Nachrichten‹. Belletristisch-Litterarische Beilage, Nr. 13 vom 29. März 1903, S. 4.

C. K.: Ein Kraftroman.
> In: ›Norddeutsche Allgemeine Zeitung‹. Berlin. 42. Jg., Nr. 78 vom 2. April 1903, Beilage, 1. Seite.

Jacobs, Monty: Die Herzogin von Assy.
> In: ›Die Nation‹. Wochenschrift für Politik, Volkswirthschaft und Litteratur. Berlin. 20. Jg. (1902/03), Nr. 32 vom 9. Mai 1903, S. 506–508. – Dass. [Auszug]: In: ›Das litterarische Echo‹. Halbmonatsschrift für Lit-

teraturfreunde. Berlin. 5. Jg., Heft 17 vom 1. Juni 1903, Sp. 1198 f., ›Echo der Zeitschriften‹.

Hart, Heinrich: [Rezension zu *Die Göttinnen*.]
In: ›Velhagen & Klasings Monatshefte‹. Bielefeld und Leipzig. 17. Jg. (1902/03), 2. Bd., Heft 10, Juni 1903, S. 475 f., ›Neues vom Büchertisch‹ [Sammelbesprechung].

Rath, Willy: Vom neuen Heidenthum.
In: ›National-Zeitung‹. Berlin. 56. Jg., Nr. 416 vom 29. Juli 1903, Morgenausgabe, S. 1–3, ›Feuilleton‹.

Busse, Carl: Heinrich Mann, *Die Göttinnen oder die drei Romane der Herzogin von Assy.*
In: ›Deutsche Monatsschrift für das gesamte Leben der Gegenwart‹. Berlin. Bd. IV (April–September 1903), Juni 1903, S. 467–469, ›Literarische Monatsberichte‹ [Sammelbesprechung].

Wengraf, Richard: Eine Romantrilogie.
In: ›Das litterarische Echo‹. Halbmonatsschrift für Litteraturfreunde. Berlin. 5. Jg. (1902/03), Heft 24 vom 15. September 1903, Sp. 1675–1677.

Eßwein, Hermann: Zu H. Manns neuestem Roman.
In: ›Freistatt‹. München. 5. Jg., Heft 17 vom 25. April 1903, S. 332 f.

Fred, W.: Die Herzogin von Assy. Von Heinrich Mann.
In: ›Die Zukunft‹. Berlin. 11. Jg., 43. Bd., Nr. 39 vom 27. Juni 1903, S. 509 f., ›Anzeigen‹.

Friedrich, Paul: Heinrich Mann. Phantasien über einen Phantasten.
In: ›Die Gegenwart‹. Berlin. 34. Jg., Bd. 68, Nr. 32 vom 12. August 1905, S. 89–91. [Über: *Im Schlaraffenland, Die Göttinnen, Die Jagd nach Liebe.*]

Behrend, Walter: Heinrich Mann, ein Künstlerproblem.
In: ›Neue Revue‹. Halbmonatsschrift für das öffentliche Leben. Berlin. 1. Jg. (1907/08), Heft 6, 2. Januarheft 1908, S. 448–454.

[Über: *Die Göttinnen, Professor Unrat, Zwischen den Rassen, Flöten und Dolche, Pippo Spano.*]

Levinson, A.: Genrich Man. Diana. Roman. IV-yi tom sobranija socineij. K-vo »Sovremennyja problemy«.
In: Sovremennyi mir. Ežemesjačnyi literaturnyi, naučnyi i političeskij žurnal. Dvadcatyi god izdanija, Janvar' 1910. St. Petersburg 1910, S. 124f. [Rezension von Bd. 4 der russischen Gesamtausgabe in 9 Bänden, Moskau 1909–1912, in russ. Sprache.]

Redakt.: [Auszüge aus Rezensionen zu *Die Göttinnen.*]
In: Prospekt ›Heinrich Mann‹ des Paul Cassirer Verlags. Berlin. ca. 1911.

Stein, Friedrich: [Rezension zu *Die Göttinnen.*]
In: ›Nord und Süd‹. Berlin. 37. Jg., Bd. 144, Heft 461, Februar 1913, S. 260f.

Redakt.: [Auszüge aus Rezensionen zu *Die Göttinnen.*]
In: ›Der neue Roman. Ein Almanach‹. Leipzig: Kurt Wolff 1917, Verlagsanzeigen zu ›Der neue Roman‹ und ›Die neue Dichtung‹, S. 13f.

Benson, E. M.: Diana. By Heinrich Mann.
In: The Outlook and Independent. An Illustrated Weekly of Current Life. New York. Bd. 152, 1. Mai 1929, S. 36 [Rezension zur englischen Übersetzung durch Erich Posselt und Emmet Glore. New York: Coward-McCann 1929].

Zeittafel

1870/1871	Deutsch-Französischer Krieg. Gründung des Deutschen Reiches unter preußischer Vorherrschaft (18.1.1871). Bismarck Reichskanzler
1871	Luiz Heinrich Mann am 27. März als erster Sohn des Senators Thomas Johann Heinrich Mann und seiner Ehefrau Julia, geb. da Silva-Bruhns, in Lübeck geboren
1875	Geburt des Bruders Thomas
1877	Wahl des Vaters zum Senator von Lübeck
1878–1890	Sozialistengesetz
1884	Reise nach St. Petersburg
Seit 1885	Erste erzählerische, seit 1887 erste poetische Versuche
1889	Abgang vom Gymnasium aus Unterprima. Buchhandlungslehrling in Dresden
1890	Entlassung Bismarcks. Heinrich Manns erste Veröffentlichung einer Erzählung in der ›Lübecker Zeitung‹
1891–1892	Volontär im S. Fischer Verlag, Berlin. Studien an der Friedrich-Wilhelms-Universität
1891	Tod des Vaters (geb. 1840). Liquidierung der Firma Johann Siegmund Mann. Erste Rezensionen in ›Die Gesellschaft‹
1892	Sanatoriumsaufenthalt nach Lungenblutung in Berlin; danach Kuraufenthalte in Wiesbaden, im Schwarzwald und in Lausanne. Rezensionen in ›Die Gegenwart‹

1893	Übersiedlung der Familie nach München
	Reisen nach Paris, Italien
1894	*In einer Familie*, Roman
1895–1896	Herausgeber der Monatsschrift ›Das Zwanzigste Jahrhundert. Blätter für deutsche Art und Wohlfahrt‹
1895–1898	Aufenthalt in Rom und Palestrina, teilweise zusammen mit dem Bruder Thomas
	Im Schlaraffenland begonnen
	Erste Notizen zu den *Göttinnen*
1897	*Das Wunderbare und andere Novellen*
1898	*Ein Verbrechen und andere Geschichten*
1899–1914	Ohne festen Wohnsitz. Aufenthalte in München, Berlin, meistens in Italien, oft in Riva am Gardasee im Sanatorium von Dr. von Hartungen
1900	*Im Schlaraffenland. Ein Roman unter feinen Leuten*
1903	*Die Göttinnen oder Die drei Romane der Herzogin von Assy*
	Die Jagd nach Liebe, Roman
1905	*Flöten und Dolche*, Novellen
	Professor Unrat oder Das Ende eines Tyrannen, Roman
	Eine Freundschaft: Gustave Flaubert und George Sand, Essay
	Übersetzung von Choderlos de Laclos' *Gefährliche Freundschaften*
	Bekanntschaft mit Inés (Nena) Schmied
1906	Erste Notizen zum *Untertan*
	Drei Novellenbände: *Schauspielerin, Stürmische Morgen, Mnais und Ginevra*
1907	*Zwischen den Rassen*, Roman
1908	*Gretchen*, Novelle aus dem Stoffkreis des *Untertans*. *Die Bösen*, Novellen

1909	*Die kleine Stadt*, Roman
1910–1913	Jährliche Uraufführungen der Schauspiele Heinrich Manns in Berlin
1910	*Französischer Geist* (später *Voltaire – Goethe*); *Geist und Tat*, kulturpolitische Essays
	Das Herz, Novellen
	Freitod der Schwester Carla (geb. 1881)
	Variété, Einakter
1911	*Die Rückkehr vom Hades*, Novellen
	Schauspielerin, Drama
1912	Bekanntschaft mit der Prager Schauspielerin Maria (Mimi) Kanová während der Proben zu *Die große Liebe* im Deutschen Theater, Berlin
	Beginn der Niederschrift von *Der Untertan*
1913	*Madame Legros*, Drama
1914	*Der Untertan* als Fortsetzungsroman in ›Zeit im Bild‹
	13. August: Abbruch des Vorabdrucks nach Beginn des Ersten Weltkrieges. Weiterer Abdruck der russischen Übersetzung bis Oktober in Petersburg (›Sowremennij Mir‹)
	12. August: Heirat mit Maria (Mimi) Kanová. Wohnsitz in München
1915	Russische Buchausgabe des *Untertan*
	Konflikt mit dem Bruder. Abbruch der Beziehungen nach dem Erscheinen von Thomas Manns *Gedanken im Kriege*
	Zola, Essay; in ›Die Weißen Blätter‹, hg. von René Schickele
1916	*Der Untertan*, Privatdruck in etwas mehr als 10 Exemplaren
	Geburt der Tochter Henriette Maria Leonie

1917	*Die Armen*, Roman
	Brabach, Drama
	Madame Legros an den Münchener Kammerspielen und am Lessing-Theater in Berlin uraufgeführt
	Grabrede auf Frank Wedekind
	Versuch einer Versöhnung mit Thomas Mann
1918	Ende des Ersten Weltkrieges. Abdankung Wilhelm II. Novemberrevolution in Deutschland
	Mitarbeit Heinrich Manns im ›Politischen Rat geistiger Arbeiter‹ in München
	Der Untertan, Roman
	Beginn der Arbeit am Roman *Der Kopf*
1919	Ermordung Karl Liebknechts und Rosa Luxemburgs. Friedrich Ebert Reichspräsident. Beginn der Weimarer Republik (Weimarer Reichsverfassung).
	Macht und Mensch, Essays (Gewidmet *Der deutschen Republik*)
	Gedenkrede für Kurt Eisner, den ermordeten Ministerpräsidenten der bayerischen Räterepublik
1920	*Der Weg zur Macht* im Residenz-Theater München uraufgeführt. In den folgenden Jahren wachsende publizistische Tätigkeit
	Die Ehrgeizige, Novelle
1921	*Die Tote und andere Novellen*
1922	Aussöhnung mit Thomas Mann
	Bekanntschaft mit dem französischen Germanisten Félix Bertaux
	Rapallo-Vertrag zwischen Deutschland und der UdSSR
1923	Ruhrbesetzung, Generalstreik. Putschver-

1923	such der Nationalsozialisten in München. Hitler in Festungshaft. Inflation und erster Nachkriegsbesuch Heinrich Manns in Frankreich (Teilnahme an den Entretiens de Pontigny)
	Rede bei der Verfassungsfeier in der Staatsoper Dresden
	11. März: Tod der Mutter Julia (geb. 1851). *Diktatur der Vernunft*, Reden und Aufsätze
1924	Reise in die Tschechoslowakei, Begegnung mit Thomas G. Masaryk auf Schloß Lana bei Prag
	Abrechnungen, Novellen
	Der Jüngling, Novellen
	Das gastliche Haus, Komödie
1925–1932	*Gesammelte Werke in 13 Bänden* im Paul Zsolnay Verlag, Wien
1925	Zweite Frankreichreise nach dem Krieg, erste Impulse für den *Henri Quatre* in den Pyrenäen und in Pau
	Der Kopf, Roman
	Kobes, Novelle
	Tod Friedrich Eberts. Hindenburg zum Reichspräsidenten gewählt.
	Zusammenfassung der Romane *Der Untertan, Die Armen, Der Kopf* zur *Kaiserreich-Trilogie*, der *Romane der deutschen Gesellschaft im Zeitalter Wilhelms II.*
1926	Wahl zum Mitglied der Preußischen Akademie der Künste zu Berlin, Sektion Dichtkunst am 27. Oktober
	Liliane und Paul, Novelle
1927	Verstärktes Wirken für eine Verständigung zwischen Deutschland und Frankreich.

1927	Rede im Trocadéro, Paris, zum 125. Geburtstag von Victor Hugo
	Begegnungen Gustav Stresemanns mit Aristide Briand
	Freitod der Schwester Julia (geb. 1877)
	Mutter Marie, Roman
1928	Trennung von Maria Mann, Übersiedlung nach Berlin
	Vorsitzender des Volksverbandes für Filmkunst
	Eugénie oder Die Bürgerzeit, Roman
1929	Bekanntschaft mit Nelly Kröger, seiner späteren zweiten Frau
	Sie sind jung, Novellen
	Sieben Jahre. Chronik der Gedanken und Vorgänge (1921–1928), Essays
	Weltwirtschaftskrise
1930	Scheidung von Maria Mann
	›Der blaue Engel‹, Verfilmung des Romans *Professor Unrat*
	Die große Sache, Roman
1931	Wahl zum Präsidenten der Sektion Dichtkunst bei der Preußischen Akademie der Künste. Feier in Berlin zu Heinrich Manns 60. Geburtstag mit Reden von Gottfried Benn, Lion Feuchtwanger, Adolf Grimme, Max Liebermann und Thomas Mann. Teilnahme an einem internationalen Schriftstellerkongreß in Paris. Gespräch mit Aristide Briand. Rede im Admiralspalast zur deutsch-französischen Verständigung
	Geist und Tat. Franzosen 1780–1930, Essays
1932	Wiederwahl Hindenburgs zum Reichspräsidenten

1932	*Ein ernstes Leben*, Roman
	Das öffentliche Leben, Essays
	Das Bekenntnis zum Übernationalen, Essay
	Beginn der Arbeit am *Henri Quatre*
1932/1933	Unterzeichnung von Aufrufen zur Aktionseinheit von KPD und SPD gegen die Nationalsozialisten, gemeinsam mit Käthe Kollwitz und Albert Einstein
1933	30. Januar: Hitler Reichskanzler
	15. Februar: Ausschluß mit Käthe Kollwitz aus der Akademie der Künste
	21. Februar: Flucht nach Frankreich über Frankfurt am Main, Kehl am Rhein und Straßburg
	25. August: Aberkennung der deutschen Staatsbürgerschaft
	Der Haß. Deutsche Zeitgeschichte, Essays
1933–1940	Wohnsitz in Sanary-sur-Mer, dann in Nizza. Reisen nach Prag, Genf und Zürich. Politische Artikel in der ›Dépêche de Toulouse‹
	Vorsitzender des Vorbereitenden Ausschusses der deutschen Volksfront, Ehrenpräsident des SDS. Antifaschistische Flug- und Tarnschriften
1934	10. Mai: Heinrich Mann Präsident der Deutschen Freiheitsbibliothek
	Der Sinn dieser Emigration, Essays
1935	Juni: Rede auf dem Internationalen Schriftstellerkongreß zur Verteidigung der Kultur in Paris
	Die Jugend des Königs Henri Quatre, Roman
1936	Heinrich Mann wird tschechoslowakischer Staatsbürger

1936	Beginn des spanischen Bürgerkriegs
	Es kommt der Tag. Deutsches Lesebuch, Essays
1937	10./11.April: Volksfrontkonferenz in Paris, Eröffnungsansprache Heinrich Manns
1938	Münchner Abkommen
	Die Vollendung des Königs Henri Quatre, Roman
1939	*Mut*, Essays; *Nietzsche* (Kommentar zu einer Auswahl)
	9.September: Heirat mit Nelly (Emmy) Kröger in Nizza
	Hitler-Stalin-Pakt. Ausbruch des Zweiten Weltkriegs
	Verschleppung Maria Manns ins KZ Theresienstadt
1940	Kapitulation Frankreichs vor den Hitlertruppen
	Flucht über Spanien und Portugal in die USA. Aufenthalte in New York, Princeton, Hollywood, Wohnsitz in Los Angeles und Santa Monica bis zum Tod
1941	Beginn der Arbeit am Roman *Empfang bei der Welt*
1943	Ehrenpräsident des Lateinamerikanischen Komitees der Freien Deutschen
	Lidice, Roman
1944	17.Dezember: Freitod Nelly Manns (geb. 1898)
1945	Bedingungslose Kapitulation Deutschlands
	Ein Zeitalter wird besichtigt, Autobiographie
	Klaus Mann bringt die gesundheitlich schwergeschädigte Maria Mann aus dem KZ Theresienstadt nach Prag zurück

1947	Ehrendoktor der Humboldt-Universität Berlin
	Tod Maria Manns in Prag (geb. 1886)
1949	Nationalpreis I. Klasse für Kunst und Literatur der DDR
	Tod des Bruders Viktor (geb. 1890)
	Der Atem, Roman
1950	Berufung Heinrich Manns zum ersten Präsidenten der neugegründeten Akademie der Künste zu Berlin / DDR. Vorbereitung zur Rückkehr mit dem polnischen Dampfer ›Batory‹.
	12. März: Tod Heinrich Manns in Santa Monica bei Los Angeles
1951	DEFA-Verfilmung von *Der Untertan*
1955	Thomas Mann stirbt am 12. August
1956	*Empfang bei der Welt*, Roman
1958 / 1960	*Die traurige Geschichte von Friedrich dem Großen*, szenisches Romanfragment
1961	Überführung der Urne Heinrich Manns von Kalifornien nach Prag.
	25. März: Überführung der Urne nach Berlin und Beisetzung auf dem Dorotheenstädtischen Friedhof in Anwesenheit von Leonie Mann

Herausgeber und Verlag danken dem Heinrich-Mann-Archiv der Akademie der Künste der DDR, Berlin, und dem Deutschen Literaturarchiv, Marbach am Neckar, für vielfältig gewährte Unterstützung durch Auskünfte und Bereitstellung von Abbildungsvorlagen; dem Aufbau-Verlag, Berlin und Weimar, und dem Claassen Verlag, Düsseldorf, für die gegebenen Abdruckgenehmigungen.

Heinrich Mann

Lion Feuchtwanger
Unter den Schriftstellern, die sich vorsetzen, unser Jahrhundert
nicht nur in ihren Büchern zu gestalten, sondern es durch sie
zu verändern, ist er der größte.
Heinrich Mann. In: Aufbau 1946

Die Göttinnen
Die drei Romane der Herzogin von Assy
I. Band: Diana
Band 5925

II. Band: Minerva
Band 5926

III. Band: Venus
Band 5927

Der Haß
Deutsche Zeitgeschichte
Band 5924

Die Jagd nach Liebe
Roman. Band 5923

Die kleine Stadt
Roman. Band 5921

Zwischen den Rassen
Roman. Band 5922

Fischer Taschenbuch Verlag

Thomas Mann

Fischer Taschenbuch Verlag

Thomas Mann

Fischer Taschenbuch Verlag

Franz Kafka

Fischer Taschenbuch Verlag

fi 228/4

Lion Feuchtwanger

Erfolg
Roman. Band 1650

**Die Geschwister
Oppermann**
Roman. Band 2291

Exil
Roman. Band 2128

Jud Süß
Roman. Band 1748

Goya
Roman. Band 1923

**Die häßliche Herzogin
Margarete Maultasch**
Roman. Band 5055

Die Jüdin von Toledo
Roman. Band 5732

Jefta und seine Tochter
Roman. Band 5730

Simone. Band 2530

**Ein Buch nur für
meine Freunde**
Eine Auswahl aus
den Essays. Band 5824

**Heinrich Heines
»Rabbi von Bacherach«**
Eine kritische Studie
Band 5868

**Der Teufel
in Frankreich**
Erlebnisse. Band 5918

Josephus-Trilogie
Bd. 1: **Der jüdische Krieg**
Roman. Band 5707
Bd. 2: **Die Söhne**
Roman. Band 5710
Bd. 3: **Der Tag
wird kommen**
Roman. Band 5711

Die Füchse im Weinberg
Bd. 1: **Waffen für
Amerika**
Roman. Band 2545
Bd. 2: **Die Allianz**
Roman. Band 2546
Bd. 3: **Der Preis**
Roman. Band 2547

Die Brüder Lautensack
Roman. Band 5367

Der falsche Nero
Roman. Band 5364

**Narrenweisheit oder Tod
und Verklärung des
Jean-Jacques Rousseau**
Roman. Band 5361

Panzerkreuzer Potemkin
Erzählungen. Band 5834

Das Haus der Desdemona
oder Größe und Grenzen
der historischen
Dichtung. Band 5708

Fischer Taschenbuch Verlag

Arnold Zweig

Fischer Taschenbuch Verlag

EXIL

Literarische und politische
Texte aus dem deutschen Exil
1933–1945

Herausgegeben von Ernst Loewy
unter Mitarbeit von Brigitte Grimm,
Helga Nagel und Felix Schneider

Diese Dokumentation über das literarische
Exil während der NS-Zeit bringt insgesamt
230 ungekürzte Texte (vom Gedicht zum Ro-
mankapitel, von der politischen Rede zum
Offenen Brief) von hundert verschiedenen
Autoren – von prominenten wie fast vergessenen, auf die sie vor allem aufmerksam
machen möchte.

Band 1
Mit dem Gesicht nach Deutschland
Fischer Taschenbuch Band 6481

Band 2
Erbärmlichkeit und Größe
Fischer Taschenbuch Band 6482

Band 3
Perspektiven
Fischer Taschenbuch Band 6483

Fischer Taschenbuch Verlag

Verboten und verbrannt / Exil

Alexan
Mit uns die Sintflut
Fibel der Zeit
Band 5129

Theodor Balk
Das verlorene Manuskript
Band 5179

Hans Beckers
Wie ich zum Tode verurteilt wurde
Band 5967

Leonhard Frank
Von drei Millionen drei
Roman
Band 5187

Alexander Moritz Frey
Die Pflasterkästen
Band 5101

Hellmut von Gerlach
Von Rechts nach Links
Band 5182

Hermann Grab
Der Stadtpark
und andere Erzählungen
Band 5951

Martin Gumpert
Dunant
Der Roman des Roten Kreuzes
Band 5261
Der Geburtstag
Roman
Band 5954

Alfred Kantorowicz
Exil in Frankreich
Band 5957
Spanisches Kriegstagebuch
Band 5175

H. W. Katz
Die Fischmanns
Roman
Band 5955
Schloßgasse 21
Roman
Band 5106

Hans Keilson
Das Leben geht weiter
Roman
Band 5950

Alfred Kerr
Die Diktatur des Hausknechts und Melodien
Band 5184

Egon Erwin Kisch
Geschichten aus sieben Ghettos
Band 5174

Fischer Taschenbuch Verlag

fi 118 / 6a

Verboten und verbrannt / Exil

Werner Lansburgh
Strandgut Europa
Erzählungen aus
dem Exil 1933
bis heute
Band 5377

Heinz Liepman
Das Vaterland
Band 5170

Robert Lucas
Teure Amalia,
vielgeliebtes Weib
Briefe des Gefreiten
Adolf Hirnschal
Band 5177

Konrad Merz
Ein Mensch fällt
aus Deutschland
Band 5172

Ernst Erich Noth
Weg ohne Rückkehr
Roman
Band 5952

Rudolf Olden
Hitler
Band 5185

Carl von Ossietzky
Rechenschaft
Publizistik aus den
Jahren 1913–1933
Band 5188

Karl Otten
Torquemadas
Schatten
Band 5137

Theodor Plievier
Der Kaiser ging,
die Generäle
blieben
Roman
Band 5171

Gustav Regler
Im Kreuzfeuer
Band 5181

Nico Rost
Goethe in Dachau
Band 5183

Alice Rühle-Gerstel
Der Umbruch
oder Hanna und
die Freiheit
Roman
Band 5190

Wilhelm Speyer
Das Glück
der Andernachs
Roman
Band 5178

Adrienne Thomas
Die Katrin
wird Soldat
Roman
Band 5265
Reisen Sie ab,
Mademoiselle!
Roman
Band 5956

Paul Zech
Deutschland, dein
Tänzer ist der Tod
Band 5189

Fischer Taschenbuch Verlag

fi 118 / 7b

Max Horkheimer
Gesammelte Schriften

Herausgegeben von Alfred Schmidt
und Gunzelin Schmid Noerr

*Die Bände der »Gesammelten Schriften« erscheinen gleichzeitig in
gebundener Ausgabe und als Taschenbuch.*

S. Fischer · Fischer Taschenbuch Verlag